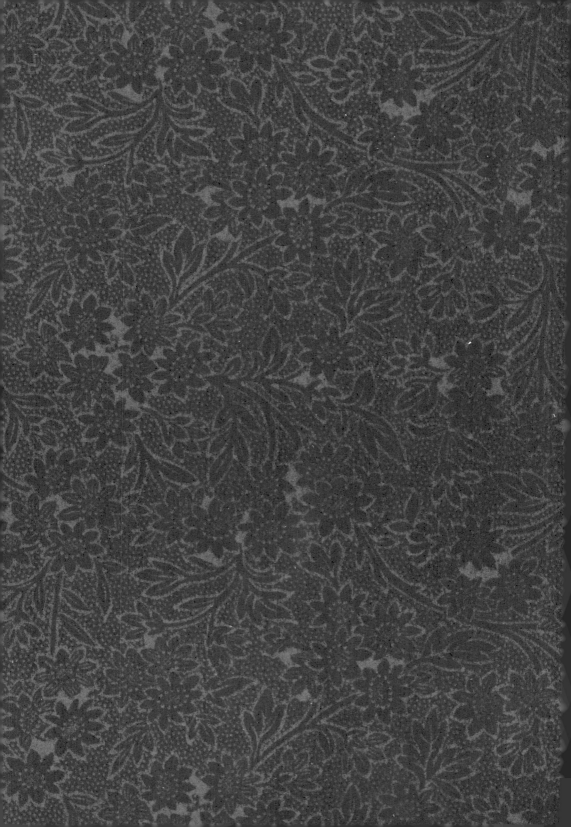

DARKLOVE.

THE BOOK OF LIVING SECRETS
Copyright © Madeleine Roux, 2022

Publicado mediante acordo com a
HarperCollins Children's Books,
uma divisão da HarperCollins Publishers.
Todos os direitos reservados.

Imagens © Adobe Stock

Tradução para a língua portuguesa
© Ana Vestergaard, 2025

Diretor Editorial
Christiano Menezes

Diretor de Novos Negócios
Chico de Assis

Diretor de Planejamento
Marcel Souto Maior

Diretor Comercial
Gilberto Capelo

Diretora de Estratégia Editorial
Raquel Moritz

Gerente de Marca
Arthur Moraes

Gerente Editorial
Marcia Heloisa

Editora
Nilsen Silva

Adap. Capa e Proj. Gráfico
Retina 78

Coordenador de Diagramação
Sergio Chaves

Preparação
Rayssa Galvão

Revisão
Isabelle Simões
Laís Curvão

Finalização
Roberto Geronimo

Marketing Estratégico
Ag. Mandíbula

Impressão e Acabamento
Ipsis Gráfica

DADOS INTERNACIONAIS DE CATALOGAÇÃO NA PUBLICAÇÃO (CIP)
Jéssica de Oliveira Molinari - CRB-8/9852

Roux, Madeleine
  O livro das verdades ocultas / Madeleine Roux ; tradução de Ana
Vestergaard. — Rio de Janeiro : DarkSide Books, 2024.
  288 p.

  ISBN: 978-65-5598-474-3
  Título original: The Book of Living Secrets

  1. Literatura infantojuvenil norte-americana 2. Literatura fantástica
I. Título II. Vestergaad, Ana

24-4759   CDD 028.5

Índice para catálogo sistemático:
1. Literatura infantojuvenil norte-americana

[2025]
Todos os direitos desta edição reservados à
DarkSide® Entretenimento LTDA.
Rua General Roca, 935/504 — Tijuca
20521-071 — Rio de Janeiro — RJ — Brasil
www.darksidebooks.com

O LIVRO das VERDADES OCULTAS

MADELEINE ROUX

TRADUÇÃO
ANA VESTERGAARD

DARKSIDE

Para Nini, Cici e Mimi.
Naquela época, éramos deusas.

O amor é meramente uma loucura.
— William Shakespeare, *Como Gostais*

1

Moira Byrne não acreditava em destino, mas o destino a encontrou bem no Public Garden, sob uma árvore sem folhas, encarando um cavalete e uma tela em branco. Ele era a criatura mais linda que Moira já vira: elegante e alto, com uma cabeleira de ébano selvagem e dedos de pintor.

O destino os reunira.

colocar trecho em itálico, pensou. E que trágico. Como alguém tão belo podia estar só?

"Quem é aquele garoto?", perguntou a ninguém. Os outros no grupo do piquenique não ouviram, mas Moira repetiu a pergunta várias vezes em seu coração. Quem era ele? Precisava tê-lo.

Ao seu lado, sobre a toalha de piquenique, seu noivo, Kincaid Vaughn, continuava enterrado em um livro. Kincaid sempre tinha tempo para livros, ciências e experimentos, mas nunca para ela. Moira observou o menino que pintava, imaginando como seria segurar sua mão e beijá-lo. Ela guardou estas duas verdades em seu coração: nunca se casaria com o noivo e faria tudo para ter o belo pintor do parque.

Mais tarde, Moira enviou sua criada, Greta, para abordá-lo discretamente, e a criada retornou com um nome e um sinal, pois o menino também tinha visto Moira. Ele dera um lenço a Greta, para que o entregasse à linda garota de cabelos ruivos flamejantes e olhos verdes: um quadrado de algodão manchado de tinta preta.

"Ele é francês", acrescentou Greta. "Tem um sotaque engraçado."

Severin Sylvain, *murmurou Moira, para seu coração, repetindo o nome que descobrira.* Eu ainda o terei. Renunciara a tudo para ser dele. A fortuna, a família, o ar que respiro...

Moira Byrne não acreditava em destino, mas acreditava em amor verdadeiro, em união de almas. Almas não apenas casadas, mas irrevogavelmente entrelaçadas, costuradas com o fio do Destino. Que, se separadas, sangrariam. Pois o amor era dor, isso ninguém podia negar; seu coração doía por aquilo que ela desejava, por aquilo que estava determinada a ter.

– Moira, *capítulo 2*

Connie estava do lado de fora da casa de seu acompanhante, envolta em tule laranja. Logo ali ao lado, sua melhor amiga, Adelle, comemorou, cheia de expectativa. Embrulhada em todo aquele tecido neon fofo, sentia-se como um pôr do sol de um planeta alienígena. Também sentia como se fosse de outro planeta. Connie respirou fundo e ergueu a mão para bater à porta de Julio.

O baile Sadie Hawkins.* O convite partira *dela*.

"Não consigo, Delly", gemeu. Sua voz saiu feito um balão murchando.

Adelle ofegou e deu um passo em sua direção, quase brilhando à luz das arandelas de vidro penduradas junto à porta de Julio. Ela alugara um vestido de baile vitoriano em uma loja de artigos teatrais em Brookline. Veludo verde suntuoso com renda preta e uma anquinha** de verdade, escolhido a dedo para combinar com o estilo de sua heroína literária favorita.

Não estou igualzinha a ela? Igual à Moira?

---

*   Baile em escolas dos Estados Unidos e do Canadá em que as mulheres convidam os homens, geralmente no dia 13 de novembro. (As notas são da tradutora.)
** Armação usada no final do século XIX feita de arame ou de almofadas. Era usada sobre os quadris para dar volume à parte traseira das saias.

Adelle, loira e muito sardenta, não tinha quase nada da perfeição de boneca de porcelana com cabelos escarlates de Moira, mas parecia tão feliz no provador da loja de fantasias, radiante de empolgação, que Connie concordou, disse que ela estava igualzinha à Moira. Ouvindo aquilo, Adelle pareceu ter ganhado o dia, o que também deixou Connie feliz. Até que Adelle a lembrou de que precisavam de acompanhantes, e Julio não passava a aula inteira olhando para Connie? Até os pais rígidos e católicos de Connie gostavam dele, o que era mesmo incrível.

"Qual é o problema?", perguntou Adelle, pegando Connie pelo pulso e arrastando-a para longe da porta de Julio. "É normal ficar nervosa. Garotos são assustadores."
"Não é isso", murmurou Connie.
Era e não era. Não estava com medo de Julio; só não queria ir ao baile com ele. Enfrentá-lo em um campo de futebol? Tudo bem. Dançar agarrada a ele no ginásio, sob os flashes de estroboscópios e luz roxa barata? Não, obrigada. À noite, na cama, Connie se deitara sob um teto coberto de pôsteres de Megan Rapinoe, Layshia Clarendon, Serena e Abby Wambach e se perguntara se conseguiria criar coragem para convidar Gigi, a garota da loja de quadrinhos da Commonwealth Avenue, para o baile Sadie Hawkins. Gigi era um ano mais velha e frequentava uma escola particular, mas talvez dissesse sim.
Talvez, mas só se Connie a tivesse convidado.
"Podemos ir para outro lugar?", perguntou Connie, virando as costas para a porta de Julio.
O padrasto de Adelle, Greg, levara as duas até lá, com o acordo de que os pais de Julio as levariam ao baile na escola. As duas tinham feito dezesseis anos em setembro, mas nenhuma fizera muito esforço para tirar a carteira de motorista, preferindo as bicicletas e o metrô a aulas de direção no verão. "Típicas virginianas", como Adelle gostava de dizer.
"Para onde, por exemplo?", questionou Adelle. Seu lábio inferior tremeu, o que fez Connie estremecer.
"Qualquer outro lugar. Comer um Pigmalion no Burger Buddies, ou mesmo ir ao Empório. Eu só acho que... não vou conseguir fazer isso aqui."
Pelo menos, Adelle não chorou. Isso não fez a lança que atravessou o coração de Connie doer menos. A decepção estava estampada em seu rosto; Adelle vinha falando sobre o baile há semanas, obcecada com o vestido, o penteado e o acompanhante secreto que só revelaria na noite do evento.

"C-claro", disse a amiga; a longa cauda verde do vestido se arrastava pela calçada, acumulando folhas. "Eu sabia que isso ia acontecer. Joguei o tarô antes de me arrumar esta noite, e saiu o Cinco de Copas logo de cara. Não é nenhuma surpresa."

Connie assentiu como se soubesse o significado do Cinco de Copas. Não sabia. Ultimamente, Adelle andava mergulhada até a cabeça no esoterismo e no ocultismo. Não conseguia tomar uma única decisão sem consultar um mapa astral ou sacar um baralho de sua coleção crescente de tarô.

"Delly? Desculpa."

"Não, tudo bem. Se você não está a fim..."

Connie endireitou a mochila no ombro, onde estavam suas roupas normais e confortáveis. Foi naquele instante que percebeu que, esse tempo todo, aquelas roupas já a dedurauam: não tivera nenhuma intenção de seguir adiante com Julio, com o baile, com a ideia romântica de Adelle sobre noite perfeita de conto de fadas. O *baile* perfeito. Sabia que o que a amiga queria era recriar o grande baile do livro favorito das duas, *Moira*. Tudo sempre era sobre Moira, isso quando o assunto não era astrologia, tarô, magos, vampiros, lobisomens e alienígenas. A imaginação de Adelle era tão grande quanto seu coração... um coração que Connie podia ver que estava claramente partido.

"Desculpa", pediu mais uma vez. Chegando ao limite da entrada de carros, ela virou na direção da casa de Adelle. Não era uma caminhada muito longa, mas Greg insistira em levá-las de carro, insistira na formalidade. Era um ponto a seu favor, pelo menos aos olhos de Connie, já que ele sabia como aquela noite era importante para Adelle. Mas Greg nunca ganhava pontos com a enteada, não importava o que fizesse; eram como óleo e água. Connie já via rasgos se abrindo no tule da bainha de seu vestido.

"Bem, e também tirei o Três de Espadas, então eu já devia ter imaginado... Mas estou curiosa. O que fez você mudar de ideia?", perguntou Adelle, enquanto andavam lado a lado sob o brilho ocasional dos postes de luz. Árvores amarelas e alaranjadas inclinavam suas copas sobre a rua; arbustos de folhas secas eram soprados por um vento que soprava na direção diretamente oposta à que as duas caminhavam.

Gosto de meninas, não foi o que Connie respondeu.

"O Julio me passa uma vibe ruim."

Ficaram quietas por um tempo. Connie tirou o telefone da mochila e mandou uma mensagem para Julio com alguma desculpa, então suspirou. Na segunda-feira, a escola inteira estaria sabendo; Julio contaria aos amigos, que contariam a todos do time de beisebol, e as namoradas dos jogadores cochichariam a seu respeito. Não seria novidade; Connie já tinha sido pressionada pelas próprias companheiras de equipe, principalmente Caroline e Tonya. As duas eram orgulhosamente assumidas e estavam convencidas de que Connie tinha a mesma orientação sexual. "Olhe para você", comentou Caroline, certa vez, no vestiário, revirando os olhos e jogando a camisa para longe. "Tem *certeza* de que não é lésbica?".

Ignorá-las só piorou as coisas. Só que Connie queria chegar a essa conclusão por conta própria, que essa certeza nascesse no próprio coração; não queria se assumir só porque tinha uma aparência assim ou se vestia assado. *Ninguém*, pensara na ocasião e pensou igual naquele momento, *pode me definir sem meu consentimento*. Sabia a verdade em seu íntimo, só não sabia se estava pronta para dizê-la em voz alta. Não ajudava o fato de que ela e Adelle eram... *esquisitas*. Estavam mais interessadas em caçar grupos de D&D depois da escola e ir a lançamentos de livros à meia-noite do que em encontrar uma boa festa na casa de alguém para uma sessão clandestina de pegação.

Caroline e Tonya se deliciariam com aquilo.

"Ei!" Adelle a cutucou e, quando Connie se virou para a amiga, ficou surpresa ao vê-la sorrindo. "Sei o que a gente pode fazer."

"É?"

"Vamos pegar as bicicletas e ir para o Empório. Olha isso aqui!" Adelle pegou o celular finíssimo da bolsa decorada com borlas que levava pendurada no punho esquerdo, abriu o e-mail e mostrou a Connie um informativo da loja de excentricidades favorita das duas, o Empório Olho de Bruxa. Connie achou meio estranho que o e-mail tivesse sido endereçado a Adelle e enviado apenas para ela.

"Você deu seu e-mail para o Straven?", perguntou.

"Claro, nós duas assinamos para receber os informativos."

"Sim, mas eu não recebi esse daí", explicou Connie. Sentiu a pele formigar e estremeceu. Quando isso acontecia, segundo a mãe, era alguém do outro lado tentando fazer contato.

"Deve ter sido um problema no servidor ou coisa do tipo", respondeu Adelle, que não parecia nem um pouco preocupada por ser a única destinatária do informativo.

Mas Connie franziu a testa. "Você tem ido lá sozinha?"

"Tipo, mais do que o normal?"

"Aham."

Adelle subitamente perdera o interesse no contato visual. "Sim. Quando tenho tempo livre. Ele está me ensinando técnicas avançadas de tarô e me deu um livro, *Que P*rra é o Tarô?* Nossa, o Greg pirou. Ele realmente acha que eu devia fazer sudoku e estudar para o vestibular 24 horas por dia."

Adelle aproximou a tela do celular do rosto de Connie.

SÓ NO DIA 13 DE NOVEMBRO: CHÁ DA LUA CHEIA DEPOIS DO EXPEDIENTE

"O sr. Straven não parava de falar desse evento, quando fui lá mais cedo, esta semana", continuou Adelle. "E disse que você devia aparecer mais."

Não, obrigada, pensou Connie. Estava muito atarefada com os treinos, a musculação e os grupos de estudo, mas Adelle talvez andasse com muito tempo livre. Talvez aquela história de tarô e Straven fosse um pedido de ajuda. Talvez, pensou, devesse ter notado essas mudanças na amiga. Mas tinham ido ao Empório um milhão de vezes, com certeza só estava sendo paranoica. Estremeceu outra vez. *Alguém do outro lado tentando fazer contato.* Uma minivan passou disparada pela rua, tocando hip-hop, seis adolescentes espremidos lá dentro rindo loucamente a caminho do baile.

Adelle inclinou a cabeça para o lado, um cacho roçando a bochecha redonda.

"Ele ficou bem chateado quando eu disse que não poderíamos ir ao chá. Por conta do baile, e tal."

"Tá bem. Por que não?" Connie conseguiu forçar um sorriso. Se Adelle conseguira se recuperar tão rápido depois daquela decepção, ela só podia reforçar ainda mais esse ânimo. E, de qualquer maneira, achava melhor que Adelle fosse à loja acompanhada. Não conseguia afastar a suspeita sobre aquele e-mail ter sido enviado diretamente para a amiga. O velho sempre tinha sido gentil, mas os anos de alertas sobre o perigo de homens estranhos tinham deixado sua marca. "Já que estamos arrumadas, por que não sair?".

"Ah, não vou pedalar até o centro nessa coisa", retrucou Adelle, afofando as saias verdes em camadas do vestido. "Greg me mataria. O aluguel não foi barato."

Greg parecia mais interessado nas reprises de *Everwood*, refestelando-se na poltrona reclinável de sempre, escondido por trás de diversas estantes de livros enfileiradas à esquerda do hall de entrada. Enquanto as duas subiam correndo as escadas da espaçosa casa colonial de dois andares, Connie ouviu a TV ser desligada e a poltrona ranger. Adelle, à sua frente, paralisou.

"Droga", sussurrou.

"Meninas?" Greg apareceu ao pé da escada. Era alto e desinteressante, a personificação humana de um cardigã barato. Adelle gostava de dizer que o padrasto era um "personagem de narrador". Nunca entendera o que a mãe, uma doula da morte de renome mundial, vira naquele homem comum e despretensioso. "Achei que fossem para o baile. Esqueceram alguma coisa?"

"Hum..." Connie conseguia ouvir a amiga inventando uma mentira enquanto ela enrolava, ganhando tempo: "Sim. Nosso exemplar de *Moira*. Não podemos esquecer, não hoje!".

Greg soltou um suspiro cansado e balançou a cabeça.

"Vocês podiam estar lendo *Rebecca* ou *Emma* ou, meu Deus, sei lá, *O Apanhador no Campo de Centeio*. Livros de verdade. *Literatura de verdade*. Por que apodrecer o cérebro com esse lixo meloso dos romances de época?"

"Não é lixo, Greg!", retrucou Adelle, exaltada. Pontinhos brilhantes vermelhos inundaram suas bochechas pálidas. "Por que você tem que ser tão... tão crítico? Mamãe diz que as críticas que fazemos aos outros são só projeções de traumas não processados, lembra?"

Ele revirou os olhos, endireitou os óculos e voltou para a poltrona. "Precisam de outra carona?"

"Não", gritou a amiga, em resposta, voltando a subir as escadas. "Esqueça que estivemos aqui." No andar de cima, já no quarto dela, Adelle murmurou: "Meu Deus, por que ele precisa ser tão chato?".

Assim que a porta se fechou, as duas mergulharam no mundo de fantasia de Adelle. Luzes pisca-pisca cobriam toda a parede oposta, exceto o espaço da janela. As cortinas eram de um tecido roxo escuro e dramático. Nos últimos tempos, as escolhas de decoração do quarto tinham assumido um tom mais macabro. Menos *Irmãos à Obra* e mais *colocar em itálico* Adelle estampara padrões de desenhos alquímicos nas paredes em tons de preto e carmesim, e a mesa do computador tinha sido empurrada para o lado oposto à cama de dossel, parcialmente escondida por um mosquiteiro vermelho. Seus refúgios não podiam ser mais diferentes: o de Adelle era um sonho sombrio, romântico e desmiolado; já o de Connie estava coberto de flâmulas, pôsteres e ganchos que sustentavam sua coleção de camisas de times de futebol dos Estados Unidos, cinturões de peso e troféus.

Uma faixa preta reluzente fora pendurada entre duas das quatro colunas da cama de Adelle, com os dizeres:

UM POUCO DE LOUCURA É FUNDAMENTAL
PARA PODERMOS VER NOVAS CORES

Connie pensou, com pouca empatia, que Adelle era a única pessoa no mundo, além dos atores e da equipe do filme, que continuava desapontada por *La La Land: Cantando Estações* não ter de fato ganhado o Oscar naquele ano. Ela começou a despir o vestido verde de baile com movimentos rápidos e rabugentos que Connie não podia deixar de notar; ela sentiu mais um aperto no peito enquanto vestia a calça e a blusa esportiva combinando. Olhou para a faixa sobre a cama.

"Ei. Sei que eu te decepcionei hoje."

"Não tem problema."

"Tem, sim", retrucou Connie, sentando-se na cama enquanto Adelle colocava botas de cano curto pretas e um vestido preto volumoso (aquele com que Connie sempre provocava chamando de Uniforme Gótico Oficial). "Você estava tão ansiosa para ir ao baile... E eu estraguei tudo. É que... Não consigo explicar."

Pelo menos não ainda.

"É só ir comigo ao Empório", respondeu Adelle, séria. Tinha, de fato, pegado o exemplar surrado de *Moira* que as duas compartilhavam e uma mochilinha preta rendada. "Isso vai compensar. O sr. Straven disse que a lua cheia é especial, que ele talvez até tente fazer alguns feitiços esta noite."

Seus olhos se arregalaram. Connie sentiu outra vez o arrepio de alerta. "Feitiços?"

"Aham." Adelle se jogou na cama ao seu lado, o livro pousando no edredom entre as duas. Connie pôs a mão na capa e sentiu a emoção familiar de sempre ao tocar seu livro favorito. Não era uma fã tão doida quanto Adelle, mas ninguém amava aquele romance tanto assim, provavelmente nem mesmo a autora. "Eu estava pensando... Mesmo se tivéssemos ido ao baile, depois eu ia te chamar para ir ao Empório", explicou.

"É mesmo?"

"Sim. É..." Adelle lambeu os lábios, evidentemente nervosa. Seus olhos de cores diferentes, um azul e o outro verde, vagaram pelo livro e pela mão de Connie. "Ele queria muito que a gente fosse. Tem um feitiço — um feitiço de verdade — que ele quer lançar para a gente. Sei que parece bizarro, e nem sei se eu mesma acredito, mas podia ser legal, não é? Se tem alguém que consegue fazer mágica, é o sr. Straven. E ele tem me ensinado tanta coisa. Acho mesmo que ele deve ter... Não sei. Um dom. Um toque de mágica."

As duas amavam o Empório Olho de Bruxa justamente por ser o lugar mais estranho, assustador e irado de Boston. Mas sempre parecera assustador de um jeito seguro, de faz de conta. Connie se lembrou de quando, dois anos antes, passaram o Halloween em Salém com a mãe de Adelle. Tinha sido a primeira vez em que realmente acreditara em espíritos, demônios e coisas inexplicáveis. Connie acreditava na ciência, mas Salém a fizera acreditar em... algo mais. Alguma outra coisa, sem nome e mal definida, mas real; algo que não era armazenado em um canto do cérebro, e sim lá no fundo da intuição. A cidade vibrava em uma frequência diferente, a princípio encantadora, mas que aos poucos começou a incomodar. Adelle, é claro, adorara. Isso até que entraram em uma loja de velas despretensiosa, e a proprietária notou seus olhos heterocromáticos e se ofereceu para ler as mãos das duas de graça.

A leitura de Connie foi bem superficial. Tinha quase certeza de que a mulher de olhos arregalados e cabelo amarelo-palha emaranhado e cheio de laquê só sentira seus calos de levantamento de peso e seguira a dica. Mas na leitura de Adelle ela se demorou, pairando sobre a mão dela como se fosse uma relíquia querida, feita de vidro e fácil de quebrar.

"Esta linha desaparece na escuridão", explicou a mulher, quase choramingando e estremecendo. "Você... você desaparece na escuridão, querida."

A mãe de Adelle achou aquilo a coisa mais engraçada que já ouvira. Como trabalhadora do ramo funerário, ela resmungou um sarcástico:

"Minha querida, todos nós terminamos na escuridão, de um jeito ou de outro: caixão, pó ou cinzas."

Mas Adelle não conseguiu superar. Ela quase não falou durante o restante da viagem, roendo as unhas e encarando o caminho de volta para Boston pela janela, com olhos grandes e assombrados.

"Que tipo de feitiço?", perguntou enfim Connie, sentindo como se o livro sob sua mão também estremecesse.

Adelle se virou e esperou que seus olhares se encontrassem, então abriu um sorriso enorme e muito estranho.

"Ele acha que pode nos mandar para dentro do livro. De *Moira*. Você iria, se ele puder fazer isso? Podemos ir juntas?"

2

Adelle engoliu o espinho pontiagudo da decepção com um sorriso. Pelo menos a melhor amiga concordara com sua ideia estapafúrdia de passar a noite não no baile, como planejado, mas no Empório. Agora só precisava convencê-la a seguir com o feitiço, mas isso não seria tão difícil — Connie sempre cedia e embarcava em todos os planos ridículos que Adelle inventava, como da vez em que deixaram água do lado de fora da casa sendo banhada pelo luar e beberam na manhã seguinte, mesmo com insetos boiando, a sujeira e tudo o mais. Ou quando a convencera a matar aula para fazerem uma leitura de seus mapas com um astrólogo que estava visitando a cidade; ou quando, no verão anterior, Adelle se convenceu de que conseguia se comunicar com o gato da mãe e passou a tarde inteira miando para o pobre coitado enquanto Connie filmava tudo no celular.

Por sorte, *esse* vídeo já estava desaparecido. Connie era sua cúmplice; a amiga concordaria com o feitiço, ainda mais depois de ter frustrado seus sonhos de dança. A decepção arrebatadora ainda estava entalada na garganta, mas precisava ser engolida.

Se o sr. Straven conseguisse mesmo fazer mágica, ela se esqueceria completamente do baile.

Primeira parada: Burger Buddies, onde pediram dois Pigmalions, cheeseburgers do tamanho da cabeça de uma criança com todos os recheios disponíveis e uma montanha enorme de batatas fritas; aquilo era como dar uma banana para o padrasto, que fizera a família toda se tornar vegana. Adelle provavelmente vomitaria tudo na manhã seguinte, mas a sensação de rebeldia valia a pena. Pequenas rebeldias. Nada drástico. Dois anos antes, quando começaram o ensino médio, as duas tinham jurado não fumar nem beber, dando dedinho e tudo; queriam entrar em Yale juntas. Connie com certeza receberia uma bolsa de esportes:

praticava futebol, atletismo, natação e seu verdadeiro amor: o biatlo. Adelle, muito ciente de que suas habilidades eram com os livros, teria que se esforçar mais.

"Grandes sonhos exigem grandes sacrifícios", dizia Connie, sempre que ouviam falar de alguma festa incrível para a qual não tinham sido convidadas e que fingiam evitar.

Devoraram os hambúrgueres rápido demais e pediram milk-shakes para viagem.

De volta às bicicletas, atravessaram a Arlington Street (bateram na base do Ether Monument quando passaram, para dar sorte), depois seguiram para sudeste, em direção ao lago e aos pedalinhos de cisne. Ali, tinham escolhido um local secreto sob uma árvore frondosa: um afloramento rochoso que se projetava sobre o lago e proporcionava uma visão tranquila e pacífica dos cisnes. Era onde travavam os debates mais acalorados: quem era a melhor irmã March? Jo, é claro, concordavam, embora Adelle agonizasse em segredo, suspeitando gostar mais de Amy. Classificaram suas heroínas literárias favoritas (Laia, Elizabeth Bennet, Elisa, Katniss, Sierra Santiago, Jane Eyre e, claro, Moira) e seus livros favoritos — certa vez, Connie cometeu a gafe absurda de colocar *Jane Eyre* acima de *Moira*, o livro *delas*, o que ficou parecendo uma traição. Parecia que ninguém mais gostava tanto de *Moira* como as duas. O livro nunca ganhara seu suntuoso (e, na opinião delas, muito merecido) filme de época, nunca recebera o tratamento de *Bridgerton*, não ganhara sequer uma série da BBC.

Não, *Moira* definhava no pântano literário, onde milhões de outros livros eram esquecidos.

Por isso, aquele zelo era importante. Não esqueceriam *Moira* nem a autora, Robin Amery. Não havia quase nenhuma informação sobre ela na internet, nenhuma página de fãs ou rede social, nenhuma entrevista. Depois de se empenharem em tanta pesquisa, Robin continuava sendo apenas uma breve biografia no final do romance e uma foto em preto e branco de uma mulher mulher branca, séria, de cabelo grisalho e curto, com um sorriso vago para algo além da câmera.

AMANTE DE TODAS AS COISAS ROMÂNTICAS, ROBIN AMERY É AUTORA DE MOIRA E DA PREMIADA COLETÂNEA DE CONTOS *A AVENTURA DE MOBERLY*. NASCIDA EM PARIS, ROBIN MORA COM SEU GATO, FENTZ, EM BOSTON, MASSACHUSETTS.

Nenhuma investigação na internet nem em bibliotecas resultou em um exemplar de *A Aventura de Moberly* ou revelou o prêmio que o livro ganhou. De vez em quando, Connie pedia à mãe, livreira de uma rede local, que tentasse organizar uma sessão de autógrafos ou evento e convidar Robin Amery. Rosie tentava, mas ninguém na loja sabia onde encontrá-la. A editora, White-Jones, também não ajudou muito. *Moira* estava esgotado havia muito tempo, e não publicavam nada novo da autora há anos. Nenhum dos funcionários atuais sequer se lembrava de ter trabalhado com ela.

Ao que parecia, Robin e seu livro corriam sério perigo de desaparecer completamente. Precisavam ser preservados. Connie e Adelle eram as fundadoras, fiéis e bispas de uma igreja de duas pessoas. A menor sociedade de preservação literária do mundo.

A rocha perto dos cisnes também era o lugar onde desnudavam a alma.

Alguns fins de semana antes, Connie confessara não estar animada para o baile. Nem um pouco. Todos os vestidos que tinha experimentado fizeram com que sentisse como um jogador de futebol americano enrolado em cinco metros de tule. Quando criança, a amiga era chamada de bonita e graciosa, mas isso foi diminuindo conforme crescia — e continuava crescendo. Mais e mais e mais. Até que um regime constante de esportes e shakes proteicos acabou lhe rendendo ombros largos e um rosto mais anguloso, que as tias e tios chamavam de "saudável" e "forte". Forte, não bonito. Por que não forte *e* bonito, Adelle sempre se perguntara. O que tornava essas coisas opostas para tantas pessoas? Enquanto ela se olhava no espelho, durante a busca por vestidos para o baile, as vozes das tias e tios ressoavam em um alto-falante em sua cabeça. Adelle jurara por todos os ancestrais mortos que conseguia lembrar que Connie estava estonteante, mas sua voz não conseguia abafar as outras.

Adelle tinha sua própria confissão a fazer: em uma das partidas de futebol de Connie, começara a conversar com um menino que lembrava o protagonista masculino de *Moira*, Severin Sylvain: pele clara, cabelo preto encaracolado, olhos cinzentos penetrantes, silhueta elegante e esbelta. O garoto disse que gostava dos olhos estranhos dela, e Adelle corou, dizendo que tinha heterocromia ocular, e ele assentiu como se soubesse do que se tratava. Seu nome era Brady ou Grady; ela não conseguira ouvir direito por causa do barulho da torcida. Tinham ficado atrás dos quiosques da praça de alimentação, então ele tentou colocar a mão por baixo da sua blusa, e Adelle fugiu. Severin não faria aquilo. Depois ela se odiou um pouco por ter beijado o garoto.

Era um lugar sagrado, então é lógico que precisavam passar por perto de bicicleta, seguindo a trilha do parque, para se certificar de que não tinha ninguém lá, fumando ou mostrando o traseiro para os barcos de cisne.

O pequeno trecho perto do lago estava vazio, e as garotas continuaram pedalando, a barriga cheia de hambúrguer, ainda bebendo os milk-shakes, inebriadas pelo açúcar enquanto se dirigiam ao Empório Olho de Bruxa. Adelle olhou para a amiga, e Connie parecia calma, até contente. Provavelmente não acreditava que o feitiço do sr. Straven funcionaria, mas Adelle sentia as mãos quase elétricas, tamanha a certeza que tinha.

"E aí, quem era seu acompanhante misterioso?", perguntou Connie, enquanto pedalavam furiosamente pelo parque.

Adelle enrolou, tentando passar à frente da amiga, mas Connie pedalava rápido demais.

"Era ridículo."

"Vamos, Delly, diga."

"Não, era ridículo demais. Você vai me achar doida."

"Mas isso eu já acho." Connie abriu um sorriso.

"Ha. Ha."

Connie deixou o assunto de lado enquanto desciam pela trilha e saíam do parque, então viraram à esquerda, serpenteando entre os turistas, passando por carruagens puxadas por cavalos e passeios noturnos de ônibus pela Boston assombrada, a voz do guia se elevando por um tempo, até desaparecer quando as meninas mergulharam em um beco. Ao chegarem à loja de esquisitices, estacionaram as bicicletas no mesmo lugar de sempre: um recanto cheio de teias de aranha logo atrás da escadaria de tijolos que levava às portas duplas de vidro.

"Então", começou Connie, nem um pouco sem fôlego enquanto subiam as escadas correndo, "quem era?"

Adelle desviou para ficar atrás da amiga e, à luz verde das lâmpadas de gás do lado de fora da loja, abriu a mochila de Connie e retirou *Moira*, ansiando pela magia prestes a acontecer.

"Severin", murmurou. "Do livro."

"Tipo um amigo imaginário?" Connie bufou.

"Eu falei que era ridículo."

O rosto de Adelle ardia de vergonha quando entraram na loja. Estava meio que esperando encontrar uma multidão vestida como ela, de preto e renda, mas não havia ninguém para o grande evento da lua cheia. Estranho. Pelo menos não teriam que esperar muito para conversar com o sr. Straven. O que era uma vantagem.

O Empório Olho de Bruxa estava vazio, exceto pelas meninas, o sr. Straven e um homem comum, que andava todo de preto e com um chapéu de feltro liso e passava os dias junto à janela da loja bebericando intermináveis xícaras de café. Nenhum alimento ou bebida era permitido ali, mas o sujeito parecia ser uma exceção. Adelle conduziu a melhor amiga através do labirinto de mesas, prateleiras e estantes de vidro até o balcão. Um relógio de pé antigo e enorme com uma coruja esculpida em madeira vigiava a caixa registradora, tiquetaqueando baixinho, o pêndulo quebrado desde muito antes do que Adelle conseguia se lembrar. Lá dentro o ar estava perfumado com incenso de lavanda, alecrim e fascínio. Seis camundongos, congelados em várias poses e profissões, estavam abrigados sob redomas debaixo do relógio. Connie tinha nojo, mas Adelle os adorava, já tão fascinada pela coleção de taxidermia da própria mãe. Um cientista usando um jaleco minúsculo, uma enfermeira com um chapéu branco do tamanho de uma unha, um professor de jaqueta surrada e remendada, um lenhador com um tufo de barba, um caubói com as pistolas em riste.

O sexto camundongo estava vestido de bruxa: uma túnica preta esvoaçante, uma varinha de fósforo colada na mão direita. Adelle o observou enquanto Connie, indiferente, se apoiava na bancada de vidro.

Atrás do balcão alto, o sr. Straven acendeu um fósforo, que encostou em uma vela de cera de abelha empalada em um castiçal antiquado. Era um homem velho e nodoso, amarelado e pálido, com uma barba de Papai Noel espessa e cabelo branco, bochechas com marcas de varíola e olhos muito pequenos e muito pretos. Usava sempre um casaco preto surrado e calças largas; um chapéu preto, parecido com o do homem sentado junto à janela, estava pendurado vistosamente em um gancho de parede próximo aos ratos empalhados.

"Adelle!", murmurou ele, com um brilho intenso nos olhos. Seu olhar foi depressa para Connie, mas logo se voltou para a vela que ele colocava entre os três, na bancada. A vela era cor de ébano e tinha o formato de um polvo: uma massaroca de tentáculos entrelaçados, o mais alto segurando o pavio e a chama. "E..."

"Constance", relembrou Connie. "Connie? Já estive aqui um milhão de vezes."

"É claro, é claro!" Ele riu e bateu com o dedo na têmpora. "Ruim com nomes."

Straven era incrivelmente distraído e às vezes chamava Adelle pelo que ela supunha ser o nome de sua filha ou de sua esposa: Ammie. Talvez Cammie. Sua voz era sempre murmurada, baixa e arrastada. Um dos olhos nunca parecia focalizar direito. Connie se remexeu, inquieta, e olhou para o relógio por cima da cabeça dele.

"Não é um pouco cedo para vocês estarem aqui? Achei que fossem a um grande baile esta noite. Não parecem vestidas para a ocasião." Ele piscou para Adelle, que deu uma risada nervosa.

"Decidimos não ir ao baile e vir para cá", explicou ela. "Tivemos... Nós..."

"Mudei de ideia", Connie entrou na conversa, decidida. "E Delly disse que você faria um evento da lua cheia esta noite. Somos as únicas aqui?"

O sr. Straven soltou um suspiro enorme, ameaçando a chama da vela. O homem perto da janela sorveu a bebida ruidosamente, olhando para a calçada, como se quisesse deixar claro que não estava envolvido na conversa. "As coisas andam meio lentas por aqui. Vocês, meninas, são minhas clientes mais fiéis. É justo que sejam as primeiras a se divertir de verdade." Straven ergueu as sobrancelhas e se abaixou atrás do balcão, de onde tirou uma bandeja com uma pedra, uma vela, alguns bastões de incenso e um prato raso de pedra com água.

"Se divertir de verdade", repetiu Connie, estreitando os olhos. "Seriam os supostos feitiços?"

O homem caiu na gargalhada, e a chama dançou no pavio, mais uma vez descontrolada; Adelle se perguntou como permanecia acesa. O centro da chama era quase verde. Uma sensação fria e escorregadia percorreu seu corpo enquanto olhava o fogo.

"Não seja tão cética, mocinha, nem tão orgulhosa." Os olhos negros do sr. Straven reluziram com... alguma coisa. Adelle queria ser generosa e chamar de alegria, mas parecia mais um brilho travesso e maligno. "Nem tão hesitante. Achei que estivesse ansiosa para participar deste pequeno experimento. Foi a Adelle que sugeriu sua presença."

"Foi, é?" Connie chutou a canela da amiga sem que Straven pudesse ver.

"Achei que seria divertido." Adelle apertou bem os lábios, constrangida. Achou que Connie iria gostar. Já tinham feito coisas desse tipo. Em seu último aniversário, Adelle se convencera de que tinha poderes psíquicos e tentara mover uma pilha de deveres de casa antigos com a mente. Em uma noite aleatória em que Connie dormira em sua casa, a amiga tentara invocar a banda favorita das duas apenas com o poder da crença. Ainda riam muito disso, mas tinha sido anos antes, quando Connie tinha dez anos, quando tudo parecia possível. De zoeira, em um domingo mais recente, ela tentara outra vez, na esperança de materializar ingressos para um show do BTS como presente de aniversário para Adelle.

Claro que não tinha funcionado. Magia nunca funcionava.

Até que funcionasse.

"Qual é, Connie", disse Adelle, ouvindo o tom de lamúria na própria voz. Estendeu a mão e segurou o pulso direito da amiga, apertando de leve. "Se não podemos ir ao primeiro baile do ano em um ginásio cheio de gente suada, podemos fazer algo ainda melhor. Podemos viajar no tempo. Criar nossa própria magia. Nosso próprio baile... Não só um baile, mas um baile de gala! Com vestidos bufantes, cavalheiros galantes e luzes cintilantes!"

Adelle mordeu o lábio, lembrando a si mesma para manter a calma. Mas viu a amiga sorrir, viu seus ombros relaxarem, resignados. Connie estava cedendo.

Ela baixou a voz, quase conspiratória.

"Você se lembra da quiromante em Salém?"

Connie empalideceu, mas assentiu.

"Ela disse que uma das minhas linhas terminava na escuridão. Que eu terminaria assim. Talvez tenha sido isso o que ela quis dizer, que iríamos a algum lugar que nem ela podia ver."

Mas Connie não parecia muito convencida. Na verdade, parecia assustada. Adelle tentou outra tática:

"Você não quer conhecer Severin? E Moira? Não quer fugir um pouco deste mundo idiota e sombrio? Vai ser como um sonho. Não é, sr. Straven?"

O lojista vinha concordando com cada palavra dela, como se para encorajar Connie a relaxar e seguir em frente. Adelle não sabia se acreditava nas loucuras que saíam da própria boca, mas queria acreditar. Queria aquilo mais do que queria estudar para o vestibular, do que os DVDs intermináveis de *Everwood* de seus pais, do que os jantares veganos grudentos com gosto de areia. Não queria um Grady ou um Brady; queria Severin. Simplesmente... queria. Ansiava por aquilo, e enquanto observava Connie morder a bochecha e hesitar, começou a imaginar — a temer — que a amiga não compartilhasse daquele anseio desesperado e terrível.

"Connie?", perguntou.

"Tenho treino de tiro amanhã cedo", respondeu a amiga.

"Por favor."

Connie estufou as bochechas. "Olha, estamos ficando velhas demais para isso. Tá bom. Eu topo. O que temos que fazer?"

Straven abriu as mãos, gesticulando para a bandeja com os objetos sobre a bancada.

"Trouxeram o exemplar do livro que compraram comigo?"

"Aqui está." Adelle colocou o livro ao lado da bandeja, parecendo sem fôlego.

"Perfeito. Posicionaremos esses objetos ao redor do livro, na direção dos pontos cardeais. Vocês vão encontrar uma passagem do romance onde gostariam de pousar, colocar a mão sobre o texto e recitar um encantamento, repetindo o que eu disser."

Connie ergueu uma sobrancelha grossa e escura.

"Parece assustadoramente simples."

"Não é *simples*, querida." Straven a encarou com um olhar intenso e assustador. Adelle não gostou nada daquilo. "Este encantamento foi aprimorado e aperfeiçoado ao longo de centenas de anos. Talvez milhares. É a destilação de horas indecifráveis de pesquisa, sacrifício e exploração. Só pode ser realizado na lua cheia. Mercúrio precisa estar retrógrado. Marte, Júpiter, Saturno, Mercúrio e Vênus devem estar visíveis no céu noturno."

"E você vai simplesmente revelar esse mistério para nós duas?" Connie riu entre dentes. "Não sei se acredito muito nessa história."

"Não precisa acreditar, querida. Só repita o que eu disser e veja por si mesma."

Aquela sensação estranha e escorregadia percorreu outra vez o corpo de Adelle. Deu um passinho para longe do balcão, pela primeira vez percebendo que aquilo era uma má ideia.

Queria espanto e magia, mas não se fosse para se sentir daquele jeito.

Você desaparece na escuridão.

Mas Connie não iria recuar, tendo aflorado seu lado competitivo. De fato, a voz da amiga soou desafiadora quando ela se inclinou para Straven, que arrumava os objetos ao redor do livro e acendia a segunda vela.

"Se funcionar", disse ela, lançando um olhar rápido e faiscante para Adelle, "não vai, mas digamos que funcione. Então como faço para voltar a tempo do treino de amanhã?"

"Fácil", ronronou o sr. Straven. "É só organizar mais uma vez os objetos ao redor do livro, aberto na última página, e repetir o encantamento. Isso trará as duas de volta para o nosso mundo."

"E se a gente esquecer o encantamento?", Adelle perguntou baixinho, ouvindo a dúvida na própria voz.

Foi a sua vez de receber um olhar frio e negro de Straven.

"Confie em mim, querida. Você nunca vai esquecer."

3

"Bem, eu já sei qual capítulo vou escolher", disse Adelle, pegando o exemplar muito gasto e muito amado de *Moira*. Um buraco se abrira em seu estômago. Disse a mim mesma que era só nervosismo, não um sinal de alerta. Abriu uma página quase na metade do livro e passou a palma da mão carinhosamente sobre o papel. Nesse capítulo, com o amor clandestino já firme, mas não declarado, a protagonista, Moira, e seu pobre e amado artista se encontram no parque, local onde se viram pela primeira vez, e juraram fazer sua primeira aparição pública juntos. Moira lhe enviaria uma mensagem secreta e o ajudaria a entrar de fininho em sua casa, na linda festa planejada por sua família rica. Naquela noite, os dois declarariam seu amor para o mundo inteiro. Seria uma grande celebração, o baile que Adelle, tolinha, esperara recriar no Sadie Hawkins — Connie com Julio, ela com seu Severin imaginário. Às vezes, quando o imaginava, quando sonhava acordada na aula, ele parecia tão sólido quanto a carteira que sustentava seus cotovelos.

"Aqui", murmurou Adelle.

"Que parte você escolheu?", perguntou Connie, esticando o pescoço para tentar ver, mas Adelle estava cobrindo a passagem com a mão.

"Acho que você terá que ver por si mesma." Adelle fechou os olhos e, assim como a imagem mental que tinha de Severin, a noite do glorioso baile do livro estava bem ali: a casa, a música de cordas e as taças de champanhe pareciam ao alcance de suas mãos. Talvez estivessem, pensou; talvez aquilo fosse mesmo *real*.

Sempre vivera na fantasia. Com a cabeça nas nuvens. A mãe, de uma seriedade crônica, muito pragmática e realista, não fazia ideia de como Adelle podia ser daquele jeito, mais apaixonada pelos mundos que lia nos livros do que por aquele ao seu redor.

"Tem certeza?", perguntou Connie. Adelle estendeu a mão, nervosa, para ajeitar uma mecha de cabelo atrás da orelha, permitindo que a amiga espiasse a página. Dizia: *Sou uma criatura cansada e atormentada, só carne solta, e me foi negado o único bálsamo que poderia me moldar e me manter inteira: o amor. Dê-me amor e, embora eu agora seja uma mariposa consumida pelas chamas, criarei novas asas e alçarei voo.*

"Vamos só nos divertir um pouquinho", reiterou Adelle, abrindo um largo sorriso para a amiga. Mas o buraco em seu estômago persistia, agora arrotando uma nuvem de borboletas nervosas.

O sr. Straven se aproximou, parecendo ansioso para prosseguir. Ele se virou para a parede dos ratos empalhados e do chapéu no cabide e usou um dimerizador para reduzir as luzes da loja. O homem junto à janela continuou bebericando sua xícara de café aparentemente interminável.

"Você... você já fez isso?", perguntou Adelle, com a voz trêmula e a palma da mão começando a suar, a página grudada na pele.

"Só uma vez", respondeu ele.

"E funcionou?", insistiu Connie.

"De certa forma", retrucou Straven, estreitando os olhos. Antes que as duas pudessem pedir esclarecimentos, ele continuou: "Agora feche os olhos, Adelle, e repita comigo... Rache esse mundo emaranhado, a cortina se rasgou, o Velho nasceu".

Adelle esperou para ver se o lojista tinha terminado, e ele fez que sim com a cabeça. Assim que as primeiras palavras trêmulas saíram de sua boca, sentiu o buraco no estômago se alargar e um frio cortante, vindo do nada, agarrando-a feito uma mão gelada.

Mas ela fechou os olhos, imaginando se estaria prestes a experimentar magia e se isso a faria se sentir mais aquecida.

"Rache esse mundo emaranhado", sussurrou. "A co-cortina se rasgou, o Velho nasceu."

Fora de vista, Connie ofegou. Adelle sentiu cheiro de fumaça espiralando, como se as velas tivessem se apagado de repente. Então ouviu uma voz que vinha borbulhando do livro, através de sua mão; não ouviu nos ouvidos, e sim no peito. Não era claramente masculina nem feminina, era algo que vinha das brechas entre as palavras que compunham seus pensamentos. A voz se assomou sobre ela como algo que sempre estivera ali, presente, mas que ainda não tinha sido visto; como um estranho parado em um canto, escondido pelas sombras, sentido, mas ainda não compreendido.

Não falava na sua língua. Não falava língua nenhuma, mas os sons distorcidos foram começando a fazer sentido. A princípio, parecia só alguém tossindo, engasgando, uma saliva desesperada borbulhando entre lábios balbuciantes. Até que ela enfim entendeu as palavras — nesse instante, soaram claras como um sino anunciando a morte de alguém.

Sim, nasceu. Você vai encontrar. Venha. Chegue mais perto. Encontre.

Adelle abriu os olhos e se sentiu em queda livre, caindo para a frente, dentro de algo inominável. Um vazio. Uma fenda. Um lugar entre lugares.

Apertou a barriga e gritou.

4

A conversa estava excepcional, relataram as amigas, e o baile, bastante animado! Contara com a presença de muitos rapazes de bem! Mas nada disso importava. Moira esperava a hora de entrar em seu baile esplêndido, pensava apenas em uma coisa: ele teria cumprido sua promessa? Teria comparecido?

Ele era perigo e desobediência, um pecado a ser cobiçado, um filho de pescador pobre, tão abaixo de seu nível social que poderia estar debaixo da terra. No entanto, não desistiria de sonhar com ele. Seu coração fizera a escolha, e cabia a ela suportar essa dor.

Ele recebera sua mensagem? Correria o risco de escândalo e humilhação para comparecer ao baile e declarar o amor dos dois para toda a cidade? Moira temia a resposta, mas se forçou a deixar o quarto e se apressar para o salão de baile, parada no topo da escada, procurando apenas um rosto na multidão.

Lá estava ele! Belo como sempre, com aquele sorriso incorrigível. Severin. O destino de sua alma.

Assim que ela o viu de novo, o rapaz virou seu mundo. Enquanto descia as escadas acarpetadas, os pés calçados em sapatos de seda decorados seguindo até ele, sentiu se fortalecer o feitiço que Severin lançara sobre ela. Moira não se atreveu a andar depressa demais ou a respirar muito profundamente; embora temesse que o novo sentimento a dominasse, muito maior era seu medo de quebrar aquele encanto hipnótico.

> *Eu sabia que teria você, pensou. Ou talvez soubesse que você me faria sua.*
>
> – Moira, *capítulo 15*

Paralisada, Connie encarava o espaço com espanto e horror: Adelle tinha sumido. A amiga desaparecera, deixando de existir em um piscar de olhos, como se alguém a tivesse selecionado e clicado em "deletar".

Tinha funcionado. Tinha funcionado *mesmo*.

"Nós... não podemos ir juntas? Achei que iríamos juntas!", gritou Connie.

"Vocês se encontrarão do outro lado."

"Mas..."

"Agora é sua vez." Straven sorriu. Não era um sorriso gentil. "Coloque a mão no livro e diga as palavras. Sua amiga está esperando."

Connie piscou. Não conseguia se mexer. Não conseguia pensar. De repente, sentiu-se em dez lugares ao mesmo tempo, dividida entre o choque, a empolgação e o terror. Apoiou-se com força no balcão, sentindo o mundo girar, então caiu no chão, suando e ofegando enquanto tentava se recompor. Um ataque de pânico. Já tivera outros, em geral na noite anterior a um jogo importante. Seu coração disparou, e ela colocou a mão no peito para tentar se recompor com pura força de vontade.

Como era possível? Como a magia podia ser *real*?

"Constance?"

Não conseguia encarar o sr. Straven. O mundo girava rápido demais para isso. *Magia.* Adelle só sabia falar disso, mas sempre lhe parecera só uma besteirinha, como daquela vez em que tinham ido nos dois dias seguidos da feira renascentista de King Richard's e um belo duelista presenteara Adelle com uma faixa, então as duas passaram o restante do semestre lendo o exemplar em brochura que a amiga comprara de *O Cavaleiro da Armadura Brilhante*, de Jude Deveraux, até a capa cair.

"Neste livro, ela viaja no tempo", comentara Adelle, com um brilho sonhador nos olhos de cores diferentes. "Talvez a gente também possa."

"Você é doida", brincara Connie. "Isso não existe."

Era isso que as unia, como duas pedras preciosas em um único anel. Caroline, Tonya e Kathleen, do time de futebol, deviam estar na casa de Matt Tinniman se embebedando com aguardente e o que mais encontrassem no armário de bebidas do pai dele. Kathleen tinha até uma identidade falsa que usava para entrar nas boates do centro da cidade, e não só nas "noites para menores", quando a entrada era liberada para adolescentes e todos usavam pulseiras para identificar quem podia beber. Connie sempre se sentia meio mal de quebrar as regras; até as menores infrações a deixavam nervosa, como se os pais pudessem ver as ondas de culpa emanando dela.

Brincar com tabuleiros de ouija e frequentar o Empório pareciam transgressões mais possíveis, não era como comprar maconha ou se infiltrar nas festas da faculdade. Ainda que os contatos que tinham com o oculto parecessem inocentes, Connie sempre sentira que, quando tocava o exemplar de *Moira*, era como se o livro a tocasse também, como se fosse pegajoso. Só tinham aquele único exemplar, vendido pelo sr. Straven, e se revezavam para guardá-lo. Quando era a vez de Connie, o romance chamava por ela. Às vezes, à noite, a menina acordava sem motivo e ficava olhando para o livro em sua mesa de cabeceira, que a observava de volta — e ficava estava lá, esperando, a silhueta evidente na escuridão do quarto.

Adelle sempre fora obcecada por Severin, o amado melancólico de cabelos escuros, mas Connie queria conhecer a heroína. Moira, dos longos cachos ruivos; Moira, dos olhos verdes brilhosos e sorriso tímido. Moira, que amava com ferocidade, um amor arriscado, sem restrições.

Talvez Moira Byrne, a garota com a longa cabeleira ruiva e brilho nos olhos, tivesse sido sua primeira paixão. Ah, tudo bem: não havia "talvez" nenhum. Moira com certeza fora seu primeiro amor, mas esse negócio de se apaixonar por alguém que nunca existiu parecia mais coisa da Adelle. *Sem querer ofender*, pensou, odiando cogitar algo ruim sobre a melhor amiga, *mas você sabe que é verdade, Delly*.

O que Connie mais queria era beijar uma garota bonita sob a lua cheia, sem ninguém para cochichar ou julgar.

Era o que desejava, mas nada disso importava mais. Agora só precisava entrar no livro, já que, mesmo parecendo impossível, Adelle estava lá. E sozinha. Que estupidez! A mais pura estupidez.

Connie recobrou a confiança e se levantou devagar, o corpo inteiro tremendo enquanto ela encontrava o olhar firme de Straven.

"Coloque a mão no livro, garota", grunhiu o lojista.

"C-como você f-fez isso?", gaguejou Connie. "Para onde ela foi?"

"Você sabe", respondeu ele. "E pode ir também."

Connie inspirou de um jeito superficial e pegou o romance. Olhou para a chama da vela preta, que oscilava de leve e ainda queimava com fogo verde. Então fechou os olhos e recitou as palavras:

"Rache esse mundo emaranhado, a cortina se rasgou, o Velho nasceu."

Atrás de si, Connie ouviu um som como o de ossos se quebrando; só que não conseguia se mexer, estava paralisada de medo. Uma voz encheu sua cabeça, suave como veludo, fria como uma mentira. As palavras não soavam como nenhuma língua que já tivesse ouvido, mas isso não fazia diferença. Connie sabia o que significavam e não conseguiu controlar o corpo por tempo o bastante para mudar de ideia e fugir.

As palavras distorcidas proferiam uma promessa, um aviso: aquilo que ela se dispusera a fazer, o feitiço que lançara, tinha funcionado.

Connie abriu os olhos e constatou que sua mão estava em uma parte anterior do livro, visivelmente anterior. As duas estariam separadas, ela sabia, mesmo com a mente confusa. Separadas, sozinhas e longe, muito longe de casa.

5

Connie dormiu um sono sem sonhos e acordou em uma sala empoeirada cheia de prateleiras e caixotes. Demorou um momento para se lembrar da magia. Do pânico. Da realidade impossível do que tinham acabado de fazer. Rastejando de joelhos, decidiu tentar deixar algum rastro. Escreveu uma mensagem na poeira: seu nome, idade e... e o que mais?

Por favor, me ajude. Não sei onde estou, escreveu.

Ridículo. Quem encontraria aquele lugar? Parecia e cheirava como um lugar abandonado havia muito tempo. Horas se passaram; o choque virou torpor. Precisava encontrar o que comer, algum lugar aonde ir em busca de respostas. *Pelo menos conheço esta cidade*, pensou. *É um começo.*

Seu primeiro passo para fora, noite adentro, roubou seu fôlego. Um miasma espesso e inexplicável envolvia a cidade, permitindo apenas vislumbres ocasionais da lua e das estrelas. Era pior que neblina, mais denso, carregando um cheiro inconfundível de podridão. Parada na varanda, ela estreitou os olhos na escuridão, sentindo o silêncio perturbador e desgastante, interrompido apenas pelo gemido ocasional da brisa com cheiro de peixe que vinha do porto. Connie avançou alguns passos, descendo a escada curta que levava à rua, e cambaleou ao tropeçar em algo pesado e macio no último degrau. Depois de recuperar o equilíbrio com seus reflexos de atleta, ela girou e avistou um corpo encolhido junto ao degrau. Podia vê-lo se mexendo, bem de leve: o peitoral do homem corpulento em um terno cinza subia e descia com respirações trêmulas.

"Está tudo bem?", sussurrou ela. O silêncio que cobria a cidade era tão opressivo, tão semelhante ao silêncio imposto em bibliotecas, que Connie tinha medo de quebrá-lo. "Senhor?"

Connie se inclinou para a frente, preparando-se para cutucá-lo em busca de resposta, quando o homem atacou de repente, agarrando-a pelo pulso. Ela gritou.

O rosto dele estava mais pálido que a morte, os olhos arregalados e injetados, a parte branca brilhando mesmo na escuridão.

"Os... sonhos", sibilou o sujeito, fincando as unhas na pele de Connie enquanto tentava puxá-la para perto. A barba emaranhada e salpicada de fios grisalhos abundava em torno dos lábios. "Eu... eu posso sonhar de novo. Você sonha? Ouve os sussurros? Chamando... Estão chamando agora... Preciso ir."

Tão de repente quanto a agarrara, o homem a soltou. Connie cambaleou para trás, observando-o se levantar, de modo lento como se cumprisse uma tarefa árdua. Já de pé, encurvado, ele virou a cabeça para o leste, onde Connie sabia que ficavam o cais e o porto. Bem devagar, ele abriu um sorriso e saiu andando naquela direção, a respiração subitamente calma, os passos sem pressa, mas decididos. Aquela cena a fez se lembrar, horrorizada, do comportamento do pai nas raras vezes em que o flagrara em momentos de sonambulismo.

O homem chegou ao final do quarteirão, dobrou a esquina e desapareceu. Connie estremeceu, segurando as lágrimas. As roupas dele. As lojas. O silêncio. Aquela não era a sua Boston. Aonde poderia ir? Como voltaria para casa ou encontraria Adelle? Fosse lá o que acontecesse, queria sair das ruas e ir para um lugar mais seguro, onde pudesse engolir o pânico e organizar os pensamentos. Da loja abandonada em que acordara, tentou encontrar pontos de referência, lugares que existiam tanto em 1885 quanto em sua época. O celular não ajudava em nada, não havia nenhum sinal de Wi-Fi, nem sequer indicação de 3G...

Usava o aparelho o mínimo possível, só às vezes como fonte de luz ou para fazer anotações, mas, mesmo assim, a bateria descarregava mais e mais. A mochila tinha vindo junto, assim como, o que era ainda mais estranho, o exemplar de *Moira.* Como o livro fizera a viagem? Tinha presumido que ele ficaria no Empório. Talvez a brochura tivesse que viajar também, ou não haveria como voltar para casa. Connie se agarrou à ideia como a um farol de esperança minúsculo, tremeluzindo.

O lugar mais seguro que conseguiu encontrar ficava a quatro quarteirões de distância: uma padaria velha que provavelmente já fora alegre e acolhedora, mas estava escura e abandonada, agourenta como os restos de um naufrágio apodrecido. Connie conseguiu arrombar a porta da entrada de serviço e improvisou uma cama com os sacos de farinha velhos da despensa. Depois passou horas intermináveis tentando arquitetar um plano de fuga, tentando entender o que claramente não fazia o menor sentido. Precisava encontrar Adelle, mas nada na cidade parecia certo.

Esganaria a amiga quando a encontrasse, por metê-las naquela confusão insana. Uma confusão que se recusava a aceitar. Aquilo não podia estar acontecendo com ela, e com certeza havia alguma explicação científica. Mas, com o passar das horas e depois dos dias, nada mudou. Ou Connie não estava conseguindo acordar, ou era hora de aceitar que aquilo estava mesmo acontecendo.

Connie se manteve ocupada fazendo alguns experimentos básicos na padaria. Fez um corte raso no dedo usando a faca menos enferrujada que conseguiu encontrar. O sangue brotou imediatamente, e a ferida ardeu. Aquilo era uma resposta. Ela foi ficando cada vez mais faminta, o que respondia outra de suas perguntas. Comeu a barra de proteína que levava na mochila em um dia só, então racionou com parcimônia o pão velho que encontrou na cozinha do proprietário, mas isso também logo acabou. No apartamento empoeirado acima do estabelecimento, encontrou os restos de uma vida em família abandonados em uma fuga em pânico.

Mais enigmas. Mais confusão. Não se lembrava dessa parte do livro. Em que capítulo colocara a mão, ao dizer o encantamento? Connie tentou juntar as peças, mas encontrou poucas: alguns brinquedos esfarrapados; uma escova de cabelo; os livros de contabilidade do negócio, cuidadosamente guardados; e dezenas e mais dezenas de latas de chá vazias. Revirando um armário espremido entre as duas únicas camas, encontrou um diário escrito com caligrafia feminina. Os relatos eram quase todos trivialidades, o cotidiano de uma jovem balconista da padaria — a filha do padeiro, ela presumiu. Connie pulou para as últimas páginas.

02 de junho

O mar se tornou negro, e o chá acabou. Mamãe diz que os Penny-Farthings* não trarão mais, porque é muito perigoso vir aqui. Eu me ofereci para ir até a capela de pedra, mas ela e papai não permitiram. Não sei o que será de nós agora que o chá acabou, mas sei que mamãe está apavorada. Ela tenta ser forte, mas eu gostaria que não o fizesse. Dói ver mamãe tão desesperada.

---

* Modelo antigo de bicicleta com roda dianteira grande.

04 de junho

Quando acordamos, papai tinha partido. Nem sequer o ouvi se levantar da cama. Mamãe insiste em dizer que ele vai voltar, mas sei que não é verdade. Amanhã descerei até o muro, e o rosto dele estará lá. Papai entrou no mar e nos deixou para trás. Dizem que agora só restam os jovens, e temo que seja verdade.

07 de junho

Agora estou completamente só. Mamãe partiu durante a noite; enquanto eu tentava impedi-la, era como se estivesse possuída pelo próprio Lúcifer, e nada que eu tentasse fazia com que ela me ouvisse. Quando a abracei, sua pele parecia gelo. Seus olhos estavam abertos, mas eu sabia que ela não estava me vendo. Disse muitas vezes que a amava, mas só o que ela conseguia dizer era: "Ele chamou, e eu devo ir. Ele precisa de mim. Ele me escolheu. Ele chamou, e eu devo ir. Está ouvindo os sussurros? Está ouvindo?".

Estou com saudades da minha mãe. Estou com saudades de todos. Sem o chá dos sonhos, também estou condenada a morrer. Não há nada a fazer; preciso tentar chegar à capela. Que Deus me proteja, mas tenho que tentar. Não serei chamada, como os dois foram. Não farei a longa e solitária caminhada até o mar. Por favor, Senhor, por favor... que os mortos olhem por mim, para que eu viva.

Depois disso, Connie resolveu não dormir mais nas camas da família.

Encontrou latas de comida, mas não conseguiu abrir nenhuma com as facas velhas e cegas. Precisava encontrar um novo lugar, onde houvesse mais alimentos e água. Usou um pedaço de carvão e um saco de farinha para fazer um mapa rudimentar, sabendo que era tolice usar o telefone, que já estava para morrer. Marcou a padaria e a rota de volta até a loja vazia onde acordara pela primeira vez. Tinha chegado por lá, (tinha sido o quê? *Enviada? Teletransportada?*), e estava com medo de se afastar demais.

Precisava se mexer, precisava encontrar Adelle. A comida disponível já tinha sido consumida pelos animais. À noite, ouvia prantos, gritos e, o pior, sons de horrores que não conseguia nomear. Às vezes, espiando por cima do balcão da padaria e pelas janelas sujas, via um cortejo de homens e mulheres com roupas estranhas, os rostos cobertos por máscaras de couro, túnicas manchadas que iam dos ombros até o chão, pintadas com palavras simples que ela não conseguia entender daquela distância. Carregavam lampiões que brilhavam com um fogo negro antinatural e entoavam o que pareciam ser nomes, indo e voltando na rua bem devagar, incansáveis, até irem embora ao amanhecer.

Connie sentia a fome e o medo corroendo seu estômago, então finalmente decidiu que era hora de partir. Esperou até a manhã seguinte, enfiou algumas latas de comida velhas na mochila e saiu na ponta dos pés pelo caminho por onde viera, considerando os becos mais seguros e menos chamativos do que as ruas principais. Precisaria dos mesmos objetos da bandeja do sr. Straven para voltar para casa, mas não tinha ideia de onde encontrá-los.

Uma coisa era certa: ela se lembrava do encantamento. Nunca se permitiria esquecê-lo. Repetiu-o várias vezes, gravando-o no cérebro.

A neblina feia que envolvia a cidade parecia mais tênue a oeste e piorava ao redor do cais. Ela se afastou da água, tabulando mentalmente os quarteirões, tentando controlar a distância da padaria, caso precisasse recuar. Se podia sangrar e sentir fome, então não se arriscaria a pedir ajuda aos esquisitões mascarados que cantavam pelas ruas.

Você tem o livro, disse a si mesma. *Você conhece Boston e conhece o livro; deve conseguir sobreviver a qualquer coisa.* Mas não era assim no livro, era? A história era cheia de festas e chás, romance e intrigas, só com um ou outro momento de tensão para não cair no tédio — um duelo, uma artimanha, um sequestro, um vestido rasgado... Às vezes parecia que Moira e Severin não terminariam juntos, e isso era o pior de tudo. Aquilo ali era... era um pesadelo.

Tinham mesmo caído em seu livro amado, ou aquilo era algo muito pior? A fome, uma besta cruel, rosnou em seu estômago. Estava ficando mais difícil pensar. Mesmo faminta, Connie sabia que a Boston dos anos 1880 não estava com a aparência que deveria ter. Foi obrigada a deixar a relativa segurança de um beco depois de percorrer sete quarteirões, então seguiu para o que parecia ser uma rua principal. O esqueleto da cidade e a arquitetura federal estavam lá, mas tinham sido consumidos por abutres e urubus; aquele vazio completo era como uma carcaça deixada para branquear ao sol. Era uma cidade fantasma, e Connie estava quase esperando que uma bola de feno viesse descendo pela rua, como nos filmes. Em vez disso, viu estátuas estranhas, efígies, expostas no meio da rua, com pilhas de lixo fedorento erguendo-se ao redor delas como dunas de decomposição. Chegou perto da estátua mais próxima, feita com os restos de naufrágios e de móveis trazidos pelo mar. Quatro pesadas correntes de barco tinham sido enroladas no "pescoço" da figura, e grandes mastros lascados tinham sido reconfigurados para moldar seu corpo e seus braços. Serpentinas de papel caíam dos torrões de lama que moldavam a cabeça, fazendo Connie se lembrar, inexplicavelmente, de tentáculos. Parecia que um balde de tinta preta fora despejado sobre a "cabeça". E uma placa pregada no meio da efígie dizia apenas: POUPE-NOS.

Tinha três metros de altura, maior que um espantalho, mas, naquele cenário lúgubre, era igualmente perturbadora.

Mais adiante, encontrou trilhos para cavalos puxarem comboios, e a avenida era larga o bastante para acomodar as idas e vindas de centenas de carruagens. As carruagens estavam lá, sim, mas quase todas tombadas, saqueadas, com as rodas quebradas ou roubadas, e tudo destruído, até os assentos. Infelizmente, também havia cavalos abandonados, as carcaças comidas por animais. Pilhas de esqueletos preenchiam os espaços entre carruagens e carroças viradas.

Um dos cavalos, um preto, parecia ter morrido há pouco tempo, mas, quando Connie se aproximou, percebeu que estava se mexendo. Uma massa de ratos pretos tomara o corpo e, quando ela avançou mais um passo na direção do bicho, os ratos guincharam e saíram correndo, fluindo como um rio escuro em direção à sarjeta. Ela estremeceu. Será que aquilo era o livro? Não restava nada além dos olhos do cavalo, as pálpebras corroídas, o olhar frio e assustado da morte quase a deixou paralisada. Quase. Connie nunca paralisava.

Siga em frente. Não pare. Mesmo que nada disso esteja acontecendo. Mesmo que nada disso seja real. Não pare.

Ouviu o arrastar de passos ao longe e o zumbido da cantoria das figuras encapuzadas. A luz do dia já estava acabando? Com a cidade envolta naquela névoa fétida, era impossível saber que horas eram.

Não pode deixar que te peguem, Connie. Não importa se está com fome. Insista. Insista.

Na pista, nos treinos de biatlo, Connie passou por momentos em que tivera certeza de que o frio estava consumindo seus dedos das mãos e dos pés, mas continuara mesmo assim. Os bastões de esqui pareciam ter se fundido às luvas, os pés pareciam congelados nas botas, mas ainda havia quilômetros a percorrer e alvos a acertar. Sua mentora, a treinadora Mindy, dissera:

"A diferença entre você e o oponente que você derrota é o quanto você está disposta a suportar."

Fome. Medo. Escuridão. Ela iria suportar.

Connie correu. Correu como nunca tinha corrido, nem em treinos, nem em competições. Os pés doíam, e os pulmões ardiam ao puxar o ar, mas ela não parou. *Controle os quarteirões, conte tudo, não se perca, procure pontos de referência...* O nevoeiro se afinava no horizonte, então era para lá que iria. A capela. O diário da garota mencionara uma capela. Connie mantinha os olhos erguidos, mas quase todas as placas dos edifícios tinham sido pintadas, apagadas, cobertas com avisos como NÃO DÊ OUVIDOS e A VOZ ESTÁ MENTINDO, cobrindo tudo que fosse relevante ou útil. Sem mencionar que Boston tinha cerca de mil igrejas que podiam se qualificar como a tal capela.

Ainda assim, supondo que a capela tivesse um campanário, achava que um edifício assim se destacaria, e não tinha visto nada parecido enquanto se afastava da carnificina nas ruas.

Percebeu que ziguezagueara para oeste e quase chorou de alívio quando, ao parar para respirar, se viu diante da estátua de Benjamin Franklin. Ainda que quase tudo parecesse diferente, que os carros tivessem desaparecido e que não tivesse mais um céu azul, podia se orientar por aquela estátua. O City Hall Plaza não ficava longe. Ainda estava no meio de Boston e seguia mais ou menos em direção à Tremont Street, de modo que, se continuasse naquele curso, chegaria ao Boston Common. De lá, Connie raciocinou, poderia ir até a casa de Moira, embora no romance a mansão ficasse em um bairro fictício.

Enquanto reduzia a velocidade da corrida ao se afastar do Benjamin Franklin, Connie começou a sentir um aperto no estômago. Tinha corrido para longe, muito longe, mas não vira uma só alma desde que deixara os cantores encapuzados para trás. Onde estava todo mundo?

Duas possibilidades lhe ocorreram: a primeira, que o caos que tinha visto era só uma amostra do que se abatera sobre a cidade; ou a segunda, que aquele era mesmo o mundo do romance *Moira*, o que significava que as únicas pessoas que existiam eram os personagens.

"Meu Deus", murmurou, o peito apertado com o esforço, "espero que aquela noite na loja não tenha acontecido. Espero que nós duas estejamos em coma."

Connie adentrou o ar fresco e úmido das árvores agrupadas na beira do parque. À sua esquerda, no mundo real, lanchonetes, academias e bares davam vista para o Common. Sentia o estômago borbulhar, quase se dobrou de tanto que a fome doía. Quase poderia matar por um Pigmalion do Burger Buddies. Seguiu para onde estaria o Frog Pond na Boston dos dias modernos, torcendo para que, se conseguisse chegar lá e seguir em frente, alcançaria os limites da cidade. Seu conhecimento sobre a configuração da Boston vitoriana era nebuloso, para dizer o mínimo, mas os fundamentos da cidade eram antigos, e foi uma surpresa o quanto ela conseguia reconhecer.

Um silêncio denso e sobrenatural enchia o parque. A névoa acima se refletia no chão, rastejando do Frog Pond em sua direção. Connie não ouvia mais os cantores encapuzados, mas ponderava se conseguiria usar a névoa a seu favor. Ignorando as pontadas persistentes no estômago, ela se abaixou e foi disparando de árvore em árvore, escondendo-se nos arbustos, só deixando a segurança da cobertura caso fosse realmente necessário. A St. Paul's Cathedral perfurava a neblina perniciosa à esquerda, coberta por uma película de sujeira, mas ainda visivelmente brilhante entre as árvores. O Frog Pond não podia estar longe; era só um ponto de referência, mas, se conseguisse encontrá-lo, encontraria também o pequeno lago do Public Garden logo adiante, onde, nos dias modernos, as pessoas se reuniam para andar nos pedalinhos e observar os cisnes.

Os cisnes. Seu ponto de encontro com Adelle. Alguém com certeza já vira as duas indo até lá, já que sempre faziam aquele percurso. Ainda que fosse seu local secreto e sagrado, outras pessoas visitavam o parque. E as duas garotas costumavam se destacar bastante; Adelle com suas confecções góticas rendadas, Connie com os agasalhos esportivos neon. Se tivessem espalhado cartazes de desaparecimento, ainda mais naquele parque, talvez suas visitas frequentes despertassem a memória de alguém.

Connie encontrou forças para voltar a correr mais depressa, passando por uma depressão turva no solo que um dia talvez se tornasse o Frog Pond. Algumas trilhas rudimentares cortavam a grama, e ela estava tão nervosa e agitada que o percurso ficou parecendo curto. O lago era envolvido por uma vegetação alagadiça mais densa e algumas paineiras-do-brejo. O cheiro era pantanoso e repugnante, os juncos do entorno estavam infestados de insetos e a névoa que pairava sobre a água era de um cinza feio e doentio.

Tapando o nariz, Connie andou pela lama até onde no futuro ficaria um gazebo e, não muito longe, haveria algumas árvores e o afloramento rochoso que se assomava sobre o lago. Só podia ser o lugar certo. Não havia cisnes, mas Connie estava perto do local onde ela e Adelle tinham ido ler juntas tantas vezes. Caiu de quatro e tateou na névoa, procurando uma área lisa na rocha que pudesse servir de tabuleta. Na padaria, tinha pegado umas latas velhas de comida e uma faca cega, que agora usaria para talhar uma mensagem.

Mas o que escreveria?

A mensagem tinha de ser simples e clara e levar suas famílias ou a polícia ao lugar certo. Haviam caído em um mundo fictício, mas que era uma versão de Boston, então talvez qualquer manipulação da rocha aparecesse no tempo delas. Era um tiro no escuro, mas, mesmo que sua família nunca a encontrasse e só Adelle visse o sinal, valeria o esforço.

Se você não estiver morrendo em algum hospital.

Connie afastou o pensamento. Precisava afastá-lo. Grunhindo com o esforço, ela se apoiou com força na faca, talhando a rocha com teimosia. Era mais difícil do que tinha imaginado, precisava de seis ou oito investidas para fazer um traço levíssimo. Começou a suar, a umidade se grudando ao corpo como uma película quente.

Connie se inclinou para trás e examinou seu trabalho.

ADELLE E CONNIE OLHO DE BRUXA STRAVEN

Talvez, com mais alguns reforços, ficaria legível. O chão sob seus pés começou a balançar, a poeira e os fragmentos da pedra lascada dançando enquanto as árvores acima se inclinavam e a terra tremia. Então tudo ficou imóvel e incrivelmente quieto. Algo esperava atrás dela. Algo assistia.

Em meio ao terror, Connie recorreu às palavras que a confortavam quando criança, a prece que sussurrava sempre que estava com medo, quando ainda ia à igreja com a família todos os domingos.

"Ave Maria, cheia de graça, o Senhor é convosco", sussurrou, tremendo. Não sabia se acreditava no céu ou no inferno, em demônios ou em Satanás, mas, naquele momento, sentia algo maligno. "Bendita és tu entre as mulheres e bendito é o fruto do teu ventre, Jesus. Santa Maria, Mãe de Deus, rogai por nós, pecadores, agora e na hora de nossa morte..."

Por um momento, o balanço parou, e Connie ousou abrir um olho e se virar para ver o que tinha acontecido. Um pedaço da realidade pendia, aberto, como se uma página tivesse sido rasgada no meio; mas, em vez de mostrar a página seguinte, havia apenas um buraco vazio. O corte se abrira logo na borda das pedras que se projetavam sobre o lago, posicionado de tal maneira que, se Connie corresse e saltasse, podia cair lá dentro.

Mas não queria chegar perto daquilo. Um zumbido emanava por trás do rasgo, e ela sentia uma dor de cabeça crescente que pulsava no mesmo ritmo. Connie semicerrou os olhos, quase cega pelo estilhaçamento mental, como se cada segundo em que olhava para o buraco arranhasse um pouco seu cérebro. Aquela coisa a chamava em sussurros sedosos, incitando-a a se aproximar. Connie mordeu o lábio para aplacar a dor e se levantou, tremendo, dando um único passo hesitante em direção ao rasgo. Estendeu as mãos e procurou a borda da abertura com os dedos; quando a encontrou, tentáculos gelados envolveram seus punhos.

Um rasgo, nítido como no pano ou no papel. Uma página. Uma página de livro rasgada... Parecia ao mesmo tempo certo e errado. Não devia estar ali, mas lá estava, puxando o tecido que mantinha o mundo unido. Suas mãos, geladas e trêmulas, agarraram as bordas do rasgo, e algo a segurou de volta. Uma mão em garra se fechou sobre a dela, tirando sangue.

Uma voz deslizou por sua mente, familiar, mas indesejável. A voz que ouvira quando o feitiço foi lançado.

Você vai servir, dizia a voz. *Você vai ouvir. Está ouvindo meus sussurros?*

"Não!", gritou Connie, afastando-se, trêmula, puxando a mão. "Não... Me deixe em paz!"

Não resista. Sirva.

A voz soou... mais fria. Decepcionada. Rejeitada, até.

"Não", sussurrou ela de novo. "Seja lá o que você for, só me deixe em paz!"

Então um vulto se soltou e entrou pelo rasgo, empurrando-a para trás. Uma coisa grande e escorregadia, uma criatura com asas e dentes brilhantes, coberta por um líquido preto que escorria. O cheiro a surpreendeu, era forte, mas não desagradável, quase como... quase como *tinta*. Tinta fresca, ainda molhada. Connie ofegou e caiu para trás, sobre as pedras, apertando a mão ferida, observando o monstro escorregadio emergir do vazio e abrir as asas. Tinha um rosto feio, com os olhos bulbosos de uma gárgula e uma boca alongada cheia de dentes pontiagudos. A substância preta como tinta gotejava de cada centímetro daquele corpo. Uivando, a coisa decolou noite afora, dando um rasante antes de subir para o céu nebuloso.

6

As mulheres, via de regra, são fisicamente menores e mais fracas que os homens, têm o cérebro muito mais leve e são incapazes de empreender a mesma quantidade de trabalho corporal ou mental que os homens.

— Anônima, *Trabalho Feminino: Pensamentos de uma mulher sobre os direitos das mulheres (1876)*

"Gritadores! Cuidado com a cabeça, pessoal!"

O bando irrompeu pela névoa, as pistolas reluzindo. Connie se arrastou para trás, em direção às árvores, abaixando-se e cobrindo a cabeça com as mãos, enquanto outra das criaturas aladas feitas de sombra descia em sua direção, arrotada da abertura irregular que pairava sobre o lago. Suas garras cortavam os galhos das árvores, cobrindo Connie de folhas. Seja lá o que ela tenha feito ao tocar o rasgo, desencadeou uma enxurrada daqueles demônios voadores cobertos de tinta.

O tiroteio era ensurdecedor. Encolhida contra a árvore dilapidada, Connie finalmente pôde ver quem chegara à clareira do lago: algumas pessoas em bicicletas altas e precárias. Pessoas não: *garotos e garotas.* Todos foram descendo das bicicletas ao mesmo tempo, mas uma das criaturas recém-nascidas mergulhou do céu e agarrou um jovem de surpresa, a escuridão e a névoa densa engolindo seus gritos enquanto ele era carregado noite adentro.

"Pegaram o Alec! Os gritadores malditos pegaram o Alec!" Uma jovem com cachos ruivos e desgrenhados surgiu à frente dos outros, a estranha bicicleta tombando enquanto ela se agachava. Um chapéu de caubói branco enfeitado balançava, preso a seu pescoço por uma corrente. "Todo mundo para baixo, e se espalhem! Busquem proteção, só atirem se for certeiro!"

Uma bala passou zunindo pelo tronco da árvore, junto ao ouvido de Connie, perto o bastante para fazê-la gritar. A vaqueira notou e foi rastejando na sua direção pela grama alta e úmida, até que seus narizes quase se encostassem.

"Você se feriu?", perguntou a jovem.

Connie negou com a cabeça.

"O-o que são essas coisas?"

"O que importa é que já, já não serão mais nada!" A ruiva girou, brandiu um revólver prateado e disparou três tiros na direção dos monstros que brotavam do rasgo, usando a parte inferior da palma da mão para endireitar o gatilho a cada vez.

Mais vultos se aproximaram da árvore na beira do lago. Um dos gritadores avançou tão depressa em direção às duas que não passava de um borrão pálido, então derrubou a arma da mão da vaqueira. A garota grunhiu e rolou na grama, o revólver quicando nas rochas que despontavam sobre a água, onde Connie talhara a mensagem. De perto, a criatura era feia, assustadora; o focinho pontiagudo brilhava, cheio de dentinhos escuros, e uma crista de espinhos tremulava sobre a cabeça abobadada.

A coisa levou um tiro de um dos outros na clareira, mas isso só a fez gritar, sacudir as asas e se lançar sobre a ruiva. Se Connie estivesse com seu rifle de biatlo .22, teria se juntado ao grupo, mas, desarmada como estava, correu em direção às rochas. Era melhor do que ficar olhando o gritador; olhar aquela coisa fazia sua visão oscilar, como se o cérebro não quisesse computar o que estava vendo. De canto de olho, viu um gritador seguindo diretamente em sua direção. Seu coração parou no peito, mas não era hora de paralisar. Connie mergulhou na direção do revólver caído e girou sobre os joelhos para atirar na nuca do monstro.

Aquilo fez mais do que chamar a atenção da criatura. Com um grito ensurdecedor, a coisa se lançou no céu, em fuga, enquanto sangue pingava das feridas. As rajadas de tiro continuaram, uma atrás da outra, o *pá-pá-pá* constante enchendo Connie da descarga vibrante de adrenalina de que ela precisava para se livrar do medo. Um gritador caiu do céu, morto, depois outro, o chão tremendo quando as criaturas pousavam com um baque.

"Todo mundo no rasgo! Agora! Atirem agora!" A vaqueira se levantara, pegara o chapéu e o enfiara na cabeça. "Você também, estranha!"

Connie apontou o revólver para a fonte dos monstros e viu cinco vultos emergirem da grama atrás da vaqueira, apontando as pistolas ou rifles para o rasgo. Ela firmou as mãos, inspirou fundo aquele ar repugnante do lago e atirou, mas a arma só estalou.

"Jogue para cá!"

Com a adrenalina ainda correndo como fogo nas veias, Connie jogou a arma para a ruiva, que a recarregou com facilidade e, com a mesma graça ágil, disparou todas as balas contra o "rasgo". Que não se fechou completamente, mas ao menos parecia adormecido, uma costura quase invisível e vertical acima da água, de onde nada saía. Ninguém se mexeu. Ninguém falou. A fumaça das armas já tinha se dissipado quando a vaqueira enfim se levantou, recarregou o revólver e o apontou para Connie.

"Olha só, pessoal! Conseguimos uma viva. Não deixem que escape!"

Connie não teve tempo para reagir: cinco pares de mãos se abateram sobre ela. Tentou distinguir os rapazes e moças que enrolavam metros e mais metros de corda em torno de seu corpo, mas estavam todos vestidos com roupas parecidas: camisas de trabalho sujas e calças remendadas. Todos usavam lenços quadriculados em preto e branco em volta do pescoço. Connie chutava e se debatia, mas estava exausta e faminta, e logo passou a se remexer contra o aperto da corda que pressionava seus braços junto ao corpo.

A ruiva marchou até ela, abaixando um pouco a arma. Tinha sobrancelhas grossas e escuras e olhos azuis muito próximos. Uma cicatriz profunda percorria a maçã do rosto esquerda, subindo em direção à orelha. Não estava vestida como os outros; sua camisa branca estilo faroeste era cheia de franjas e estava manchada de lama, graxa e sangue. A saia marrom estava amarrada nas laterais com presilhas de metal, revelando calças estampadas por baixo.

"Nada mau, Jacky, meu garoto. Você deu trabalho para aquelas coisas. Para quem não acerta nem o traseiro de um touro com um punhado de banjos...", falou a garota, tranquila, sorrindo para um rapaz alto e forte que espreitava Connie. "Fique de olho nessa daí, ainda não sei se dá para confiar nela."

"Mas eu atirei naquela coisa! Tentei ajudar!" Connie tremia de raiva. "Eu teria me virado muito bem sozinha. Não preciso da ajuda de vocês."

A vaqueira se ajoelhou, olhando fundo nos olhos de Connie.

"Sim, estava tudo sob controle. Aff, você não parece uma Claqueadora imunda, mas hoje em dia não dá para saber tão fácil. Mas vamos resolver isso, de um jeito ou de outro. Mas não aqui. Aqui é perigoso demais."

Então ela balançou a cabeça na direção do mesmo jovem alto, que tirou seu lenço xadrez e o amarrou nos olhos de Connie.

"Ei!", gritou ela. "Não sou sua inimiga! Me deixem ir! Não sou uma ameaça, eu juro! Só quero encontrar minha amiga e ir para algum lugar seguro. Talvez arranjar ajuda. A polícia... ou..."

Na escuridão, ouviu todos darem boas risadas ao ouvirem o que dizia. O lenço fedia a suor.

"Bem, chefe, essa aí é burra feito os Claqueadores, mas não está vestida como eles", comentou um rapaz.

Alguém colocou Connie de pé e a cutucou para que começasse a andar.

"Não existe mais nenhum lugar seguro, nem polícia." Ela ouviu a risada da garota vestida em estilo faroeste. "Mas, sabe, essa sua disposição é quase louvável. Se você não fosse tão grandinha, minha querida, eu diria que nasceu ontem."

"Não me chame assim", rosnou Connie.

"Certo. Eu às vezes peso a mão na etiqueta, mas nosso grupo sabe receber bem os convidados", retrucou a garota, somando-se a um coro de risadas sombrias. "Você vai ver."

Andaram bastante. Seus pés doíam. Connie sentiu o ar mudar, a umidade diminuir, e o cheiro de pó de carvão e cocô de cavalo voltar. Achava que a tinham conduzido de volta para o centro da cidade. Ouviu sinos e o rangido de rodas. Só um dos captores caminhava junto dela, a mão firme na corda; Connie ouvira os outros subindo nas bicicletas altas. Ninguém falava, e, quando ela tentou protestar outra vez contra o tratamento recebido, fizeram com que se calasse. Mesmo de olhos vendados, dava para sentir o quanto o grupo estava alarmado.

Adelle sugada para dentro do livro. Monstros caindo do céu. Um rasgo no próprio mundo. Uma gangue de saqueadores ciclistas... Como aquilo podia ser real? Mas Connie sabia que havia algumas partes familiares naquele mundo e, apenas por um momento, se permitiu ceder à ideia de que estava mesmo, sabe-se lá como, vivendo dentro de um romance. Aqueles personagens existiam no mundo de *Moira*. A elite das áreas nobres, o grupo de convívio da heroína do romance, evitava os bandidos e contrabandistas que habitavam as partes mais pobres da cidade. Trocavam sussurros abafados sobre os salteadores que vagavam pelas ruas, aproveitando a escuridão para roubar senhoras inocentes ou levá-las como reféns. De todas as pessoas do livro que poderia ter encontrado, topara justamente com os vilões: os Penny-Farthings.

Sua mente estava a pleno vapor, reunindo tudo que conseguia lembrar sobre o grupo. Não apareciam muito no livro, já que Moira não andava com aquele tipo de gente. Pareciam mais bichos-papões debaixo da cama do que uma ameaça de carne e osso, mas Connie estava começando a pensar que a elite esnobe estava certa: eles eram mesmo arruaceiros.

Pararam em algum lugar, e Connie não podia fazer nada além de ouvir. Alguém bateu em uma porta, em um padrão de batidas que obviamente era um código, então dobradiças pesadas rangeram, e uma rajada de ar mais quente voou ao seu encontro, junto com o cheiro de poeira, velas acesas e corpos sem banho. Connie deu um pulo quando algo felpudo roçou sua mão e fungou em seu pulso. Tão rápido quanto se aproximara para cheirá-la, o animal se afastou. Já do lado de dentro, Connie tentou espremer as bochechas para fazer a venda subir. Funcionou. Os garotos e garotas que a escoltavam deviam estar distraídos, e ela conseguiu ver parte do local onde tinham chegado. Uma igreja velha e abandonada. Foi conduzida pelas fileiras de bancos em direção ao altar, onde pararam. A vaqueira passou à frente do grupo e empurrou o altar com as costas e os ombros, deslocando-o até revelar um alçapão por baixo.

"Desamarrem a garota", mandou a vaqueira, gesticulando para que trouxessem Connie até a frente. "Ela vai precisar usar as mãos. É uma longa descida."

Connie engoliu em seco. A vaqueira não estava brincando: uma escada descia para uma caverna mal iluminada, pelo menos seis metros abaixo. A líder marchou até Connie enquanto os garotos desenrolavam a corda que prendia seus braços ao lado do corpo, e a venda foi puxada para baixo.

"Desça", mandou a garota, sorrindo. "Não tente nenhuma gracinha. Minha Rose Astuta está de olho em você."

A vaqueira girou o cano do revólver e indicou o alçapão com a cabeça.

"Sua arma tem nome?"

O sorriso dela desapareceu.

"Claro. E, segundo a Rose Astuta aqui, você não pode nos julgar. Desça, estranha."

Connie hesitou apenas por um momento. Parte dela queria correr, mas o caminho de volta entre os bancos estava cheio de garotos de cara suja que a encaravam. Um cão preto, grande e desgrenhado, também a observava, talvez a sentinela mais intimidadora dali. E ainda tinha a vaqueira ruiva com a arma. Connie cedeu com um suspiro furioso e começou a descer a escada rumo ao desconhecido, rumo ao covil dos vilões.

7

> *"Algumas moças brilham feito rubis polidos", disse Orla Beevers, sem o menor traço de inveja na voz. A srta. Beevers tinha a sorte de saber quando era superada. "E aqui temos você, Moira Byrne: não há uma única pérola no mar que brilhe como você."*
>
> – Moira, *capítulo 3*

Adelle abriu os olhos com um sobressalto, cambaleando para trás, quase caindo na água turva do lago abaixo.

"Meu Deus", sussurrou, piscando depressa. "Funcionou! O sr. Straven... Funcionou mesmo! Não consigo... não consigo acreditar!"

Ela esfregou os olhos e se beliscou... Não. Era tudo real. Tinha aterrissado no parque onde Moira e Severin fizeram o pacto de dançarem juntos no baile, mas, mais do que isso, caíra no local secreto onde ela e Connie tinham se encontrado tantas vezes para ler, rir e elencar as personagens favoritas. Uma mensagem fraca e irregular fora talhada na rocha. Adelle se arrastou para a frente e passou a mão sobre as letras, sem fôlego. Connie também devia ter vindo. Já estava em algum lugar do livro, mas em outra parte da história.

ADELLE E CONNIE OLHO DE BRUXA STRAVEN

Seus olhos se encheram de lágrimas. Estava apavorada, e Connie também devia estar.

"Vou encontrar você, Connie. Já estou no caminho!", sussurrou.

Sim, murmurou uma voz invisível, em resposta. *Você está. Estamos tão felizes por você ter vindo!*

"Quem está aí?", girou Adelle, sentindo o enjoo voltar. Um estranho rasgo no mundo, reluzente, irregular e verde, cheio de luzes borradas, pairava sobre a água. Estrelas cintilavam naquele vazio, tentáculos de fumaça negra vazando para o mundo em que ela agora estava, tentando alcançá-la. Parecia que sua cabeça estava explodindo de dor. Apertando as têmporas, Adelle caiu de joelhos, acometida por uma tremedeira descontrolada. Fosse o que fosse, a coisa a observava e parecia terrivelmente próxima.

"Quem é você?", conseguiu perguntar. "O que é você?"

Perto. A palavra se estilhaçou em sua cabeça; não era uma voz, era uma marca abrasadora. *Tão perto. Você vai servir.*

Precisava encontrar Connie e os materiais certos, mas como poderiam voltar para casa sem um exemplar do livro? Adelle massageou os olhos com os punhos fechados, tentando não chorar. Girou o corpo e rastejou até a encosta gramada, longe da água, do rasgo e das vozes. Ao chegar à grama, sua mão tocou em algo escamoso, frio e úmido, mas as ervas daninhas não a deixavam ver direito o que era. Não se importou. De trás, da margem do lago, ouviu vozes. Eram vozes diferentes. Humanas. Adelle se arrastou até a árvore que ocultava o local de leitura. O tronco estava cheio de buracos, como se alguém tivesse atirado ali dezenas de vezes.

Arriscando olhar por cima do ombro, notou duas figuras paradas na beira do lago, claramente olhando para ela. Estavam perto o bastante do rasgo acima para sugerir que tinham ido investigar o que era.

"Ei! Ei, você aí! Quem é você?"

Usavam máscaras escuras e túnicas brancas sujas, com palavras malfeitas pintadas a dedo por todo o tecido. Adelle não confiaria em ninguém vestido daquele jeito. Pareciam pertencer a algum culto, e ela já tivera sua dose diária de ocultismo e magia sombria. Ela se levantou e correu, frenética, levantando a saia e avançando pelo parque o mais rápido que podia; olhava ao redor desesperada, tentando se orientar, mas não podia estar mais desorientada. Não tinha a habilidade nem a força atlética de Connie, mas não deixou que isso a detivesse, balançando o braço livre e disparando pela grama.

"Ela está fugindo!", gritava o homem, logo atrás. "Rápido! Ela está fugindo!"

Adelle correu pelo parque até chegar ao Boston Common; foi um choque ver o lugar imóvel e silencioso. Correr não era lá seu forte, mas o medo a impelia a continuar. O peito começou a doer, os pés gritando por conta da maratona de salto alto. Não conseguiria ir muito mais longe. Girou devagar, fazendo um círculo no meio da rua, que estava estranhamente escura para o início da noite. Uma névoa amarelada e doentia pairava sobre a cidade, como se a paisagem só pudesse ser vista através de um filtro sépia.

 Reduzindo a velocidade, Adelle se viu diante do famoso Monumento aos Soldados e Marinheiros. Foi uma boa dose de ânimo: pelo menos reconhecia a área: era Flagstaff Hill. O pilar se erguia tão alto quanto as árvores do entorno. No topo, uma mulher de bronze segurava uma espada, representando os Estados Unidos. Adelle parou para recuperar o fôlego e olhou por cima do ombro. Nenhum sinal das figuras de túnica. Ou conseguira despistá-los, ou eram muito lentos. Adelle se escondeu atrás do monumento, de forma que ficasse oculta dos perseguidores, aninhada contra a imagem de Edgar Allan Poe esculpida em pedra.

 Agora só precisava dar um jeito de encontrar Connie, mesmo sem fazer ideia de onde ela poderia estar naquela cidade. Um pensamento terrível lhe ocorreu: e se aquelas figuras de túnica tivessem visto Connie talhando a mensagem? Talvez devesse voltar e perguntar. Mas e se eles tivessem capturado sua amiga?

 "Isso é impossível", falou, em voz alta.

 Adelle fechou bem os olhos e suspirou. O que Connie faria? A amiga deixara uma mensagem, então devia estar pela cidade... Será que ficaria perto do parque? Mas por quanto tempo? Connie conseguira escrever a mensagem, então, na cronologia do livro, estava ali há mais tempo. Adelle escolhera uma passagem na metade do livro, bem no meio da história. Tanta coisa já tinha acontecido... O noivado, o primeiro encontro no parque, a trama do sequestro, o baile dos sussurros e agora o segundo encontro no parque... Isso talvez significasse que, em matéria de tempo real, Connie também estava ali havia mais tempo. Talvez tivesse tentado encontrar alguém do livro e fazer amizade. Pelo menos, era o que Adelle faria.

 "Sim", murmurou. "Era isso que eu faria."

 Mas como encontrar as personagens? Moira e as amigas não moravam muito longe do Boston Common nem dos jardins, por onde passavam bastante entre uma visita social e outra, mas quase toda a trama se desenrolava em salões de baile à luz de velas e *boudoirs* com perfume de rosas. Se ficasse perto do parque, talvez pudesse seguir alguma pessoa que aparentasse riqueza o suficiente para levá-la até Moira. Pelo menos seria um começo.

Um farfalhar nas árvores perto da beira do caminho chamou sua atenção. Adelle espiou pela borda do monumento, o estômago pesado de medo. Nenhum sinal de Moira nem de Severin. Em vez disso, eram as figuras de túnica que se aproximavam, procurando nos arbustos, espiando por entre as árvores. Tinha sido alcançada. Precisava sair dali.

Adelle correu pela rua na ponta dos pés, os ouvidos atentos aos passos dos perseguidores, o coração preso na garganta, a concentração fixa não no caminho que fazia, mas no que estava atrás dela.

Então foi atingida pela carruagem.

A coisa tinha se aproximado tão depressa, e Adelle estava tão distraída, que nem a percebeu chegando. A roda atingiu seu quadril, lançando-a pelos ares. Com ânsia de vômito, Adelle virou de bruços e derramou o hambúrguer e o milk-shake pela rua, sentindo a pedra dura arranhando a bochecha e o frio implacável de uma poça de chuva mais funda encharcando o vestido. Os cavalos que conduziam aquela coisa infernal galoparam em sua direção, os cascos pesados e reluzentes batendo no chão com força, até que os guinchos de angústia uníssonos das criaturas abafaram o som. Os cavalos empinaram, cuspindo espuma branca, os lábios franzidos, os olhos arregalados enquanto debatiam as patas dianteiras no ar antes de aterrissarem de volta.

Na carruagem, uma porta se abriu, e uma garota de rosto brilhante como a lua apareceu na névoa.

"Oh, céus! Oh, céus, oh, céus!" A garota se lançou do degrau, desajeitada, quase caindo de cabeça na rua. Ela andou depressa até Adelle, as mãos cobrindo a boca, as camadas volumosas do vestido de baile ondulando ao redor do corpo como uma maré prateada.

"Você morreu? Matamos você?" A respiração frenética dela lembrava a Adelle um lulu da Pomerânia. "Por favor, diga que não matamos! Oh, mas, se estiver morta, como falará?" Ela se virou, gritando para o jovem que conduzia a carruagem. "Hampton! Hampton, sua besta, veja o que você fez!"

"Acho que estou bem", grunhiu Adelle, conseguindo se sentar. "Minha perna está doendo, mas acho que não quebrei nada..."

"Você precisa nos permitir ajudar! Hampton! Hampton, venha até mim agora mesmo!" O cocheiro, um ruivo esguio com o rosto coberto de uma acne de aparência dolorosa, correu até as duas, o casaco preto esvoaçando.

"Minhas desculpas, senhorita, não a vi. Seu vestido preto se confundiu com a rua!"

"Acuda, Hampton, meu Deus, ajude esta moça!"

O estardalhaço e os gritos dos dois eram quase piores do que a dor física. Vozes ecoaram do parque. As figuras encapuzadas procuravam por ela. Adelle deixou que o garoto a ajudasse a se levantar e estremeceu no instante em que se apoiou na perna esquerda.

"Você está ferida." A garota com cara de lua suspirou. "Para onde estava indo? Será um prazer levá-la pelo restante do caminho."

As vozes foram ficando mais altas, e Adelle engoliu em seco, nervosa, tentando se esconder atrás do jovem muito mais esguio.

"Eu... eu não sei."

"Ah, Senhor, nós lhe tiramos o juízo! Sua cabeça deve estar tão bagunçada..." A jovem a examinou de cima a baixo. "Bem, está muito bem-vestida, devo dizer. Talvez tenhamos o mesmo destino. Poderia ser a Mansão Byrne, para a festa do solstício de verão?"

Talvez Adelle estivesse meio "bagunçada", como a garota dissera, mas as palavras *Mansão Byrne* e *festa do solstício* a trouxeram de volta à razão. A festa na Mansão Byrne, a festa do solstício, era justamente a ocasião em que, no romance, Moira revela seu verdadeiro amor pela primeira vez. Era o clímax do segundo ato. A mansão, na verdade, era a propriedade da família da protagonista. Adelle chegara no dia certo, o tempo passara, e o baile estava prestes a começar.

Isso não é possível, lembrou a si mesma. *Isso não pode estar acontecendo. Mas está. Está. O sr. Straven fez mágica.*

As figuras de túnica tinham percebido o acidente e seguiam correndo na sua direção, e Adelle decidiu que estaria mais segura fora das ruas, ainda mais se de fato tivesse atravessado um buraco de minhoca[*] até um universo fictício. Aquela garota e sua carruagem pareciam uma escolha óbvia entre o menor de dois males.

"Hã, s-sim", murmurou Adelle. "Sim, esse também era o meu destino."

"Então está decidido! Hampton e eu a levaremos até lá imediatamente, e sei que podemos encontrar algo para substituir esse seu vestido. Você com certeza parece meio afogada! Mas linda! Afogada, mas linda! Ah, querida, estou divagando... Venha, Hampton, não podemos nos atrasar."

Mancando, Adelle caminhou de braços dados com os estranhos até a carruagem e suspirou de alívio ao ser acomodada no assento traseiro. Quando a porta se fechou, sentiu-se protegida das figuras encapuzadas lá fora. Tinham acabado de passar pelo monumento e chegar à rua, e Adelle se abaixou, evitando a janela.

---

[*] Conceito da Física que poderia ser usado para viagens no espaço e no tempo.

A garota se acomodou diante dela em uma profusão de anáguas e seda, e a carruagem partiu com um solavanco, levando-as para longe da praça.

O que estou fazendo? Preciso encontrar Connie...

Adelle esfregou o rosto com as mãos, frustrada e confusa. Não podia acreditar no que estava vendo e ouvindo, mas as evidências estavam por toda parte.

"Onde estão meus modos? Depois de praticamente a atropelarmos na rua, ainda por cima não nos apresentamos! Moira ficaria escandalizada; ela sempre diz que sou grosseira e que não me comporto feito uma dama, e acho que não consigo parar de provar que ela tem razão." A jovem tirou um leque de uma bolsinha presa ao punho e começou a se abanar depressa. "Meu nome é Orla Beevers, e você é...?"

Adelle ficou paralisada, sem palavras. É claro. Claro que era Orla — e era exatamente como descrita no livro. Orla Beevers, a melhor amiga de Moira no mundo inteiro e irremediavelmente tonta. Connie não suportava a personagem, mas Adelle desenvolvera alguma afeição pela coadjuvante frívola, mas bem-intencionada.

Mais do que isso: Orla dissera a palavra mágica. *Moira.* Aquilo estava mesmo acontecendo, *tinha acontecido* de verdade.

Viajei pelo tempo e para dentro do meu livro favorito, e minha melhor amiga está aqui, em algum lugar, tão perdida quanto eu.

A festa do solstício. Estavam a caminho do baile, e Moira, Severin e todos os personagens que conhecia e por quem era obcecada estariam lá. Era extraordinário, quase demais para absorver. Talvez Connie tivesse pensado como ela e também tivesse tentado encontrar os protagonistas do romance. Nesse caso, acabaria caindo na órbita de Moira, e talvez alguém no baile a tivesse visto. Connie certamente chamaria atenção, com suas roupas esportivas.

"Adelle", falou de repente. Pensou que pelo menos poderia usar o acidente com a carruagem como muleta; era uma desculpa para sua confusão e ignorância. "Adelle Casey. É um prazer conhecê-la, Orla."

"Gostaria que tivesse sido em circunstâncias mais agradáveis, é óbvio." A garota deu uma risadinha nervosa. Tinha dentes escuros e tortos e usava o leque para escondê-los o máximo possível. "Mas me sinto muito melhor por termos tirado você da rua; é muito perigoso para uma dama andar sozinha a pé, hoje em dia. Nunca se sabe o que pode estar à espreita nas sombras, minha querida, ou que novos horrores surgiram das profundezas."

8

Eles dançaram. Dançaram até o corpo doer e os pés arderem, e Moira reluzia em seus braços. Uma noite perfeita. Dez vezes ou mais, a jovem olhou para a mãe, convencida de que ela desaprovava a união e tentaria separá-los, mas a senhora se manteve longe da pista de dança. Estavam livres. Estavam, enfim, juntos.

"Jamais deixarei você", sussurrou seu amado, apertando a mão dela. "Você é meu começo e meu fim."

Logo a manhã viria, então os dois se separariam; Moira temia esse momento, dolorosamente consciente de cada segundo que passava, cada tique-taque do relógio levando-os ao fim inevitável. Mas ainda tinha algum tempo para pressionar a bochecha contra a dele e sentir a desejável promessa da mão dele em seu quadril, os dedos envolvendo os dela. Não sabia quando se veriam de novo; ele se esforçara muito para estar ali, para passar de fininho pela entrada de serviço que Moira deixara destrancada.

"Severin, não quero que esta noite acabe", sussurrou ela em resposta. Lágrimas brotaram em seus olhos. "Não posso suportar ver você partir. Agora que meus pais sabem do nosso segredo, farão de tudo para nos manter separados."

"Não, Moira", retrucou ele, apertando-a mais um pouco. "Esse não é nosso destino, je te promets. *Você tem sido muito corajosa, e juntos já mudamos tudo... Você vai ver. Nada é como antes, Moira. Estaremos juntos, e todos os seus desejos se realizarão. Confie nos sacrifícios que fizemos,* mon coeur, *e tenha fé."*

— Moira, *capítulo 15*

A Mansão Byrne ficava afastada da rua, apertada entre duas mansões menores, protegida pela sebe alta e pelo portão decorativo. Adelle reconheceu a área pelas descrições do romance e pelas próprias aventuras que empreendera pela cidade de sua época — o lugar ficava a poucos passos do Public Garden. Todas as casas ali eram imponentes, mas a maioria estava escura e quase deserta.

Só as janelas da Mansão Byrne brilhavam com alguma promessa de vida.

Uma procissão de carruagens chegava aos portões da mansão; os passageiros saíam depressa para a névoa e desapareciam no caminho de pedras que levava às portas. A metade inferior da casa era feita de pedra clara e lisa; a metade superior, com janelas salientes de duas águas, eram de um tijolo vermelho mais escuro. Trepadeiras subiam por ambos os lados da entrada.

"Chegamos a tempo!" Orla gorjeou, batendo palminhas, animada. "Excelente! E vamos limpar você e trocar esse seu vestido antes mesmo da primeira valsa!"

Adelle se inclinou para a frente no assento. A lateral esquerda do corpo ainda doía onde fora atingida, mas a dor foi logo esquecida. Era uma visão impressionante: um enxame de damas vestidas de seda e cavalheiros de cartola entrando na casa, duas figuras imponentes com capuzes de couro e túnicas longas pareciam guardar o portão.

Ela engasgou.

"Algum problema? Ah! É o ferimento? Chamaremos o sr. Vaughn, ele é muito bom com todo tipo de enfermidade. É só um passatempo dele, claro, mas o dr. Addleson não está mais entre nós, e se o sr. Vaughn não puder nos ajudar, certamente saberá de alguma coisa..."

Adelle não estava ouvindo.

"Quem são aqueles dois?", perguntou, apontando para as figuras encapuzadas. "Por que estão vestidos assim?"

Não se lembrava de nada parecido no livro e tinha praticamente memorizado todas as partes — no romance, aquele baile era descrito em detalhes minuciosos. Cada sanduíche de pepino e cada vestido parecia ter sido incluído, mas não as pessoas usando o que pareciam ser vestes ritualísticas bizarras. Túnicas que lembravam as dos homens do lago. Usavam máscaras horrendas, retalhos de couro marrom que cobriam todo o rosto, deixando apenas dois buracos irregulares para os olhos.

"Ora, querida, como pode não saber?" Orla estreitou os olhos.

"Sou... sou nova aqui."

Essa claramente não era a coisa certa a dizer. Orla cobriu a boca com as mãos enluvadas, lançando o corpo para trás, contra o assento, como se tivesse sido atingida.

"Ah, receio que seu ferimento seja mais grave do que pensávamos. Bateu a cabeça? Já faz muitos meses que ninguém entra nem sai da cidade, minha querida. As estradas estão intransitáveis, e o porto é muito perigoso para todos, exceto os marinheiros mais experientes. Mas *nós* estamos seguras! Não a ralé, é claro, mas você claramente é de boa linhagem, então não precisa se preocupar."

Adelle assentiu, mordendo o lábio.

"Você tem razão. Devo ter batido a cabeça. Sinto muito, está tudo tão.. hã, nebuloso."

"Isso é tudo culpa do Hampton, claro. É um péssimo cocheiro, mas, sem Hampton por perto, é minha única opção. Ahh, sua pobre cabeça! Pobre, pobre cabeça!" Orla quase soluçou, inclinando-se para pegar as mãos de Adelle. "Aqueles são os Cantadores, querida; eles nos protegem dos malfeitores e dos criminosos que querem roubar tudo que temos. E nos poupam de um destino sombrio no mar. Fazem sacrifícios e nos fornecem elixires e chás protetores. Admito que parecem um tanto..." Ela olhou pela janela, observando os tais Cantadores. "Um tanto severos, mas não precisa temê-los. Você está comigo, srta. Casey, e, portanto, é uma amiga."

"Como sabe?", perguntou Adelle, hesitante, avaliando o rosto de Orla em busca de qualquer sinal de suspeita. "Como sabe que não sou da ralé? E o que tem o mar? O que há de errado com o mar?"

"Seu asseio, para começar", explicou Orla, com uma risadinha. "Aquela tal de McClaren com os Penny-Farthings degradados andam como se tivessem acabado de cair de uma chaminé. E seu belo vestido! O tecido é bastante extraordinário! Não se lembra mesmo de nada? Nem do mar?"

A porta se abriu, e Hampton abaixou o degrau, desesperado, então ofereceu o braço.

"Hampton, seu tonto, você atingiu a srta. Casey com tanta força que ela perdeu metade do juízo! Que vergonha! Vergonha!"

Hampton empalideceu.

"M-minhas mais sinceras desculpas, srta. Casey."

"Vamos levar você lá para dentro e cuidar de seus ferimentos", explicou Orla, fazendo sinal para que Adelle saísse da carruagem. Então olhou para Hampton e suspirou. "Reze, Hampton, para que ela não esteja tão mal quanto parece. Vou deixar você sem alimentação por um mês, eu juro."

Quando ambas haviam descido da carruagem, Adelle notou que uma terceira figura encapuzada e de túnica irrompia pela multidão, caminhando em direção às portas da frente. O sujeito começou a confabular com os outros dois, as cabeças escuras inclinadas juntas. Adelle ficou rígida de medo. O terceiro homem segurava sua mochilinha rendada, e ela sentiu o sangue abandonar o corpo. Devia tê-la deixado cair quando a carruagem a jogou na rua. O que havia lá dentro? Seu telefone, sua bolsa de moedas, sua carteira de estudante...

Nada bom.

A última coisa que queria era se tornar suspeita e ser levada embora por aqueles homens de túnica horríveis. Enquanto Orla a conduzia até a casa, Adelle ouviu trechos da conversa sussurrada.

"Garota estranha", disseram, e "se esgueirando perto do rasgo".

Adelle virou a cabeça para Orla, pressionando o corpo contra o dela e forçando um sorriso enorme.

"Você está sendo tão gentil comigo. A culpa foi mesmo minha, andando pela rua daquele jeito. Não devia censurar Hampton."

"Fiquem atentos", ouviu o terceiro Cantador dizer, enquanto passavam. "Olhos abertos esta noite."

"Que disparate!" Orla sacudiu o cabelo. "Hampton sempre foi um incompetente, mas eu não tenho escolha. Os outros empregados entraram no mar ou debandaram para os Penny-Farthings. Ele é um desastre, mas é leal, então eu me contento."

Entraram no mar? O que diabos ela queria dizer?

"Srta. Beevers, uma palavrinha."

Adelle estremeceu; os Cantadores tinham percebido sua presença e agora as abordavam. O sujeito que carregava sua bolsa roubada se assomava junto a elas. Não importava o que Orla dissera, as figuras de túnica não pareciam amigáveis. Como explicaria o celular para as pessoas da era vitoriana? E como explicaria a razão de estar ali, ou como caíra em um romance por conta do feitiço de um velho? Bruxaria recreativa com certeza não era um conceito que os bostonianos de 1885 aceitariam e perdoariam prontamente.

Estavam procurando por ela, e Adelle estava determinada a não ser encontrada.

"Como posso ajudá-los, senhores?" Orla conduziu as duas em direção aos Cantadores. Tinham um cheiro horrendo, como sardinha e fumaça velha.

"Ai!" Adelle cambaleou dramaticamente em direção à porta, a mão na coxa esquerda. "Ai, minha perna! Minha perna! Preciso mesmo me sentar... Ah, encontraram minha bolsa? Eu... eu não posso viver sem minha bolsa!"

Orla ofegou e, sem pensar duas vezes, arrancou a mochila da mão do Cantador e a jogou na direção de Adelle.

"Srta. Beevers..." O homem alto tentou agarrar a bolsa, mas era tarde demais.

"Agora não; minha convidada está ferida e precisa de cuidados. Graças a Deus vocês encontraram os pertences dela, que sorte! Mas não importa, ela está sob meus cuidados. Não se preocupem, senhores, encontraremos um momento para conversarmos mais tarde. Talvez depois da sobremesa. Venha, srta. Casey, apoie-se em mim se precisar..."

O homem recuou, vencido pelo entusiasmo de Orla. Adelle podia imaginar que muitos outros já tivessem sido derrotados, incapazes de dizer uma só palavra quando Orla estava assim. Soltou um suspiro de alívio, apertando a bolsa contra o peito e agarrando o braço de Orla, fingindo mancar, reclamando com exagero da dor legítima na coxa. Fora por pouco. Seu coração batia tão forte que Adelle tinha certeza de que todos podiam ouvi-lo. Sentia os Cantadores observando as duas, os olhares queimando sua nuca enquanto elas desapareciam na multidão de convidados.

"Vamos lá, estamos quase na porta", conduzia Orla, com delicadeza. E estavam, mesmo. Assim que entraram, Adelle sentiu-se mais segura. Embora não fosse sua casa, nem mesmo sua época, a mansão estava cheia e iluminada, e a música suave e vibrante de um quarteto de cordas inundava o vestíbulo.

Um garoto de olhos sérios usando um terno escuro comparava os rostos com os nomes de uma lista, mas Orla apenas informou:

"Esta é minha convidada de honra, srta. Casey."

Ele não protestou.

De tudo que encontrara naquele estranho mundo novo, aquele lugar era o mais familiar para Adelle. Passara tantos dias de sua própria vida no livro, sonhara com a casa da família de Moira, e agora estava ali dentro de verdade! Aquilo ultrapassava até os limites mais distantes da própria imaginação. A música, o calor, o papel de parede vermelho suntuoso, as cortinas pesadas, as colunas de madeira imponentes, as pinturas a óleo... Tudo brilhava, quase de um jeito onírico, como uma memória que ganha vida nova por conta de uma palavra ou um cheiro.

As portas se abriam para o vestíbulo de paredes e carpete vermelho, uma sala impressionante, onde era quase como estar dentro das câmaras escarlates de um coração. À direita, uma escada curva com corrimão de madeira levava aos aposentos da família —lembrava esse detalhe do livro. À esquerda, os convidados prosseguiam em um rio diáfano de fofocas e risos contornando as escadas e se espalhando pelo corredor e, logo além, através de um arco amplo, pela sala de jantar convertida em salão de baile.

Uma jovem miúda com traje de criada recolhia casacos e capas, e então desaparecia em uma galeria lateral.

Perto da escada de madeira escura, um jovem alto hesitava. A multidão ao redor dele parecia se abrir, como se canalizasse a visão de Adelle, apontando para ele como uma seta. Ela o reconheceu no mesmo instante. O reconhecimento não facilitou que processasse o que via — no fim das contas, ainda estava em uma versão viva e ambulante daquilo que sempre considerara ficção. Mas quase todas as personagens principais de *Moira* tinham comparecido àquela festa, então veria todas, e muito em breve. Ali estava o primeiro.

Você não fez justiça a ele, Robin Amery.

A autora não dera importância à aparência de Kincaid Vaughn no livro. Era descrito como o solteiro menos desejável, o menino estudioso e de fala mansa com quem Moira deveria se casar, mas não se casou; ele não era selvagem, apaixonado e um tanto perigoso, como Severin. Kincaid, ou Caid, como quase todas as personagens o chamavam, era a escolha segura, de boa família. Da área certa na cidade.

Caid era uma cabeça mais alto do que os jovens que lotavam o vestíbulo, as mangas da camisa arregaçadas até os cotovelos, os dedos visivelmente manchados de tinta. Um par de óculos que lembrava olhos de coruja estava empoleirado em seu nariz, suavizando os olhos escuros intensos. Ele ficava endireitando os óculos sem parar, nervoso, mudando o peso do corpo de um pé para o outro em meio à multidão de convidados. Ao avistar as meninas, um sorriso aliviado iluminou seu rosto, brilhante como um farol em uma tempestade. Adelle pensou que aquele sorriso era, de longe, sua melhor característica. Com alguns passos largos, ele se aproximou das duas, lançando um olhar rápido e curioso a Adelle antes de se virar para Orla, balançando a cabeça.

"Você está atrasada", advertiu, ainda sorrindo. "Ela fez um alvoroço, a casa inteira está de pernas para o ar. Lá em cima está um verdadeiro campo de batalha: joias, anáguas e toda sorte de coisas jogadas, espalhadas pelos cantos mais distantes da mansão." Caid tirou um lenço do bolso e enxugou a testa como se estivesse febril, franzindo o cenho para Adelle, encabulado. "N-não que eu já tenha visto as anáguas de uma dama. Claro que não. É apenas... apenas figura de linguagem. Quem é esta, Orla?"

Ele falava com uma formalidade nerd, coisa que Adelle não esperava nem imaginara, tropeçando nas palavras como qualquer adolescente geek moderno falando sobre roupas íntimas com outras garotas. Sua pele marrom-escura brilhava com o suor de nervoso, quase embaçando os óculos. Adelle não podia acreditar que estava olhando para o Kincaid Vaughn do livro de Robin Amery, um personagem que parecia descartável, nada além de um obstáculo chato para a felicidade de Moira e Severin. Mas aquele maldito sorriso... era *radiante*. Nada nele dizia "obstáculo", para Adelle. Assim como Orla, ele parecia alheio aos estranhos homens de túnica que guardavam a casa. Como aquilo podia ser normal para os dois?

Mas parecia ser, e Adelle estava desesperada para se misturar aos convidados, mesmo que apenas para garantir a própria segurança.

"Esta é minha nova amiga", explicou Orla, graciosa, pegando-o pelo braço e conduzindo-o até as escadas. "Hampton a atingiu com a carruagem no caminho para cá."

"Ele o quê?!" Caid a examinou de cima a baixo, e Adelle não pôde deixar de desviar o olhar.

"Estou bem", insistiu, murmurando. "Só... só minha perna que está um pouco dolorida."

"E ela está definitivamente encharcada da cabeça aos pés. Não olhe para a garota dessa maneira, Caid, é muita ousadia, e uma dama não gosta de ser vista assim em público. Não descansarei até que ela se sinta à vontade entre nós, é o mínimo que devo fazer. Devemos deixar os acessos de raiva de Moira de lado até darmos um jeito na srta. Casey aqui!" Orla se lançara em mais um de seus discursos, arrastando Adelle escada acima, sem se importar com a perna machucada.

"Ai!" Talvez Adelle estivesse mesmo mais machucada do que pensava. Uma entorse, no mínimo uma contusão temperamental. Tentou segurar o corrimão, às cegas, mas, em vez disso, agarrou o não menos forte e firme antebraço de Caid Vaughn.

"Meu Deus", murmurou ele, amparando-a. Suas mãos eram tão quentes que Adelle podia senti-las através do vestido preto encharcado. "Deixe-me ajudar, então, já que você foi declarada nossa amiga."

Orla riu, olhando por trás dos dedos enluvados enquanto Caid tomava Adelle nos braços.

"Que belo casal vocês fazem!" Orla suspirou, então arregalou os olhos. "Ah, mas que maldade a minha! O que sua noiva diria, Caid?"

Adelle gemeu por dentro. Se aquela era a festa do solstício do romance, Moira era noiva de Kincaid Vaughn, apesar do caso tórrido e secreto dela com Severin.

E agora aqui estou. No meio de tudo.

"Eu consigo andar", murmurou Adelle. "Pode me colocar no chão."

"Bobagem", respondeu Caid. Ele a carregou sem o menor sinal de esforço, avançando até o patamar, depois subindo outro lance de degraus estreitos. "A srta. Beevers fará a gentileza de guardar seus comentários para si mesma. Um cavalheiro sempre ajuda uma d-dama necessitada, não é verdade?"

"Foi brincadeira, Caid."

"Odeio brincadeiras", murmurou ele, baixo demais para que Orla, que se adiantara um pouco, ouvisse. "Sobretudo as suas."

"Obrigada", agradeceu Adelle, quando chegaram ao terceiro andar. Caid não a soltou, só continuou seguindo Orla pelo corredor iluminado por velas e decorado com chita azul e branca suntuosa, os tapetes vermelhos como um contraponto impressionante.

"Não acredito que ele acertou a senhorita com a carruagem. Esse cocheiro é uma ameaça para a sociedade!" Nesse momento, Caid conseguiu abrir um sorriso irônico. O cheiro dele era maravilhoso, como livros velhos e alecrim, mas Adelle se esforçava para não pensar naquilo. Afinal, ele não era real. Nada daquilo era real. E, no entanto, aqueles ombros largos e fortes com certeza pareciam reais sob suas mãos...

Você está aqui para encontrar a Connie, sua idiota.

"Vocês dois estão sendo muito gentis", começou Adelle, embora Orla mal parecesse ouvir. "Mas, na verdade, estou procurando uma amiga. Eu..." *Pense, droga, pense. Você pagou por aquele acampamento idiota de improvisação no verão passado, agora use o que aprendeu!* Era como da vez em que ela e Connie tinham ido à feira medieval: só precisava encenar e torcer para que não notassem o zíper enterrado na renda da mochila, ou que o vestido preto era feito de uma mistura de poliéster. *Deus me ajude se encontrarem o celular.* "Eu... acho que ela pode estar aqui. É que nós... nós tivemos um desentendimento, e eu queria me desculpar. Preciso encontrá-la com urgência."

Pronto, doeu? É só contar umas lorotas e se misturar às pessoas até encontrar a Connie...

"Orla conhece todo mundo", respondeu Caid, colocando-a de volta no chão com delicadeza, junto a uma porta laqueada fechada. "Ela com certeza pode ajudar a encontrar essa sua conhecida."

"Claro que posso! Se você puder nos ajudar a cuidar da perna da srta. Casey, ou se encontrar alguém que possa!"

"Não sou qualificado", murmurou Caid. "Mas vou caçar alguém com um pouco mais de experiência. Está doendo muito?"

Adelle tentou fazer cara de corajosa.

"Só um pouco."

Orla deu algumas batidas na porta, mas ninguém atendeu.

"Mas só depois que você estiver seca e tomar uma bebida quente. Não vou permitir que continue neste estado de angústia umidefeita nem por mais um instante!"

Essa palavra com certeza não existe.

"Essa palavra não existe, Orla", comentou Caid, soltando um suspiro sofrido.

Adelle não pôde deixar de rir. Parecia que o rapaz tinha lido sua mente. Os dois trocaram olhares, e ela notou o lampejo de algo estimulante e estranho por trás dos óculos dele. Orla não percebeu.

"O que a sua governanta cara faz o dia todo?", perguntou Caid.

"Bobagem, querido. Não preciso de um vocabulário extenso, só de um marido com uma herança extensa! Bem, parece que a srta. Byrne, o tufão irlandês em pessoa, não está aí." Orla girou a maçaneta e entrou, revelando um quarto suntuoso, decorado em uma centena de tons de verde. "Podemos nos sentir em casa até que ela apareça; decerto está oprimindo Elsie por aí, enquanto a pobre destrói os dedos de tanto costurar…"

"Verde é a cor dela", murmurou Adelle, atordoada com a visão do quarto com que fantasiara a vida inteira bem ali, diante de seus olhos. Ao seu lado, Caid pigarreou.

"Isto é, que garota irlandesa não adora verde?" Ela se apressou em dizer.

"Entre, srta. Casey, antes que pegue um resfriado e toda a noite seja arruinada!" Orla gesticulou dramaticamente para a poltrona confortável perto do guarda-roupa. "Caid, querido, vá buscar Elsie ou Greta, ou quem estiver por perto. É preciso providenciar um pouco de chocolate para a srta. Casey, e cuidaremos dessa perna ferida. Então, se ela estiver bem o bastante para ficar de pé, é claro, vamos vesti-la para o baile com trajes imaculados!"

9

"Boston na primavera! Boston na primavera! Há coisa mais perfeita?" Moira era toda alegria e exclamações, os braços abertos, a sombrinha para trás, exaltando-se ao sol e ao amor jovem. Ao seu lado, Orla Beevers parou um pouco, inclinando-se para inalar profundamente o aroma de uma flor, mantendo o caule de uma peônia vistosa e rosada preso entre dois dedos enquanto bebia de seu perfume. Tudo estava tão bem e radiante que Moira mal conseguia lembrar como era antes da festa. Parecia que sua vida começara no dia em que conheceu Severin, mas tinha florescido agora, depois que passou a noite em seus braços.

"A única coisa mais perfeita é Severin", suspirou Moira, desviando o rosto do sol e caminhando pelos jardins a passos leves, estendendo a mão como se os dedos fossem brincar com cada flor que ali crescia. Em seu jovem coração, era como se tudo florescesse só para ela.

"Fale baixo", lembrou Orla, o tom bastante repreensivo para o dia ensolarado. "O acordo com os Vaughn ainda existe, e se sua mãe ouvir..."

"Ela não vai ouvir", garantiu Moira, rindo. "Ela não vai saber! Não até que seja a hora. E a hora vai chegar. Nosso amor vai prevalecer, Orla, então estarei livre de Kincaid Vaughn. É assim que vai ser. Ah, vai! Vai, sim!"

— Moira, *capítulo 8*

Um rato roçou o pé de Connie, que abafou um grito. As cavernas debaixo da igreja fediam a suor, umidade e fungos.

Uma passagem longa e estreita fora aberta na rocha, e a única lamparina a óleo pendurada na parede dava luz o bastante para iluminar a encruzilhada entre o corredor e um túnel maior e mais largo. Connie estremecia sempre que sentia o cutucão da arma da vaqueira nas costas. Andou mais rápido, ansiosa para conhecer aqueles túneis estranhos que passavam por baixo da igreja. Chegaram a uma passagem impressionantemente grande que dividia a terra, e ela ficou maravilhada por um bando de jovens ter conseguido fazer aquilo.

É o início da escavação dos túneis do metrô, pensou, *ou expandiram as catacumbas.*

Na bifurcação, Connie percebeu que a construção terminava logo à direita, mas, virando à esquerda, a admiração e a curiosidade renasceram. Parecia uma cidade em miniatura escondida ali, embaixo da igreja. No espaço largo e alto o bastante para um túnel de metrô, os Penny-Farthings tinham conseguido construir uma espécie de mercado, todo feito de artigos roubados, como caixotes e carrinhos de fruta. Tinham até feito pequenas cabanas e barracos com ripas irregulares de madeira. Alguns estavam identificados com giz: COMIDA, MEDICAMENTOS, MUNIÇÃO.

O que careciam em domínio da ortografia, mais do que compensavam em ambição e competência. Crianças e adolescentes começaram a aparecer, apenas contornos vagos emergindo dos esconderijos. Aqui e ali, um lampião ganhava vida, iluminando uma parte maior da cidade-túnel. À esquerda, os arruaceiros tinham montado uma cafeteria precária, completa com bar.

O lugar parecia digno da Cour des Miracles de *O Corcunda de Notre Dame*. Uma comparação bem adequada, visto que a alta sociedade de *Moira* estava convencida de que os Penny-Farthings só podiam ser associados a ladrões, assassinos e imundície.

"Fique de olho nela", ordenou a vaqueira ao companheiro. O garoto de rosto sujo de terra meio escondido atrás do lenço se aproximou com a própria arma em punho.

"Pegaram o Alec!" A garota avançou, furiosa, e os Penny-Farthings vigiando Connie foram atrás a uma distância que sugeria que era melhor ficar fora do caminho dela. "Aqueles gritadores malditos, detestáveis, desprezíveis pegaram o Alec! Estavam tão fortes hoje à noite... Talvez fiquem fortalecidos no solstício, mas como diabos eu podia saber? O mundo não faz mais sentido..."

Mais lampiões apareceram, então outros, e uma colcha de retalhos de luz foi preenchendo a cidade-túnel, setor por setor. Os espectadores mantinham distância, mas Connie notou algumas figuras mais corajosas abrirem caminho entre as fileiras de curiosos e de barracos, indo ao encontro da vaqueira. Um grito soou em algum lugar, mas Connie quase não ouviu; estava com a mente fixa na palavra *solstício*. Vários eventos importantes no livro ocorriam no solstício e nos dias próximos. Era a primeira pista concreta sobre em que parte da história estava.

"Missi voltou!", ouviu ela. "Elas voltaram!"

"Acordem, Mississippi chegou!"

"O que você trouxe para nós, Missi? Alguma coisa boa?"

O som nítido do riscar de um fósforo atraiu a atenção de Connie para o bar. Precisava dar um jeito de sair daquele labirinto estranho, mas, no momento, estava relativamente aquecida, e pelo menos ali não havia monstros. Não que pudesse ver, pelo menos.

Até com os vilões dá para negociar.

"Desgraça!" A vaqueira marchou até o bar, subiu em uma banqueta e baixou o chapéu com força.

Uma voz ecoou por trás do fósforo riscado, e um homem alto e peludo, com físico de boxeador das antigas, foi banhado pelo brilho amarelo súbito. Ele acendeu uma fileira de tocos de vela já amorfos sobre pratos de porcelana velhos e lascados, então pousou os punhos imensos no balcão.

"Mississippi McClaren, aqui é a casa de Deus." O homem, de tamanho e peitoral impressionantes, olhou feio para a jovem ruiva, muito menor. Devia ter uns sessenta anos, com todo o cabelo concentrado no rosto, formando uma barba muito mais espessa do que a cabeça calva. Falava com um sotaque britânico surpreendentemente refinado. "Cuidado com a língua, mocinha."

"Ha!" Ambos caíram na gargalhada. "Cale a boca, seu filho de uma égua, e me sirva um trago tão forte que faria até o diabo virar a cara. Beberemos em memória do Alec e de todos nós, que partimos cedo demais."

"Amém." O homem pegou uma garrafa de aguardente e um copo pequeno de madeira. Seu olhar passou da ruiva para Connie, onde permaneceu fixo. "Uau, o que temos aqui?"

Mississippi McClaren lançou um olhar sombrio por cima do ombro coberto de franjas.

"Ponta solta. Estava perto do novo rasgo no parque. Não sei se é Claqueadora ou se só é burra feito uma porta."

"Ei!" Connie deu um passo à frente, rápido demais, e sentiu o garoto ao seu lado espetá-la com a ponta do rifle.

O barman torceu o bigode preto oleoso e fez sinal para que Connie se aproximasse.

"Quero dar uma olhada nela. Identifico Claqueadores de longe, mas não nesta escuridão miserável."

Duas jovens se juntaram a Mississippi no bar, uma de pele marrom, cheia de sardas e longos cabelos prateados, a outra também de pele escura, mas com duas tranças pretas intrincadas caindo sobre os ombros. Connie não fazia ideia de como uma garota da sua idade conseguira ficar grisalha. Os lenços quadriculados das duas descansavam em volta do pescoço. Sem dizer nada, o barman serviu-lhes bebidas.

O garoto atrás de Connie foi cutucando suas costas até que ela estivesse a apenas alguns metros das banquetas do bar, e o público pudesse inspecioná-la de perto. Ela se contorceu. O que veriam? Uma garota como eles, ou uma forasteira? Não havia como esconder o agasalho esportivo nem a bolsa de náilon. Connie começou a tremer. De repente, tudo parecia muito real. Iriam machucá-la? Prendê-la? A arma em suas costas não era de brinquedo; Connie vira aquela coisa abrir buracos nos monstros voadores e, depois de todo o extenso treinamento de biatlo, sabia como uma arma de fogo podia ser perigosa em mãos descuidadas.

"O que diabos fez você pensar que era uma Claqueadora?", perguntou o homem, bufando. "Isso é um exagero, Missi, até para você."

"É? Então resolva esse mistério depressa, estranha." Missi girou na banqueta, olhando para Connie. "Por que diabos estava zanzando perto do rasgo? Ninguém em sã consciência chega perto daquelas coisas. Só os Claqueadores idiotas que querem adorar aquele negócio."

Connie ficou inquieta. No verão anterior, Adelle a convencera a desperdiçar um dinheirão em um acampamento de improvisação besta. Connie, que nunca tinha sido boa sob os holofotes, odiara cada minuto. Mas, como também não gostava de se sair mal, conseguira conquistar os instrutores e aprender algumas coisas. Uma das pequenas dicas que o professor hippie de quarenta e tantos anos repetira várias vezes atravessou o ruído ansioso em sua cabeça:

Não importa o que você faz no palco, basta convencer.

Connie nunca tinha sido boa em mentir, mas talvez, só talvez, pudesse convencê-los com a verdade.

"Eu estava enviando uma mensagem", explicou, enfim. O túnel ficara em silêncio, todos ouvindo a estranha — ela — com atenção. Algumas dezenas de silhuetas observavam das sombras, e provavelmente inúmeras outras também escutavam, escondidas nos barracos. "É um lugar que eu frequentava muito, então fui até lá para tentar alertar minha família."

O barman coçou o bigode. "Parece bastante razoável, Missi. Devia dar uma chance a ela; não é como se pudéssemos sair recrutando gente pelas ruas."

"E ela atira bem!", deixou escapar o garoto que, ironicamente, a mantinha sob a mira de um rifle.

"Vê só?" O barman sorriu.

"Por que vocês se encontravam lá?" Mississippi ignorou todos os outros, engoliu a bebida e a encarou. "Por que logo lá? Aquele lugar é ainda mais perigoso que o inferno. Parece o tipo de lugar para onde só Claqueadores idiotas iriam."

"Nem sempre foi assim", arriscou Connie. Precisava acreditar que, mesmo no livro, aquele mundo nem sempre fora tão terrível. Afinal, encontrara o diário da garota na padaria, e parecia que todos os problemas e a agitação eram novidade. "Não tenho culpa se escolhemos aquele local. Simplesmente foi assim."

"Desafiadora!" O barman deu risada. "Gosto dela."

"Eu não", resmungou Mississippi. "Nem um pouco. Vocês são muito ingênuos, é por isso que estamos perdendo. Olhem só para ela!" A vaqueira girou a perna e se levantou, avançando até Connie em um gingado arrogante. Bufando, puxou a gola alta do agasalho. "Que tipo de roupa é essa, hein? Alguma armadura modernosa vinda diretamente das profundezas do inferno? Você e seus amigos tiraram isso do rasgo?"

Connie respirou fundo, cara a cara com a vaqueira, tão perto que sentia a respiração dela em seu queixo. Àquela distância, dava para ver os sulcos desiguais da cicatriz inflamada que subia pela bochecha da vaqueira. O barman tinha razão: Connie *era mesmo* desafiadora. E estava com raiva. Afinal, tinha tentado ajudar, e agora aquela menina teimosa e estúpida não queria ouvir.

Já aguentara o bastante, estava perdendo a paciência.

"São só minhas roupas", resmungou ela. "Não sou sua inimiga. Eu ajudei a brigar contra aqueles monstros, não ajudei? Não estou caçando confusão. Só estou..." A raiva se extinguiu. Estava tão, tão cansada e tão, tão faminta... Só queria se deitar e comer alguma coisa, qualquer coisa.

Connie suspirou e olhou para o chão. Só que seus treinadores sempre lhe diziam para nunca demonstrar derrota, então ergueu o queixo e se forçou a olhar nos olhos de Mississippi.

Uma corrente quente e crepitante como um relâmpago estalou entre as duas. Connie sabia identificar uma inimiga no campo de futebol antes mesmo de o jogo começar; uma encrenqueira sempre se destacava. A postura arrogante. O olhar entediado. A leve contração dos músculos que ocultava a avidez e a agressividade. Se essa tal de Mississippi seria sua rival, pelo menos era bonita. Muito bonita. Na verdade, com aquele cabelo ruivo e os olhos vivos, ela quase correspondia à descrição de Moira...

Nem começa. Foi assim que você entrou nessa confusão. As fantasias e tolices de Adelle.

Connie relaxou os ombros, sinalizando uma trégua.

"Só estou tentando ir para casa. Eu... só quero ir para casa. Quero ver meus amigos, minha família... Sinto falta da minha mãe e do meu pai."

A ruiva franziu os lábios. Parecia outra pessoa. Seu rosto estava mais suave, quase doce. Uma ruga de simpatia se formou em sua testa. Era como se a palavra *pai* tivesse lançado um feitiço. Mississippi mordeu a bochecha, então deu de ombros e andou um passo para trás.

Então disse em voz baixa, para que só Connie pudesse ouvir:

"Estou de olho em você."

Ela não respondeu.

"Bem." A vaqueira se virou e voltou para sua banqueta, gesticulando para que o barman servisse mais duas bebidas. Connie se perguntou se a segunda seria para ela. "Você quer ir para casa, estranha. Droga, nem sei como chamar você!" Ela apontou para si mesma. "Meu nome é Mississippi McClaren; você já deve ter ouvido falar de mim. Este é o Joe Insone, e aquele com cara de cadáver logo atrás dele é o Dan Sem Sonhos." O barman se chamava Joe, mas Connie sequer notara o homem sentado atrás dele, aparentemente em sono profundo e com a cabeça jogada para trás, encostada na parede. Então Mississippi apontou com a cabeça para as jovens sentadas uma de cada lado dela, primeiro para a garota de cabelo branco, depois para a de tranças. "Esta é a Farai, e esta é a Geo." Ela usou a pronúncia espanhola no nome de Geo. "E nós comandamos este pequeno bando de desajustados. Você provavelmente também já ouviu falar do grupo, em sussurros e xingamentos. Os Penny-Farthings."

Connie assentiu.

"Meu nome é Constance Rollins, mas pode me chamar de Connie."

"Certo, já é alguma coisa." Mississippi pegou a outra bebida, também servida em um copinho de madeira, e a levou até Connie, então ficou esperando até que ela pegasse. Connie sabia que era melhor não recusar e bateu o copo contra o da vaqueira. "Esta é Connie. Connie só está tentando voltar para casa, pessoal. Pois bem, onde é essa casa?"

Ela respirou fundo, levando o copo ao queixo. Cheirava a álcool isopropílico. "Aqui", respondeu. Era um risco enorme, mas a treinadora Mindy também tinha um ditado para isso. Depois de um resultado ruim em alguma prova de biatlo, ela sempre dizia: "Não busque o nível do oponente, imponha o seu".

Então vamos jogar no meu nível.

Mississippi deu uma risada confusa, o copo parado diante dos lábios. "Aqui?"

"Boston", acrescentou Connie. *Conte sua história e convença.* Ela bebeu o álcool horrível de uma só vez, obrigando-se a não vomitar tudo imediatamente por conta do estômago vazio. *Convença o público. Convença a todos de sua verdade.* "Boston", repetiu. "Eu menti. Quando disse que não era uma Claqueadora... estava mentindo. Eu sou, mas não quero ser mais. Se vocês me aceitarem, quero ser uma Penny-Farthing."

10

Adelle franziu a testa para seu reflexo no espelho alto. Seu rosto parecia distorcido, deformado, como se a pele não parasse quieta. Estendeu a mão e bateu no vidro, e a imagem ficou ainda mais ondulada.

Adelle ofegou. Atrás dela, a jovem criada que Orla convocara puxava impiedosamente os cordões do espartilho. Mais um puxão, e os sanduichinhos que acabara de engolir voltariam voando.

"Já está..." Adelle ofegou. "Já está apertado o bastante!"

"Que absurdo!" Orla gorjeou. Estava esparramada em um sofá almofadado, um prato com tortinhas minúsculas de frutas secas e especiarias apoiado no punho e no peito. "Cinturinha fina está na moda; a minha nunca chegará perto da de Moira."

O rapaz que Caid enviara para examinar sua perna não parecia ter idade para ser médico formado; era pouco mais alto do que Adelle e tinha um rosto jovem, e a tentativa desesperada de barba mais parecia recortes colados à pele. Orla lamentou que todos os médicos de fato excelentes tivessem partido. Quando Adelle perguntou o que ela queria dizer com aquilo, a garota disse apenas que tinham ido para o mar com os outros. Adelle sabia, com certeza absoluta, que nada do tipo acontecera no romance — Kincaid perdera um irmão em uma tragédia para a escarlatina, mas isso era doença — e decidiu que precisava encontrar respostas o mais rápido possível.

"Como assim foram para o mar?", perguntara a Orla, baixinho, enquanto o médico vasculhava uma bolsa de couro.

"Ah, você sabe", murmurou Orla. "Bem, talvez não saiba. Ah, pobre da sua cabeça! Mas, claro, muitos entraram no mar. Antes de termos o remédio dos Cantadores, os sonhos causaram a partida de muitas pessoas. Ora, Kincaid perdeu a família inteira. É um milagre que ele próprio não tenha empreendido essa caminhada."

Adelle não podia acreditar no que estava ouvindo. Escarlatina não era o mesmo que toda a família ter entrado no oceano. Já sabia que havia algo muito errado naquele mundo, tanto que queria muito acreditar que Orla estivesse inventando tudo. Se fosse verdade, o horror daquilo era difícil de aceitar, mesmo em um mundo fictício. E Kincaid era o único que restara da família? Devia ser terrível.

A vida interior de Kincaid Vaughn não era explorada no livro, mas, agora que o conhecera — ou seja lá como se pode chamar o ato de ficar cara a cara com um personagem fictício —, seu coração doía de pensar o que ele devia ter passado.

Ele não é real, lembra?

O "médico" declarou que sua perna não estava quebrada, mas Adelle não levava muita fé no diagnóstico. O sujeito explicou que o hematoma desapareceria, e ela deveria descansar. Dito isso, o médico deixou uma garrafa assustadoramente grande de láudano para que ela tomasse "caso a dor ficasse insuportável".

Talvez Adelle precisasse agradecer por ele não ter oferecido cocaína.

Ela deixou o láudano no lugar em que havia sido colocado, na mesa delicada perto do sofá. Em vez disso, pediu um pouco de gelo para a perna, mas, ao que parecia, todo o estoque estava sendo usado na festa. Gelo era um artigo raro e precioso, e as versões saborizadas para a sobremesa pareciam ser mais importantes que suas contusões.

Decidiu ignorar o desconforto e seguir em frente. Um salão de baile cheio de testemunhas esperava lá embaixo, e alguém devia ter visto Connie. Inclusive, ainda tinha a remota esperança de que a própria Connie estivesse lá.

E depois? Como vamos voltar para casa? Precisamos do livro, mas estamos dentro do livro.

Adelle apagou sua careta de desgosto. Um passo de cada vez. Precisava encontrar Connie antes de se preocupar com o que viria depois.

Greta, a criada que vestia Orla, parecia esquelética de fome, mas tinha mãos fortes e ferozes. Com um último puxão selvagem, a mulher decidiu que Adelle já havia sido torturada o bastante e amarrou os cordões no centro do espartilho. Então veio uma faixa acolchoada, depois uma engenhoca volumosa com anáguas de algodão bordadas.

"Que sorte sermos tão parecidas! Moira pensou em cortar esse meu vestido velho para fazer algo novo, já que gostava tanto do padrão, mas fico feliz que ela ainda não tenha começado o trabalho." Orla comeu outra tortinha enquanto admirava a imagem das duas no espelho, abrindo um sorriso cheio de migalhas. Ela estava radiante, feliz, e Adelle assentiu e tentou imitar sua empolgação. Como Orla podia tagarelar e saracotear por aí enquanto famílias inteiras estavam indo para o mar? Não queria pensar mal de uma pessoa gentil como ela, mas era difícil não se perguntar isso. "Eu mesma teria usado esse vestido de novo, mas Moira diz que não combina com meus olhos. Esse violeta vai ficar tão sedutor em você, querida!"

Greta pegou o tal vestido violeta, deslizando-o pelos braços de Adelle e ajustando-o bem antes de começar a fechar a infinidade de botões redondos que subiam pelas costas. Junto com a anquinha, as anáguas e o espartilho, o vestido de seda parecia uma armadura, e era quase tão pesado quanto uma. Graças à anquinha, seu traseiro parecia enorme, o que, por algum motivo, complementava seu visual. A costureira de Orla enfeitara a frente do vestido com fitas e miçangas pretas e costurara flores de tecido roxo e preto nas mangas estreitas, que quase caíam do ombro. Na cintura, a seda violeta ficava presa por ainda mais flores, revelando uma saia em camadas e uma cascata de rendas esbranquiçadas.

Adelle encarou o próprio reflexo, observando Greta enrolar seu cabelo loiro no que pareciam pequenos croissants extravagantes, então fixá-los com joias e fitas. Apertando a barriga com as mãos, tentou imaginar onde seus órgãos internos tinham ido parar, já que o vestido fazia com que parecesse esguia e curva como um jarro.

A porta se abriu. Adelle deu um pulo, e Orla se levantou, espalhando migalhas e tortas.

"Orla! Você está usando essa monstruosidade prateada horrenda! Olhe só o seu estado!"

Adelle ficou paralisada. Pelo espelho, via a heroína que idolatrara por tanto tempo. Quantas vezes terminara o livro desejando ter o amor, o cabelo, a vida, o romance, a aparência de Moira? E ali estava ela, distorcida pela ondulação no vidro, os olhos verde-mar faiscando de raiva enquanto ela invadia o próprio quarto. Moira combinava perfeitamente com o local, com seu vestido de veludo esmeralda capaz de superar qualquer bolo de casamento moderno.

Perto daquela roupa, o vestido que alugara para o baile Sadie Hawkins parecia um trapo.

"Achei que gostasse deste vestido", murmurou Orla, cabisbaixa. Bastara uma explosão mordaz de Moira para desanimá-la.

Adelle assistia à cena espantada; queria sair em defesa de Orla, mas ficou sem fôlego e autoconsciente por estar diante de uma celebridade. E Moira era tão bonita quanto Robin Amery descrevera: proporções perfeitas, praticamente uma boneca de porcelana de pele leitosa e lábios rosados. O cabelo brilhoso estava preso em um penteado dramático, deixando apenas dois cachos irrequietos livres para emoldurar o rosto. E aqueles olhos... Homens tinham morrido vítimas de lâminas menos afiadas do que aqueles olhos.

"Ah. A intrusa. Elsie mencionou que você atropelou uma qualquer e a arrastou para cá." Moira deu um sorriso afetado, brandindo um leque de renda verde com a mão enluvada e inclinando-se em direção a Adelle, a quem examinou da cabeça aos pés.

Meu Deus, já estou cansada de ser olhada assim.

"Orla, sua tolinha, você devia ter deixado essa daí com a cara na poça... Ela deve acabar roubando seus pretendentes, e você será só uma criada velha e triste." Rindo, Moira mergulhou em uma reverência rápida e superficial.

Adelle tentou imitá-la, sabendo que não tinha a mesma graciosidade.

"Moira Byrne", apresentou-se a recém-chegada. Sua voz era como fumaça, adoçada com uma leve cadência irlandesa. "E você é?"

"A-Adelle Casey", gaguejou, desajeitada e com medo. Aquela era *a famosa* Moira. Não esperava que fosse tão intimidante, mas também não esperara entrar no livro em que a personagem vivia. "Obrigada por me deixar participar da sua festa. É muita gentileza."

"Ah, querida, não sou gentil; isso foi obra da Orla. E ela não me consultou, não é mesmo?" Moira deu risada, lançando a cabeça para trás, então se aproximou de Orla, irritada, e bateu bem forte no queixo da amiga com a ponta do leque. Orla estremeceu, mas a necessidade de agradar Moira deve ter falado mais alto, já que ela não protestou contra o golpe. "Não, Orla não tem nada além de algodão na cabeça. Ela adora presumir, está sempre presumindo e acreditando que todos compartilham de sua simpatia pelos menos afortunados. Diga, de qual família Casey você vem, exatamente? Com certeza não é a de Haverhill, certo? Ou eu já teria ouvido falar de você."

Claro que Adelle percebeu o insulto, além de tomada de raiva por ver Orla ser tratada daquela maneira, ainda mais depois da imensa bondade que demonstrara. Mais do que isso: Adelle sabia do segredo sujo de Moira, sabia que ela estava perdidamente apaixonada por um garoto pobre e tinha planos de revelá-lo ao mundo naquela festa.

"Minha família é de Back Bay", respondeu Adelle, exibindo os dentes em um sorriso. Desafiava qualquer dentista de 1885 a superar os aparelhos, os retentores e a rotina de clareamento a que fora submetida pela ortodontista, a dra. Laghari. E Back Bay? Bem, era onde morava, e só podia esperar que aquilo significasse alguma coisa em 1885. A julgar pela expressão atordoada de Moira, significava. O sorriso presunçoso desapareceu do rosto dela, substituído por uma máscara de boneca inescrutável.

"Bem, isso só mostra que as aparências enganam, não é mesmo?" Moira deu risada, e Adelle se forçou a ficar quieta. "Bem, vamos todas dar as mãos e ser amigas, certo? Eu só fiz uma brincadeirinha. Uma brincadeira!" Moira deu de ombros; era pequena como um passarinho. "Nossas brincadeirinhas são assim, não é mesmo, doçura?" Ela bateu outra vez em Orla com o leque, mas com um golpe mais levinho. "Não é?"

"É, sim!", respondeu Orla, de repente, os lábios apertados. "Moira tem uma inteligência muito aguçada, nunca consigo acompanhar."

"Não, doçura, você não consegue. Mas tem muitas boas qualidades, assim como a srta. Casey, tenho certeza. Qualidades que sem dúvida atrairão a atenção de todos os belos rapazes presentes. Ora! Estamos todas vestidas, perfumadas, alfinetadas e apertadas." Moira girou em círculos extravagantes, o vestido alargando-se em um redemoinho adorável.

Quando parou de novo, seus olhos verdes claríssimos brilharam com malícia.

"Vamos nos divertir um pouco?"

"Srta. Beevers?", chamou Adelle, sem saber onde colocar as mãos, se devia erguer as saias ou só concentrar toda a energia em não mancar como um pirata de perna de pau.

"Sim, querida?" Orla se agarrou ao seu braço. Com firmeza. Adelle teve a nítida impressão de que Orla a via como um abrigo seguro da tempestade Moira. Estavam paradas no topo da escada, bebericando vinho clarete, depois que Adelle cometera a estupidez de pedir cerveja e ser informada categoricamente de que aquilo não era bebida para uma dama em uma festa daquele porte. Apesar de todos os romances vitorianos que lera, não estava conseguindo se misturar muito bem.

Ela não sabia se gostava do vinho, então ficou só segurando a taça de cristal enquanto observava as pessoas valsando lá embaixo. Apoiou-se discretamente no corrimão no topo da grande escadaria, esperando aliviar um pouco da pressão na perna.

"Queria perguntar sobre a minha amiga", explicou, baixinho. Notara que todas as jovens falavam em um tom um pouco acima de um sussurro e decidiu imitá-las. Naquele ritmo, certamente arrasaria no próximo acampamento de improvisação. "A que estou procurando. O sr. Vaughn disse que você conhece todo mundo..."

"Ah, vestir-se é tão exaustivo que eu tinha me esquecido disso!" Orla, em um forte contraste, bebia clarete à vontade; já pegara uma terceira taça de um garçom que passava. Adelle não pôde deixar de notar que os garçons, criadas e músicos não eram mais velhos do que ela. Os músicos, inclusive, pareciam mergulhados nos trajes formais, como se estivessem fantasiados e deslocados. E não eram bons: tocavam consistente e odiosamente fora do tom.

Inclusive, vira apenas alguns adultos em todo o salão de baile; era como nas festas da escola, mas sem o ginásio, o globo espelhado e os coquetéis sem álcool. *Estou no baile Sadie Hawkins, afinal.* Para ela, o efeito geral era estranho. Aquele deveria ser um lugar de beleza, beleza avassaladora, com velas brilhando e pessoas felizes bebendo champanhe em taças de cristal, música de cordas, valsa, o farfalhar vertiginoso de saias e a promessa de olhares sedutores na pista de dança lotada. Mas, para Adelle, tudo parecia... transparente. Borrado. Todos os elementos estavam lá. A dança, a música e as risadas, mas parecia um bando de crianças precoces brincando de faz de conta, e ela se perguntou se Orla ou Caid também notavam aquilo ou se estava imaginando coisas.

"Querida? Querida? Srta. Casey?"

Adelle sacudiu a distração da preocupação para longe e se virou para Orla. Não importava a opinião de Moira, achava que o vestido prateado caía muito bem nela.

"Minha amiga... O nome dela é Constance, mas todos a chamamos de Connie. Connie Rollins", explicou Adelle. Não sabia exatamente como descrever um agasalho esportivo para os vitorianos, então se ateve às características imutáveis. "Ela é muito alta e tem cabelo preto comprido, ondulado, que costuma usar preso em uma trança ou rabo de cavalo. Tem olhos castanhos que às vezes parecem verdes, e muitas sardas. Sardas por todo o nariz e bochechas, ainda mais do que eu tenho. E tem um porte forte, sabe..." Adelle parou, tentando pensar em como descrever uma mulher daquela como atlética. Duvidava que Orla soubesse o que era uma barra de levantamento de peso. "É alguém que gosta de andar a cavalo, muito ativa e saudável."

Só o fato de descrever a melhor amiga deixou seu coração pesado de tristeza. Faltava dizer tanta coisa, como as sobrancelhas grossas e questionadoras, que sempre davam a impressão de que Connie estava desvendando os segredos do universo. E as bochechas rosadas, que levaram o pai a chamá-la carinhosamente de Bochechas de Noel. Connie odiava o apelido, que sempre a deixava corada e com as bochechas ainda mais vermelhas.

"Preciso encontrá-la", confessou Adelle. Seu olhar desviou outra vez para as pessoas dançando, olhando através delas. "Faz... faz muito tempo que não nos encontramos."

Não fazia, claro, mas já parecia uma eternidade. Só queria saber que sua amiga estava segura, que não tinha se machucado por conta de toda aquela situação idiota em que as colocara.

Orla sustentou o queixo com um dedo dobrado e franziu os lábios, pensativa.

"Talvez seja filha de Quincy Rollins, mas acredito que a família só tenha cinco rapazes. Posso estar enganada, mas duvido. Também tem uma família com esse nome em Weymouth, mas acho difícil que consigam chegar à cidade, com as estradas e o mar intransitáveis. Ah!" Seu rosto se iluminou, as bochechas ganhando cor. "Malachy Moulton teve um breve noivado com uma Rollins; ele talvez saiba mais, porém ouvi falar que o compromisso terminou muito mal."

Ela deu um tapinha na mão de Adelle, empolgada.

"Vou verificar se o sr. Moulton está presente, pois acredito que ainda esteja entre nós. Se for o caso, talvez tenhamos algumas respostas! Ah, eu adoro um enigma!"

Antes que Adelle pudesse intervir, explicando que era bem improvável que Malachy Moulton tivesse sido noivo da *sua* Connie Rollins, Orla se afastou, e ela ficou ali, franzindo a testa, deixando a imaginação fluir e cultivando esperanças enquanto segurava a taça intocada de clarete. Estar ali, sem ninguém com quem conversar, depois de ter falado de Connie fez com que se sentisse desesperadamente só. Caid não aparecera mais depois que Orla a levara para o quarto de Moira, e a própria Moira tinha ido passar pó no nariz pela terceira vez, convencida de que a pele estava muito brilhosa.

O relógio do salão de baile badalou as nove horas. Conforme os sinos soavam, um a um, Adelle não pôde deixar de lembrar a cena do romance. Naquela noite, Moira fizera uma entrada triunfal no vestido de veludo verde, e todos os convidados se maravilharam com sua beleza enquanto ela descia a grande escadaria. A jovem atravessara corajosamente o mar de admiradores, e seu noivo não parecia estar presente... Em vez de ir até ele, tinha ido dançar com um jovem que ninguém conhecia, um garoto que não pertencia àquele círculo social.

Adelle e Connie achavam a cena incrivelmente romântica, mas nada daquilo aconteceria se Moira continuasse preocupada com o nariz brilhoso. Adelle suspirou e decidiu procurar Orla na pista de dança movimentada. Seria fácil de localizá-la com o vestido prateado. Avançou um passo em direção à escada, torcendo para que ninguém notasse sua entrada desajeitada. Os passos de Moira eram pequenos e delicados; já os dela, não. O vestido se prendeu na bota, e ela puxou com força, mas um dos fios soltos se enrolara no salto.

"Ah, por favor!" Adelle puxou a bainha do vestido com mais força, com a mão esquerda, tropeçando no meio do corredor. A valsa se intensificou, desafinada, parecendo acelerar e desacelerar ao acaso. Deu outro puxão e sentiu o cotovelo acertar algo macio e quente.

"Meu nariz!"

Adelle girou e deu de cara com Moira, sangue jorrando das narinas, as luvas brancas de cetim manchadas de vermelho enquanto levava as mãos ao rosto. O nariz não estava só brilhoso: estava ensanguentado e ferido.

"Me desculpe!", gritou Adelle, tropeçando para a frente enquanto tentava ajudar.

Moira sacudiu a cabeça, os cachos balançando, lágrimas brotando nos olhos.

"Você estragou tudo! Estragou minha festa! Estragou nosso... Eu te odeio. Eu te *odeio*!"

"Foi um acidente! Ah, me deixe ajudar, talvez não seja tão ruim..."

Moira a ignorou e rodopiou para longe, espalhando as saias em um círculo perfeito antes de disparar pelo corredor, deixando um rastro de pingos de sangue.

Será que aquilo era como uma viagem no tempo? Será que algo terrível aconteceria, agora que Adelle mudara o curso da noite? Ninguém parecia ter notado com a música alta demais e a fartura de bebidas. Adelle se virou para a escada e as pessoas dançando, mas era como se nada tivesse acontecido. Primeiro a carruagem, agora aquilo... Parecia que não conseguia se manter longe de confusão até encontrar Connie.

Precisava contar a Orla; alguém tinha que confortar Moira, e Adelle mal a conhecia. Além disso, acabara de esmagar o rosto dela.

Desceu as escadas depressa, levantando as saias apenas o suficiente para evitar outro acidente. Foi envolvida pelas pessoas que dançavam, estonteantes e perfumadas, e teve dificuldade para abrir caminho na multidão, navegando educadamente entre as saias e caudas de terno enquanto procurava Orla, angustiada. Perdera o vestido prateado de vista, e agora, à deriva no mar de casais que giravam e davam risadinhas, era baixa demais para encontrar qualquer coisa. Começaram a carregá-la, erguendo-a do chão. A perna latejava. Entreouvia trechos de conversas, suspiros, pedidos de desculpa por pisadas em um pé ou bainha...

"Você não prefere a valsa vienense?"

"Você viu Artur? Ele sequer acompanhou Vivienne até o assento depois da quadrilha!"

"Senhor! Tome cuidado com meus sapatos!"

"Por favor", implorou Adelle, sentindo calor demais. Mas não conseguia escapar. Alguém a pegou pelos punhos, então pelas mãos, um homem que ela não reconheceu. "Por favor, não quero dançar..."

Ao olhar para o rosto do homem, Adelle recuou. Tinha a pele mortalmente pálida, além de olhos pretos grandes. Parecia não ter nariz nem orelhas, só uma máscara vazia que a encarava, sorrindo. Os dois se juntaram à valsa, e Adelle sentiu o estômago se retorcer com um medo nauseante. Achou que vomitaria se o sujeito a girasse rápido demais, mas foi o que ele fez, várias vezes, erguendo a mão dela acima da cabeça e a fazendo rodopiar como uma bailarina em uma redoma de vidro.

"Pare! Pare! Estou muito tonta, por favor..."

Mas o estranho apenas riu dela, a boca escancarada, sem dentes, nem língua, uma bocarra negra que ameaçava engoli-la. De lá saíam sussurros, e Adelle ficou enjoada de verdade, dominada por um tremor súbito e um aperto na cabeça, como se o cérebro estivesse grande e pulsante demais para o crânio.

Está perto. Tão perto... Quase peguei você. Você vai servir.

A voz que ouvira antes, que aparecera logo depois de o sr. Straven lançar seu feitiço, então de novo quando chegou àquele mundo esquisito. Adelle cambaleou para trás, arrancando os pulsos do aperto do estranho. Deu uma pirueta desajeitada, estendendo os braços para conseguir se equilibrar até que o mundo não mais parecesse inclinado. O turbilhão de pessoas dançando a levara para o outro lado do salão, e a grande escadaria estava muito distante, parecendo comicamente pequena, como se fosse de uma casa de bonecas. Quando olhou por cima do ombro, o homem tinha sumido — ou melhor, quem a observava era um cavalheiro comum, com barba pontuda e uma expressão aflita, a sobrancelha arqueada sugerindo que o comportamento de Adelle era de uma deselegância tremenda.

Estava diante da mesa de refrescos; atrás, à esquerda, os músicos ainda tocavam. Fileiras de cadeiras vazias aguardavam as pessoas que dançavam para quando a música acabasse. Um único jovem permanecia entre as mesas cheias de pratos e bebidas, paralisado, as mãos junto ao corpo. Usava terno e luvas escuras, e o cabelo preto tinha sido penteado para trás, lustroso como petróleo bruto.

Talvez ele pudesse ajudá-la a encontrar Orla, ou pelo menos dar uma ideia de para onde a jovem podia ter ido.

"Com licença?" Adelle se arrastou com cuidado até ele, tomando cuidado com as saias volumosas. "Poderia me ajudar?"

O rapaz não respondeu. Nem se moveu. Permaneceu imóvel, de costas para ela. Em outras circunstâncias, o cheiro dos bolos, mousses e geleias talvez fosse tentador, mas aquela doçura enjoativa só aumentou a náusea de Adelle. Hesitante, aproximou-se do homem, perguntando outra vez, em tom educado:

"O senhor se importaria de me responder uma pergunta? Perdi minha amiga de vista..."

Ao se aproximar, notou que a textura negra e oleosa do cabelo dele não acabava nas têmporas; continuava pelo rosto. Ofegou baixinho e foi andando bem devagar ao redor dele, muito, muito devagar, até descobrir que, não importava o quanto circulasse, o sujeito permanecia de costas para ela, que sua cabeça era um orbe negro reluzente, que as mãos fechadas nunca se voltavam para ela, que os pés estavam sempre apontados para longe.

Adelle parou e recuou, sentindo-se outra vez tonta. Pressionou as palmas das mãos contra a estrutura de aço do espartilho, apertando o estômago. Por que não conseguia enxergar direito? Olhou outra vez para o estranho e notou que ele, finalmente, tentava se virar para ela. Quando os pés apontaram em sua direção, Adelle olhou para onde o rosto dele deveria estar, e o salão ao seu redor desabou.

Não havia nada lá. Um buraco. Um buraco parecido com o rasgo, uma janela para um lugar entre lugares. Nenhuma estrela brilhava naquela imensidão, era só um vazio, permeado pela atração primordial de um além sem nome. Nada, nada... Não, não era *nada*, era alguma coisa. Algo cruel. O berço dos horrores, a fusão de todos os pesadelos.

Não conseguia mais olhar; aquele vazio ameaçava sugá-la como a boca aberta e terrível do homem com quem dançara.

Ainda mais perto. Olhe para dentro. Olhe... Veja como nasce, veja como chega ao seu mundo.

O chão sob seus pés desapareceu. Adelle caía, incapaz de se recompor, desprovida de forças ou mesmo de vontade de comandar o próprio corpo. Piscou uma vez e, quando abriu os olhos de novo, o estranho horroroso tinha sumido. Só que isso não interrompeu a queda.

Alguém se moveu atrás dela, rápido como um raio, e abriu os braços para ampará-la. Adelle sentiu a parede de um peitoral contra suas costas, então duas mãos seguras se fechando em torno da carne arrepiada de seus braços, na lacuna provocante de pele entre a manga e a luva que chegava ao cotovelo. Seu salvador a manteve de pé, e Adelle respirou fundo, o aperto no estômago desaparecendo, embora o medo permanecesse.

"Ora, mademoiselle, cuidado. Não queremos donzelas feridas esta noite."

Sabia quem era antes mesmo de ver o rosto dele. Era uma voz que ouvira mil vezes enquanto sonhava acordada; era forte, cheia de humor e embelezada com um leve sotaque francês.

Severin Sylvain. E lá estava ela, firmemente segura em seus braços.

Ficou de pé por conta própria, mas Severin não a soltou. Em vez disso, abriu um sorriso torto, com uma mecha travessa de cabelo preto encaracolado caindo sobre um dos olhos. Por um instante, Adelle não sabia se conseguiria falar. Ele era lindo. De uma beleza sobrenatural.

"Está procurando alguém?", perguntou o rapaz. "Parece perdida, não sei se no baile ou em sonhos. Seja o que for, terá que me contar. Sou muito intrometido."

Adelle baixou os olhos, tímida. Meu Deus, era difícil respirar, era difícil olhar para ele. Será que era isso se apaixonar à primeira vista? Havia um toque invernal nele, na pele branca como mármore, nos olhos cinza muito suaves, da cor do céu antes de uma nevasca. E aquele sorriso torto... Agora sabia por que Moira escrevera poemas sobre ele, por que se arriscara a ser renegada ou coisa pior só para tê-lo.

"Estou procurando uma pessoa", murmurou Adelle. "Minha amiga. Eu... não consigo encontrá-la."

Severin Sylvain estendeu a mão, fazendo uma mesura. Nunca olhava diretamente para ela, a não ser por trás daquela mecha brincalhona de cachos negros.

"Talvez possamos procurar juntos, mademoiselle. Estou ao seu dispor."

11

"E o que você vai fazer enquanto Severin e eu estivermos juntos?", perguntou Moira. Acabara de inventar uma mentira, deixando um cartão para a mãe informando que ela e Orla voltariam tarde, pois tinham combinado de visitar o sr. e a sra. Anthony Harte. Como os Harte viviam na zona oeste, Moira explicara com muita eloquência e desculpas profusas que o retorno à Mansão Byrne poderia demorar. Mas a sra. Anthony Harte, escreveu, dando mais detalhes, acabara de se recuperar de um surto histérico relacionado ao parto e precisava de companhia feminina e solidária.

Moira não tinha qualquer intenção de visitar a irmã insípida de Orla ou confortá-la sobre o que fosse. Em vez disso, oferecera um suborno generoso a Hampton, um dos cocheiros da amiga, que levaria as duas ao que acreditava ser um almoço na India Street. Assim que chegassem ao local, Moira teria um encontro secreto com Severin, e sua família jamais saberia.

"Orla? De que se ocupará?", perguntou Moira, outra vez, já que a amiga parecia bastante aborrecida, olhando pela janela com olhos vidrados e estranhos. Talvez estivesse preocupada com a irmã; Orla sempre fora excessivamente sensível.

"Ah..." Ela enfim falou, um som baixo entre os ruídos dos cascos dos cavalos enquanto Hampton as conduzia pela cidade. "Parece que haverá uma exibição de cavalos do Oeste Selvagem não muito longe do nosso destino."

> *Orla tirou um panfleto dobrado e esfarrapado da bolsa de mão laranja com franjas. "Veja, diz aqui que é 'imperdível, uma exposição eletrizante e de tirar o fôlego.'"*
> *"Com certeza soa bestial", suspirou Moira, olhando com alguma surpresa para a companheira.*
> *"Mas você é quem vai viver toda a emoção, creio eu", continuou Orla, que não pareceu se abalar com o desgosto de Moira. "Quero muito me sentir eletrizada e sem fôlego. Vê só? Tem uma jovem com pistolas! Dá para acreditar? Acha que seria muito intenso e chocante para mim?"*
> *"Acho." Mas Moira sorriu. "Não é perigoso?"*
> *"Ah, não, levarei Hampton comigo."*
> *"Então não vejo mal algum, desde que mantenha segredo", retrucou Moira, sentindo-se muito magnânima e reformista. "Afinal, Orla, você é uma jovem solteira. Dizem que o Oeste edifica o caráter dos homens, mas não acredito que torne as mulheres melhores."*
>
> – Moira, *capítulo 8*

De olhos arregalados e a boca aberta, Mississippi McClaren gesticulou, pedindo mais uma bebida.

"Macacos me mordam, temos uma espiã!"

Mas Connie não sorriu. Precisava de um refúgio para comer e dormir até encontrar Adelle e voltar para casa; precisava de um local relativamente seguro, e a estranha cidade que os Penny-Farthings tinham escavado parecia um lugar tão bom quanto qualquer outro. Os gritadores tinham levado um adolescente sem dificuldade, e ela só voltaria à superfície sozinha se tivesse um bom motivo.

"Estou falando sério. Estava tentando enviar uma mensagem porque..." Connie sentiu todos os olhares cravados nela. Era melhor que suas mentiras fossem convincentes e consistentes. "Porque os Claqueadores levaram uma amiga minha. Rompi com eles. Para sempre. Minha família não está associada a eles, e eu também não estou mais. Quero entrar no seu grupo."

"É uma história extraordinária", rugiu o barman, Joe Insone. Tinha pegado um copo de cerveja para limpar, mas parecia fazer aquilo mais por hábito do que por necessidade. "Eles exigem lealdade absoluta. Isso nunca aconteceu, então espero que entenda nosso ceticismo."

"É claro." Connie deu de ombros. "Mas vocês me capturaram, e eu quero minha liberdade, então estou colocando todas as cartas na mesa. Só queria ir para longe deles e voltar para casa, mas, se não para é possível fazer isso, posso, pelo menos, lutar do lado certo."

"Prove."

Ou não.

Mississippi girou a pistola e a enfiou no coldre, apoiando um cotovelo na perna e abrindo um sorriso sagaz.

"Provar?" Connie mudou de posição.

"Isso mesmo. Não deve ser tão difícil. Você não deve ter problemas em provar essa sua história", retrucou a ruiva. "Se quer deixar a vida de Claqueadora para trás para roubar, furtar e ganhar a vida aqui conosco, tem que fazer por merecer. Eu posso ser muito sensata diante de provas incontestáveis."

Duvido.

Connie escolheu o caminho certo, optando por não insultar a vaqueira ou seu vocabulário.

"Você disse que estamos no solstício..."

"Vinte de junho", confirmou Joe Insone, assentindo. "Que diferença isso faz?"

Connie piscou. Certo. Na sua realidade, era novembro, mas claro que tinham pulado para a estação em que se passava o romance. Mesmo assim, podia usar aquilo a seu favor. O solstício. Já sabia o bastante para saber que era um período atribulado para as personagens do livro, e talvez, só talvez, pudesse usar os acontecimentos do romance para convencer os Penny-Farthings de que era uma espiã.

"Vai ter um baile hoje à noite", disse, confiante. "Moira Byrne dará uma festa para comemorar o solstício."

"Sei." Missi inclinou-se para a frente, estreitando os olhos. "Estou ouvindo. Conte mais."

Roubar, furtar e ganhar a vida... Só de olhar em volta, Connie podia ver que os Penny-Farthings não levavam uma vida muito confortável. As festas do livro ostentavam mesas quilométricas repletas de todo tipo de iguaria, comida mais do que suficiente para alimentar um bando de crianças famintas escondidas.

"Lá haverá mantimentos para o baile, para servir aos convidados", explicou Connie, tentando não transparecer que estava inventando tudo.

"E vai estar cheio de Claqueadores. Você sabe que eles grudam nos ricos feito moscas no estrume", comentou Geo, a garota de tranças. "Não é uma boa ideia."

"Não, tem uma entrada de serviço oculta", respondeu Connie. A mesma que Moira usara para deixar seu amante secreto, Severin, entrar na casa sem que ninguém soubesse. "Que leva direto para a cozinha."

"Isso é bom", murmurou Joe Insone, enrolando a ponta do bigode no dedo mindinho. "Pode ser muito bom para nós."

"Só se formos espertos", insistiu Missi, mas sem tirar os olhos de Connie. "Perdemos Alec hoje, e quase todo o pessoal está esgotado. Teríamos que entrar depressa e sem fazer barulho, só alguns de nós."

A garota do outro lado dela, Farai, balançou a cabeça.

"Não dá para carregar muita coisa assim. Se vamos arriscar algo tão grande, precisamos fazer valer a pena."

"Podemos roubar uma carruagem, encher de comida e levar para o sul. Há uma entrada para o túnel, mas, de lá, nunca vão conseguir chegar até nós aqui", sugeriu Geo, falando cada vez mais rápido, então se levantou de repente, empolgada. "E sou a mulher certa para a tarefa. Os cavalos me ouvem, eles me amam, simplesmente confiam em mim. Levo jeito com animais."

"Bastou seu avô cavalgar uma vez para Santa Anna em Álamo,* que você se sente o próprio King Fisher,** não é?" Mississippi riu, dando um tapinha nas costas de Geo.

A jovem deu de ombros, mas, pela postura orgulhosa, não pareceu discordar.

"Mas gosto desse espírito", continuou Missi. "E caberia muita comida em uma carruagem..."

"Sinto o início de um plano se formando." Joe Insone sorriu, vendo Farai, Geo e Mississippi tropeçarem nas palavras umas das outras, tentando formular a melhor estratégia.

"Mas precisamos nos apressar", comentou Connie. "O baile não vai durar a noite toda, e temos que entrar enquanto todos ainda estiverem distraídos."

Mississippi abriu um sorriso, saiu andando a passos largos e pegou o chapéu que estava pendurado no cordão do pescoço, ajeitando-o na cabeça.

---

* Referência à Batalha do Álamo, em 1836, durante a Revolução do Texas, em que as tropas mexicanas foram comandadas pelo general Antonio López de Santa Anna.
** John King Fisher (1853-1884), pistoleiro texano durante o auge do Velho Oeste americano.

"Então nós, senhoritas, cuidaremos disso. Farai? Geo? Preparem-se para partir. E você..." Ela esticou um dedo, chamando Connie para mais perto. "Você vem comigo. Tem algumas coisas que precisa entender."

"Usamos as penny-farthings porque são muito silenciosas e não precisam ser alimentadas. Cavalos são caros e barulhentos. As velas são feitas de sebo de cavalos mortos e outras coisas mortas espalhadas por aí. O que temos de comida e munição é o que conseguimos coletar, roubar ou cultivar, e não é muito, mas os cogumelos gostam de umidade, então espero que não se incomode de comê-los." Mississippi andava em ziguezague entre os barracos, carrinhos e tendas do que chamou várias vezes de "a Congregação". Apontava para as coisas conforme avançavam, embora não houvesse muito para ver. As criptas no subsolo da igreja tinham sido expandidas túnel adentro, criando bastante espaço para a cidade caótica. Além de Joe Insone e do homem inconsciente atrás dele no bar, Connie não vira um único adulto.

"Onde estão os adultos?", perguntou, hesitante.

"Você é besta, é?" Missi bufou. "Estão no mar. Assim como meu pai, como todos os malditos pais e mães, e todos os outros. Um dia eles se levantaram de suas camas e foram embora. Agora estamos aqui, juntando os cacos, fazendo o que dá. Você tem sorte de não ter perdido os seus também."

Ela suspirou e parou diante de uma sala pequena e rasa esculpida na rocha. Ficava no fundo da Congregação, isolada das outras cabanas e tendas.

"Os sonhos chegaram primeiro para eles. Isso foi antes de Farai e Geo inventarem o chá. Os Claqueadores têm os monstros e a magia deles, não têm? Mas nós também temos a nossa. Geo aprendeu com o pai dela, que aprendeu com o pai dele; uma família de curandeiros desde que ela se entende por gente, lá no México. Farai foi aprendiz de uma senhora que endireitava fraturas, mas a mulher entrou no mar e não terminou os ensinamentos. Mesmo assim, as duas conseguiram criar um chá que nos mantém seguros à noite. É amargo como o inferno, simplesmente horrível, mas impede os sonhos, e assim nós não vamos para o mar."

Connie não sabia o que dizer. Tudo parecia muito triste e desesperador, uma vida terrível. Não queria fazer muitas perguntas óbvias e correr o risco de parecer uma completa estranha, visto que a boa vontade daquele grupo em relação a ela já parecia meio incerta, mas queria saber mais. Muito mais. Pensou na padaria e no diário da menina: parecia que, quando as coisas começaram a dar errado no mundo de *Moira*, as pessoas eram convencidas a entrar no mar durante um acesso de sonambulismo. Se os Claqueadores conseguiam interromper aquilo, talvez a alta sociedade de Boston estivesse pagando por proteção. Talvez, pensou Connie, aquela voz fria e escorregadia que falara com ela estivesse falando com todo mundo. Talvez estivesse passando instruções aos Claqueadores e atraindo pessoas para o oceano.

Mas por quê?

A voz voltou como um pesadelo quase esquecido. *Você vai servir.*

Não a ouvira de novo desde então e só podia esperar que sua recusa em servir tivesse irritado a voz o bastante para que a deixasse em paz para sempre.

Na alcova escavada na rocha, atrás de uma cortina carcomida por traças, viu três crianças, dois meninos e uma menina, amontoados para se aquecer. Uma adolescente mais velha que lembrava Adelle — loira, corpulenta e toda vestida de preto — lhes oferecia um caldo ralo de uma tigela de madeira e um punhado de morangos secos.

As crianças estavam cobertas do que pareciam ser hematomas profundos e dolorosos. Uma sangrava no couro cabeludo, a espuma vermelha visível sob as mechas do cabelo fino. O estômago de Connie roncou alto com a visão da comida, ainda que o cheiro não fosse sequer remotamente apetitoso. Estava morrendo de fome.

"Agatha." Mississippi estendeu a mão, e a garota mais velha se virou. Tinha olhos de um azul suave, gastos como veludo velho; já vira coisa demais para a sua idade. "Um alívio para nossa amiga aqui, por gentileza."

Agatha estendeu a mão, oferecendo alguns morangos pequenos e murchos, mas Connie balançou a cabeça.

"Não, vou ficar bem. Guarde isso para as crianças, elas precisam mais."

"Tudo bem, mas você vai comer alguma coisa antes de irmos. Preciso de você afiada, e a fome nos deixa lerdos." Missi a levou embora. "O escorbuto leva muitos dos jovens que os sonhos ou os monstros não pegam. Mas você com certeza sabe muito bem disso. Deve ter rido de tudo isso com seus amigos Claqueadores, antes dessa mudança de ideia milagrosa."

"Não sou um deles", garantiu Connie. "Quer dizer..." As crianças estavam tão magras, tão desnutridas... Ela enfim desviou os olhos. "Eu não sabia de nada disso."

E não sabia mesmo. A autora de *Moira* optara por não se aprofundar muito na vida dos Penny-Farthings, exceto pela subtrama complicada de sequestro no ato I, envolvendo a melhor amiga de Moira. Quase nada dos eventos tinha sido descrito, pois nada daquilo importava perto do amor de Moira e Severin. Na teoria, tudo já tinha acontecido, embora Connie achasse difícil conciliar as descrições do romance com aquele grupo jovem e desorganizado. Ali embaixo estavam as personagens esquecíveis, que não eram glamorosas ou românticas, que apenas batalhavam pela vida naquela cidade grande e turbulenta capaz de engolir qualquer um vivo. Ela se perguntou se Robin Amery sequer pensara duas vezes em alguma daquelas personagens, se os considerara mais do que uma parte encardida do cenário. Mas eram todos reais, e todos sofriam; fossem pobres, sujos ou criminosos, não mereciam passar fome naquelas profundezas úmidas e escuras abaixo das ruas infestadas de monstros de Boston.

De repente, Connie sentiu o corpo todo oleoso, como se tivesse sido mergulhada em graxa.

"Com certeza parecemos patéticos para você. Digo, não dá nem para sonhar com carne, a não ser enlatada. Peixe só quando conseguimos, mas a maioria agora aparece morta na praia por conta daquela aberração no porto." Ela deu de ombros. "Ninguém entra nem sai da cidade, só um barco. O seu barco Claqueador. Um barco entra, um barco sai. Como funciona? Como aquilo consegue navegar quando todos os outros navios naufragam em águas rasas?"

Connie percebeu, naquela fala, uma acusação especificamente voltada para ela, ou ao menos para as pessoas com quem supostamente se associara.

"Não sei", respondeu, sincera. "Não sei como nada disso funciona."

"Não me surpreende." Missi parou ao lado de um carrinho utilizado para carregar frutas. Não havia frutas nele, e sim umas dez latas de vôngoles e sardinhas defumadas e, logo ao lado, uma pilha de pacotes quadrados embrulhados em papel. Ela jogou um para Connie. "Os seus cavalos; ou melhor, os cavalos deles... comem melhor do que nossos jovens."

"Sinto muito por aquelas crianças, e sinto muito pelo seu amigo", murmurou Connie. "O que foi levado. Sinto muito por tudo isso, mas estou tentando ajudar. Eu quero ajudar."

Viu a vaqueira se contrair em uma bola de fúria, depois relaxar. A mão continuou fechada, como se pudesse socar a cara de Connie a qualquer momento.

"Você é uma pessoa boa, e vou me esforçar para me lembrar disso." Sem aviso, mais rápida do que qualquer adversária que Connie já enfrentara no futebol, Missi agarrou seu punho e a puxou para perto, o bastante para que seus narizes se tocassem. "Mas, se isso for uma armadilha, se você matar uma das minhas garotas, faço questão de acabar com você pessoalmente."

Connie contraiu os lábios. *Realmente, uma rival.*

"Não, Mississippi, não é uma armadilha. Pode acabar comigo, se precisar. Não estou mentindo."

E, até certo ponto, era verdade. Não estava mentindo sobre o baile nem a entrada de serviço, e só podia imaginar que haveria comida suficiente na cozinha para alimentar todos os convidados de Moira.

Meu Deus. Moira. Seu coração afundou, ou talvez tivesse suspirado. Ficou imaginando o que Adelle estaria vendo; com certeza não era aquilo ali. Aquilo ali não era nada romântico. Não era o tipo de coisa pela qual Adelle se arriscaria a fazer um feitiço. Aquilo ali era a base podre que sustentava o mundo reluzente e delicado que valsava logo acima.

Mississippi a soltou, expirando como se tivesse acabado de disputar uma corrida e dando três passos gigantescos para trás. Era como se alguma loucura ou mania a tivesse dominado, e ela tivesse acabado de se libertar. A vaqueira apertou os olhos com as mãos fechadas e soltou uma risada seca.

"Meu Deus, espero que esteja dizendo a verdade. Vou ficar arrasada se encontrar mais uma mulher bonita que não é nada além de mentiras."

Ela se afastou, furiosa, de volta para o bar, deixando Connie ao som das crianças sorvendo o caldo enquanto sua protetora, Agatha, murmurava palavras doces e cheias de preocupação.

Entorpecida, Connie olhou para o pacote de papel em sua mão, então o abriu, revelando uma pilha de biscoitos secos e quebradiços. Assim que enfiou um na boca, o biscoito virou uma papa, pouco mais que serragem salgada. Ela se forçou a engolir. Precisava encontrar Adelle, e rápido. Podia suportar muitas coisas, mas não aquela separação. Pelo menos ainda tinha seus pertences. Os Penny-Farthings tinham confiscado a mochila, mas a devolveram depois de uma busca superficial, logo que perceberam que ela não tinha armas nem comida. Foi uma sorte não terem se dado ao trabalho de inspecionar o romance ali dentro, só esperando para desmascará-la. Achou que não seria tão difícil encontrar os objetos para o feitiço, já que algumas velas ardiam ali em volta. Uma tigela ou copo podia ser roubado do bar, e apanharia uma pedra do chão lá fora. Mas e o incenso? Onde encontraria?

Enquanto mastigava e mastigava, seus olhos percorreram o longo caminho de volta até o bar, onde Missi confabulava com suas tenentes, Farai e Geo.

Os Claqueadores têm a magia deles, não têm? Mas nós também temos a nossa.

O pensamento fez surgir um vislumbre de esperança. Se sobrevivesse àquela noite, as garotas interessadas em magia deviam saber onde encontrar incenso. Fechou os olhos e enfiou outro biscoito na boca, imaginando que era uma das panquecas da mãe, doce e fofa, enxarcada de xarope de bordo. Sua casa estava em algum lugar, trancada atrás de uma porta alta e escura; só precisava sobreviver para encontrá-la.

12

"Por favor, sente-se aqui." Severin a puxou com delicadeza em direção às fileiras de cadeiras. Adelle sentiu a força com que ele a segurava, mas que não usava contra ela. Parecia dominá-la com firmeza, mas um toque de ternura. Era aquilo que as pessoas queriam dizer com a palavra *cavalheiro*. Severin abriu seu sorriso deslumbrante. "Parece que você acabou de levar um susto. Como posso ajudar? Ou talvez tenha ficado horrorizada com meus modos chocantes." Ele curvou o dedo contra o lábio e riu. "Posso saber seu nome? O meu é Severin Sylvain."

Eu sei.

"Adelle. Adelle Casey."

Seu coração se revirou no peito enquanto ela tentava se acomodar na cadeira, manejando a anquinha, os enchimentos e as saias. Estava, como Orla diria, muito bagunçada.

"E sua amiga, como se chama? Talvez a senhorita se acalme se a encontrarmos."

"Orla..." *Connie. Connie Rollins. Ela desapareceu! Está aqui em algum lugar. Aliás, eu vim até aqui por sua causa, mas agora não sei o que fazer.* "Orla Beevers."

E quase acrescentou: "Você a conhece?". Mas é claro que ele a conhecia. Orla Beevers sabia tudo sobre Moira e não aprovava nem um pouco seus sentimentos por Severin, que era filho de um pescador pobre, não de um dos clãs endinheirados da alta sociedade com que todos esperavam que Moira se casasse. Orla não fazia ideia de até onde a amiga iria com aquele caso, transformando a paixão em noivado, depois em um casamento secreto que chocaria a cidade.

Será que esse casamento escandalizaria a todos mais do que os monstros e os cultistas? Adelle ponderou se duraria o bastante na história para descobrir.

"Ela... ela está usando vestido prateado." Era difícil pronunciar uma única palavra. Tinha sofrido o choque de ser violentamente arrastada para uma dança por um parceiro monstruoso, depois de encontrar um rapaz sem rosto, ouvir sussurros vindos do nada e, por fim, cair diretamente nos braços do jovem mais perfeito do mundo. O bastante para fazer sua cabeça girar como um carrossel, e Adelle teria se dado um tapinha tranquilizador nas costas se isso não a deixasse parecendo louca.

"Fui arrebatada pelas pessoas dançando. Estou... Desculpe. Estou muito tonta."

"Não se preocupe. Agora estou aqui para ajudar." Severin pressionou a mão fechada sobre o peito, em um gesto teatral, arrancando uma risada fraca de Adelle. Ele estava mesmo se esforçando. "Se seu desejo é encontrar a srta. Beevers, então será realizado."

Adelle massageou as têmporas com os dedos enluvados, sentindo a cabeça girar em confusão. Não parava de olhar para o lugar onde encontrara o garoto estranho, como se não pudesse confiar naquele ponto do salão.

"Na verdade, pensei..." *O que eu pensei? Não* consigo *pensar, esse é o problema.* "Pensei que seria melhor tomar um pouco de ar."

Sem soltar sua mão, Severin fez uma mesura e gesticulou para a frente da sala, onde o belo arco laqueado levava à porta e, à esquerda, ficava a grande escadaria.

"*Bien sûr*. A mademoiselle está bastante pálida, e o ar vai lhe fazer bem. Venha, vamos descobrir onde todas as senhoras elegantes escolhem desmaiar."

Em qualquer outra circunstância, Adelle teria ficado encantada, mas aquilo era assustador. Tudo era assustador, até mesmo Severin. Juntos, contornaram a pista de dança em segurança, e ele avançava com gestos muito enérgicos, afastando os dançarinos e foliões bêbados do caminho até conseguirem chegar às escadas. Moira não apareceu, e Adelle não pôde deixar de estremecer. Aquela seria a grande noite dos dois, e ali estava, de mãos dadas com o amado dela, sendo conduzida para longe da festa. Se Moira aparecesse, Severin não estaria presente.

Estava tudo errado. Estava reescrevendo seu livro favorito em tempo real. Mas, olhando para Severin, que a puxava gentilmente para um lado e outro, tentando evitar uma colisão, não conseguia interrompê-lo. Por quanto tempo desejara aquilo? Por quanto tempo aquele garoto tinha sido apenas um sonho?

E o sonho, seu sonho, não estava à altura da realidade. Severin era tão lindo de perfil quanto de frente, com nariz fino e arqueado e lábios bem torneados que fariam inveja em qualquer guru de beleza moderno. Mesmo pobre, como sabia que ele era, era o único do salão usando o terno elegante com naturalidade.

Subiram, e Adelle começou a andar na ponta do pé da perna machucada, torcendo para aliviar um pouco a dor sem chamar a atenção de Severin para o ferimento. Não sabia se seu orgulho suportaria ser carregada, desmaiar nos braços de um estranho e depois ser carregada mais uma vez, tudo no mesmo dia. Além disso, as anáguas, a armação e os travesseiros amarrados no traseiro deviam pesar pelo menos dez quilos, peso que o corpo esguio dele talvez não fosse capaz de suportar. Severin não comentou seu andar um tanto manco, mas tinha muito mais a dizer.

"Acho difícil acreditar que nunca tenhamos nos encontrado, srta. Casey", comentou ele. Chegaram ao quarto andar, mas Severin não parou de subir. "Eu me lembraria de olhos tão deslumbrantes."

"Ah." Adelle mordeu o lábio. "Tenho o talento de me camuflar no papel de parede."

Como evidenciado pela incapacidade de conseguir um acompanhante para qualquer um dos bailes recentes na escola, o que a levara a optar por ir com ele — ou melhor, por seu equivalente imaginário. No geral, Connie também não queria ir, e as duas passavam a noite vendo filmes, rindo até de manhã, comendo tigelas e mais tigelas de pipoca de micro-ondas antes de caírem no sono sobre sacos de dormir.

"Impossível." Severin estalou a língua. "A não ser que a qualidade do papel de parede da Mansão Byrne supere a de qualquer outra mansão."

"Então é um mistério", sugeriu Adelle, na esperança de evitar perguntas preocupantes sobre seu estilo de vida vitoriano inexistente. Ou seus modos. Ou seu nível de conhecimento.

"Mais um mistério, que notável. Não esperava terminar a noite na companhia de uma mulher misteriosa. Ah! *Nous sommes arrivés.* Vejamos se esta vista é a cura para o que lhe aflige, Mademoiselle Mystère."

Ele parecia tão casual, tão à vontade... Alguém que devia estar perfeitamente confortável com aquela versão de Boston caindo aos pedaços. Não se incomodava com os homens de túnica? Ou o rasgo no céu? Por que ninguém na festa parecia notar nada daquilo? Severin enfim soltou sua mão, e, no mesmo instante, Adelle sentiu falta de seu calor. A escada continuava subindo, mas se estreitava, dando a impressão de que havia apenas um sótão acima. Logo à frente deles, duas portas altas com vitrais e cortinas de veludo levavam a uma sacada que percorria toda a extensão da mansão. Avançando em um passo saltado e deslizante, o rapaz destravou a maçaneta dourada e deixou o ar frio e galvanizante entrar.

"Depois de você." Ele sorriu.

Adelle parou. Se a mãe a visse saindo de uma festa grande sozinha com um rapaz desconhecido para uma sacada onde ninguém poderia encontrá-la, tarde da noite, teria um ataque. Aquilo era a própria definição de uma situação em que não se deve confiar em estranhos.

Mas eu o conheço. Ele não é um estranho para mim, não mesmo.

Lá fora, a mesma névoa densa que lembrava sopa de ervilha encobria as estrelas. A frente da casa de Moira dava para o sul, e quase toda Boston estava escura, a não ser por um ou outro lampião reluzindo timidamente aqui ou ali no mar de construções de tijolo escurecido, mercados, igrejas e ruas. Só os quarteirões do entorno tinham as esperadas velas nas janelas, embora a rua estivesse vazia. Logo abaixo, na entrada de gramado da casa, onde os cocheiros manobravam as carruagens, Adelle viu Cantadores encapuzados patrulhando de um lado para o outro naquelas túnicas claras, parecendo fantasmas vagando pela névoa.

A leste, ondas ritmadas quebravam no porto. Adelle ficou surpresa por conseguir ouvi-las àquela distância, mas a cidade estava silenciosa como um mausoléu. Seguindo o som das ondas, mancou na ponta dos pés até o final da sacada e apoiou quase todo o peso na grade. Algo estranho na água chamara sua atenção e a agarrara com força magnética, atraindo-a.

Devia tomar mais cuidado, depois de tudo que vira e sentira desde que chegara, mas não conseguia se conter. Aquela coisa chamava por ela, fervilhante e luminosa, o único ponto de luz na água além do farol de Deer Island, que emitia um brilho verde assustador.

"O que é aquilo?", sussurrou Adelle, sentindo um aperto no peito.

"Não é maravilhoso?" Severin estava ao seu lado, encostado tranquilamente na grade, admirando o horror na água.

"Maravilhoso? É..." Adelle estava perdida. Não sabia o que era aquilo nem como descrevê-lo. Por que Severin estava tão à vontade? "É horrível."

"Diga", murmurou ele, de costas para o mar, os olhos fixos nela. "Diga o que vê."

Nasceu.

A voz de antes, do Empório e do rasgo, estava de volta, cortando seu cérebro feito uma lâmina de gelo.

"Um... monstro, eu acho. Mas não está se movendo, né? Talvez esteja respirando. Parece carnudo, vivo, como um órgão, como órgãos gigantes arrancados e dispostos em um círculo, órgãos sem sangue. Ou... como uma lula gigante, só que aberta no meio." Adelle estremeceu. Não conseguia desviar o olhar. "Como pode achar isso maravilhoso? O que *é* isso?"

Sentiu muito medo, como se tivesse acordado de um sono profundo em uma cama que não reconhecia. Aquilo *não estava* no livro. Com certeza se lembraria de uma massa contorcida de tentáculos escuros e machucados no porto, se abrindo como uma boca inchada.

Certa vez, um pelo encravara na sua axila, e ainda se lembrava de como aquilo ardia como uma picada de vespa quando se depilava no chuveiro. Era só um caroço, mas tinha crescido; quando finalmente criou coragem para puxar com uma pinça, o pelo demorou a sair, desenrolando-se de dentro do vergão sangrento. No momento em que o puxou para fora, Adelle quase gritou de surpresa; agora sentia a mesma repulsa se revirando no estômago ao ver aquela coisa na água, um gigante imensamente cósmico e repugnante atracado junto ao cais.

Seus olhos voaram para Severin. Talvez de fato *não* o conhecesse. Talvez não conhecesse nada daquilo. Talvez não soubesse nada daquele lugar.

Adelle segurou a grade com mais força, temendo estar em queda livre.

"As pessoas em geral chamam de Chaga", contou Severin, suas palavras cheias de reverência religiosa. "Os Cantadores estão tentando apaziguá-la, acreditando que, se levar gente o bastante, ficará satisfeita e partirá. É assim que a entendem, é assim que entendem todos que entram no mar como sonâmbulos."

Orla tinha mencionado que o mar levara as pessoas, que levara a família de Caid. Teriam sido um tipo de *sacrifício*? Olhou fixamente para seu acompanhante.

"Mas não é o que você pensa."

"Não", admitiu Severin, tirando o cabelo do rosto. Ele se afastou para contemplar o horror pulsante da Chaga. "Acho que ela nunca ficará satisfeita. Não é um poço com fundo; é uma porta."

"E essas pessoas que você disse que entraram ali", continuou Adelle, hesitante. "Acha que entraram por essa porta?"

Severin rechaçou a pergunta.

"Não, não. As pessoas que vão não significam nada. O que importa é o que pode surgir pelo outro lado da porta."

Adelle não gostou da maneira como ele disse aquilo, com tanta admiração, tanta empolgação, como se mal pudesse esperar para ver o que seria.

"Como podem suportar isso? Como podem só seguir com suas vidas? Por que não estão com medo?"

"No começo, não seguimos", explicou Severin. "Aconteceram algumas insurreições, e quem estivesse disposto, fosse a marinha, grupos milicianos, ou alguns voluntários, atacaram a Chaga, mas as armas e espadas não causaram dano algum, e todos os navios enviados contra ela afundaram." Pela primeira vez, Severin parecia cansado, triste. "Então a névoa desceu e nos envolveu, impedindo que qualquer um conseguisse atravessá-la. Por fim, estávamos abandonados, e parece que não há nada a fazer. A Chaga ficará ali até querer partir. O medo logo se dissipou, e isso, isso tudo, virou nossa vida."

"Deve ter sido assustador", sussurrou Adelle. Severin parecia estranhamente aberto, efusivo até, ao falar sobre coisas que ela já deveria saber. Será que suspeitava de seu segredo? Sentiu o estômago se revirar. Talvez ele já tivesse percebido que Adelle era uma intrusa. Mas, nesse caso, por que ser tão amigável? Tão solícito? Com medo de ter levantado suspeitas, ela acrescentou: "Você deve estar me achando muito estúpida e ignorante. Minha memória está uma confusão. A carruagem deve ter me atingido com mais força do que eu pensava...".

"Oh, não me importo de falar dessas coisas com você", respondeu ele, com o que lhe pareceu uma grande pena. "Mesmo sendo triste. Conheceríamos a alegria, srta. Casey, se não conhecêssemos também o medo e o mal-estar? Não, não temos como viver o terror todos os dias", completou ele, com uma resignação silenciosa. "Portanto, agora só vivemos como devemos viver. A Chaga tem levado menos gente, e os Cantadores afirmam poder controlar quem fica e quem vai. Não sei se é verdade, mas os grandes e poderosos de Boston acreditam, então acaba sendo a lei. Os ricos estão seguros e contentes, então suponho que o mundo continuará girando, não é?"

Seu desgosto era palpável. Adelle teve vontade de consolá-lo, dizendo: *Pelo menos você tem Moira, vocês estão juntos*, mas não deveria saber sobre sua história de amor ou de pobreza, nem qualquer coisa sobre os dois. Quase desejou não saber.

"Está ouvindo?", perguntou ele, baixinho. "A Chaga?"

Aquilo a balançou, o aperto no peito aumentando, a cabeça pulsando no ritmo do coração.

"Sussurros", respondeu. "Mil sussurros de uma vez. Não consigo entender nenhum, mas é um chamado."

"Sim, um canto. Música noturna, bela e assustadora. Promessas. Tentações." Severin balançou a cabeça e soltou um suspiro. "Muitas vezes paro e penso: é incrível que eu esteja vivo para ver isso."

Ficaram em silêncio por um momento, que se estendeu até que Adelle perdesse a noção de si mesma, do tempo.

"Adelle? Srta. Casey?"

Perto. Tão perto agora. Mais perto... Leve-nos. Leve-nos...

Adelle não conseguia ouvi-lo, nem mesmo percebê-lo. Sua atenção estava concentrada na Chaga, brilhante e grotesca, reluzindo com uma luz própria, os tentáculos contorcidos acenando como dedos longos e úmidos. Tinha que ir. As instruções estavam escritas em raios brancos em suas pálpebras, gravadas nela, ardendo insistentes. Como chegaria lá? Andando. Uma caminhada constante. Como desse. Só o que sabia era que precisava ir. Aquela coisa exigia que ela fosse.

Os tentáculos não eram dedos, eram ganchos. E tinham penetrado fundo.

Adelle levantou o joelho, apoiando-o na grade fria e escorregadia, querendo escalá-la. Havia um pedaço de telhado plano logo à frente, então a queda abrupta para o jardim. Aquilo não seria problema, simplesmente continuaria andando e, se quebrasse as pernas, ela se arrastaria até a costa. Os sussurros estavam dentro dela, espalhando-se para preencher cada canto, enfiando-se na ponta do nariz, nos dedos dos pés. Todos diziam a mesma coisa: era hora de ir.

Alguém a puxou. Alguém chamou seu nome. Poderia muito bem ser alguém de outro planeta, não faria diferença. Os ganchos a puxavam para a frente, e ela se libertou da mão que a impedia, girando as pernas e caindo no telhado com um baque surdo.

Ai, pensou, distante, *isso dói. Bem, fazer o quê.*

Colocou um pé na frente do outro, seguindo para leste. Uma voz abafada logo atrás dizia algo que ela não entendia, em uma língua que não conseguia decifrar ou prestar atenção. Então viu um clarão vermelho e uma mão em seu ombro, e, de repente, os sussurros cessaram.

Quando o silêncio voltou a reinar em sua cabeça, ela se sentiu vazia. Abandonada.

Adelle caiu de joelhos, então alguém — ou melhor, Severin — a girou e a ajudou a se levantar outra vez. Não importava que ele fosse um estranho, apenas se apoiou com força em seu corpo.

"Não gostei disso", disse ela, gelando. "Quero voltar para dentro. Orla... Preciso encontrá-la. Ela está me ajudando a procurar uma amiga. Preciso me afastar dessa coisa. Podemos voltar para dentro, por favor?"

"Precisa tomar cuidado, srta. Casey", disse Severin, muito sério, guiando-a de volta para a grade com as mãos trêmulas. "Não olhe para a Chaga, se puder evitar. A senhorita me assustou."

"Acho que *eu mesma* me assustei", murmurou ela. "Por favor, podemos ir logo?"

"Para a cozinha", proclamou Severin, pegando-a pelo braço e acariciando sua mão. "Um pouco de chocolate quente vai lhe fazer bem. Sempre faz eu me sentir melhor, sabe? Quando eu me machucava feio, *maman* sempre me segurava no colo, junto ao fogo, e me dava uma xícara de chocolate, e o que estivesse me incomodando, fosse o que fosse, desaparecia."

"Está bem." Adelle estremeceu. "Parece bom. Qualquer coisa. Só preciso ficar longe daquilo."

Enquanto voltavam para as portas, Adelle não pôde evitar olhar para trás. A Chaga. *O que importa é o que pode surgir do outro lado da porta.* Pensou no rasgo que vira no parque, aquele que pairava sobre o amado local de leitura das duas, e na coisa escamosa e morta na grama, em que seu braço roçara sem querer.

Severin acreditava que a Chaga era uma porta e que algo podia atravessá-la. *Mas algo já atravessou*, pensou Adelle, agarrando-se a ele. *Já tem algo aqui.*

13

"Tem algum rifle?", perguntou Connie, observando Mississippi carregar sua pistola, Rose Astuta, e enfiar outra de seis tiros na cintura. "Sou melhor com rifles."

"Farai? Providencie." Mississippi puxou o lenço xadrez por cima do nariz e da boca. Estavam de volta lá em cima, na igreja, tirando armas e munições de uma porta escondida no fundo do atril do padre. Enquanto Farai pescava um velho rifle de caça, Geo destrancou o confessionário próximo. Tinha sido esvaziado, as cadeiras e a divisória removidas para dar espaço às bicicletas de rodas altas. Todas as garotas usavam calças largas sob as saias amarradas para cima. Geo voltou com uma bicicleta para Connie e jogou as duas tranças para trás dos ombros antes de ajustar a bandana. Usava um casaco masculino velho e folgado e uma blusa preta elegante com um plastrão.* Nenhuma delas era tão chamativa quanto Mississippi, mas Connie detectou um cordão com a Virgem de Guadalupe em Geo, fácil de reconhecer para uma católica.

Os pulsos e o pescoço de Farai estavam enfeitados com fios de contas azul-escuras, mas suas roupas eram pretas, manchadas pelo trabalho, resistentes e práticas, com botas altas de couro subindo até a barra da saia encurtada.

"De onde saiu tudo isso?", perguntou Connie, indicando com a cabeça para Mississippi. "Essa coisa de vaqueira."

Farai e Geo se entreolharam, sorrindo.

"Ah, por favor! Não finja que nunca ouviu falar de mim", respondeu Missi, irritada. Ela pegou a bicicleta pelo guidão e começou a conduzi-la pela nave central da igreja.

---

*   Gravata larga com pontas que se cruzam, precursora da gravata moderna.

"Não estou fingindo. Nunca ouvi falar de você. Sério."

Atrás dela, também conduzindo sua bicicleta, Geo soltou um assobio, o sinal universal para *Agora a coisa vai ficar séria.*

Ou feia.

"Meu pai era *o famoso* Tulsa McClaren, e eu era sua assistente. Fazíamos o show de truques mais popular deste lado da cidade de Nova York." Missi tirou o chapéu de caubói e o segurou junto ao peito.

"Qual lado?" Connie não pôde deixar de perguntar.

Mais adiante na fila, Farai bufou.

"Deste lado, droga!", respondeu Missi, impaciente. "O lado norte!"

"Imagino que não haja muitos concorrentes daqui até o Canadá..."

"Acho que gosto desta Claqueadora", acrescentou Geo. "Ela é atrevida."

"Vocês duas podem fechar o bico? Estou tentando contar uma história!" Chegaram à frente da igreja, onde encontraram um garoto agachado junto do grande cachorro preto e desgrenhado que Connie tinha visto ao entrar. Ele as examinou de cima a baixo, seu olhar se demorando na menina, antes de abrir as portas e deixá-las sair.

Missi baixou a voz para um sussurro enquanto se alinhavam do lado de fora, na rua silenciosa, e subiam nas bicicletas. Connie precisou de algumas tentativas, mas aprendia rápido quando se tratava de qualquer coisa remotamente atlética. Depois de um ou dois quarteirões, já andava bem ereta.

"Fazíamos um número em que papai empilhava três latas na cabeça e eu as derrubava com um tiro, uma por uma. De olhos vendados. Viemos lá do Kansas para mostrar algo que essa cidade nunca tinha visto. Uma exposição de cavalos do Oeste Selvagem igualzinha à de Bill Hickok!** Só que melhor, é claro. Eletrizante e de tirar o fôlego!" Missi estava sentada em sua bicicleta, sem sequer segurar no guidão enquanto pedalava, olhando para o céu, e soltou um suspiro melancólico. "Chamávamos o espetáculo de William Tell e Seus Amigos.*** Ha! O show dos ingressos esgotados durante um mês inteiro, e teríamos levado o espetáculo para a Califórnia, se tudo não tivesse ido para o inferno."

"Queria ver isso um dia", comentou Connie. "Parece impressionante."

**   Atirador lendário do Velho Oeste.
***   "William, conte aos seus amigos", um trocadilho com William Tell, versão inglesa do nome de Guilherme Tell, herói lendário (de autenticidade histórica disputada) e atirador exímio que atuou na guerra de libertação nacional da Suíça.

"Infelizmente esse dia não será hoje, garotinha. Não vamos sacar nossas armas, a não ser que apareça um monstro ou que os Claqueadores fiquem muito, muito irritados."

"Só em caso de defesa", salientou Farai. "Senão vai chamar muita atenção."

"A entrada de serviço é um antigo túnel de contrabandistas que passa por baixo da casa vizinha", explicou Connie, em um sussurro alto. "E tem um galinheiro em cima do alçapão, mas está vazio."

Geo assentiu para cada palavra e xingou baixinho.

"Túneis! Se formos pegas lá dentro, será um banho de sangue, sem nenhum lugar para nos escondermos."

Mississippi, que guiava o grupo, virou à direita em uma rua lateral, três quarteirões a norte da igreja.

"Então não seremos pegas."

"Enquanto as senhoritas estiverem lá dentro, vou encontrar uma carona para a volta", disse Geo, imitando o estalar de um chicote e abrindo um sorriso diabólico para Connie. "Esta noite roubaremos com estilo!"

Connie pedalava o mais próximo possível da bicicleta de Missi. Não havia luzes nas ruas e, com as estrelas escondidas pela névoa, estava tudo quase um breu. As franjas brancas de Missi facilitavam a tarefa de segui-la, e logo saíram do bairro da igreja, avançando na direção nordeste. As casas foram ficando cada vez maiores, as ruas, mais lisas e com pedras mais planas. Connie já correra, treinara e andara de bicicleta, de ônibus e de carro na cidade inteira, então tentou usar esse conhecimento para se localizar. Apostava que o esconderijo da Congregação ficava sob a King's Chapel, mas não teria certeza até que visse a região à luz do dia.

Cada vez mais torres, sacadas e áreas gramadas para carruagens brotavam das casas geminadas de tijolos. O grupo evitava a luz, que volta e meia se espalhava de uma residência ou outra que vibrava com velas e lampiões. Reduzindo a velocidade, Missi as fez parar em um cruzamento e, mais adiante, à esquerda, Connie ouviu música e risadas. Várias carruagens pretas com cavalos nervosos e barulhentos estavam enfileiradas no quarteirão; alguns dos cocheiros se reuniam pela calçada, fumando e conversando em voz baixa. À frente, um par de mansões sombrias flanqueava a atmosfera animada e alegre da Mansão Byrne, e, à direita da última casa, encontraram um quintal modesto protegido por uma cerca de ferro.

O galinheiro com detalhes brancos estava exatamente onde Connie esperava.

"Nada mau, Claqueadora!" Ouviu Geo sussurrar.

Venha pelo caminho secreto que descrevi, meu amor. Não me importo com a proibição da minha família; terei você lá comigo e, sob a lua do solstício, nós nos beijaremos, e todas as nossas lindas declarações de amor poderão ser ratificadas pela luz das estrelas.

Isso significava que Moira e Severin estavam em algum lugar lá dentro, fazendo todas as tais ratificações. Sabia que o desejo de vê-los era estúpido e perigoso, mas ousou cultivar aquela esperança estúpida e perigosa. O feitiço que a levara para longe de casa tinha sido feito por causa do livro de Moira, e agora Connie estaria na casa dela! Era tão ridículo, tão absurdo que ela não pôde deixar de rir.

Missi saltou da bicicleta e cutucou sua perna com o cotovelo.

"Qual é a graça?"

"Não, foi só uma coisa na minha garganta."

"Certo, então trate de tossir logo. Recomponha-se, está bem? É hora do espetáculo." Missi atravessou a rua correndo na bicicleta, e as outras a seguiram. Connie se juntou ao grupo; viu Missi pular a cerca e fazer sinal para que Farai passasse a bicicleta para ela. Uma a uma, entregaram as engenhocas pesadas, e Missi as escondeu do lado da casa vazia, um tanto protegidas pelas trepadeiras rastejantes e os arbustos crescidos.

A vaqueira juntou todas perto do galinheiro, falando mais baixo que um sussurro. "Vamos descer e dar uma olhada, ver como é o túnel. Daí traremos o que der para carregar, deixaremos aqui e voltaremos para pegar mais. Isso tudo enquanto Geo tenta achar a carruagem. Não vale a pena arriscar uma terceira ida."

"Desçam sem mim, vocês três", respondeu Geo, voltando para a cerca. "Vou tentar arranjar uma na Hawkins Street, assim tenho uma chance de despistar qualquer um antes de voltar aqui."

Missi deu um tapinha no ombro da amiga e se virou para o galinheiro. "Então está decidido."

Não houve discurso sentimental, nem agitação, só uma general mobilizando sua tropa, uma técnica enviando seu time para o campo. Connie compreendia aquela energia, saía-se bem com aquilo. Era uma tensão familiar, a concentração e a determinação eram naturais para ela. Missi entrou primeiro no galinheiro, depois Connie, com Farai na retaguarda. A porta rangeu, os arbustos farfalharam, e as três se apressaram para dentro enquanto Geo desaparecia na noite.

"Como pode estar vazio e ainda cheirar a galinha?", resmungou Farai.

"Alguns cheiros ficam para sempre", respondeu Connie.

"Chega de conversa, vamos atravessar o túnel no maior silêncio possível." Missi ajoelhou-se e passou as mãos pela superfície plana do alçapão de madeira, procurando as bordas. Alguém já empurrara o feno que escondia o alçapão para os cantos do galinheiro. Severin. Connie mudava o peso do corpo de um pé para o outro, lambendo os lábios. Em casa, na vida real, não costumava quebrar regras, mas agora se via envolvida em um roubo, o que, ainda por cima, fora ideia sua.

Missi abriu o alçapão e deslizou para a escada, e botou a língua para a fora, em uma expressão de nojo.

"O cheiro aqui embaixo não está nada melhor, senhoritas", sibilou.

Entraram atrás dela na passagem secreta. Não era nada glamorosa e fedia com o cheiro de umidade e minhoca de terra molhada. Nenhuma delas era baixa, e o teto mal acomodava a altura que tinham. Missi parou, franzindo a testa. Então apontou para as velas espalhadas pelo túnel em intervalos regulares, derretendo contra as pedras, poças pálidas e brilhantes.

"Alguém passou por aqui", sussurrou. "Fiquem espertas."

Connie tentou engolir em seco sem fazer barulho e se entregar. Sabia exatamente quem passara por ali e por quê. Não importava, disse a si mesma; Severin estaria se divertindo na festa, dançando a noite inteira com Moira enquanto a mãe dela se preocupava no canto, tramando uma forma de separar a filha do garoto comum disfarçado em roupas finas.

Andaram depressa por cerca de meio quarteirão, o chão subindo em uma inclinação gradual. No final, outra escada as esperava, levando a um alçapão fechado. Connie acreditava que estivesse aberto; não havia qualquer menção a portas trancadas no livro.

Mississippi subiu e pressionou a abertura com a mão fechada; depois de alguns empurrões, o alçapão se deslocou; não era quadrado e com dobradiças, como o do galinheiro, e sim redondo, encaixado em sulcos, como um bueiro. Depois de deslizá-lo para o lado sem fazer barulho, Missi ergueu o corpo e saiu. Connie olhou para Farai, lendo as linhas profundas em sua testa. A garota afastou o cabelo prateado do rosto, soltando o ar. Era a hora da verdade.

A mão de Missi acenou lá de cima, sinalizando para que subissem. O alçapão as levou a uma despensa escura, fria e silenciosa, com prateleiras abastecidas do chão ao teto com caixotes de frutas e legumes. Um pernil defumado inteiro pendia de um gancho perto da porta que, Connie imaginou, levava à cozinha. Missi levou o dedo indicador aos lábios, em alerta: a porta estava entreaberta, e um perigoso feixe de luz diagonal reluzia no chão da despensa.

Na mesma hora, Farai começou a abrir os caixotes com todo o cuidado, remexendo em tudo sem fazer barulho, mas Missi seguiu em direção às ervas penduradas ao lado do pernil, frescas e bonitas como buquês. Ela agarrou todas que podia carregar, então pegou uma caixa de batatas.

As ameixas, orientou Missi, apenas movendo os lábios, repetindo algumas vezes até Connie entender.

Depois de pegarem tudo que podiam carregar naquela viagem, Farai desceu de novo para o túnel com um saco de batatas do tamanho de uma criança balançando no ombro. O caminho de volta foi mais trabalhoso, de tão carregadas que estavam com o saque, mas Connie foi a primeira a chegar de volta ao galinheiro, sua forma atlética fazendo a diferença. Ela subiu a escada e sinalizou para que as outras lhe entregassem as mercadorias. Depois de empilhar tudo nos fundos, juntou-se de volta a Farai e Mississippi na passagem.

"Espero que Geo não tenha se metido em muita confusão", murmurou Farai.

"Não temos tempo para preocupação. Se ela não chegar com a carruagem, daremos um jeito de voltar", respondeu Missi, marchando pelo túnel.

"Vocês a deixariam para trás?", perguntou Connie.

"Ela faria o mesmo comigo, com qualquer uma de nós. Essa comida vai salvar vidas, muitas vidas. Essas ameixas valem ouro."

Connie pensou nas crianças esqueléticas tomando caldo e comendo pão preto e se perguntou se aqueles produtos roubados fariam a diferença entre sua recuperação e a morte. Soube, então, que aquela comida precisava chegar a elas, custasse o que custasse.

Quando emergiram na despensa pela segunda vez, havia algo diferente. Antes, não ouviam nada do cômodo do outro lado da porta além do suave crepitar do fogo, mas agora ouviam vozes. Mississippi pareceu não se importar, e correu imediatamente em direção ao pernil, grunhindo sob o seu peso antes de passá-lo para Connie, que o carregou como um bebê. Aquela coisa devia pesar pelo menos dez quilos e, para seu estômago faminto, cheirava como um paraíso de carne. Daria para alimentar a Congregação por vários dias.

Não é um Pigmalion, mas serve.

Farai afanou outro saco de legumes — nabos, dessa vez —, e Mississippi escolheu um caixote com sardinhas enlatadas. Era difícil acreditar que se safariam. Missi já estava balançando a cabeça desesperada para o alçapão, apressando-as para mergulharem de volta no túnel. Ela não precisava mandar duas vezes; o coração de Connie não parara de galopar no peito por tempo o bastante para que respirasse direito desde que tinham encontrado o galinheiro.

Mas a invasão da despensa tinha sido bem sucedida. Tinham conseguido. Connie se arrastava em direção ao alçapão com aquele pernil enorme, já sonhando em comê-lo com batatas antes de dormir, quando ouviu o som.

Uma gargalhada. Não, uma risadinha.

Conhecia aquela risadinha.

Connie congelou, paralisada pela impossibilidade daquela risadinha. Mais paralisada ainda pela possibilidade. E, no entanto, reconheceria aquele som em qualquer lugar, em qualquer realidade, na dela ou naquela confusa dimensão literária. Deu meia-volta, incapaz de produzir um único pensamento coerente, hipnotizada pela esperança, manipulada como uma marionete pela curiosidade, que a levava até a porta.

Precisava saber. Teriam se encontrado? É claro. Claro que a amiga escolheria aquele lugar e aquele momento para chegar ao livro...

"Constance! Ei! Ei, Claqueadora! O que diabos está fazendo? Venha aqui! É hora de fugir! Não me faça deixar você para trás."

As vozes no cômodo ao lado pararam. Então vieram os passos, raivosos. A porta da despensa se abriu de repente, deixando Connie cara a cara com um jovem magro, de cabelos escuros e rosto angelical.

"Constance, sua idiota!", ouviu Missi gritar.

"O que significa isso?", perguntou o jovem, com firmeza. Seus olhos enfurecidos passaram dela para as meninas atrás, agachadas ao redor do alçapão secreto. "Meu Deus, vocês vieram roubar!"

Ela precisava saber.

Connie empurrou o rapaz para o lado com o ombro, e ali, atrás dele, vestida com babados e renda violeta, estava sua melhor amiga. Ofegando, Adelle deixou a xícara cair, a porcelana se espatifando a seus pés.

"Connie!"

O soco do rapaz atingiu sua bochecha, mas não importava. Agora ela sabia.

14

Aquele não era um cardápio comum, era pura extravagância. Ultrapassava da generosidade de uma anfitriã para com seus convidados, era uma celebração – e a celebração, Moira sabia, era para ela. Para seu noivado. Não sentia amor em seu coração por Kincaid Vaughn, e tinha certeza de que não conseguiria desenterrar por ele mais do que sentimentos de mais pura amizade. Mas sua mãe se recusava a acreditar que fosse verdade ou, se fosse mesmo verdade, que isso importasse.

Assim, o cardápio da festa do solstício refletia a alegria da sra. Byrne pela proximidade das núpcias da filha. A vastidão dessa felicidade incluía ensopados de ostra e de tartaruga, ostras em conserva, rosbife, bife à l'anglais, pernil de vitela, vitela Malakoff, perdiz (desossada e assada), presunto defumado, língua de boi defumada, diversos patês e salada de frango e de lagosta; para a sobremesa, foram servidos sorvetes e pão de ló de amêndoa e de baunilha, além de bolo recheado de frutas, bolo inglês, dame blanche, geleias e cremes, sem mencionar a variedade nada desprezível de vinhos e champanhe.

Tamanha refeição talvez correspondesse a seus sentimentos por Severin. Por Kincaid Vaughn, no entanto, a paixão de Moira não era sequer um croquete de batata velho e meio comido.

"Bon appétit", pensou, faminta e apaixonada, uma combinação das mais perigosas.

– Moira, *capítulo 14*

Adelle caiu de joelhos ao lado de Connie, lançando os braços protetores sobre a amiga e a abraçando com força.

"Esta é minha amiga!", gritou para Severin, vendo Connie esfregar a mandíbula, caída no chão, mas apoiada em um dos braços. Um pernil defumado enorme estava apoiado em sua cintura. "Não posso acreditar, Connie. Não posso acreditar que realmente encontrei você!" Ela a puxou para um abraço, e Connie afundou em seu peito com alívio evidente.

Adelle se inclinou para trás, estudando Connie com atenção, examinando seu rosto, as roupas, o cabelo. Era mesmo ela, mas como era difícil acreditar! Lágrimas escorreram por seu rosto, soluços histéricos misturados com riso se acumulando na garganta. "Mas por que está carregando um pernil?"

"Quem é?", inquiriu Severin, se aproximando.

"Minha amiga Connie. Por favor, não bata nela de novo; Connie é como uma irmã para mim." Adelle olhou para ele com uma careta de raiva. O Severin que conhecia nunca agrediria uma mulher. Não era muito reconfortante pensar que ele tinha feito aquilo para protegê-la. Aquela era *sua melhor amiga, sua cúmplice, sua alma gêmea platônica*. Então notou as outras duas garotas escondidas nas sombras, atrás de Connie.

"Não acho que essas malfeitoras estejam aqui para uma visita social", rosnou Severin, recusando-se a recuar.

"Olha só, o francesinho tem cérebro", disse uma ruiva com uma roupa de vaqueira ridícula. Menos ridículas eram as duas pistolas que apontava para eles. "Nada escapa à sua atenção. Agora, se nos der licença, estávamos acabando de saquear isso aqui."

"Viu só!" Severin fumegou. "Adelle, esse não é o tipo de mulher com quem a senhorita deveria se associar, nem nenhuma amiga sua."

A ruiva revirou os olhos, zombeteira.

"Ah, por favor, Severin! Ter trocado os anzóis por trajes de seda não torna você melhor do que a gente."

"Esquece isso, Missi", interveio a outra garota. Era alta e magra, com pele marrom e cabelo grisalho de um prateado impressionante. "Não é o momento. Precisamos voltar lá para cima."

"Quero uma boa razão para não alarmar a casa inteira", advertiu Severin.

Ouvindo isso, Adelle se levantou, ignorando a dor aguda na perna.

"Porque... porque eu não vou deixar! Connie não se associaria a pessoas ruins, Severin, você precisa acreditar em mim. Precisa confiar no que sei sobre ela."

"*Nós* somos as pessoas ruins?", bufou a vaqueira. "Connie disse que é *você* que está sendo mantida aqui contra a sua vontade."

"Não estou", garantiu Adelle. Ela se virou para Severin. "Fiquem calmos, por favor."

Connie tem uma média excelente na escola. Ela vai ser a oradora oficial da turma, se conseguirmos sair desta confusão. É cocapitã do time de futebol, qualificada para o estadual de biatlo, nunca tocou em um cigarro ou uma cerveja na vida... Adelle soltou um suspiro exasperado, furiosa com todas as coisas que não podia jogar na cara dele.

"Sinto muito", murmurou Severin, balançando a cabeça e disparando de volta para a cozinha. "Mas não posso ficar parado enquanto um crime gritante está sendo cometido."

A vaqueira engatilhou as pistolas.

"Espere!" Adelle mancou o mais rápido que pôde até Severin, agarrou seu braço direito e o puxou. Tinha de haver uma maneira de detê-lo. *Você o conhece; sabe tudo sobre ele.* "Você disse que estava ao meu dispor. Que viria em meu auxílio. Não passava de mentira?"

Severin diminuiu a velocidade, então parou de vez, virando-se para estudá-la. Recuperando-se do soco, Connie se levantou, ajudada pela ruiva, que largara um caixote de comida enlatada.

"Mademoiselle", sussurrou ele, olhando-a nos olhos, "eu realmente preciso intervir."

"Não, *eu* preciso. Esta é minha melhor amiga no mundo inteiro", implorou Adelle. "E, se você está mesmo ao meu dispor, se quer mesmo resolver meu mistério, então vai deixar que ela vá. Você me trouxe até aqui para que eu tomasse chocolate, para fazer com que eu me sinta melhor. Ver minha amiga, saber que ela está segura, é um remédio mais poderoso do que todo o chocolate do mundo."

Ele ergueu uma sobrancelha escura.

"Ah, a senhorita fica corando e se faz de ingênua, mas encontrou a maneira mais diabólica de me deter." Severin olhou por cima do ombro para as garotas na despensa. "Confesso, isso é ao mesmo tempo frustrante e intrigante." Então, mais alto, dirigiu-se às outras. "Muito bem, ratinhas, corram de volta para a toca. Não vou chamar o gato. Mas só se a senhorita ficar ao meu lado", arrematou, virando-se outra vez para Adelle.

A cabeça de Adelle parecia que ia explodir. Como poderia ficar, com Connie bem ali? Olhou para as pistolas engatilhadas e lembrou o quanto doera ser atingida pela carruagem de Orla. Se podiam se ferir naquele mundo, também podiam morrer. Não podia deixar isso acontecer.

"Adelle!" Connie estava sendo puxada pelas outras garotas de volta para o alçapão redondo no piso da despensa. Ela conseguiu se soltar e tropeçou para a frente, e Adelle correu ao encontro da amiga, segurando suas mãos e apertando-as com força. Podia sentir a tensão estalando entre Severin e a ruiva; a qualquer momento deflagraria um incêndio. A última coisa que queria era que a ruiva sacasse a pistola e atirasse; naquele lugar apertado, qualquer um podia ser atingido.

"Estou com o livro", sussurrou Connie. "Mas preciso ajudar essas pessoas. Só por esta noite. Elas precisam de mim, Delly. Venha com a gente, eu explico depois."

"Não posso. Por favor, só... Pigmalion", completou Adelle, séria, trocando um olhar fixo com Connie. Os outros não decifrariam aquilo, mas ela saberia. "Meio-dia."

A amiga assentiu, devagar, tão consciente quanto Adelle de que estavam sendo observadas atentamente.

Se cuida, disse Connie, apenas movendo os lábios. Apertaram as mãos mais uma vez, e Adelle disse a si mesma — ou melhor, prometeu a si mesma — que se encontrariam no dia seguinte.

Então a vaqueira disparou para a frente, agarrou as costas do agasalho de Connie e a puxou.

"Pegue seu pernil e venha de uma vez", rosnou a ruiva. "Muito obrigada, Severin, seu filho de uma rameira."

Adelle observou Connie voltar para as sombras, os olhos de uma grudados nos da outra, enquanto Severin dava uma boa risada.

"Sempre um prazer, srta. McClaren." Ele enfiou as mãos nos bolsos da calça e balançou o corpo para trás, apoiado nos sapatos engraxados, enquanto as garotas desapareciam pelo túnel secreto. Assim que o alçapão redondo foi colocado de volta no lugar, o coração de Adelle se partiu um pouco.

Corra atrás dela. Vai. O que está esperando?

Severin entrelaçou seu braço ao dela, e Adelle repetiu a promessa; aquilo era só um revés temporário. Um desvio necessário. Amanhã encontraria Connie onde ficava a lanchonete favorita das duas, e nada mais as separaria. Afinal, Connie estava com o livro, o que isso significava que iriam para casa. Só precisava esperar e aguentar mais um pouco. O que Connie quisera dizer sobre a vaqueira e os outros precisarem dela, disso não fazia ideia...

"Obrigado por ficar. Sei que essa jovem é sua amiga, mas, minha querida, receio que ela tenha se envolvido com companhias sórdidas. Dói imaginar você tendo o mesmo destino. Ah, mas ainda permiti que roubassem... Como posso puni-la por me obrigar a fazer algo tão perverso?"

Adelle abaixou a cabeça, reparando que ele apertava seu braço com mais força do que esperava.

"É só um pedaço de pernil, com certeza não fará falta para Moira. Os convidados lá em cima não pareciam nem um pouco famintos."

"Ah, não fará falta nenhuma", concordou Severin, colocando o polegar sob o queixo de Adelle e pressionando até que ela o encarasse. "Mas ela *não* abriria mão disso. Seu coração é muito generoso, srta. Casey, coisa rara nestes tempos."

Não sabia como se recuperar do choque de encontrar Connie, perdê-la de novo e então ter Severin Sylvain olhando para ela com tanto carinho, como se tivesse acabado de ver o primeiro pássaro após um inverno rigoroso. *Saia dessa, ele bateu na sua amiga. Ele não é quem você pensa. Nada disso é o que você pensava.*

"O... o pernil não era meu", disse, por fim. "Foi mesmo generosidade?"

"E se fosse?", perguntou ele. "Se fosse a sua despensa que elas estivessem invadindo?"

Apesar do tom suave e curioso e da mão quente em seu rosto, Adelle precisava se controlar, não podia esquecer que ele não era real, que não era um perfeito cavalheiro, que aquilo era só um papel que estava representando até que arranjassem um jeito de voltar para casa. Agora que conseguira parar e pensar, a vaqueira estava usando um lenço xadrez preto e branco, e havia uma vilã com a mesma descrição no livro: uma ladra e sequestradora. Os Penny-Farthings — ou os ratos, como Severin os chamava no romance, passavam praticamente despercebidos em meio aos altos e baixos da história de amor de Severin e Moira, mas sabia pelo menos que eram pobres e gostavam de sequestrar pessoas.

"Todo mundo merece bondade", respondeu, por fim.

Com isso, Severin sorriu.

"De fato. É admirável que a senhorita tenha sobrevivido tanto tempo neste mundo frio e cruel." Ele suspirou. "Um mundo enlouquecido. Não surpreende que seja amiga da srta. Beevers; a alma dela também não se endureceu."

Ouviram uma enxurrada de passos na escada atrás deles, então o grito estridente de Orla enquanto entrava na cozinha, sem fôlego.

"Aí estão os dois! Senhor! A casa está em alvoroço. Alguém roubou uma carruagem, a dança acabou, e Moira sequer apareceu! Um fiasco!"

"Falando no diabo", murmurou ele, então soltou o queixo de Adelle e limpou a garganta. "Roubou? Que estranho!"

Parecia que, pelo menos por algum tempo, ambos representariam um papel. Adelle quase se esquecera da grande revelação de Moira para o mundo. Severin passara a maior parte do tempo com ela, reescrevendo completamente a noite.

Isso não pode ser bom.

"Suponho que devo me despedir da srta. Byrne e de sua mãe antes de partir." Severin se afastou dela, dirigindo-se para as escadas.

"Ah, não!" Orla torceu as mãos. Seus olhos deslizaram entre os dois, bem depressa, e Adelle começou a sentir calor, confusa. "Ela não quer ver ninguém. Todos os convidados devem partir imediatamente."

"Ah, então escoltarei a srta. Casey até sua casa, caso ela não se oponha."

Adelle olhou para a despensa. O que queria mesmo era correr atrás da melhor amiga e esquecer aquela farsa estúpida. Mas os olhos de Severin eram tão suplicantes quanto os de Orla, e a preocupação dos dois a comoveu de verdade. Além disso, jamais conseguiria encontrar Connie sozinha, à noite, e a amiga parecia mesmo ter coisas a resolver.

Ela está com o livro, Adelle. Em breve, você voltará para casa.

Mas para onde pediria que Severin a levasse?

"Eu..."

Por sorte, Orla saiu depressa em seu socorro, colocando-se ao seu lado e pegando seu braço.

"Pedi que a srta. Casey passasse a noite aqui. Ela levou um grande susto com a colisão e, com um ladrão de carruagens à solta, eu me sentiria melhor sabendo que está segura aqui conosco."

Severin apenas deu de ombros e caminhou até a base da escada, onde se encostou no arco. "*À votre guise.* Então desejo a ambas uma boa noite. Foi... decepcionante, mas não monótono."

Ele se curvou, então desapareceu nas sombras. Adelle se perguntou como Severin sairia da casa, já que entrara pela passagem secreta. Talvez, em meio ao caos, conseguiu escapar pela porta da frente sem ser notado.

Orla virou-se para ela, pegando suas mãos e apertando.

"Eu poderia perguntar como veio parar na cozinha com Severin, desacompanhada. Poderia, mas não vou."

"Lá fora, vi algo que me assustou", explicou Adelle, mais do que depressa. "Severin achou que um pouco de chocolate me faria me sentir melhor. Foi tudo sem maldade, juro."

Orla franziu a testa.

"Não é a mim que você talvez precise convencer, querida. Venha. Moira requer toda a gentileza e cuidado feminino que pudermos reunir. Ela teve uma noite terrível, uma sequência de infortúnios. Vamos todas tomar chá, tirar essas sedas e fofocar muito bem sobre tudo."

Adelle empalideceu, sabendo ser culpada pela grande maioria dos infortúnios que Moira vivenciara.

Abriram caminho de volta pela casa. A dor na perna diminuíra um pouco, e ela acompanhou o ritmo de Orla enquanto era conduzida pelo vestíbulo ainda lotado de convidados circulando, boquiabertos, tentando chegar à porta, até o terceiro andar, então pelo corredor que levava ao quarto de Moira, de um verde tão místico. Entrar no cômodo de cor saturada ainda era estranho, como entrar em uma esmeralda polida.

Da última vez que a vira, Moira declarara seu ódio por Adelle. As horas que se passaram a acalmaram um pouco, e a jovem estava sentada em um banco aos pés da cama de dossel, usando uma camisola rosa-clara com nuvens de renda delicadas nas mangas, leve como algodão-doce. Ela olhava pela janela, um hematoma roxo no nariz e no alto das bochechas.

Adelle estremeceu.

"Eles já foram?", perguntou Moira, exasperada. Segurava uma xícara de chá, bebendo sem fazer qualquer ruído, nem mesmo ao colocá-la de volta sobre o pires.

"Elsie e os outros vão se certificar de que a casa seja esvaziada e trancada, tenho certeza", respondeu Orla, soltando o braço de Adelle e correndo para o lado da amiga. "Não vi sua mãe."

"Sem dúvida está desmaiando elegantemente em algum lugar", respondeu Moira, então desviou o olhar para Adelle. Só sua cabeça se virou. Foi um movimento lento e mecânico, como se o crânio estivesse separado do restante do corpo. Poderia ensinar alguns truques para Regan, de *O Exorcista*.

"Ah, todos se foram?" Ela arqueou uma sobrancelha linda, ruiva e fina.

Não, mas esse olhar me dá vontade de desaparecer.

"Todos os..." Moira teve alguma dificuldade, e Adelle continuou olhando, em silêncio contrito. "Todos os cavalheiros?"

"O sr. Vaughn nem encarou a pista de dança", informou Orla, secando o rosto com a ponta da manga prateada. "E... tive um breve contato com o sr. Sylvain, mas ele também foi embora. Disse a ele que você queria a casa vazia, que todos, inclusive ele, deviam ir embora."

Moira assentiu, tomando outro gole delicado da xícara azul floral.

"E qual foi a reação dele quando você disse que eu não queria vê-lo?"

A pergunta não era para Orla, isso ficou evidente, e sim para Adelle, que pegou as palavras de Orla no ar, antes que a jovem pudesse responder. Sabia que não era boa em mentir, mas tentou dizer algo que fosse pelo menos em parte verdade.

"Ele... ele disse que estava decepcionado."

Por cima do ombro de Moira, Orla deu um sorriso constrito.

"Decepcionado!", repetiu Moira, em tom de deboche, mordendo a junta do dedo, então se levantou e, em uma postura soberba, começou a andar em círculos entre a janela e o espelho. "Mas não o bastante para insistir em me ver."

"Orla *pediu* a ele que fosse embora", observou Adelle.

Os olhos de Moira eram uma chama verde quando ela se afastou da janela, batendo a xícara no pires.

"Ah, como é evidente que você não sabe nada sobre os jogos de amor entre os jovens..." Ela jogou sua abundância de cachos ruivos escuros por cima de um dos ombros. "Ele devia ter lutado pelo direito de me ver. Devia ter feito uma cena! Está tudo arruinado. *Tudo.*"

"É verdade", murmurou Orla, tirando as penas e flores de seda do cabelo e se virando para olhar no espelho.

"Acho que é um sinal de respeito...", Adelle deixou escapar, mas se arrependeu no instante em que as palavras saíram de sua boca. Moira se aproximou feito uma pantera, encarando-a, um pé na frente do outro, o queixo baixo, o olhar predatório e aguçado.

"U-um garoto que ouve o que você diz... Coisa rara, não é? É bom que ele ouça você", insistiu Adelle, esperando estar avançando em direção à luz, não se enterrando ainda mais. "Significa que leva sua vontade a sério."

Moira parou onde estava, o rosto de repente inexpressivo, de pantera a gato doméstico.

"Não tinha pensado nisso. Kincaid não demonstra nada por mim além de respeito, o que é bem chato. Mas isso *é* novidade para Severin. Tão imprevisível. E imprevisível é sinônimo de interessante." Ela marchou até a cama, depositando o chá na mesinha estreita logo ao lado antes de se enrolar nos cobertores verdes e macios. "Devo dizer, srta. Casey, que suas palavras me deram o que pensar, e desejo perdoá-la. Um pouco."

"Foi um acidente." Adelle olhou para o chão. "Não queria acertar seu nariz. A bainha do meu vestido ficou presa no salto, e eu tropecei."

"Se eu a mantiver por perto, será interessante descobrir se consegue fazer algo além de tropeçar, cair e desmaiar, srta. Casey."

Adelle sabia reconhecer um sorriso falso, e o de Moira não deixava dúvidas. Os cílios esvoaçantes só reforçavam o verniz mesquinho.

A criada, Elsie, entrou com uma bandeja de chá completa. Adelle não estava nem um pouco interessada, mas Orla se levantou para que Elsie desabotoasse seu vestido e gesticulou para a bebida. A criada entregou uma xícara fumegante para a jovem beber enquanto era despida.

"Sinto muito mesmo, srta. Byrne", disse Adelle. Ainda era estranho dizer o nome dela. "Não queria estragar seu baile."

"Tolice! Haverá outros." Moira sacudiu a mão, indicando que não era nada. "E serão maiores! E mais grandiosos! Não se julgue tão importante, srta. Casey; foi um pequeno inconveniente, nada além disso. Podemos arranjar algo para o meu aniversário, algo que deixe a cidade estupefata, e toda essa bobagem será esquecida."

Orla se engasgou com o chá, mas sem fazer barulho.

Adelle também não acreditou em Moira. Afinal, a garota saíra furiosa depois de levar uma cotovelada no rosto, dizendo que a odiava, e se trancara no quarto, de mau humor, pelo resto da noite. Aquele deveria ter sido o ápice do ato, quando Moira e Severin arriscariam tudo para tornar seu amor público. Como ela podia ter superado aquilo tão depressa? Como podia ser tão inconstante? Mesmo com o hematoma no nariz, Moira ainda seria a garota mais bonita de qualquer salão. Parecia ridículo ter se ausentado a noite toda. Adelle se lembrou da própria festa de aniversário de doze anos com um misto de vergonha e admiração, embora não recordasse de quem tinha sido a ideia de descer de trenó pelas escadas acarpetadas até a aterrissagem em sacos de dormir. Aquilo a levara direto para a emergência do hospital, com um tornozelo torcido e uma sra. Casey bastante exasperada, mas, algumas horas depois, ela e Connie estavam de volta em sua casa para comer bolo e maratonar filmes, rindo juntas do acontecido.

Mas Moira claramente não era do tipo que esquecia fácil. Se descobrisse que Adelle passara a maior parte da noite sozinha com Severin, talvez não conseguisse colar outro sorriso forçado no rosto e se lançar em planos para sua festa de aniversário.

Orla deixou o vestido cair e desapareceu atrás de um biombo de papel decorado ao lado do espelho, ressurgindo em seguida com uma camisola simples, amarela como um botão-de-ouro. Era a vez de Adelle se transformar de volta em abóbora, e Elsie a conduziu até a tela, onde desabotoou seu vestido com uma velocidade incrível enquanto Orla e Moira conversavam baixinho na cama. Quem dera vexame dançando mal? Quem roubara a carruagem? Não era emocionante? Mas também terrível! Severin ficara perfeito, angelical ou ambos naqueles trajes de seda?

Ambos, pensou Adelle, sentindo-se ligeiramente superior. O sentimento foi logo esmagado quando começou a ser empurrada e impelida, virada e inclinada, acossada e maltratada até, por fim, ser libertada de todos os trezentos quilos de babados femininos, então enfiada em um vestido branco e reto, esvoaçante e disforme o bastante para caber no corpo de praticamente qualquer jovem.

Elsie saiu pela porta, os braços carregados com os vestidos descartados, o rosto fixo em uma expressão absolutamente neutra de fazer inveja a qualquer robô. Assim que Adelle contornou a tela, Orla apareceu, forçando uma xícara de chá em suas mãos.

"Obrigada", murmurou. "Acho que vou direto para a cama", acrescentou, deixando a xícara e o pires na bandeja que Elsie trouxera. "Estou exausta. Às vezes, tomar chá me tira o sono."

Moira se ergueu sob as cobertas, remexendo-se enquanto ajeitava os travesseiros macios.

"Não, não, você precisa tomar um pouco." Orla não desistiu, insistindo com o chá até que Adelle se resignasse a deixar a mistura amarga tocar seus lábios. Naquele instante, decidiu não tomar, apenas fingir. Tinha um gosto vago de... Estalou os lábios, tentando identificar o sabor. Era estranho, diferente de qualquer chá que já tivesse experimentado. Era aquilo que tomavam na era vitoriana? Era *intenso*. Tinha gosto de... Sim! Agora sabia. Sua memória voltou para uma das vezes em que seu padrasto, Greg, tentara preparar um jantar vegano para ela e a mãe, fazendo sushi com gosto de arroz velho e alga nori. Era esse o gosto. Alga nori. O chá parecia feito de algas marinhas mergulhadas em água escaldante.

Sentou-se com seu chá na beirada do sofá, tomando mais "goles", até que Orla se afastasse, subindo na metade vazia da cama de Moira. Quando a jovem parecia ter adormecido, Adelle jogou o chá no vaso de samambaia perto da janela e se aninhou no sofá de veludo macio. Um cobertor fino, que mais parecia uma toalha de renda, fora deixado ali na ponta, e ela o usou para tentar se aquecer um pouco.

Uma única vela gasta tremeluzia sobre a mesa de cabeceira de Moira.

Vou dormir no quarto de Moira. Ela está bem ali. Isso não pode estar acontecendo. Mas eu vi Connie. Nós duas estamos aqui, e em breve estaremos juntas de novo.

Enquanto sentia o apelo inevitável do sono cada vez mais forte, observou Moira e Orla, enroladas lado a lado. Quantas vezes ela e Connie tinham feito o mesmo, desabando depois de assistir mais uma vez a todas as seis horas de *Orgulho e Preconceito*, a minissérie de 1995 da BBC, ecoando cada fala, caindo no sono sob o cobertor de lã do time Red Sox de Connie, a poesia de Austen ainda nos lábios.

Diante dela estava a versão distorcida da amizade das duas, como se refletida por uma casa de espelhos em um parque de diversões, embora Adelle não ousasse atribuir o papel de Moira a nenhuma das duas. Como era estranho passar por tudo aquilo para finalmente conhecer a heroína que tanto amavam e descobrir que era uma jovem cruel e superficial. Seria como cair em Pemberley e constatar que Elizabeth Bennet era uma idiota de olhos mortos que odiava livros.

Mas Orla era legal. Gostava dela. E Severin... Adelle fechou os olhos com força. Não sabia o que pensar dele. Parecia ser tudo que sonhara, mas logo em seguida se revelou estranho, frio e violento.

A vela se apagou, deixando-a no escuro com seus pensamentos.

Nos veremos amanhã, Connie. Eu juro. Consegui encontrar você uma vez, vou conseguir de novo.

15

A carruagem desceu a colina a uma velocidade vertiginosa, os cavalos disparando sobre as pedras, espuma voando dos lábios.

Geo dava risadinhas, imersa em um prazer insano, conduzindo a carruagem, e virou à direita em uma esquina, entrando em um bairro escuro, levando-as para o que parecia não ser mais que uma sombra sem fim. Lá dentro, espremida com seu pernil, dividindo o banco com caixotes e sacos, Connie olhava pela janela; Mississippi não parava de encará-la, quase sem piscar. Então os cavalos relincharam, e a carruagem derrapou até parar, lançando as garotas, assim como o pernil e várias batatas, pela cabine.

Farai deu um soco na divisória que as separava do banco da condutora lá fora.

"Vê se avisa da próxima vez, diabinha!"

"Aí que graça teria?" Disse Geo em uma resposta abafada. Então ela abriu uma portinhola que lembrava uma abertura para cartas na divisória, os grandes olhos castanhos aparecendo na fresta. "Alguma vítima? Digam que o pernil se safou."

"Vou andar esquisito por semanas", grunhiu Missi. Ela abriu a porta com um chute e saltou para a noite fria, Farai logo atrás. Connie saiu por último, posicionando o pernil adquirido por meios ilícitos com cuidado sobre o assento acolchoado que ocupara.

Missi não parava de encará-la. Tinham parado do lado de fora de um adro cercado e, sob a luz fraca das estrelas, Connie distinguiu uma capela pitoresca afastada da rua, as janelas fechadas com tábuas, o caminho de pedras remendado sufocado por ervas daninhas.

"Me ajude aqui com as bicicletas", pediu a vaqueira.

Connie vira a garota sacar uma pistola e apontá-la para Adelle e Severin e não estava disposta a provocá-la ainda mais naquela noite. Com uma pontada de dor, olhou para o caminho por onde tinham vindo. A carruagem dera tantas voltas e reviravoltas repentinas que sabia que seria difícil encontrar a casa de Moira outra vez. Era lá que gostaria de estar, e não subindo em uma carruagem para apanhar as bicicletas pesadas e esquisitas que tinham sido amarradas no topo do carro de fuga roubado.

Mesmo no ar frio, era um trabalho árduo e suado, e, enquanto ela e Missi recolhiam as bicicletas, Farai e Geo levavam os alimentos para a igreja abandonada.

Trabalhavam em silêncio, mas Connie sentia que a cabeça de Mississippi estava a mil.

Não se importava. Assim que a comida estivesse entregue e ela tivesse uma chance, deixaria os Penny-Farthings e iria para o ponto de encontro com Adelle. Seu plano se construía passo a passo, minuto a minuto. Sua intuição estava certa, precisava do incenso que lhes permitiria lançar o feitiço e voltar para casa. O componente que faltava, mas Connie não descansaria até encontrá-lo.

"A carruagem está vazia", anunciou Geo, pulando a cerca com Farai para pegarem as bicicletas. "Os transportadores estavam esperando nos túneis lá embaixo. Agora podemos ir para casa e aproveitar dos frutos do nosso trabalho."

"Espero que a volta seja mais tranquila", brincou Farai.

"Vão na frente, vocês duas", instruiu Missi. "Connie e eu iremos daqui a pouco."

O cabelo prateado de Farai brilhava de leve no escuro.

"Não, Missi, você não devia ficar sozinha com ela. Quase fomos capturadas por causa dessa garota."

Mississippi riu, dando um tapinha no ombro da amiga.

"Exatamente. É por isso que preciso ter uma conversa franca com nossa nova companheira. Só... só para garantir que estamos todas de acordo, hã?"

Mesmo no escuro, Connie notou o olhar de Farai pousar nas armas no cinto de Missi. A vaqueira podia cuidar de si mesma.

"Avise ao Joe Insone para esperar acordado", acrescentou Missi. Ela andou até a frente da carruagem e deu um tapa no traseiro do cavalo mais próximo, fazendo com que os bichos entrassem em ação e se afastassem com a carruagem. "Não vamos demorar."

Farai e Geo subiram nas bicicletas altas, cada uma olhando uma única vez por cima do ombro enquanto pedalavam para o vazio envolvente do bairro sem luzes.

"Vamos dar uma volta", sugeriu, ou melhor, ordenou Missi, indicando a capela com a cabeça. "Precisamos acertar algumas coisas."

Se Farai não gostava da ideia de Mississippi ficar sozinha com Connie, Connie certamente não estava animada para ficar sozinha com *Mississippi*. A igreja estava atrás delas, uma sentinela silenciosa envolta em névoa. Farai e Geo tinham deixado as duas últimas bicicletas encostadas na cerca de ferro.

Connie olhou para as bicicletas, mas Missi estava atenta a tudo.

"Fugir só vai me deixar mais desconfiada. Vamos." Ela caminhou em direção à cerca, abrindo um portão baixo e quebrado, por onde entrou. "Não estamos seguras aqui fora."

Relutante, Connie juntou-se a ela no pátio, depois a seguiu até a capela. Seguir em frente, hesitante, era algo que vinha fazendo muito, mas ainda se lembrava do infortúnio recente de ter que se virar sozinha, se escondendo na padaria e comendo migalhas. Aguentar Mississippi por mais uma noite e ter onde dormir e comer era melhor do que tentar a sorte na rua. E, de qualquer maneira, ainda precisava dela.

Dez minutos para o fim da partida, pensou. *Jogo empatado. Você só precisa aguentar até o apito final e lutar para estar com mais pontos, quando isso acontecer.*

Lá dentro, os Penny-Farthings que tinham levado a comida para a Congregação deixaram alguns cotocos de vela nos candelabros esqueléticos que pontilhavam a capela. O lugar era frio e empoeirado, carregado da sensação perturbadora dos locais destinados a reuniões quando estavam vazios. As preces não ouvidas dos perdidos e desesperados pairavam entre os bancos.

Mississippi permanecia em silêncio, e as duas foram até os fundos da capela. Depois de contornar um arco aberto, a vaqueira foi subindo alguns degraus estreitos que se dobravam para trás, então para cima, depois tudo outra vez, levando a uma porta branca com a maçaneta quebrada. Missi abriu a porta com um empurrão e as conduziu para a torre do sino. Connie passou a mão pelo enorme instrumento de cobre, sentindo-o zumbir como um gongo tocado momentos antes. O sino parecia ressoar, emitindo força própria, como se bastasse uma batida com o nó dos dedos para encher o mundo inteiro de som.

Missi contornou o sino e se sentou no batente de uma janela alta que perdera o vidro havia muito tempo. Ela enfiou a mão no casaco branco com franjas e tirou uma caixa de fósforos e um charuto fino, que acendeu e tragou, então soltou uma baforada em direção às nuvens.

"Estou na dúvida, Rollins. Ou você tem a cabeça ainda mais vazia do que esta igreja, ou não abandonou os Claqueadores coisa nenhuma e está aqui para espionar."

"Espionar você?" Connie se encostou junto à janela adjacente, o cheiro forte e amargo de tabaco enchendo o ar.

"Espionar a gente", respondeu Missi. Ela soprou a chama do fósforo, mas seus olhos azuis retiveram o fogo. "Entendo que sua amiga ainda esteja com o inimigo, mas você precisa tomar sua decisão."

Connie balançou a cabeça.

"Você apontou uma arma para a minha amiga. Entende isso, não é?"

"Não." Mississippi empurrou o chapéu na cabeça para trás, deixando o cordão segurá-lo em volta do pescoço. "Apontei uma pistola, sem nenhuma intenção de atirar, para aquele francês linguarudo e arrogante que deixou essa marca roxa na sua bochecha. Se ele tivesse soado o alarme, nós todas estaríamos fritas, inclusive você. Entende *isso*?"

Connie conseguira encontrar Adelle e, naquele momento de choque e euforia, esquecera o disfarce. Esquecera tudo. Um pedaço de casa flutuara através do tempo e da realidade até ela, que tentara agarrá-lo com todas as forças.

Olhou para o chão, mordendo o lábio inferior com força. Como se Missi pudesse entender sua situação, ou mesmo parte de tudo que estava acontecendo.

"Aquele francesinho nunca tinha visto você mais gorda", afirmou Missi, categórica. "E sua amiga disse que não está sendo mantida lá contra a vontade. Você não era Claqueadora. Nunca foi. As mentiras não param de aparecer."

Connie ergueu a cabeça surpresa, se entregando.

Soltando outro redemoinho de fumaça, Missi esfregou a testa com o polegar e o indicador.

"Minha nossa, garota, eu não sou burra. Olha, estou fazendo de tudo para confiar. Você tem presença de espírito, é inteligente e, ainda por cima, tão alta quanto um defumadouro... e é um pedaço de mau caminho, o que admito ser uma fraqueza minha."

As bochechas de Connie pegaram fogo. Será que... será que Missi estava *flertando* com ela?

"Mas aquela sua cena na despensa colocou todas nós em perigo, e sei que está mentindo para mim", prosseguiu a vaqueira. Vamos, Rollins, me dê alguma coisa, jogue um pouquinho de corda para me puxar para a margem. Tenho gente demais para cuidar, não posso perder meu tempo com encrenca."

Connie coçou a nuca, avaliando as opções. Não sabia por onde começar a responder nada do que Missi dissera, ainda mais a parte da atração que ela sentia, mas sabia que estava cansada de mentir. Mais do que isso, estava apenas *cansada*.

"Não posso contar quem realmente sou."

Mississippi se endireitou, apoiando a mão com o charuto em um joelho. "E por que não?"

"Porque..." *O que você está fazendo? Uma coisa é estar cansada, outra é estar louca...* "Porque não sei como explicar de uma forma que não me faça parecer insana."

"Olhe em volta", disse Missi, com um suspiro, indicando a cidade escura com a ponta acesa do charuto. "Insanidade é tudo que temos."

Connie respirou fundo. Era um grande risco, mas, agora que encontrara Adelle, voltar para casa parecia possível. Só precisava dos materiais, e faltava um componente crucial.

"Se eu contar a verdade", começou, hesitante, "vou querer um favor em troca."

Missi mastigou a ponta do charuto.

"Que tipo de favor?"

"Coisa pequena", respondeu Connie. "Só uma informação."

Por um instante, teve certeza de que Missi não aceitaria. Até ela sabia que era um acordo vago. Mas a vaqueira cuspiu e bateu com a bota no chão de madeira.

"Maldita seja essa minha curiosidade, só não é pior do que a de um gato faminto. Você venceu, Rollins. Vamos ouvir essa verdade aí, então farei meu melhor para ajudar no que você precisa."

Connie encostou o rifle na parede e tirou a bolsa de náilon do ombro. Era uma dessas sacolas esportivas com dois cordões para fechar e colocar nas costas. Pegou o celular, que entregou a Missi, e esperou uma reação. Não tinha a menor intenção de mostrar o livro — uma coisa era deixá-la de queixo caído, outra era escancarar toda a sua realidade.

Missi pegou o objeto depressa, falando com o charuto pendurado no canto da boca.

"Que diabos é isso?"

"Um telefone", explicou Connie, feliz porque aquela tecnologia já tinha sido inventada na época em que estavam, ainda que em estado rudimentar.

"Não, não pode ser."

Connie sorriu, vendo-a bater no celular e virá-lo como um homem das cavernas esmagando um coco com uma pedra.

"É, sim. De onde eu venho, é."

"E de onde você vem?" Missi riu. "Da lua?"

"Não, mas, na minha época, as pessoas já foram para a lua", revelou, então viu os olhos da vaqueira se arregalarem. "Estivemos no espaço, o que vocês consideram o céu. Usamos essas coisinhas como telefones. São usados para acessar qualquer coisa em qualquer lugar: informações, músicas, filmes..."

"Filmes?"

"É..." Connie revirou os olhos com a própria estupidez. "É como ir ao teatro, mas dá para assistir à mesma apresentação quantas vezes quiser. Como se você fizesse uma apresentação uma só vez e as pessoas pudessem assistir cem vezes usando essa coisa."

Missi examinou o celular de todos os ângulos, até o cheirou.

"Então é para eu acreditar que você veio do futuro?"

"Sim."

"Quando no futuro?" Missi enfim apertou o botão para ligar o telefone, e a tela acendeu apenas o suficiente para que o símbolo de bateria fraca e o nome da marca piscassem. E a data. "Meu bom Jesus!", sibilou ela. "É esse o dia? Não é possível!"

"É, sim. Cento e trinta e três anos no futuro", murmurou Connie. "Mais ou menos."

Rindo, Missi devolveu o telefone para Connie com muito cuidado.

"O soco do francesinho foi mais forte do que eu pensava."

"O gancho de direita dele é fraco", retrucou Connie, esfregando a bochecha machucada. "Estou tão lúcida quanto poderia estar depois de... depois de viajar de volta no tempo." No tempo e algumas outras coisas, mas Missi não precisava saber disso ainda.

"Acho que isso devia me trazer algum conforto." Mississippi tragou o charuto, pensativa. "Significa que esta cidade vai sobreviver. Mesmo que eu já tenha partido há muito tempo, este lugar vai sobreviver. Diga que sim."

Connie assentiu.

"Cresci não muito longe daqui. Boston é maior, muito maior e mais moderna, e está tudo bem."

"O sotaque estúpido também não mudou muito", provocou Missi.

"Isso é ótimo, ainda mais vindo de Annie Oakley.[*]"

Aquilo fez Missi quase cair da janela.

"As pessoas ainda a conhecem? Então o futuro não pode ser tão ruim!"

---

[*] Lendária atiradora do século XIX.

"Quer dizer que você acredita em mim?", perguntou Connie, chocada. Enfiou o celular de volta na bolsa.

"Ainda não sei. É certamente improvável", admitiu Missi. "Louco e improvável. Mas quero acreditar. Quero acreditar que uma dama elegante do futuro talvez saiba como combater essa escuridão que tomou a cidade. Você talvez seja nossa salvadora, e, caramba, que pensamento tentador."

Connie fechou os olhos, sentindo-se culpada de repente. Tanta coisa estava diferente do romance que não tinha nenhuma resposta para dar a Mississippi. "Farei o que puder para ajudar, como tentei hoje à noite, mas preciso desse favor e não posso ficar aqui para sempre."

"Queria ter visto a gritaria quando chegou aquela comida toda na Congregação." Missi abriu um sorriso distante na direção do porto. "Bem, vou digerir esse bocado que você acabou de me dar; enquanto isso, por que não me conta de que informação precisa?"

"Você com certeza imagina que quero voltar para casa", explicou Connie, recostando-se na janela quebrada, juntando-se à vaqueira para olhar para o breu. "Não sei se o tempo continua passando em meu mundo. Assim, espero que não esteja, mas, se estiver, minha família deve estar morrendo de preocupação, então preciso voltar o mais rápido possível e acho que sei como fazer isso. Primeiro, preciso de um pouco de incenso."

"Como o que os padres usam na missa?", perguntou Missi. Ela coçou o queixo com a mão livre. "Farai às vezes visita uma mulher... Não que ela goste. A mulher lhe dá arrepios. Mas vende todo tipo de coisa esquisita, e Farai jura que ela tem a Visão."

"A Visão?"

"Qualquer coisa que ela prevê acontece", explicou Missi, a voz baixa e abafada. "Geo também costumava ir, mas está com medo de voltar. As duas sabem onde a mulher vende suas mercadorias e podem dizer onde fica, mas duvido que estejam dispostas a levar você nem que seja até a metade do caminho. Geo ficou assustada. Não foi bom."

Connie deu de ombros. Já tinha visto muitas coisas assustadoras. "Posso ir sozinha. Não tenho medo."

"Não achei que teria." Missi sorriu. "Se alguém nesta cidade tem o que você precisa, é ela. Mas, depois de conseguir o incenso, pode fazer algo por mim?"

Connie a observou apagar o charuto, as cinzas soltas flutuando na escuridão como neve cinzenta.

Missi se levantou e foi até ela, a mão esquerda caindo de leve sobre o grande sino da igreja, a terceira presença silenciosa na torre. Seus olhos ficaram pesados e distantes; era difícil ter certeza à noite, mas Connie podia jurar que a vaqueira durona estava prestes a chorar.

"Se você conhece uma saída deste lugar amaldiçoado, se houver uma pequena chance, por favor, Rollins, eu imploro: me leve junto."

16

Adelle soube que era um sonho quando as páginas em suas mãos começaram a virar cinzas. Por um tempo, foi hipnotizante, mesmo durante o sono: cada página que arrancava do livro era mais uma nota na música rítmica. *Rasga-arraaaaanca-rasga-arraaaaanca.* Assim que soltava a folha, uma pequena chama se acendia na base do papel e se espalhava, uma boca vermelha faminta devorando as palavras, deixando nada além de matéria difusa que se depositava aos seus pés.

Quando ele apareceu, Adelle parou, a mão fechada em torno da borda superior amassada da página seguinte. Estava sentada de pernas cruzadas em uma poça redonda de luz que Severin invadiu com um único passo, encarando-a com a cabeça inclinada para o lado, um sorriso brincalhão curvando seus lábios.

Ela rasgou mais uma página, e ele recuou, então Adelle parou e se levantou, o livro pendurado frouxamente na mão esquerda. O beijo se anunciou nos passos rápidos e seguros que Severin deu em direção a ela, nas mãos que ele ergueu para segurar seu queixo, na forma como olhou para sua boca antes de reivindicá-la depressa. As mãos dele em sua pele eram frias, manchadas de tinta. Adelle lembrou a maneira como Moira descrevera seus dedos no livro: dedos de pintor.

Severin deu um beijo no canto dos lábios dela e a abraçou com força. Não parecia real até Adelle ouvir o gemido ligeiramente aflito dele no fundo da garganta, um gemido que queria igualar e retribuir. Então abriu um pouco os olhos e viu as páginas do livro se rasgando sozinhas: as folhas se erguiam, uma a uma, e flutuavam ao redor dos dois, pegando fogo e envolvendo-os em chamas. Severin deu um passo para trás, ainda sorrindo, e pressionou dois dedos contra o lábio inferior, então desapareceu do círculo de luz antes que Adelle pudesse chamar por ele.

Severin deixara algo em seus lábios, uma mancha que parecia quente, então ficou perigosamente fria, um punhado de gelo seco deixado ali para queimar e se dissolver. Adelle ofegou, batendo no rosto, mas a sensação se espalhou, ardendo até chegar à língua e encher sua garganta com um calor sufocante.

Sufocando. Meu Deus, estou sufocando.

Uma massa negra caiu de sua boca, mas não se soltou, ficou apenas se contorcendo, tentáculos negros gelatinosos se espalhando pelo chão, seu peso puxando-a para baixo. Fosse lá o que Severin tivesse dado a ela, fosse lá o que tivesse plantado em seus lábios, aquilo a estava consumindo, preenchendo cada espaço, empurrando o céu da boca até ela desejar estar inconsciente. Escorria do nariz. Revestia-a como uma meia.

"Severin, venha aqui", tentou dizer. "Me ajude."

Os olhos dela se reviraram. O livro explodiu em faíscas.

Tão perto.

Adelle não conseguia enxergar. Os tentáculos atravessaram suas órbitas oculares. Tudo era escuridão, não havia espaço dentro dela para simplesmente *ser*. Um barulho solitário e suave de tosa subia e descia, a única coisa a que se agarrar no vazio entorpecido.

Rip—rip—rip—

Uma pena pousou na palma de sua mão, e Adelle sentiu a própria perna se sacudir, despertando-a.

Não era uma pena em sua mão, e sim um tufo quadrado de cabelo, loiro como o seu. Como o seu...

Adelle piscou depressa, ainda desorientada pelo pesadelo. Fechou a mão em torno dos fios de cabelo e ouviu um ofegar de espanto que, grogue como estava, pareceu alto como um grito.

"Moira! Não! O que você fez?"

Uma luz cinza nebulosa enchia o quarto. Adelle se sentou de repente, afastando a mão de alguém. De Moira. Olhou outra vez para o cabelo na palma da mão. O *seu* cabelo. Estava envolta no próprio cabelo, grudado em seus cílios e na frente da camisola.

Moira estava de pé sobre ela, os olhos estranhamente negros na penumbra, uma tesoura erguida em uma das mãos.

Orla sentou-se no sofá ao lado de Adelle, espalhando longas mechas loiras pelo chão.

"Oh, não! Oh, querida! Querida, mantenha a calma, mantenha a calma, talvez haja uma maneira de... de amenizar ou... ou corrigir..."

Adelle disse a primeira coisa que lhe veio à mente.

"O que tem de *errado* com você?!"

Era um desastre. Estendeu a mão para a cabeça, sentindo quanto do cabelo estava faltando, lágrimas brotando nos olhos. Moira não tinha caprichado no corte, que estava todo desigual.

Inclinando-se, a jovem balançou a tesoura cruelmente na frente do nariz de Adelle. "Ouvi tudo sobre suas aventuras na noite passada. Ouvi você dizer o nome dele enquanto dormia! Orla me contou tudo!"

"Por favor!" Orla acariciava Adelle como faria com um cachorrinho irritado. "A senhorita precisa me perdoar... precisa! Moira a ouviu sussurrar o nome dele enquanto dormia e me encurralou, exigindo que eu contasse tudo que sabia sobre a noite passada. Ameaçou colocar meus pés na lareira se eu não contasse!"

Adelle acreditava nela. O que não conseguia acreditar era que permaneceu dormindo durante toda a tragédia. Ela se levantou e empurrou Moira para longe, então correu até o espelho. Era pior do que pensava: o cabelo, antes comprido, estava cortado em mechas aleatórias, os fios que restavam apontando estranhamente em todas as direções. Não havia como salvá-lo, mesmo que Moira a deixasse tentar, nem cogitava tentar arrancar uma tesoura afiada das mãos de uma garota enciumada.

"Pegue suas coisas", mandou Moira, fervendo de raiva e andando de um lado para o outro aos pés da cama, ainda apertando a tesoura ameaçadoramente. "Orla! Vá ajudar! Eu quero essazinha fora da minha vista!"

E pensar que Adelle temera não conseguir sair da casa para encontrar Connie. Tentou conter as lágrimas, humilhada, sem querer dar a Moira a sensação de vitória. Que garota insuportável!

Nunca conheça seus heróis, pensou, correndo em busca da mochila. Greta ou Elsie tinham trazido suas roupas de volta, que estavam recém-lavadas e dobradas perto da tela de papel. Adelle puxou a camisola pela cabeça, sem se importar com o que as duas viam, e colocou o sutiã com dificuldade.

"Por favor, não me odeie." Orla a seguia, murmurando e choramingando. "Você não sabe do que ela é capaz quando fica desse jeito!"

"Agora sei!", gritou Adelle.

"Sim, pegue suas coisas." Moira não parecia notar as duas conversando, furiosa como estava, os braços cruzados sobre o peito. "Pegue suas coisas e saia!"

Adelle partiu para cima dela, mas parou ao ver a tesoura ainda em sua mão.

"E se eu não for, vai me espetar?"

"Vontade não me falta", respondeu Moira com uma risada, mas Adelle notou a dor em seu olhar, o desespero. Era um animal ferido, selvagem e fora de si. "Suas feições não são feias, e não dá para negar que seus olhos sejam um tanto enigmáticos, mas um jovem com o gosto e a sofisticação de Severin jamais acharia você a mais bela de nós duas! Você deve apagar meu Severin da mente! Apague! Diga que nunca mais vai sequer pensar no nome dele!"

Adelle só queria se livrar dela, então mentiu com gosto.

"Pensar em quem?"

Moira conseguiu abrir um sorriso leve e divertido.

"Bom. *Bom*. Não verei minha felicidade ser desfeita por uma..." Adelle passou por ela. Moira se debateu, desajeitada de raiva. "Por uma sirigaita roliça e ardilosa!"

Orla ofegou. Adelle abriu a porta com força o bastante para fazê-la bater contra a parede.

"Saia da minha casa agora mesmo!"

Adelle estava no meio do corredor, sem saber para onde iria ou o que faria até o meio-dia, quando Orla a alcançou. Colocara um xale de tricô cor-de-rosa sobre os ombros para se resguardar e puxou Adelle, fazendo-a parar.

"Por favor", implorou ela, com lágrimas escorrendo pelas bochechas redondas. "Não me odeie."

"Só tem uma pessoa nesta casa que eu poderia odiar", respondeu Adelle, tentando controlar a respiração. Queria gritar. Queria correr de volta para o quarto de Moira e incendiá-lo.

"Você é muito, muito gentil", murmurou Orla. Ela empurrou um xale de lã cinza para as mãos de Adelle, que compreendeu o motivo na hora. Seu cabelo estranho e desgrenhado chamaria atenção. "Ouça bem, srta. Casey, porque a qualquer momento ela pode aparecer e voar para cima de mim com aquela tesoura. Minha casa não fica longe daqui, é na Joy Street, 75. Por enquanto, acredito que seja melhor que Moira não saiba que somos amigas. Eu pediria a Hampton que a levasse, mas isso faria Moira pensar que estamos conspirando contra ela, e, além disso, ele é um inútil. Vou me apressar para me vestir e nos encontramos lá."

"Obrigada, Orla", murmurou Adelle, cobrindo a cabeça com o xale, que enrolou duas vezes em volta do pescoço para que ficasse no lugar.

"Não, srta. Casey, *eu* é que agradeço. Diga que ainda somos amigas."

Adelle soltou o ar pelo nariz.

"Somos, sim."

"Ótimo!" O rosto já cheio de Orla quase explodiu.

"ORLA!"

A voz de Moira quase abalou os alicerces. Segurando seu xale, Orla desapareceu outra vez no quarto. Adelle saiu da casa, escondendo o rosto e a mochila do melhor jeito que podia, sabendo que aqueles Cantadores horripilantes podiam estar ali na frente, prontos para confrontá-la, agora que Orla não estava lá para intervir.

Assim como temia, dois Cantadores com máscaras de couro e túnicas brancas esperavam ao pé da escada rasa que descia das portas. Adelle hesitou no degrau mais alto, vendo-os perfeitamente imóveis mesmo com os gritos de frustração de Moira, ecoando da janela do terceiro andar logo acima.

Não deve ser nenhuma novidade para eles.

Hora de pensar rápido. Pela luz fraca que tentava superar a neblina cobrindo a cidade, percebeu que ainda era muito cedo. Teria que aceitar a oferta de passar o tempo na casa de Orla até a hora de se encontrar com Connie. A rua do lado de fora da mansão de Moira estava vazia, desolada, a névoa subindo a leste.

Mais um grito angustiado veio lá de cima, e Adelle decidiu aproveitá-lo.

"Venham rápido!" Ela desceu as escadas correndo em direção aos mascarados, tentando não mostrar muito o rosto. "A srta. Byrne está em perigo! Ela viu um intruso na casa!"

"Droga", resmungou o da direita. Agora que tinham se virado, Adelle viu que ambos eram jovens, pálidos, com olheiras e corpos magros como mudas de árvore. O que tinha falado era um pouco mais alto, com a postura bastante curvada.

"Vai você", disse o outro, mal-humorado. Adelle quase podia ouvir seus olhos se revirando.

"Não, é sua vez de lidar com ela."

"Está bem. Seu idiota."

O mais alto subiu as escadas e atravessou as portas. Adelle esperava que ambos fossem, mas resolveu arriscar a fuga, correndo em direção à rua enquanto dizia a si mesma para não parar, não importava o que acontecesse.

"Espere um momento, senhorita! Preciso perguntar sobre o intruso! Senhorita? Senhorita!"

Adelle considerou uma vitória ser chamada de "senhorita", mesmo mancando da perna machucada e enrolada sob um lenço gigante como uma camponesa, a mochila apertada contra o peito. Segurando-a daquela maneira, não podia balançar os braços para manter o equilíbrio e ganhar impulso, então pendurou a mochila no ombro, torcendo para que a vantagem fosse suficiente para se manter alguns passos à frente do Cantador.

Não teve tanta sorte. Os passos das botas dele ecoaram no caminho de pedras logo atrás. Mal alcançou a rua, Adelle ouviu sua respiração ofegante e sentiu sua investida. Gritou de susto, movendo os braços mais rápido, o xale escorregando para os ombros e revelando o cabelo esburacado. Então quase caiu de cabeça em uma fileira de arbustos crescidos, girando quando o garoto agarrou sua mochila e puxou com força.

Adelle não parou. A mochila ficou nas mãos dele, que teve tempo de ver seu rosto e seu cabelo cortado, arregalando os olhos e apertando a boca em uma linha sombria de reconhecimento.

"Você! A do parque!"

Outro grito veio de dentro da mansão, a birra de Moira atingindo o auge. Isso o distraiu por tempo o bastante para que Adelle chegasse à rua e virasse à esquerda, depois à direita, bem depressa, esquivando-se para o espaço estreito entre duas casas geminadas; era menos um beco e mais um local conveniente para acumular lixo, ratos e água da chuva.

Moira já a odiava; fosse lá o que encontrassem na bolsa, não poderia prejudicar ainda mais sua reputação. Além disso, não tinha nenhuma intenção de voltar àquela casa horrível. Dali a algumas horas, estaria novamente com Connie, e as duas dariam um jeito de escapar do mundo do livro. Celulares e carteiras de estudante podiam ser substituídos.

Dessa vez, seu perseguidor não desistiu tão fácil. Adelle ouviu o eco de sua voz atrás dela, na entrada do beco. Mancou o mais rápido que podia, ponderando se o latejar na perna piorara por ter sido obrigada a dormir encolhida. Ou talvez fosse o estresse. Não ajudava que estivesse morrendo de fome e não tivesse sentido cheiro de café. Ela não era nada sem café.

Cambaleou para a rua transversal e virou à esquerda, onde viu mais conjuntos de sobrados que poderiam oferecer uma pequena brecha ou beco onde se esconder. Os passos do Cantador ficaram mais altos enquanto ela se atirava na viela seguinte, mais larga e limpa. À frente, notou que a área depois da rua se aplanava em uma via maior. Se fosse a Cambridge Street, talvez estivesse na direção certa.

Sua respiração ficava cada vez mais rasa, o pânico se instalando. Não era fácil se localizar em Boston sem celular, ainda mais quando nada era como deveria ser. Mesmo assim, confiava na própria intuição. Tinha uma ideia de onde ficava a Joy Street, já que frequentara a área com Connie para comer um sushi delicioso e ir a um restaurante coreano popular.

Confie em si mesma. Siga em frente. Não importa o que aconteça, só siga em frente.

Não suportava a ideia de ser pega. Recusava-se a voltar para a casa de Moira; nunca mais seria pouco tempo para evitar o contato.

O Cantador estava chegando perto, acabara de entrar na viela que ela escolhera. Adelle resolveu virar à esquerda de novo, passando por um portão alto e destrancado que dava para um jardim. Escondeu-se logo atrás do portão, torcendo para que o Cantador passasse direto. Fechando os olhos, mordeu o lábio e ficou atenta aos sons; ouviu uma porta se abrir bem antes de ouvir os passos do Cantador. Mas não era o portão do jardim.

Quando abriu um olho, viu uma mulher corpulenta usando um vestido sóbrio e escuro, touca e avental que a observava da varanda. Era uma casa alta e estreita, mas bem bonita, de tijolos vermelhos com detalhes em branco, a porta recuada e decorada com uma cerca baixa de ferro forjado. A semelhança dela com Orla era evidente: tinham o mesmo rosto redondo e corado com olhos brilhantes, a mesma boca pequena e bem desenhada sempre voltada para cima em um sorriso nervoso.

"Não há nada aqui fora além de sombras e frio, minha querida. Entre. Rápido!"

Adelle se levantou e obedeceu. O Cantador irrompeu portão adentro assim que chegou à porta, e a mulher se colocou na frente dela, escondendo-a do rapaz.

"Passou uma garota por aqui? Cabelo loiro engraçado, vestido preto? Parecia estar com pressa?", perguntou o Cantador, sem fôlego.

"Saia da minha varanda, rapaz. Não recebo pessoas do seu tipo aqui", retrucou a mulher, em um tom áspero.

"Cuidado como fala, sua velha. Os Cantadores decidem quem é poupado e quem faz a caminhada."

"Vocês não decidem nada", retrucou ela. "Nem mesmo o que vestem! Duvido que tenham escolhido colocar essa coisa feia na cabeça e correr de um lado para outro em uma camisola suja. Você só precisa me poupar é da sua presença. Xô!"

"Se vir essa garota", alertou ele, a voz ficando mais baixa conforme se afastava, "saiba que está sendo procurada pelos Cantadores. Não queremos fazer mal a ela; só queremos interrogá-la."

"Eu disse xô."

A mulher empurrou Adelle com delicadeza para dentro, usando o traseiro, arrastando-se de costas para o vestíbulo e fechando a porta enquanto entrava. Por dentro, a casa era quase tão confortável quanto a de Moira, mas muito mais discreta; mal parecia ter sido tocada desde o período colonial. Era de bom gosto e aconchegante, embora tristemente silenciosa, um lar espaçoso sem ninguém.

"A senhora é a sra. Beevers?", perguntou Adelle, tentando esconder o cabelo com o xale. "Sua filha me pediu para encontrá-la aqui."

"Sou a mãe dela, sim. E a senhorita é?"

"Adelle", respondeu, lembrando-se de fazer uma reverência. "Adelle Casey. Conheci sua filha no baile de ontem. Passamos a noite com a srta. Byrne."

A sra. Beevers endireitou o corpo. Seu cabelo escuro começava a ficar grisalho, com cachos abundantes atrás das orelhas, e o restante escondido sob a touca preta presa com grampos. Tinha mãos rachadas e trêmulas, mas se portava com dignidade. Também tinha olhos aguçados, e ergueu uma sobrancelha enquanto olhava para o terrível corte de cabelo de Adelle.

"Ah. E isso é obra da srta. Byrne? Ela já ameaçou fazer o mesmo ou pior com a minha Orla, várias vezes." Ela se aproximou e tocou uma mecha cortada.

Adelle corou e olhou para o chão.

"Nós... tivemos problemas desde o princípio."

"Todos sempre têm problemas com ela." A sra. Beevers suspirou. "O que o bom senso amadurece, a beleza, em geral, estraga. Ela sempre teve tudo que queria, então nunca aprendeu a ser gentil. Já comeu alguma coisa?"

Adelle sabia que seus olhos tinham brilhado ao ouvir aquela pergunta. Não podia evitar gostar cada vez mais da família Beevers.

"Não, Moira me expulsou logo que acordei."

"Então vou colocar a chaleira no fogo e, depois do desjejum, veremos o que podemos fazer por esse seu cabelo antes que minha filha chegue. Venha!", trinou a senhora, virando-se e andando pela casa silenciosa. "Venha comigo!"

Adelle a seguiu por um corredor com papel de parede azul-marinho. Marcas retangulares na poeira cristalizada indicavam que ali ficava uma fileira de retratos. No fundo do corredor, logo depois dos espaços vazios, viu uma pintura de Orla. Contou os retratos que faltavam: quatro. Voltou os olhos para a sra. Beevers e seu vestido preto solene, o coração afundando enquanto juntava as peças. Ela estava de luto.

Adelle se esforçou para acompanhá-la, esperando que, mesmo que apenas por um curto período, pudesse ajudar a preencher aquela casa vazia com algo além de fantasmas da família.

17

Connie dobrou a ponta do cobertor emprestado por cima do livro aninhado em seu colo. Tentou ficar confortável, mas a mente zumbia com as mil perguntas que Mississippi disparara durante a volta.

Que tipo de armas existem no futuro? Tem animais na lua? Oklahoma virou estado? Quantas mulheres já ocuparam a presidência? (Essa resposta doeu, mas Mississippi quase desmaiou ao saber de uma vice-presidente.) *As pessoas moram em castelos flutuantes? Se eu morar em um castelo flutuante, também posso ser a proprietária? Quanto tempo leva para atravessar o oceano? As mulheres têm direito ao voto?* (Essa foi melhor de responder.)

Connie explicou com todos os detalhes tudo que o cérebro meio liquefeito pela exaustão podia dar conta, e o nível de detalhamento das respostas aliados à facilidade com que respondia, pareciam servir para convencer Missi ainda mais de que estava dizendo a verdade. Embora a vaqueira tenha insistido que já deveriam ter conseguido fazer castelos flutuantes. Quando chegaram ao destino, Connie sentia como se tivesse acabado de dar um curso introdutório à política, ciência e cultura modernas.

O refúgio subterrâneo da Congregação mais parecia um conjunto de catacumbas, só um pouco mais alegres. Os poucos toques acolhedores que o grupo tentara instalar no local tinham o mesmo efeito de jogar purpurina em um caixão aberto. Mississippi lhe oferecera um lugar para dormir não muito longe do bar improvisado, agora vazio. Já era tarde quando voltaram, e Missi não parava de bocejar enquanto a conduzia ao que não passava de um punhado de tábuas toscas pregadas juntas. Quase qualquer cachorro velho teria torcido o nariz para aquele arremedo de cama. Se bem que Connie tinha visto alguns vira-latas perambulando por ali, procurando algum corpinho quente contra o qual se aconchegar durante a noite.

Mesmo sentindo a exaustão até nos ossos, Connie não conseguia dormir. Joe Insone encerrara o expediente da noite, e as velas do bar tinham sido apagadas. Umas poucas tochas ardiam na entrada do local, que algumas crianças se revezavam para vigiar. Connie vasculhara a mochila atrás do exemplar de *Moira*; precisava ver se estavam erradas. Como o livro podia ser tão diferente da realidade?

Geo se aproximou com um copo de madeira e um toco de vela espetado em um castiçal, e Connie teve que esconder o livro às pressas no cobertor.

"Está difícil dormir?", perguntou a garota, ajoelhando-se ao seu lado. As duas tranças pretas e lustrosas estavam torcidas em uma só e amarradas com um retalho de tecido estampado.

"Não estou acostumada a dormir perto de tanta gente", respondeu Connie, e era verdade.

Geo sorriu e lhe entregou o copo. "Eu mal conseguia fechar os olhos no primeiro mês", revelou. "Agora os roncos e ruídos são como uma canção de ninar, fazem eu me sentir menos sozinha."

Os olhos dela vagaram para o livro mal escondido no colo de Connie. Geo deixou o castiçal no chão e o empurrou para perto da recém-chegada.

"Pode ficar, talvez ajude a ler até cair no sono. Mas não deixe de beber o chá, está bem? Isso afasta os sonhos. Afasta o perigo." Geo olhou por cima do ombro para Farai, que estava encostada no bar, de olho nas crianças que dormiam tranquilamente sob seus cuidados. "Eu e Farai que fazemos. É de cravo e noz de galha, talvez um ou outro ingrediente secreto. O gosto é horrível, mas ajuda a nos manter vivos. Os Claqueadores dizem que, como fazemos isso, somos bruxas. Bem, eles que pensem assim, esses tontos. Nossa sobrevivência deve mesmo parecer mágica, depois de tudo que fizeram para tentar acabar conosco."

Connie assentiu e pegou a tigela quente, que levou aos lábios. Tentou ignorar o amargor intenso da bebida que escaldava sua garganta.

"Eu sei", gaguejou. "Achei um diário em uma padaria, de uma garota cuja família inteira tinha partido como sonâmbulos. Ela queria tentar vir para cá. Ficar em segurança."

Geo riu, franzindo o nariz.

"A Wallace Bakery, perto do mercado?"

"Acho que sim."

"Devia ser o diário da Sonja. Ela conseguiu chegar. Estava magra como uma vara, e também assustada, muito assustada... mas chegou."

Connie não esperara tamanha onda de alívio, mas a padaria e a residência abandonada a mantiveram segura por dias, e era grata pela hospitalidade involuntária.

"Fico feliz."

"Beba tudo", avisou Geo. "Amanhã... Preste atenção. Missi disse que você quer visitar o oráculo amanhã. Vou dizer como encontrar a mulher, mas não acho que seja sensato ir."

"É muito importante", insistiu Connie. "Preciso da ajuda dela."

Geo puxou a ponta das tranças torcidas, nervosa, então olhou em volta e passou a língua nos lábios. "Eu entendo, de verdade. Mas venho de uma família que domina as artes medicinais. Está no meu sangue. Meu pai me ensinou a encontrar doenças no corpo só pelo toque, com uma batidinha, com experiência e conhecimento. Sei reconhecer a boa medicina. A que essa mulher pratica não é útil. E ela é perigosa, entende? É tocada por coisas obscuras."

"Vai se sentir melhor se eu disser que terei muito cuidado?"

Geo sorriu.

"Sim. Mas preste atenção nisso também: ela vai pedir para ler suas cartas, para fazer mágica para você. Não deixe, entendeu?"

Connie inclinou a cabeça para o lado, curiosa.

"Por que não?"

"Uma vez, ela leu meu futuro naquelas cartas", explicou Geo. "E tudo que ela previu, aconteceu. Isso não é jeito de viver, não podemos ver o caminho pela frente. Temos que viver cada momento da vida, do contrário só estaremos seguindo o mapa de outra pessoa. Ela é uma mulher muito estranha, não queria nem que eu fosse embora. Acho que é muito solitária ou muito perigosa, talvez ambos."

Geo tocou o ombro de Connie e se levantou.

"Amanhã eu conto como encontrá-la. Boa leitura, amiga, e durma sem sonhos."

"Antes de você ir", começou Connie, então limpou a garganta antes de prosseguir: "Onde podemos, hã, ir ao banheiro?".

Apontando para o fundo escuro e cavernoso do túnel, Geo explicou: "Tem um buraco lá atrás". Lendo a expressão vazia de Connie, ela deu de ombros e acrescentou: "Não é nenhum hotel cinco estrelas, mas o que você esperava? Ninguém aqui vai esvaziar seu penico.".

Então voltou para o bar.

Obrigada, mas acho que vou esperar até todos dormirem.

Engolindo com dificuldade o último gole do maldito chá amargo, Connie observou a garota se afastar. Quando teve certeza de que estava sozinha de novo, descobriu o livro e o estudou à luz fraca da vela. A primeira linha do romance jamais sairia de sua mente, cimentada pelas muitas releituras em que ela e Adelle tinham embarcado ao longo dos anos. Parecia errado lê-lo ali, encolhida debaixo do cobertor, existindo no mundo de *Moira*, sem compartilhar o momento com Adelle, mas precisava saber.

Conheço este livro de cabo a rabo, não conheço?

Desconfiava cada vez mais da própria memória. Mas sem dúvida tinha memorizado a primeira linha: *Moira Byrne não acreditava em destino.*

Connie abriu o livro, e lá estava a frase esperada. Mas então, enquanto lia, bem diante de seus olhos, as palavras começaram a se confundir e reorganizar. Largou o romance, chocada, boquiaberta, um arrepio percorrendo sua espinha enquanto um novo parágrafo de abertura tomava o lugar do original.

> *Tudo começara com os maus presságios: o desabamento de uma mansão, depois outra e mais outra. O mais velho da família Kennaruck saltou da cama, acometido por uma estranha doença no coração, e morreu. No dia seguinte, todos os filhos e filhas – ou melhor, todas as pessoas de sua linhagem – caíram mortos. Os criados saíram pelas ruas aos gritos, estupefatos, e, quando o legista foi chamado, teve que cobrir a boca com o chapéu para esconder o choro. Ele abriu os cadáveres na cripta fria no subsolo do hospital da cidade e encontrou corações enegrecidos e implodidos, uma massa de veias escuras que lembrava uma aranha.*
>
> *A família Vaughn foi a próxima acometida por uma praga nova e insondável, desta vez da mente. Em uma noite de inverno estranhamente quente, todos, exceto o filho mais velho, deixaram suas camas e caminharam para dentro do mar, um a um, bem devagar, determinados e organizados. As ondas nunca trouxeram seus corpos de volta. Mais tarde, várias agulhas foram encontradas perto da porta, sugerindo que a família costurara pedras nos próprios bolsos antes de marchar para as ondas. Naquela mesma semana de tristeza inenarrável, pilhas*

de peixes mortos apareceram na praia, tão altas quanto uma criança. Um marinheiro encontrou os peixes, com seu mau cheiro infinito, e fez como o legista fizera com os Kennaruck e os Vaughn: abriu alguns peixes, talvez uma dezena, e descobriu que, no lugar de suas entranhas, havia apenas olhos.

Connie estremeceu, passando a mão trêmula pelo rosto. O livro em suas mãos parecia quente, como se tivesse vida própria, sangue correndo pelas páginas.

Como isso pode estar acontecendo? pensou, fechando o romance com força. *O que fizemos?*

18

É indiscutível que Moira Byrne é a heroína da história, mas não há como falar dela sem falar de sua companhia sempre presente, a srta. Orla Beevers. Caçula de quatro filhos, Orla nascera em uma família não tão memorável ou distinta. Há quem possa compará-la a uma craca agarrada desesperadamente à proa do navio de Moira, mas Orla dificilmente concordaria com essa comparação. Embora não fosse particularmente inteligente, ao menos tinha consciência das próprias qualidades, que eram muitas: mesmo desprovida de ambição ou talento, era amável e bem-vinda em qualquer festa, tendo a sorte de ser imbuída do temperamento fácil e da empolgação de um cão setter gordon. E, como um cão, mantinha-se fiel a Moira; o que era essencial para a jovem heroína, cuja inclinação para travessuras e romance a levava por caminhos tortuosos. Uma amiga mais egoísta jamais ousaria se aventurar com Moira nessas empreitadas, mas Orla Beevers se demonstrara constante e leal e talvez merecesse a própria história de amor, se garotas como ela tivessem valor aos olhos da leitora média.

– Moira, *capítulo 1*

"Não há o que temer, querida. Eu cortava o cabelo dos meus filhos todo mês, e ouso dizer que qualquer coisa que fizesse aqui já seria uma melhoria."

Bebendo chá e com a barriga cheia de mingau, Adelle tentou não se encolher. Só o som metálico da tesoura cortando seu cabelo já a perturbava. Não sabia por quê, mas não conseguia parar de chorar.

"Bote tudo para fora", encorajou a sra. Beevers, de pé atrás dela. A mulher levara Adelle até uma cadeira, em uma sala ao lado da cozinha, cobrira seus ombros com um lençol dobrado e agora tentava corrigir o corte de cabelo terrível. "O cabelo fazia você se sentir bonita e segura; não há problema lamentar a perda."

"Não sou tão frívola assim", murmurou Adelle, enxugando as lágrimas com a manga do vestido. "Acho que não me importaria tanto se ela não tivesse feito isso enquanto eu dormia. Parece que ela roubou algo de mim."

"Roubou, sim." A sra. Beevers suspirou. "Ahh, gostaria que Orla reconhecesse que Moira é uma moçoila mimada, mas minha filha vê o lado bom de todo mundo. Isso em geral me deixaria orgulhosa, mas os excessos sempre podem virar erros."

Adelle não queria mais pensar naquele cabelo pavoroso. Segurou a xícara junto ao queixo, deixando o calor aquecê-la. Assim como Orla, a sra. Beevers tinha uma gentileza desarmante que, depois da frieza de Moira, Adelle não conseguia entender.

"Por que gritou daquele jeito com os Cantadores por minha causa?", perguntou Adelle. "Orla disse que eles protegem vocês... ou melhor, que nos protegem. Os cantadores não estão... não estão do nosso lado?"

Depois de um tempo, os toques leves daquela mulher na sua cabeça passaram a ser reconfortantes. Lembravam quando sua mãe a sentava no chão, em frente ao sofá, colocava um DVD de *Everwood* e escovava os fios embaraçados de seu cabelo loiro.

A sra. Beevers estalou a língua.

"Diga você, doçura. Era *você* que eles estavam perseguindo."

"Não sei o que fiz contra eles", respondeu Adelle, sincera.

"Aí está a sua resposta." A mãe de Orla espanou um pouco da penugem loira de cima dos ombros de Adelle. "Eles só protegem a si mesmos, ninguém mais. E como eu, você ou qualquer outra pessoa poderia confiar em quem adora aquela coisa no porto? É a provação que testa toda a humanidade: Deus e o diabo são invisíveis, mas quantos homens piedosos se debandariam para junto de Satanás, se ele aparecesse?"

Adelle franziu a testa.

"Acha que eles adoram aquela coisa só porque está lá? E se estiverem ajudando aquilo?"

"Acho que são fracos", afirmou a sra. Beevers categórica. "Tentam apaziguá-la porque têm medo, por isso se encolhem e se ajoelham: é mais fácil servir do que lutar. Eles entregam tudo que aquela coisa quer para que também não sejam castigados. Meu marido não perdeu o braço na Batalha da Cratera* porque lutar na guerra era fácil, e sim porque era correto."

Ambas ficaram em silêncio. Adelle só podia imaginar a dor do fardo daquela mulher, depois de ter o marido mutilado na guerra, então perder tanta gente da família para a Chaga. Não teve coragem de perguntar se todos tinham partido por culpa daquilo, ou se alguns tinham ido por causas naturais. Seus olhos se encheram outra vez de lágrimas, e sua voz saiu trêmula:

"Obrigada, sra. Beevers. Desde que eu... Quer dizer, a senhora e sua filha têm sido muito gentis."

"Este mundo está cheio de pura maldade." A sra. Beevers suspirou. "O que torna ainda mais difícil e crucial nossa escolha pela gentileza. Aí está. Acho que ficou muito melhor. Venha ver."

A Sra. Beevers estendeu a mão, que Adelle pegou, para então se levantar e segui-la de volta pela cozinha até o vestíbulo, depois por um arco à direita, então para a sala de estar do andar de baixo. Um piano e um sofá de veludo azul dominavam o cômodo, posicionados sob um lustre de cristal impressionante, coberto de teias de aranha. Perto do piano e das janelas, ficava um espelho de corpo inteiro com suporte de pé. Adelle tirou o lençol dos ombros, enrolou-o nos braços, e então estendeu a mão para passar os dedos pelo cabelo tosado duas vezes. Sim, estava muito melhor, uniforme e mais suave, mais Audrey Hepburn e menos He-Man.

"Todos vão pensar que sou um menino", resmungou.

A sra. Beevers colocou as mãos em seus ombros, sorrindo para ela pelo reflexo. "É apenas cabelo, querida. Vai crescer."

Adelle conseguiu dar uma risada e fungou.

"Café pequeno."

A sra. Beevers ergueu uma sobrancelha.

"Hã... é um ditado da minha família."

"Gostei." A sra. Beevers afastou as mãos, que posicionou com elegância na frente da cintura. "Café pequeno mesmo."

---

* Combate travado durante a Guerra Civil Americana, em 30 de julho de 1864.

A porta da frente se abriu e se fechou com um estrondo, e Orla flutuou sala adentro logo depois, usando um vestido malva discreto. Ela soltou o alfinete do chapéu enquanto se aproximava das duas, a boca franzida de preocupação.

"Você cuidou dela, mamãe?", perguntou, examinando Adelle enquanto a mantinha à distância do braço estendido.

"Melhor, impossível", respondeu Adelle. "Mas o que houve? Por que parece tão preocupada?"

"Tem uma multidão lá fora, ao redor da casa", explicou, arrastando Adelle e a mãe para as janelas. Como ela dissera, os Cantadores esperavam lá fora, amontoados, cercando a propriedade. "Mamãe, diga que não ralhou com eles de novo! Os Cantadores nos protegem, mas há um limite para o que vão tolerar."

A sra. Beevers olhou feio pela janela, o queixo firme.

"Isso é uma ousadia, até mesmo para eles."

"Não há mais ninguém para se opor a eles, mamãe, você sabe." Orla se jogou nos braços dela. "Eu *disse* para não se zangar com eles. Eu *disse*. A cidade agora é deles."

Acariciando as costas da filha, a sra. Beevers respondeu, tranquila:

"Espero que vocês duas façam algo a respeito, quando eu partir. É por isso que precisam ir lá para cima agora mesmo, e rápido."

"Mamãe..."

A mulher de cabelo escuro e roupa preta fechou as cortinas e se afastou da janela, então pegou Orla e Adelle pela mão.

"Filha, não seja tola. Fui muito indulgente com você, indulgente demais, e agora terá que aprender a se livrar dessa tolice por conta própria. Você sabe por que estão aqui, Orla; sabe o que isso significa. Não. Sem choro. Não permitirei isso."

A sra. Beevers apertou os lábios e puxou a filha para mais perto, envolvendo-a com um braço. Adelle tentou acompanhar. Algo bateu contra a porta da frente. Por trás das cortinas fechadas, ouviu o cântico começar. Não conseguia distinguir as palavras, pois falavam algo que nunca ouvira, um som gutural e fleumático, mais como uma doença do que uma língua.

"Subam agora, meninas. Orla, escute sua mãe." A sra. Beevers caminhou até a lareira atrás do sofá azul e pegou um atiçador de fogo, que brandiu como um porrete.

Orla estava paralisada. A mente de Adelle girava. O cântico lá fora ficou mais alto.

"Mas o que isso significa?" Adelle suplicou à Sra. Beevers.
A mulher mais velha respirou fundo, sem tirar os olhos da filha.
"Significa que nosso breve contato será tragicamente interrompido. Significa que agora você deve cuidar de Orla. Deve ajudar minha filha a ser forte." Ela se afastou de Adelle, indo até a filha, no centro da sala. "Venha cá..." Então a envolveu em outro abraço, dessa vez com os dois braços, balançou a garota para a frente e para trás e afastou seu cabelo da testa. Depois de sussurrar algo no ouvido da menina, a mãe a afastou gentilmente. "Vá agora. Vá!"

Uma pedra quebrou a janela atrás delas, e o vidro se espalhou em uma chuva de cacos. Adelle agarrou Orla pelo pulso e correu com a garota em direção ao vestíbulo e à escada. Pelas vidraças estreitas de cada lado da porta, viu mais figuras de branco na varanda.

"Não posso abandonar minha mãe", sussurrou Orla, tropeçando em um degrau.

"Você ouviu o que ela disse", respondeu Adelle. A manqueira atrasava um pouco o passo, mas Orla se recusava a subir. Outra janela foi quebrada no andar de baixo. "Vamos", chamou, cruzando braços com Orla e subindo um degrau de cada vez.

Quando chegaram ao segundo andar, os Cantadores invadiram a casa; no mesmo instante, Adelle ouviu alguém subindo a escada atrás delas. Puxou Orla com mais força, mais rápido, arrastando-a mais para cima, tentando ignorar a intensa falta de fôlego que fazia seu peito latejar.

Lá embaixo, no térreo, um sujeito gritou de dor, e Adelle torceu, silenciosa e intensamente, para que a sra. Beevers tivesse derrubado todos com seu atiçador. Orla estava prestes a sucumbir, soluçando mais alto a cada passo cheio de dificuldade. Quando chegaram no topo, Adelle pediu sua ajuda.

"Para onde vamos agora?", perguntou, os olhos grudados na escada. O tempo estava acabando. "Orla!"

"A despensa dos criados no final do corredor. A janela de lá é difícil de ver de fora."

Adelle não sabia o que era pior: os gritos de agonia vindos do primeiro andar ou o momento em que enfim pararam. No silêncio, os passos raivosos nas escadas que levavam até elas persistiram o bastante para afastar qualquer chance de que recuassem. Vira pelo menos quatro Cantadores pela janela que dava para o jardim e a mesma quantidade pela porta da frente; se estavam rodeando a casa, havia no mínimo dez deles, seria fácil dominá-las.

Foi Orla quem as guiou até a porta certa e forçou a madeira para abri-la, trancando as duas lá dentro. A garota tentou recuperar o fôlego, recostada contra a porta, enquanto Adelle abria caminho até a janela quebrada, manobrando entre sacos de farinha vazios, teias de aranha e fezes de rato. A despensa era pouco maior que um closet, com duas estantes altas e vazias encostadas em cada parede. Abriu o trinco, enfiou a mão por um dos painéis sem vidro e, com a palma aberta, empurrou o batente para cima. A janela nem se mexeu.

Orla gritou quando a porta foi sacudida pela força de um chute.

"Passe a tranca!", gritou Adelle, tentando abrir a janela outra vez.

"Não tem fechadura! Ah, o que faremos?! Céus, o que faremos?!"

"A estante! Me ajude aqui, vamos empurrar a estante!" Adelle se afastou da janela. Orla esperou até que ela estivesse posicionada para se afastar da porta e correr até o outro lado da estante. Puxaram juntas, gemendo com o esforço. A porta explodiu para dentro no instante em que a madeira na base da estante rangeu e se estilhaçou, o que fez toda a estrutura empoeirada se soltar e se chocar contra a parede oposta. O Cantador que as alcançara cambaleou para trás, bloqueado pelos destroços, pelo menos por um tempo.

"Rendam-se", mandou, agarrando a borda da estante, que sacudiu ameaçadoramente. "Já vimos seus rostos. Sabemos quem chamar agora."

"Ah... o diabo que te carregue!", gritou Orla, atirando um punhado de excremento de rato no sujeito.

Adelle voltou para perto da janela, que empurrou com mais força. O caixilho enfim se soltou, deixando entrar ar fresco, que espalhou seu suspiro de alívio.

"Saia, Orla", instruiu Adelle. "Rápido!"

"Basta vocês sonharem", advertiu o Cantador, os olhos cinzentos e penetrantes por trás da máscara de couro monstruosa, "que serão nossas."

O resto de suas palavras se perdeu no vento enquanto Orla escalava com cuidado a estreita faixa de madeira, com Adelle logo atrás, também instável. Chutou a janela para baixo, por precaução, então avançou bem devagar para a direita, onde Orla encontrara uma pedra decorativa para escalar.

Quando chegaram ao telhado, Adelle correu para a borda leste, que dava para o porto; o telhado da casa seguinte estava próximo, mas não a uma distância confortável.

"A casa dos Gardener está vazia há um mês", contou Orla. "Todos se foram."

"Temos que pular", sussurrou Adelle, o coração alojado dolorosamente na garganta. O nó em seu estômago se apertou, um laço envolvendo as entranhas. "A estante não vai segurar os Cantadores por muito tempo."

"Podemos entrar por aquele observatório." O telhado dos Gardener era adornado com uma casinha de vidro. Vasos de pedra em estilo grego amontoavam-se em cada canto. As vidraças sujas estavam intactas, mas aquilo era fácil de mudar.

"O vão é muito largo", murmurou Orla. "Eu jamais conseguiria pular tão longe!"

"Pois terá que pular." Adelle sentiu uma energia inesperada. Do telhado, dava para ver a água e, à luz da manhã, achou a visão da Chaga ainda mais perturbadora. Sabe-se lá por quê, aquilo tinha lhe parecido ser o tipo de coisa que só existia à noite; algo que, chegada a luz sóbria do dia, desapareceria como um pesadelo do qual se pode rir na manhã seguinte. Mas não, lá estava a Chaga, pálida e se contorcendo, pulsando na ponta do cais, pronta para agarrar qualquer um que ultrapassasse a linha da margem. Nuvens cor de tinta agrupavam-se logo acima, o que só a deixava mais parecida com a Montanha da Perdição.

A visão a deixou horrorizada, mas também lhe deu uma ideia. Assim como Frodo, Adelle se obrigaria a ir até o lugar onde estava o maior perigo.

Pegou a mão de Orla e a apertou.

"Se conseguirmos chegar à rua, podemos tentar chegar ao mar antes da sua mãe."

Os olhos redondos de Orla se iluminaram.

"Sim... Vão obrigá-la a beber alguma coisa para dormir e, assim que mamãe sonhar, ouvirá o chamado e dará início à caminhada. Podemos tentar interceptá-la!"

"Com certeza temos que tentar."

"Mas não vai funcionar." Orla tentou puxar a mão de volta, mas Adelle não soltou. "Outras pessoas tentaram impedir que seus familiares e amigos entrassem no mar. Nada funciona! Ninguém consegue impedi-los..."

"Mas *temos* que tentar."

"Sim. Sim, srta. Casey, tem razão. Minha mãe nos disse para lutar, não foi? Vou lutar, mas, antes disso, vou saltar!"

"Orla!"

Mas a garota já estava a caminho, tomando velocidade com os passos pequenos, a corrida de uma menina que nunca praticara nenhum esporte, que sequer pensara nisso na vida inteira. Mesmo assim ela deu tudo de si, abrindo os braços e se lançando sobre o vão de quase um metro e meio para então aterrissar com um baque, as botas de salto elegantes pendendo da borda do telhado; depois Orla bateu as pernas, desesperada, até conseguir se arrastar para ficar são e salva. Então virou-se, deitada de costas, e soltou um grito de alegria.

"Consegui! Srta. Casey, você viu?! Eu consegui!"

Connie riria se visse a distância que estavam tentando cruzar, mas Adelle nunca fora muito afeita a proezas atléticas, ainda mais quando havia o risco de uma queda de cinco andares.

Temos que tentar.

Adelle sabia que, se fosse a própria mãe em risco, faria qualquer coisa para ajudar, então correu o mais rápido que pôde e saltou da borda de pedra do telhado, aterrissando do outro lado com a mesma euforia desajeitada de Orla. Deixou de lado a comemoração e foi mancando para perto do observatório, onde a garota vitoriana claramente encontrara sua coragem e determinação: pegando um pedaço de um vaso de flor caído, Orla o arremessou contra a vidraça mais próxima.

Aquilo também fez a garota gritar de alegria, embora em meio a lágrimas.

Adelle a ajudou a entrar pelo espaço irregular do vidro estilhaçado e tentou acalmá-la em um tom baixo e solene.

"Vamos encontrar sua mãe, Orla. Vamos lutar."

19

"Toma. Arrumei isso aqui para você."

Connie ergueu os olhos do desjejum, composto por pão duro e um queijo que fedia a ponto de esvaziar uma sala. Uma pilha de roupas amareladas caiu sobre a banqueta vazia ao seu lado. Mississippi cruzou os braços e se encostou em uma das colunas irregulares que delineavam o bar.

Pelo menos tinha café, mesmo que mais fraco do que sua vontade de permanecer acordada. O chá funcionara, banira os sonhos, mas isso resultara em um sono inquieto. Connie esfregou o nó do dedo no olho cansado e pegou a peça de cima da pilha: uma saia de algodão amarrotada, tingida de azul-marinho.

"Para ajudar a andar entre nós, você sabe", acrescentou Mississippi, em voz baixa, pontuando a frase com uma piscadela.

Connie sorriu, mas o sorriso logo desapareceu. Na noite anterior, fizera uma promessa a Missi que provavelmente não poderia cumprir. Seu estômago se contorceu, e ela lançou um olhar furtivo para a nova amiga.

"Obrigada. Sou muito agradecida; muito agradecida por tudo."

"Você ainda está longe de casa... Só me agradeça depois que nos livrarmos deste buraco."

A propósito...

Connie se levantou, engoliu o restante do pão e pegou as outras peças de roupa.

"Preciso usar o banheiro e me trocar."

"Depois me encontre lá em cima. Quero mostrar uma coisa."

As duas partiram em direções opostas, Missi de volta para o túnel, Connie para a pequena toca onde dormira. Arrumou suas coisas e vestiu a roupa emprestada; mais parecia uma fantasia do que uma roupa normal. Ninguém deu atenção quando ficou só de roupa íntima, e Connie estava acostumada a andar quase nua pelo vestiário, antes dos treinos de futebol. Além da saia azul de cintura alta, Missi providenciara uma calça preta larga, uma blusa feminina marfim de gola alta e um blazer elegante de veludo cotelê azul-pervinca que já fora luxuoso, mas agora estava com os cotovelos e o colarinho brancos, desbotados pelo uso.

No fundo da pilha, a atiradora deixara um lenço xadrez preto e branco. Connie segurou o lenço por um momento, esfregando o polegar no tecido gasto. Era um gesto comovente, dizia: *Você ainda é uma de nós.*

Connie enfiou o agasalho esportivo na bolsa de náilon, deixando o romance e o telefone no fundo. Antes de ir ao banheiro, voltou de fininho até o bar e pediu mais café a Joe Insone. Bebeu tudo enquanto ele estava distraído, estremecendo com o amargor, então enfiou o copo na bolsa, junto com um toco de vela triste que esperava para ser queimado sobre a borda do balcão do bar.

Bastava achar uma pedra lá fora, depois o incenso, então estaria pronta para lançar o feitiço que a levaria de volta para casa. Enquanto encarava o buraco que servia de banheiro, Connie se distraiu formulando um plano. Não sabia ainda se poderiam viajar juntas, com um só feitiço. Ela e Adelle tinham chegado separadas, e Connie decidira que deveriam tentar ir embora ao mesmo tempo, evitando a chegada confusa que sofreram ao entrar no livro.

E a promessa que fizera para Missi... Bem, aquilo era diferente.

Ela não é real. Mesmo que pareça real, mesmo que pareça uma amiga, é só uma personagem de um livro, nada mais.

Connie voltou pela Congregação, afastando-se do fosso fedorento do banheiro. Agora que tinha um lenço xadrez amarrado no pescoço, ninguém a incomodou nem impediu quando seguiu pelo túnel que levava à escada e à capela acima.

Cortinas improvisadas com sacos de batatas tinham sido penduradas nas janelas, o ajuste malfeito permitindo que fachos da escassa luz da manhã penetrassem na capela. Connie visitara a King's Chapel uma vez, em uma excursão da escola; lembrava que o lugar era exuberante e formal, com dois andares, sacada e colunas brancas em estilo romano. Bancos vermelhos reluzentes davam ao lugar um ar majestoso, e um lustre dourado lançava um brilho quente e sagrado sobre a passarela de mármore que levava à parte dianteira. Os bancos estavam sujos e rasgados, o lustre, rebaixado e revirado em busca de velas.

"Demorou, hein?", provocou Missi, esperando perto de um dos bancos, cutucando um prego elevado com o dedo indicador. "Achei que tivesse caído na fossa. Tem medo de altura?"

"Não."

"Ótimo." Ela se virou, sacudindo as franjas da roupa, e conduziu Connie pela capela até alguns degraus recuados. "Você me contou seu plano de fuga; agora vou mostrar o meu."

Subiram alguns lances de escada perigosamente íngremes, então outro lance ainda mais íngreme e sujo, os degraus se curvando claustrofobicamente para cima, para dentro da torre do sino. Connie lembrava que, na excursão, alguns alunos tinham se recusado a subir, apavorados com a escada pequena e estreita.

No topo, estavam dentro da torre do sino. Missi se desviou do instrumento enorme, moderno para a época, mas antigo para Connie, indo em direção a uma janela coberta por uma das cortinas de saco de batatas. As ripas tinham sido arrancadas, e a janela se abria para uma plataforma frágil sobre um andaime construído na lateral da torre, ancorado na sacada de pedra estreita, uns cinco metros abaixo.

Rastejando para fora, Connie sentiu a plataforma balançar e se encolheu um pouco, o café da manhã nadando perigosamente perto da garganta.

"Só falta a escada de mão. Quase lá." Missi escalou os últimos degraus com facilidade acrobática, então sentou-se na beira do telhado e ficou lá, balançando as pernas.

A capela não tinha campanário, embora o telhado da parte principal do edifício fosse bem pontiagudo. O telhado da torre do sino, no entanto, quase não tinha inclinação, era o bastante para que alguém, presumivelmente Missi, tivesse colocado algo lá em cima e protegido com uma enorme "lona" de cobertores e sacos costurados de qualquer jeito.

Connie deu um suspiro de alívio quando terminou de subir a escada de mão e chegou a um terreno mais firme, então se ajoelhou e franziu a testa para o objeto coberto no meio do telhado da torre do sino. Na luz ondulante e nebulosa da manhã, podia ver melhor o local onde estavam, podia ver Missi.

"Você está de maquiagem?" Deixou escapar.

Podia jurar que a garota tinha passado uma pasta cor-de-rosa nas bochechas, em círculos quase comicamente perfeitos, como os de uma boneca.

Missi esfregou o rosto com força.

"O quê? Não. Ficou ridículo? Ontem à noite, você disse que as mulheres do futuro usam tudo quanto é tipo de coisa no rosto! Bem, de qualquer forma, eu jamais faria uma coisa dessas. Você está louca. Olhe só para isto aqui..."

Connie sorriu. O rosto de Missi estava mais vermelho do que nunca, a vaqueira corava do pescoço até a raiz dos cachos ruivos.

Depois de puxar o cobertor enorme com uma firula de mágico, ela enrolou parte do tecido e o segurou contra o peito, esperando pela reação de Connie, os olhos arregalados e cheios de brilho.

"É..." Connie coçou a ponta do nariz. "É uma cesta?"

Missi revirou os olhos. "É um balão. Vocês, idiotas do futuro, não têm isso?"

Connie deu um tapa na testa.

"Ah! Sim, temos. Só parece que está faltando o balão."

"Ainda estou terminando essa parte", explicou Missi, largando o cobertor e passando a mão com carinho pela trama larga e um tanto irregular do cesto quadrado. "Joe e eu trabalhamos nele à noite, subornamos algumas crianças para ajudar. Os dedinhos delas são melhores para costurar, mesmo."

"Esse é o seu plano de fuga?", perguntou Connie. Precisava admitir que era criativo. Quase ridículo, mas corajoso.

"Já tentamos todos os jeitos de sair desta cidade maldita, menos pelo ar", respondeu Missi, a voz firme. "Meu pai esteve em Londres antes de eu nascer, foi nele que eu me inspirei. Ele conheceu o grande James Glaisher, o homem que sobrevoou a cidade." Ela soltou um suspiro sonhador e olhou para o céu. "Ele me contava várias histórias sobre ele. Sobre como ele era um gênio. E papai me deu um livro inteirinho com as ideias dele sobre viagens e balões. Glaisher viu as ruas de Londres de cima, disse que a estrada 'parecia uma linha de fogo brilhante.'"

Missi fechou os olhos, um sorriso doce e triste suavizando seu rosto.

"Uma linha de fogo brilhante... Uma rua velha e idiota vista dessa forma... Também quero ver o mundo assim. Quero pensar uma última coisa boa e bonita sobre esta cidade antes de ir embora para sempre."

"Acha que vai funcionar?", perguntou Connie. Não era mais louco do que um feitiço mágico.

"Joe acredita que sim, mas que não vai poder carregar muito peso", respondeu Missi, então, com um grunhido, começou a cobrir o cesto outra vez. Connie se levantou para ajudar, segurando uma ponta úmida do tecido. "Eu disse que iria primeiro, e Farai também não tem medo de tentar. Assim seremos só nós duas se... se o pior acontecer."

A vaqueira ficou em silêncio, olhando mais para Connie do que para o cobertor que estavam recolocando no lugar.

"Você acha que é uma estupidez, não é?"

"Acho ousado", corrigiu Connie. *Assim como você.*

Foi a vez dela de corar, mas Missi não percebeu; estava ocupada absorvendo o elogio.

"Só por conta disso", começou a atiradora, enfiando a mão no bolso depois que o cesto estava coberto e escondido, "pode ficar com isto aqui."

Missi lhe entregou um quadrado de papel dobrado e manchado. Ao abri-lo, Connie percebeu que era um mapa grosseiro de Boston, essencialmente as ruas ao redor da capela, além dos caminhos relevantes para que ela e Adelle chegassem à vidente.

"Você iria esconder isso de mim se eu tivesse achado seu balão estúpido?", perguntou Connie, erguendo os olhos do mapa.

"Não, mas talvez fizesse você suar um pouco por isso..." Mississippi indicou a escada com a cabeça. "Só tenha cuidado, está bem? Não confio nadinha naquela mulher. Farai e Geo são as mais corajosas daqui, e qualquer coisa que as deixa assustadas, também me assusta. Entendeu?"

Connie assentiu.

"Ótimo. Vá, pegue o que precisa e volte em segurança."

"Ah, você está preocupada comigo", comentou Connie, e reparou que não era ruim ver Missi corando e devolvendo o comentário com um tapa de brincadeira no ombro.

"Posso pegar o mapa de volta", avisou a vaqueira, inclinando a cabeça para o lado e erguendo um dedo.

"E aí como que eu vou tirar você daqui?", retrucou Connie, sem pensar, arrependendo-se no mesmo instante. O sorriso de Mississippi perfurou seu coração.

Não vá iludir a garota, sua monstra. Você nem sabe se ela pode ir junto.

"Eu... eu, hã, preciso ir", murmurou, desvencilhando-se de Missi e descendo a escada. Connie não suportaria encarar nem mais um minuto aquele rosto dela cheio de esperança sem que Connie tivesse nada além de promessas quebradas a oferecer.

20

Adelle tinha pressa em sair da casa dos Gardener.

Orla agarrava-se a ela, as duas de braços dados, afastadas das paredes. Fosse lá o que tivesse acontecido com a família, não fora pacífico. No terceiro andar, os corredores e quartos viraram um caos organizado. A casa estava mergulhada no escuro, mas janelas descobertas aqui e ali deixavam entrar feixes de luz sombria. Adelle quase desejou a escuridão total. As cadeiras estavam dispostas em configurações estranhas no meio dos corredores; as maçanetas tinham sido removidas das portas e organizadas em um círculo; o papel de parede estava coberto de palavras escritas com tinta, fezes e sangue.

O pior era que Adelle reconhecia fragmentos das frases, trechos que avivavam sua memória e enrijeciam sua espinha com pânico.

> *Almas não apenas casadas, almas irrevogavelmente entrelaçadas, costuradas com o fio do Destino. Sangrariam se separadas. Porque o amor era dor, isso ninguém podia negar, e seu coração doía por aquilo que tanto desejava, por aquilo que estava determinada a ter.*

Enquanto desciam as escadas do terceiro andar, grudadas uma à outra, Adelle mantinha os olhos fixos nas paredes. Um suor frio se acumulou em suas têmporas. As descrições floreadas do romance já não pareciam tão encantadoras, escritas a dedo, em sangue escuro e seco.

SANGRARIAM SE SEPARADAS. SANGRARIAM. SEPARADAS. ARRANCADAS. ARRANCADAS E SANGRANDO. ARRANQUE ISSO DE MIM. ARRANQUE ISSO DE MIM, E EU SANGRAREI.

"Pobre sra. Gardener", sussurrou Orla, trêmula. "Pobre sr. Gardener."
"Eles tinham filhos?", perguntou Adelle, engolindo um bocado de medo, azedo e nojento.
"S-sim. Dois filhos pequenos e..." Orla olhou para ela, pálida como um cadáver. "E um bebê."
"Pensei que as pessoas entrassem no mar", comentou Adelle. Não queria mais ver os escritos, mas algo a compelia a olhar. Conforme contornavam o patamar da escada, os rabiscos no papel de parede foram ficando mais e mais frenéticos, a "tinta" era uma pasta espessa feita de uma mistura inimaginável. "Todo mundo diz que as pessoas simplesmente saem andando..."
Aquilo não sugeria uma caminhada tranquila.
"Às vezes... Às vezes, as pessoas resistem", gaguejou Orla. "Tentam não dar ouvidos aos sonhos, então vai ficando cada vez pior, até que elas cedem. É de partir o coração saber que eles tentaram não ir. Deus do céu! Era uma família adorável."
Adelle apressou o passo. Queria sair daquela casa. As palavras pareciam borrões conforme desciam para o térreo.

> COSTURADAS COM O FIO DO DESTINO
> COSTURE COSTURE COSTUREI AS DUAS
> RESPONDA, DESTINO
> RESPONDA
> VOCÊ CHAMA, E EU RESPONDO
> NASCEU
> ESTÁ A CAMINHO
> ESTÁ AQUI

"Temos que sair daqui", murmurou Adelle. Não estava se sentindo bem. Não era só o cheiro e a sensação palpável de pavor, injustiça e morte que pairava na casa; quando desviava o olhar das paredes, podia jurar que as palavras estavam se desprendendo, seguindo-as, como cobras escuras deslizando em sua direção. Adelle tinha certeza de que queriam se infiltrar em sua mente; queriam sufocá-la, como no sonho...
"Temos que sair daqui agora", sussurrou, começando a correr. Sabia que as palavras estavam vindo atrás dela, que a estavam *caçando.*
Sim, tão perto, você está sentindo.

A voz. Adelle segurava as pontas dos dedos de Orla, puxando-a pela casa, até que chegaram, cambaleantes, à sala da frente. Algo estranho, amarelo e rígido como couro estava cobrindo as janelas ali. Adelle abriu a porta, recusando-se a olhar por mais tempo, recusando-se a admitir o que aquelas cortinas podiam ser.

Lá fora, o ar obliterou as cobras escuras feitas de palavras que tentavam se infiltrar nela. A porta foi fechada, e as palavras sumiram, mas, antes que Adelle pudesse ter um único momento de gratidão, Orla ofegou e se encostou na porta.

Um Cantador parado na rua acabara de avistá-las.

"O que faremos?", sussurrou a menina.

O sujeito sacou uma arma pendurada no cinto, um porrete embrulhado em jornal e coberto de tinta ou sangue, Adelle preferia não saber.

"Não podemos voltar lá para dentro", respondeu. "Temos... temos que correr, ou temos que enfrentar esse homem, ou..." Não conseguia pensar. "Ou... ou..."

Um trovão estrondoso sacudiu o chão sob seus pés. Orla gritou, agarrando-se a Adelle. Então a origem do barulho se revelou: subindo pela rua, à direita, em direção à casa dos Beever, uma carruagem disparava sobre a rua de pedras, tão imparável e veloz quanto um trem desgovernado.

O Cantador saltou para o lado, o porrete erguido sobre a cabeça, o grito de surpresa abafado antes que os cavalos batessem em suas costas, lançando-o pelos ares até cair de cara na sarjeta. A carruagem parou, os cavalos batendo os pés e se sacudindo.

O condutor protegera o rosto da poeira com um lenço preto, mas afastou o tecido para chamá-las.

"Hampton!" Orla cambaleou para a frente com os pés trêmulos; depois de recuperar o equilíbrio, trotou até a cabine, pegou a mão dele e a apertou. "Seu idiota útil e lindo! Você nos salvou!"

"De agora em diante", falou o cocheiro, com uma risada nervosa, secando o rosto coberto de marcas, "prometo só atingir as pessoas certas."

A porta da carruagem se abriu, surpreendendo as duas, fazendo Orla tropeçar em Adelle. O par de óculos surgiu primeiro, depois o rosto bonito, e, por fim, a mão estendida para ajudá-las.

"Caid! O que está fazendo aqui?" Orla esqueceu a surpresa e correu até o amigo.

"Quando vi aqueles homens cercando sua casa, fui buscar ajuda", explicou Hampton. "Encontrei o sr. Vaughn a caminho da Mansão Byrne."

"Estava indo visitar Moira", contou Caid, oferecendo a mão a Adelle, depois de Orla ter entrado. Adelle aceitou a mão dele, sentindo-se imediatamente um pouco mais segura. "Mas isto é mais importante. Se corrermos, Orla, talvez ainda dê tempo de ajudar sua mãe."

"Vocês viram mamãe? Graças aos céus!" Orla cravou as unhas na almofada do assento enquanto Hampton disparava com a carruagem.

Adelle se acomodou ao lado de Kincaid, o tranco súbito da carruagem escolhendo por ela: foi lançada no ar, a mão perigosamente perto de roçar o joelho dele.

"Sim, senhorita. Fiquei vigiando da rua", respondeu Hampton. "Se vocês duas não tivessem saído, eu mesmo teria ido atrás da sra. Beevers."

"É muito heroísmo da sua parte, Hampton, depois do tratamento abominável que lhe dispensamos..."

"Está tudo bem, senhorita. Eu atropelei mesmo essa jovem."

"Sim, e foi horrível, mas foi um acidente! Claro que foi um acidente. Agora vou valorizar seu trabalho para todo o sempre. Por favor, vá em frente! Só espero que não seja tarde demais..."

Embora calado, Caid transmitia a mesma calma tranquilizadora que uma caneca de chá na temperatura ideal, segura entre as mãos. Ou um edredom recém-lavado. Sua coxa esquerda pressionava a direita de Adelle, que mantinha o olhar fixo na saia de Orla.

Caid parecia não perceber que estavam se tocando, mas Adelle notava, e muito.

"Obrigada por ter vindo", disse Orla, inclinando-se para a frente e apertando as mãos de Caid, que praticamente engoliam as dela. Pequenas manchas de tinta pontilhavam as bordas da camisa e do paletó cor de camelo que ele usava. "É tão bom sentir que não estamos sozinhos..."

"É claro", respondeu o rapaz. "Sei como deve estar se sentindo."

Adelle sentiu um aperto no coração. Caid perdera tanta gente na família... Devia ser um gatilho terrível estar correndo para impedir que a mãe de outra pessoa se jogasse no mar.

"E se tiver Cantadores com ela?", ponderou Adelle, em voz alta.

"Então Hampton passará por cima deles", respondeu Caid, sem hesitar.

Ela olhou para Orla.

"Achei que esses Cantadores protegessem as pessoas. Foi o que você disse ontem à noite, Orla, quando tentaram nos parar do lado de fora da festa."

"Não protegeram minha família", murmurou Caid. "O fato de alguém nesta cidade poder confiar neles é algo que escapa à minha compreensão."

"Eles ajudavam, *sim*." Orla mexeu na saia, nervosa, falando em tom de súplica. "*Estão* ajudando. Menos dos nossos têm sumido..."

Adelle ficou intrigada com aquele "dos nossos". Com as ruas vazias e apenas um vislumbre que tivera de Connie com os Penny-Farthings, parecia que quase todos os habitantes da cidade tinham desaparecido. Ainda assim, a festa na noite anterior fora bastante animada. Talvez Orla estivesse falando da vizinhança rica e privilegiada de Moira.

"Mas mamãe... Ela nunca foi de segurar a língua e nunca gostou dos Cantadores." Orla ergueu o rosto, os olhos vidrados de lágrimas. "Você estava lá, Adelle... Ela os provocou?"

"Ela falou algumas palavras duras", admitiu Adelle, então engoliu em seco. "Estava tentando me proteger. É tudo culpa minha."

"E o que você fez para irritar os Cantadores?", perguntou Caid.

"Nada!" Tinha fugido, é claro, mas eles não tinham sido nada amigáveis. E suas roupas não sugeriam que estavam ali para dar as boas-vindas à cidade.

"Então esse rebuliço é desproporcional", concluiu Caid. "Eles só protegem a si mesmos."

Hampton conduzia a carruagem com cuidado enquanto tentava seguir para o sudeste, as ruas cada vez mais obstruídas com carroças, carruagens e bicicletas viradas, a sujeira chegando até os tornozelos. Adelle tapou o nariz e sentiu o estômago se revirando. O fedor era insuportável, formigava no fundo da garganta: podridão, lixo e água fétida.

"Ela terá de passar pelo Muro", gritou Hampton. "A maioria faz esse caminho."

"Muro?", perguntou Adelle. Abandonara de vez o esforço para não chamar atenção. Eram coisas que devia saber, mas decidira que qualquer questionamento que sua ignorância suscitasse podia ser justificado pelo acidente.

"Sim, querida", explicou Orla, solene, os olhos ainda mais molhados. "O Muro dos Cem Rostos, porém, ouso dizer que já devem ser mil. Talvez mais. Sempre que alguém entra no mar, seu rosto aparece no muro do antigo armazém do cais. Como se... como se estivesse aprisionado para sempre naquelas pedras. É uma visão diabólica, quero que me prometa que não vai olhar. É terrível demais. Eu não vou. Eu... não consigo."

Adelle olhou pela janela, entorpecida. Os parentes de Orla e Kincaid talvez estivessem lá, e a imagem os forçava a reviver o horror da perda.

Como a Boston de *Moira* ficara tão distorcida e perigosa? Olhou para o sol, tentando estimar quanto tempo teriam até o encontro com Connie. Depois que encontrassem a sra. Beevers, precisaria arranjar uma desculpa para escapar. Tudo que vira, tudo que testemunhara, só aumentava seu desejo de voltar para casa.

Então olhou para Orla, que praticamente vibrava de medo no assento à frente, reduzida a roer as unhas até que sangrassem, enquanto se apressavam em direção ao cais para interceptar a mãe. Como podia deixá-la assim?

Ela tem Caid e Hampton, argumentou uma voz sensata. *Tem Moira. Tem amigos, não precisa de você. Foi você quem colocou a mãe dela nessa confusão, para começar. Você está causando atrito entre ela e Moira. Você não pertence a este lugar...*

A voz foi ficando mais cruel e menos sensata. Adelle massageou a ponte do nariz, o pânico subindo pela garganta, ameaçando fechá-la. Ataques de pânico não eram novidade; no primeiro que tivera, na escola, quase fora levada às pressas para o pronto-socorro, todos com medo de que estivesse infartando. Em geral, era preciso haver uma dose muito grande de estresse para desencadeá-los, e os ataques tendiam a acontecer quando a mãe estava viajando a trabalho. Adelle sempre se sentira mais vulnerável sem a mãe por perto; viviam praticamente grudadas antes de Greg aparecer.

Connie já tivera ataques de pânico quando os de Adelle começaram a acontecer, e a amiga a ajudava sempre que algum deles ameaçava começar. Mas Connie não estava ali naquele momento para acalmá-la.

Adelle começou a fazer um dos exercícios de respiração que aprendera com a amiga, mas era tarde demais. Seus pensamentos e ansiedades já estavam girando, uma centelha minúscula deflagrando um incêndio antes que pudesse se dar conta e impedir. Daria qualquer coisa para ter a mãe ali, na carruagem, coçando sua nuca de leve com as unhas, o que sempre fazia para acalmá-la quando a ansiedade ameaçava reduzi-la a um novelo de perguntas, cada fio uma preocupação, real ou não.

E o que a mãe estaria pensando? E se o tempo estivesse passando no mundo real, assim como passava ali, no romance? Ou, se conseguisse voltar para casa, seria como se o tempo não tivesse passado para sua família? Se ela e Cassie tivessem mesmo sumido no mundo real, a mãe já teria percebido que havia algo errado. Ou melhor, Greg teria percebido. Ele ligaria para a mãe e contaria que Adelle não voltara para casa depois do baile; então Brigitte Casey, em seu quarto de hotel em Phoenix, no

Arizona, receberia várias mensagens de Greg no celular. Adelle fechou os olhos com força. Podia imaginar a cena: a mãe, com a cabeleira loira e volumosa enrolada em uma toalha, depois do banho, sentada na cama do hotel com um roupão branco, esticando as pernas enquanto assistia *C.S.I.: Investigação Criminal* e tomava um gole da gim-tônica do minibar, responderia a Greg com uma mensagem de texto mais ou menos como *Adelle não costuma agir assim*.

Na manhã seguinte, quando não houvesse nenhum sinal dela, Brigitte pegaria um voo para casa, abandonando a conferência, e todos ficariam imensamente desapontados porque a prodigiosa doula da morte precisara cancelar o grande seminário para responder as perguntas da polícia sobre a coitada da Adelle, que estava desaparecida.

O que vai dizer para sua mãe e para Greg? Como explicará tudo? Isso se um dia os vir de novo. E se você nunca mais conseguir voltar para casa e eles tiverem que passar o resto da vida lidando com as consequências do seu desaparecimento?

"Srta. Casey? Srta. Casey..."

Quase caíra de cara na janela da carruagem. Adelle abriu os olhos, ouvindo a própria respiração ofegante. O rosto de Caid estava a centímetros do seu enquanto lutava para escapar do ataque de pânico.

"A senhorita está bem?", perguntou ele, a voz baixa e preocupada.

"Meus nervos...", esperava que aquilo soasse vitoriano o bastante.

Orla enfiou a mão embaixo do assento e abriu uma gavetinha, de onde retirou um frasco de vidro. Ela o desarrolhou e o entregou a Caid, que o sacudiu sob o nariz de Adelle.

"Sais de cheiro, querida", explicou Orla. "Vão fazê-la se sentir melhor."

A lufada de amônia atingiu seu nariz com força o bastante para fazê-la ver estrelas.

"Não era minha intenção..." A voz de Adelle foi minguando. "É tudo muito avassalador."

"Bem, srta. Casey, é melhor se preparar", disse Caid, com um suspiro. "Estamos chegando ao cais. Se preferir ficar na carruagem, posso acompanhar a srta. Beevers e cuidar de sua segurança."

Adelle abriu um leve sorriso. Caid era mesmo como uma caneca de chá quente, um cobertor para a alma. Nenhum garoto nunca olhara em seus olhos com tanta preocupação, e era bom o bastante para que quisesse se acostumar com aquilo.

"Estou bem agora. Vou com vocês. Ficar aqui sozinha parece muito pior."

"Ali!" O efeito do grito de Hampton foi tão intenso quanto o dos sais aromáticos. "Não posso levar a carruagem mais adiante, mas estou avistando a sra. Beevers descendo a State Street, perto do armazém..."

Os três se reuniram na janela, perscrutando a névoa espessa que se instalara sobre a cidade. Era pior naquela área, muito pior, um miasma tingido de um verde doentio. Ratos corriam livremente pelo cruzamento. Estavam rodeados por construções de pedra cinza, e a rua abandonada era tão imunda e entulhada quanto o caminho até ali. Estavam perto da água, e Adelle analisou os edifícios, procurando pontos de referência; deviam estar perto do aquário, provavelmente em Long Wharf. Dava para sentir a proximidade do mar por causa do ar que entrava pela janela aberta junto ao banco do condutor. Peixe morto e maré baixa, uma combinação nauseante.

Em meio à névoa, a sra. Beevers seguia na direção deles, cabeça erguida, olhos fixos à frente. Conforme ela se aproximava, Adelle notou a expressão vazia, a boca ligeiramente frouxa, os braços caídos junto ao corpo.

"Cantadores", vociferou Caid. "Seis."

"Talvez Hampton possa distraí-los", sugeriu Adelle, sussurrando. "A carruagem é grande e barulhenta."

"Concordo", disse Caid. "Pela lógica, seria nossa melhor chance de interceptar a sra. Beevers ou de redirecioná-la. Vá, Hampton." Ele destrancou a porta sem fazer barulho, então a abriu com um chute, exclamando: "Lance todos eles em uma perseguição infrutífera!".

Adelle sorriu e olhou para ele, surpresa pelo arroubo da frase grandiosa. Caid imitou sua expressão confusa.

"O que foi?" Ele deslizou porta afora e ergueu os braços para ajudar as damas a descer. "É Shakespeare."

"Olha, sr. Vaughn, pode deslumbrar a srta. Casey com suas proezas literárias mais tarde, agora precisamos ser contidos e silenciosos como um gato de rua à meia-noite. Venha!" Orla pulou primeiro, então ela e Caid ajudaram Adelle a sair da carruagem, tomando cuidado com sua perna.

Hampton esperou que estivessem a uma distância segura e estalou o chicote. Sem se preocupar em disfarçar sua aproximação, ele conduziu a carruagem diretamente contra o grupo, desviando um pouco para a esquerda para não atingir a sra. Beevers.

O trio seguiu bem devagar pela lama, a passos grandes e desajeitados. Orla ergueu o vestido quase até as coxas, as anáguas e calções manchados de um preto esverdeado inquietante. Caid tomou a dianteira, guiando-as para o outro lado da rua, depois dando a volta no armazém cinza. Atrás deles, mal dava para ver a água por baixo da película de neblina. Estava completamente preta, como se tivesse sido substituída por tinta.

Em algum lugar na névoa, Adelle sentia a Chaga à espreita. À espera. *Perto.*

"Ah, olhem só a minha bainha", sussurrou Orla, desesperada. "Quinze centímetros afundados na imundície!"

"Contidos e silenciosos", ralhou Caid, encolhendo-se junto às pedras e observando o caminho por onde tinham vindo. "Lembra?"

"Não resta nenhuma esperança", suspirou Orla, olhando para a saia. "Terá que ser queimada."

Ouviram mais um estalo do chicote no nevoeiro, então barulho de tiros.

"Que Deus o proteja", murmurou a jovem, segurando as mãos dos dois companheiros enquanto esperavam na escuridão cada vez mais profunda. "Que Deus proteja minha mãe. Que Deus proteja a todos nós."

21

"Você me tirou de mim", disse Severin, segurando Moira junto ao peito. Não tinham muito tempo. O cocheiro de Orla ficaria preocupado se Moira não reaparecesse logo, e ser pega en flagrant délit arruinaria qualquer esperança de que o amor deles, um dia, fosse adequado e correto aos olhos de sua família. Moira precisava que Severin fosse seu. Aquelas palavras tinham se tornado a batida de seu coração, uma certeza tão intensa quanto as batidas do coração dele que sentia contra sua bochecha. Severin precisa ser meu! Precisa ser meu, precisa...

"Antes, eu tinha minha pintura", disse Severin. Ele acariciou seu cabelo, e Moira sentiu uma calma tomar conta de si. "Uma pintura... pode ser mudada a qualquer momento. Basta uma pitada de cor ou outra sombra. Sempre pode voltar à vida e se transformar em algo novo." Ele então recuou e estudou os detalhes do rosto de Moira. "Nosso amor não é uma pintura; é um livro. Está escrito, é imutável, as palavras foram escolhidas e definidas. Se abrir meu peito, você verá esse amor gravado em meu coração, vital e brilhante, escrito em sangue."

— Moira, *capítulo 9*

"Animem-se, Farthings! Tem uma comoção de Claqueadores no cais."

Connie ergueu os olhos do romance aninhado em seu colo, vendo Farai trotar até o bar enquanto amarrava uma tira de tecido em volta do cabelo, como uma bandana. Depois da terceira batida de seu punho no balcão, Joe Insone cedeu e serviu uma bebida.

"Essa é a nossa chance", acrescentou Farai, dirigindo-se a Missi e Geo, mas alto o bastante para que Connie ouvisse, assim como o pequeno grupo de crianças mais velhas ao redor delas, a quem demonstravam como limpar um rifle.

"Nossa chance de quê?", perguntou Geo, sentada em uma banqueta do bar, descansando o braço com leveza sobre a cabeça de um garoto loiro.

Connie tentara tirar um cochilo, mas, sem conseguir pregar os olhos, decidira conferir quantas mudanças encontraria no romance. Até o momento, quase toda a primeira metade se reorganizara para refletir o mundo sombrio e estranho em que estava. E, o que era ainda mais assustador, notara o surgimento de novas personagens, referidas por nomes como Intrusa e Forasteira.

Somos nós, pensou, controlando-se para não jogar o livro longe e chamar atenção. *Fomos colocadas no livro.*

A segunda metade permanecia intocada, o que mostrava mais ou menos onde estavam nos eventos da história. Desejou poder trapacear e pular para o final, ver como tudo terminava, mas sabia que não podia mais confiar no romance. Era um guia solto, nada mais.

O final ainda não foi escrito. Vamos torcer para que seja feliz.

Connie enfiou o livro de volta na bolsa de náilon, que pendurou nos ombros. Não se arriscaria a deixá-lo por aí.

"Nossa chance de descobrir como os Claqueadores conseguem entrar e sair de barco", respondeu Missi, o cenho franzido de concentração. Connie já conhecia a expressão; significava que ela estava tramando um plano.

"Exatamente", respondeu Farai, batendo palmas e esfregando as mãos. "Devem estar transportando uma carga. Mesmo que não dê para roubar seus segredos de navegação, pode ser que mais dos suprimentos deles virem *nossos* suprimentos."

"Ainda não é meio-dia." Connie percebeu que Missi olhava para ela, por trás das pessoas ao redor do bar. "O que diz, recruta?"

Examinara o mapa de Farai e Geo, preparando-se para a jornada da capela ao Burger Buddies, depois até o local onde estava a vidente. Já teria que ir para o leste para encontrar Adelle, então uma ida ao cais não a desviaria muito do caminho. Além disso, preferia se manter ocupada; ou sua atenção seria sugada de novo pelo livro, pensamento que a fazia estremecer. Não gostava nem de carregar aquela coisa. Parecia vivo, como uma cobra enrolada na bolsa, pronta para deslizar para fora e estrangulá-la.

"Sem erros desta vez", disse Connie, levantando-se. Farai e Geo lançaram olhares céticos em resposta. "Eu juro."

Não tinha dúvidas de que se comportaria bem. Não conseguia nem imaginar a possibilidade de encontrar Adelle por acaso mais uma vez, ainda por cima no cais, a menos que a amiga também tivesse arranjado um grupo a quem se associar.

"Excelente! Jacky? Fique esperto, você vem junto", avisou Missi, saltando da banqueta onde estava e cutucando com o cotovelo um menino que estava debruçado sobre o balcão, desenhando. Connie se lembrava do garoto do ataque dos gritadores; ele quem a escoltara, de olhos vendados, até o esconderijo.

Seu rosto avermelhado se iluminou ao ser escolhido.

"Precisamos de alguém para vigiar as bicicletas."

Ele murchou outra vez.

"Achei que essa garota fosse uma inimiga, mas agora você sempre a leva de um lado para o outro. Como isso é justo?" Jack avançou em direção a uma criança e arrancou a arma de suas mãos.

"É justo porque eu estou dizendo", declarou Mississippi, com o tato de sempre. "Sem falar que vamos basicamente a uma operação para observar. Explorar, se preferir. Mas é o principal território dos Claqueadores, então precisamos de precauções."

As precauções eram se armar até os dentes. Connie viu Jack enfiar uma faca de caça do tamanho de uma baguete no cinto.

"É melhor não nos decepcionar de novo", disse Geo, caminhando ao lado de Connie pelo túnel, rumo à superfície. Farai se materializou logo do outro lado, cercando-a. "Tive a chance de roubar uma carruagem, então estou de muito bom humor, sabe? Mas não esqueço erros como aquele."

Connie olhou em volta, buscando o apoio de Missi, mas a vaqueira caminhava muito à frente com Jack, deixando-a à mercê de suas tenentes.

"Achei que tivéssemos nos livrado de você", acrescentou Farai, olhando-a de cima a baixo. "Que tivesse ido ver a bruxa. Mudou de ideia?"

"Ainda vou", respondeu Connie, decidida a manter os olhos fixos à frente. "Muito obrigada pelo mapa."

As duas riram, claramente dela, então apertaram o passo, deixando-a para trás. Um quadrado de luz misturava-se às tochas que ardiam pelo túnel, vindo do alçapão acima da escada que levava à igreja. Farai subiu primeiro; então Geo colocou um pé no degrau inferior e se virou para Connie.

"Não agradeça ainda, estranha. Ninguém volta igual depois de visitar aquela mulher."

. . .

Mesmo no final da manhã, o céu permanecia verde acinzentado, envolvendo-as no que parecia um aquário sujo. Connie seguia a trilha sinuosa das bicicletas de Farai e Geo. As ruas estavam cobertas de lama e esgoto, pontilhadas com pequenas carcaças de animais que tinham ficado presos na sujeira, algumas meio erguidas, como se preservadas em âmbar desde a pré-história.

Connie levantou o lenço até o nariz, querendo atenuar o fedor. Pilhas de detritos e de carvão descartado erguiam-se como dunas cinzentas, atingindo o pico nas esquinas. Os prédios de ambos os lados estavam abandonados, cada vez mais desfigurados, sinistros e sujos à medida que se aproximavam da água. Aqui e ali, uma das efígies de papel e madeira que Connie tinha visto quando chegou emergia dos montes de lixo, as serpentinas encharcadas de chuva e sujeira tremulando no ar.

"Alguém mora aqui?", perguntou ela. O Burger Buddies não ficava longe, mas estremeceu ao pensar em ir até lá sozinha, arrastando-se em meio ao lixo, ossos e estrume sob a vigília atenta de janelas vazias, escuras como poços.

"Perto da água? Não. É perigoso demais. O cais e os armazéns foram os mais afetados. Foi de lá que a loucura se espalhou." Mississippi deslizava de bicicleta ao lado dela, seguindo o mesmo caminho estreito aberto no lixo. "No começo, todo mundo pensou que fosse só uma doença, mas depois ficou... estranho. Em uma cidade, as pessoas desaparecem, mas não assim."

"Conheço esta área", respondeu Connie, baixinho. O silêncio a deixava com medo de erguer a voz. "É bem no centro da cidade, limpa e bonita, com muita gente passeando, saindo para comer ou trabalhar. Até dói ver esse lugar assim."

"Bem, isso aqui nunca foi limpo." Missi deu uma risada sombria. "Mas era mais agradável. Não vamos demorar. Alguns dos nossos jovens que saem em busca de comida viram uma criatura que não sabiam explicar o que era. Se não tivesse sido só um vislumbre, provavelmente não teriam voltado."

Mais à frente, Geo assobiou ao parar. Juntaram-se a ela e Farai, Jack vindo logo atrás.

A névoa se acumulava nas ruas, afunilada pelos prédios, obscurecendo a água. Obscurecendo tudo.

"Vi alguma coisa", sussurrou Geo, descendo da bicicleta. Apontou para um lugar mais adiante na rua. Tinham acabado de passar pela Old State House, com sua fachada de tijolos vermelhos com empena escalonada. "Ali... Estão vendo?"

Largaram as bicicletas, e Connie não teria ficado surpresa se a dela tivesse permanecido de pé, sustentada por toda a lama grudada nas rodas.

"Fique aqui, Jack", ordenou Missi, em voz baixa. "Vire todas as bicicletas; talvez a gente precise ir embora correndo."

O garoto resmungou e apertou os lábios, mas obedeceu a ordem, enquanto Geo, Farai, Missi e Connie seguiam com cuidado até o cruzamento, todas em silêncio e olhando para a frente, na névoa.

"Meu Deus, o que eles estão fazendo?" Geo seguiu em direção à figura grande e escura no nevoeiro.

Pouco a pouco, a mortalha pálida que flutuava na rua cedeu, revelando um par de cavalos pretos e uma carruagem. A névoa os envolvia como fumaça, como se fosse o último vestígio de um incêndio devastador. Os lustrosos cavalos negros e a carruagem polida pareciam deslocados ali, uma joia brilhando em uma pilha de estrume. Sua beleza e intensidade faziam tudo ao redor parecer ainda mais sem vida.

As meninas avançaram juntas, devagar, Missi tirando a pistola do cinto. Geo tomou a dianteira, os braços abertos, aproximando-se com cuidado, estalando a língua para acalmar os cavalos, que se empinavam e batiam os pés. Seus cascos espirravam lama para todos os lados, os olhos bulbosos e aterrorizados por trás dos antolhos. O da esquerda relinchou, balançando a cabeça enquanto se debatia contra o arreio que o prendia à carruagem.

Connie ficou para trás, sentindo um aperto amargo no estômago. Sentia o cheiro do pânico dos cavalos a cinco metros de distância. Mas Geo se aproximou das criaturas sem medo, murmurando baixinho, por fim pegando a rédea do animal à esquerda e puxando seu focinho para perto, pressionando a testa contra a face salpicada de espuma. Ela acariciou seu pescoço brilhoso, e o bicho se acalmou.

"Não gosto nada disso", sibilou Missi, olhando em volta. "Que diabos eles estão fazendo aqui? Cadê o cocheiro?"

"Ou os passageiros", acrescentou Connie. A porta do lado direito da carruagem estava escancarada. Pendia em um ângulo estranho, quase dobrada ao meio.

"Ou isso. Sim. Cristo. Saia logo daí, Geo, temos que seguir em frente."

"Algo assustou os cavalos", explicou Geo, olhando para as garotas por cima do ombro.

Connie fez um gesto vago em todas as direções.

"Com certeza. É só escolher o quê."

Farai tinha ido para o outro lado da carruagem, onde se ajoelhara para examinar as rodas.

"A carruagem caiu em um buraco. A roda deve ter afundado demais para que seguissem em frente."

"Geo", ofegou Mississippi. "Suas mãos."

A garota abriu as mãos e virou as palmas para cima; estavam repletas de sangue. Connie ficou paralisada. Precisavam voltar. Os pelos de sua nuca se arrepiaram.

"Companheiras?" Farai se afastara da carruagem e adentrara a névoa, a voz abafada enquanto avançava. "O sangue não é dos cavalos."

Geo e Missi se adiantaram para ver o que a amiga encontrara, e Connie foi atrás, relutante. O veículo parado no meio da rua, daquele jeito tão estranho e deliberado, parecia uma armadilha óbvia. Estavam vulneráveis, distraídas... ainda mais agora. A carruagem deixara um rastro de corpos, máscaras de couro e túnicas brancas amarronzadas pela sujeira da rua em que jaziam.

"F-foram os cavalos que fizeram isso?" Geo gaguejou.

"Eu certamente espero que sim", sussurrou Missi.

Connie se virou, enojada, pressionando o lenço que cobria a boca com as duas mãos. Em meio à névoa espessa, viu um vulto atravessando o cruzamento, descendo a State Street. O chão sob seus pés tremia com o *tá-tum-tá-tum* ritmado dos passos.

"Missi. *Missi*."

Deu um puxão violento no casaco da vaqueira, mas, quando ela se virou, a silhueta tinha sumido. Connie se lembrava do tamanho, da sensação de não ser uma carruagem nem uma pessoa, e sim uma criatura tão alta e larga quanto um elefante, movendo-se com um andar ereto.

"Tem alguma coisa aqui. Temos que i-ir... por ali, na direção da água", sussurrou Connie. Não esperou resposta, só tentou manter os olhos erguidos, longe dos corpos que cobriam o chão enquanto atravessava a rua afundando os pés na lama.

"Connie! Espere!"

Connie não sabia qual das três tinha gritado, mas não esperaria para descobrir. Os sinos de alarme soavam alto em sua cabeça. Fosse o que fosse, ela não ficaria por perto para descobrir. O chão tremeu de novo, dessa vez com a força de um terremoto. Connie parou, tentando calcular se era mais sensato seguir em direção à água ou voltar. Um vento forte, com cheiro de maresia, limpou a névoa à frente apenas por um instante. Connie não enxergava nada além de uma rua vazia no vale desolado de armazéns de pedra cinza.

Tudo parecia familiar, mas imerso em escuridão e desespero. De olhos fechados, podia imaginar as casas de kebab, os bares e as churrascarias, as propriedades históricas convertidas em apartamentos, bistrôs e cafeterias.

Mas tudo isso ainda estava por acontecer, ou talvez nunca acontecesse. Connie se arriscou pela rua à frente, mantendo-se bem no centro, onde a carruagem passara pela gosma espessa que cobria o chão. Sob seus pés, a cidade se sacudia quase constantemente, um tremor baixo que não parecia de passos, e sim um verdadeiro terremoto. Connie avançava o mais depressa que podia, as pernas ardendo com o esforço de andar no que parecia uma nevasca, um trabalho árduo e intencional que a deixava feliz pela forma atlética.

Puxou o rifle do ombro, sem apontá-lo, mas mantendo-o pronto. Outra rajada de vento afastou parte da neblina e trouxe um sopro característico do oceano, impregnado com a podridão de peixe velho. Connie deixou a praça McKinley para trás, os prédios mais esparsos conforme a orla se abria, píeres se projetando para o porto, indistinguíveis na névoa.

Seu coração batia depressa, não só pelo esforço de atravessar a lama, mas pelo chão trêmulo sob seus pés. A névoa encobria tudo ao redor, envolvendo-a em uma bruma confusa. As sombras pareciam maiores no nevoeiro, como se projetadas por uma máquina invisível. No fim das contas, eram quase todas silhuetas de árvores estáticas e sem folhas, ou outras das efígies assustadoras. Atrás dela, uma igreja caindo aos pedaços perfurava o miasma que pairava sobre a cidade.

Certa vez, esquecera seu exemplar de *Songs Before Sunrise* no armário da escola e só percebera depois do treino de futebol, quando a escola já estava fechada. Conseguira encontrar um zelador no fim do expediente e o convenceu a deixá-la entrar. Uma emergência, é claro. Um trabalho enorme para entregar no dia seguinte. Depois de pedir a ela que não contasse nada daquilo a ninguém, o sr. Dean, de cigarro na mão, deixara que Connie fosse correndo até o segundo andar.

Só as luzes de emergência do teto permaneciam acesas, os pisos polidos reluziam, e os corredores ecoavam o vazio kenóptico[*]. Parecia haver algo de errado com a escola, que estava carregada da tensão de uma casa mal-assombrada, cada sombra e canto mais escuros do que deveriam ser. Connie notara coisas que nunca tinha notado: o barulho agudo de seus sapatos, os padrões sutis nas paredes de azulejos que acreditava serem

---

[*] "Kenopsia" é definida como "a atmosfera misteriosa e desamparada de um lugar geralmente cheio de pessoas quando está abandonado e quieto". O termo foi cunhado por John Koenig no *The Dictionary of Obscure Sorrows*.

uniformemente azuis. E, junto ao seu armário, sozinha, tivera certeza de que havia alguma coisa parada bem atrás dela, observando. Devia ter sido só sua imaginação, talvez só um resíduo dos milhares de professores e alunos que passavam pelos corredores.

A pancada quando fechou o armário soara como um tiro, e Connie correra de volta para fora da escola, feliz por se livrar daquele lugar familiar que, de repente, havia se tornado tão frio.

Teve a mesma sensação ali, enquanto batia os dentes no esqueleto daquela cidade quebrada e sangrando. Não se sentia poderosa como uma alma destemida enfrentando os restos apocalípticos de um surto de zumbis ou um desastre nuclear. Só se sentia pequena. Pequena e solitária, exposta, como se a qualquer instante também pudesse desmoronar e se juntar aos corpos espalhados pelo quarteirão.

Um grito ecoou sobre a água. Parecia de uma menina. Connie ouviu as outras finalmente alcançá-la, atravessando com dificuldade o cruzamento até a encosta que descia para o Long Wharf.

"Tem alguém em perigo", avisou, feliz porque os montes de lixo e dejetos humanos diminuíam conforme se afastavam das ruas, aproximando-se da água. Um edifício alto e avermelhado, longo e robusto, ocupava a maior parte do cais.

"Ah, agora estamos correndo *para* o perigo?", perguntou Missi, colocando a mão no ombro de Connie, tentando pará-la.

"Os Claqueadores morreram", acrescentou Geo. "Não há mais nada para ver aqui. Melhor a gente soltar os cavalos e voltar para a Congregação."

Outra voz chegou até elas em meio à névoa, distorcida pela água.

"Orla! Orla, espera!"

"Orla?" Missi arregalou os olhos. "Orla Beevers? Ah, inferno, acho que vamos correr para o perigo. Tenho certeza de que vou me arrepender disso."

Foi a vez de Mississippi sair correndo imprudentemente para longe do grupo. Connie partiu em seu encalço, mas, com a névoa que as envolvia, não sabia se Geo e Farai estavam vindo atrás. Não importava, Missi parecia determinada: abaixara a cabeça como se lutasse contra o vento, a testa franzida, os lábios pálidos de tão apertados.

Connie também reconhecera o nome. Orla Beevers era a melhor amiga de Moira no romance, uma das moças da alta sociedade que passava o tempo debruçada sobre bordados e pianos, sempre em um chá ou baile, sempre na moda, sempre refinada. Connie não podia imaginar o que uma garota daquelas estaria fazendo em um cais sujo e perigoso.

"Agora a carruagem faz sentido", murmurou Missi, mais para si mesma do que para Connie. "Ou pelo menos algum sentido. Achei mesmo familiar."

"Você conhece..." Connie se interrompeu, lembrando que não tinha justificativa para conhecer Orla com base na história que contara a Missi. Mas estava chocada por ela conhecê-la também. "Quem é Orla?"

"Uma velha amiga." Missi enxugou a têmpora úmida de suor. "Uma antiga paixão."

22

Os dedos da mulher escaparam dos seus pela décima vez. Adelle não desistia, continuou tentando segurá-la, pegando a mão fria e flácida que já parecia pertencer a um cadáver.

"Por favor, mamãe, pare! Você precisa parar. Por favor! Consegue me ouvir? Precisa acordar e ouvir!" Orla implorava à mãe, a voz rouca, os soluços entalados na garganta. Ela andava de costas para o mar, empurrada centímetro a centímetro para o cais pelo impulso persistente e constante da mãe, fixada em ir aonde era chamada.

"O que faremos?" Adelle tropeçou e parou. Tinham percorrido metade da passarela de pedra que se projetava sobre a água escura. Não importava o que tentassem, a sra. Beevers não cedia. Se parassem na frente dela, a mulher insistia, empurrando a parede de seus corpos. Se Caid a girasse, ela fazia uma curva fechada e prosseguia rumo ao seu destino. Quando a puxavam, a sra. Beevers resistia até que desistissem por medo de quebrar seus braços.

Caid se ancorou ao lado dela, respirando com dificuldade, os braços abertos, os ombros caídos, impotente. Atrás deles, de frente para a água e nos fundos de um longo armazém de tijolos cinza, o Muro dos Cem Rostos fervilhava em agonia silenciosa. Adelle agradeceu a neblina que se espalhara para encobri-lo, estremecendo só de pensar em vê-lo outra vez. Orla a fizera prometer que não olharia, mas Adelle não pôde evitar. Assim que olhou, desejou ter cumprido a promessa.

Ondas baixas quebravam suavemente contra as estacas, e não se ouvia gritos das gaivotas nem apitos de navios cargueiros. Em algum lugar além do cais, a Chaga pulsava na água. Adelle ainda não podia vê-la, mas sabia que estava ali, sentia-a ali, esperando, com a mesma energia sombria de uma mentira. Quanto mais perto chegavam, mais sua mente girava. Ainda conseguia pensar, mas não sabia por quanto tempo; formular uma só frase coerente já parecia exigir o esforço de empilhar areia.

Pegue ela... pegue essa mulher no colo. Leve ela embora daí.

Devia ser óbvio, mas Adelle entendia por que nenhum deles tentara isso: havia o risco de machucar a sra. Beevers ou a si mesmos. Mas as opções estavam acabando.

"Me ajude", pediu a Caid. Sua voz soava fina e fraca, como se estivesse falando de dentro de um sonho. "Me ajude a pegar ela no colo."

Começou o trabalho, sem esperar por ele, abaixando-se e passando o braço por baixo da saia preta da mulher, encontrando a perna direita entre a anquinha, as anáguas e os babados. Caid juntou-se a ela e assumiu uma parte muito maior do fardo, erguendo a sra. Beevers no ar enquanto Orla dava um grito, alarmada.

A sra. Beevers ficou paralisada, o corpo rígido como se em rigor mortis. Por um momento, Adelle teve certeza de que tinha funcionado; se a mulher ficasse parada daquele jeito, poderiam carregá-la e enfiá-la em um armário trancado até descobrirem como fazê-la parar de andar. Mas o alívio durou pouco. Quase no mesmo instante em que a ergueram no ar, sentiram as pedras sob seus pés começarem a tremer. Adelle nunca vivenciara um terremoto, mas podia imaginar que o terror era o mesmo; suas pernas ficaram imediatamente líquidas, o equilíbrio comprometido ao perder o ponto de apoio. Caid soltou um gritinho abafado ao cair de joelhos, e Adelle rolou para o lado. A sra. Beevers aterrissou com uma destreza estranha e felina e continuou descendo o píer, sem perder o passo.

"E agora?" Adelle se apoiou nas palmas das mãos, arranhando a pele nas pedras ásperas do chão.

Caid pegou e limpou os óculos caídos, virando-se para ver a sra. Beevers se distanciando enquanto os colocava de volta no rosto, o peito arfando.

"O que mais podemos tentar?", perguntou ele.

"Alguma coisa!" Apesar da exaustão, apesar da frustração, Adelle se obrigou a ficar de pé, vacilante. Os tremores diminuíram, restando apenas soluços em comparação ao terremoto que os atingira. "Qualquer coisa!"

Orla não tinha desistido: corria ao lado da mãe, colocando-se outra vez diante dela, lutando por cada centímetro, perdendo em todas as tentativas, até, por fim, deixar o rosto cair sobre o ombro da mãe, soluçando, tentando abraçá-la para fazê-la parar.

Adelle estendeu a mão, mesmo que Caid dificilmente precisasse de ajuda. Ele a segurou mesmo assim, com cuidado, e correu ao seu lado até Orla. Quando chegaram, viram a névoa rareando: lá estava a Chaga, no mar enegrecido, os navios afundados e encalhados ao redor, como uma coroa de espinhos. Era ainda maior do que Adelle imaginara, larga como uma piscina pública, mas sem fundo. Os dedos carnudos que a circundavam balançavam aleatoriamente de um lado para o outro, em um ritmo que ela não conseguia acompanhar.

Mais perto. Sim, mais perto. Já vejo você. Já tenho você. Este mundo será meu, e todos os mundos depois. Eu nasci. Eu cheguei. Você vai servir.

Sacudindo a cabeça para abafar a voz, Adelle tentou desviar os olhos, mas não conseguiu. Era horrível. Era hipnotizante, e a sra. Beevers caminhava bem naquela direção.

Já tinham percorrido quase todo o cais, faltavam apenas alguns metros para o final. Não havia mais chances. Orla estava sendo empurrada perigosamente para perto da borda.

"Precisamos parar isso!", murmurou Adelle, os pensamentos ainda mais emaranhados. Às vezes, piscar feria seus olhos, como se até a luz turva que penetrava nas nuvens e na névoa fosse demais para suportar, um abalo nos sentidos semelhante a uma enxaqueca que fazia seu maxilar doer. "Estou falando da Orla... Não podemos perder a Orla também."

Caid segurou seu braço, os olhos escuros vidrados, talvez sinal de que também sentia os efeitos de se aproximar tanto da Chaga. Será que aquela coisa estava falando com ele? Insultando-o? Adelle tentou se concentrar, vendo a sra. Beevers descer o píer com seu vestido preto, o andar confiante e orgulhoso como o de uma noiva.

"Não!" Orla viu os dois se aproximando e ergueu os braços. "Não vou! Não posso abandonar minha mãe!"

A Chaga se agitava atrás delas. Longos tentáculos ondulavam como cachos de papel ao lado dos braços hidrostáticos, que também eram pálidos como pergaminho e pareciam embrulhados em papel, com palavras impressas e tudo; o papel era como pele úmida e solta deslizando sobre o músculo. Por baixo do farfalhar da água, Adelle ouvia um barulho perturbador. Tremendo, espiou pela borda de pedra, vendo buracos por baixo dos tentáculos liberarem tinta a cada pulso, deixando o mar completamente preto.

O vazio no centro da Chaga, sempre sugando, parecia um tornado. O cabelo de Orla se soltou dos grampos e fitas, dançando em torno do rosto coberto de lágrimas. A garota ficou cara a cara com a mãe quando chegaram ao fim do caminho. Seu salto escorregou pela borda, e ela se debateu, gritando.

"Orla!", gritou Adelle. "Orla, espera!"

Caid também disse alguma coisa, mas Adelle não ouviu. Deu um salto para a frente, estendendo os dois braços, encontrou a mão de Orla e a puxou com força. Isso não retardou a sra. Beevers, que quase flutuou enquanto avançava em um ritmo tranquilo em direção ao vazio, o corpo suspenso por um instante antes de mergulhar no coração escuro e agitado da Chaga.

Tudo aconteceu ao mesmo tempo, mas, quadro a quadro, a euforia de Adelle por impedir que Orla caísse se extinguiu bem depressa. O impulso ao puxá-la para um lugar seguro a lançou voando para a frente, no lugar da garota que acabara de salvar; os dedos raspando no chão de pedra áspera por um breve instante, antes que não houvesse mais nada sob seus pés.

Ergueu os olhos e viu Caid e Orla lutando para segurá-la, mas era tarde demais. Silhuetas escuras surgiram na névoa atrás deles. Um efeito chicote nauseante veio a seguir. No começo, pensou que tivesse batido a cabeça na ponta do píer, como um mergulhador que calculara mal um salto, mas não: de alguma forma, ainda estava no ar, um braço apertando sua cintura como uma prensa.

Sacudindo as pernas como se pudesse voar, Adelle olhou para as próprias botas, depois para o poço negro e insondável no centro da Chaga. A sra. Beevers já desaparecera, engolida pela escuridão. Ela parou de se debater e, assim que abaixou os braços, sentiu o que a segurava pela cintura. Desesperada, começou a bater naquela coisa, sabendo o que era antes mesmo de olhar.

Um dos braços fortes e escorregadios da Chaga a agarrara; então, antes mesmo que ela pudesse gritar, começara a esmagá-la.

A quiromante de Salém estava certa. *Você desaparece na escuridão.*

Ah, meus Deus, pensou, todo o ar expulso dos pulmões. *Essa coisa me pegou.*

23

"Delly!"

Já apoiando o rifle no ombro, Connie viu o monstro na água agarrar sua melhor amiga e erguê-la no ar como um troféu.

"Cuidado com a mira!", gritou Missi, erguendo a própria pistola. "Mesmo que você acerte, ela pode cair lá dentro!"

"Não vou errar." O coração de Connie saltou para a cabeça, rimbombando, enchendo-a de adrenalina. "Me deixe atirar."

Não erraria. Não podia. Fosse intuição ou coincidência, chegara ali bem naquele momento e não iria estragar tudo. Duas outras pessoas estavam paradas na beira do cais, mas pareciam inofensivas e gritavam, alarmadas, o que devia ser sinal de que queriam Adelle de volta em segurança.

Connie ignorou tudo. Ignorou o choque de ver o monstro repugnante ondulando na água. Ignorou as vozes de todos. Estava sozinha no cais, só ela, o rifle e o alvo. Participara de torneios de biatlo em condições piores, mas nunca com algo tão importante em jogo.

Controle a respiração. Encontre o momento. Puxada tranquila, sem movimentos bruscos. Braços firmes. Olhar firme. Encontre o momento.

O braço de polvo que segurava Adelle estava espremendo a vida para fora dela. Dava para ver a pele da amiga ficando mais pálida, o rosto ficando azul. Quando as mãos dela caíram, tremulando, ao lado do corpo, Connie soube que não havia mais tempo para esperar, mirar ou duvidar. Não era o tiro que queria, mas era o que precisava dar. Havia uma pequena chance de que Adelle caísse no mar em segurança, mas só se Connie atirasse no momento perfeito.

"Missi?", murmurou Connie.

Por sorte, ela ouviu.

"Sim?"

"Prepare-se para mergulhar atrás dela."

"Quando você disser, Rollins."

Connie apenas assentiu, suspirou, fez uma pausa e atirou. A primeira bala atingiu a base do braço ondulante, e a segunda foi disparado assim que conseguiu recarregar, mas, a essa altura, o braço estava rígido e imóvel, perfeitamente ereto. O chão tremeu outra vez, e ela caiu de joelhos.
"Missi!"
"Estou pronta, assim que essa coisa..."
Mas *a coisa* tinha soltado. Os tremores persistiram, chacoalhando os dentes de Connie, seu coração já fora da cabeça, mas parado. Não conseguia respirar. Adelle deslizou livremente, o corpo caindo como uma pedra para dentro do poço. Dentro do monstro.
Connie gritou, o rosto de repente quente, coberto de lágrimas, então recarregou; mesmo com as mãos desajeitadas, conseguiu colocar a bala no lugar certo, jogar o rifle para cima do ombro e atirar de novo. Missi também atirou. Mas tinha acabado.
Adelle se fora, e Connie não conseguia respirar.

Adelle não conseguia respirar. No curto instante entre o aperto do braço e a queda, ouvira uma voz familiar. As figuras na névoa ficaram mais nítidas.
Connie.
Não, a amiga não merecia ver aquilo. Não merecia vê-la morrer. Mas Adelle não podia lutar contra a gravidade. Estranhamente, sentiu os outros braços da criatura roçando-a, apalpando-a como se tentassem agarrá-la antes que ela desaparecesse boca adentro. Mas foi engolida.
Perto demais. Mas vejamos...
Adelle se perguntou se aquilo era morrer. Ser arrancada de seu mundo e transportada para dentro de *Moira* já tinha sido assustador, chocante, mas aquilo era muito pior. Muito mais lento.
O impacto duro que esperava não aconteceu. Deslizou para a escuridão total, presa em um casulo gelatinoso. Não era morno, nem quente, mas tinha exatamente a mesma temperatura de sua pele. Levou as mãos ao pescoço, ainda com dificuldade para respirar. Sua cintura parecia ter sido alvo de dezenas de martelos, toda ferida e sensível, e ela não conseguia parar de tremer. Piscando, Adelle ponderou se aquilo seria tudo, se permaneceria lá, cega, dolorida e suspensa, trancada no limbo para sempre.
E Connie estivera bem ali. A reunião das duas ficara por um triz, e então estariam juntas para valer. Não fazia ideia do que levara a amiga até o cais, mas, qualquer que fosse o motivo, tentou manter a calma, ainda que o terror arranhasse sua garganta com a mesma força da falta de ar.

Pelo menos pude ver minha amiga uma última vez. Pelo menos ela sabe que pode tentar ir para casa sem mim.
Tentar manter a calma não estava ajudando. Adelle chorou, afundando na prisão gelatinosa. A mãe sempre tentou prepará-la para a morte. Afinal, era parte do trabalho dela.
"Do que você tem tanto medo? Acontece com todos nós!", a mãe dizia depois de soltar um factoide terrível sobre a morte durante o jantar, no shopping ou na frente de qualquer amigo que Adelle tentasse fazer. A casa era cheia de animais empalhados, e a taxidermia era o único hobby que compartilhavam — ainda assim, Brigitte Casey quase explodiu quando a filha sugeriu que queria se tornar taxidermista quando terminou a escola.
"Mas você é tão fresca. Sem falar que vai estudar em Yale!", gritara a mãe. Seu nome era uma homenagem à famosa atriz Brigitte Bardot, e até havia alguma semelhança entre as duas. Mas, naqueles ataques de fúria, Adelle achava a mãe terrível. "É lá que Connie quer estudar... Achei que vocês duas fossem inseparáveis."
Meter Connie no meio sempre funcionava, então Adelle baixara a cabeça, encabulada, e deixara a taxidermia de lado. E, sim, Connie queria estudar em Yale, onde com certeza seria aceita, com sua inteligência e suas habilidades atléticas. Adelle nunca contara a nenhuma das duas que sequer baixara o formulário de inscrição, pensara em cursos preparatórios ou tentara ter ideias para o ensaio admissional.
Não que isso importasse, agora que estava morrendo.
O que a mãe sempre dizia? Estava difícil pensar e lembrar, como se a gosma sugasse sua força mental.
"A vida é agradável. A morte é pacífica. O problema é a transição."
Era o que a mãe vivia repetindo. A frase era de Isaac Asimov, mas sempre a atribuíam erroneamente à mãe dela em blogs e artigos de revistas. Uma prova do quanto Brigitte gostava de dizer aquilo. E Adelle ficava irritada sempre que ela repetia a frase. Irritada porque a mãe (e Asimov) tinham razão. As pessoas ficavam tão doidas pensando em como iriam morrer ou por quanto tempo viveriam que perdiam toda a alegria de existir. Era assim que se sentia durante um ataque de pânico, como se a alegria não estivesse apenas distante, mas do outro lado de um muro; como se tudo, em todas as direções, fosse dor, e o círculo estivesse se fechando.
Mas agora sabia o que acontecia, sabia como iria morrer. Percebeu, com as lágrimas já diminuindo, que não estava com medo. Mas tinha arrependimentos. Muitos. Talvez sempre fosse assim quando alguém jovem partia cedo demais.

Tanto potencial, tanta coisa que ainda queria fazer, e só o que podia ver era aquela escuridão neutra.

Até que começou a deslizar.

Adelle estremeceu, enojada. *Era essa a sensação de nascer? Se sim, eca.* A pegajosidade ao redor ficou mais escorregadia, o fundo desapareceu, então ela se viu deslizando para baixo em um ritmo lento e uniforme. Envolveu o corpo com os braços, com medo. Acabara de aceitar seu destino, e tudo já estava mudando.

Entrou em uma câmara diferente, onde flutuou como se a gravidade não existisse na barriga do monstro — era onde parecia estar: uma câmara orgânica, um estômago ou bolsa ou fosse lá o que os polvos usassem para digerir as coisas. *Connie saberia.*

"Sabia que as estrelas-do-mar podem projetar o estômago para fora para comer algo que esteja perto delas?", dissera Connie, certo dia, na escola, enquanto almoçavam pizza. Adelle apenas olhara para ela, enojada, enquanto uma linguiça calabresa rolava de sua fatia.

"Essa é a coisa mais nojenta que já ouvi", murmurara.

"Não é incrível?" Connie tinha visto aquilo acontecer no zoológico, quando fora convidada para participar de um acampamento de fim de semana voltado para estudantes que se destacavam em biologia.

A câmara estomacal era fracamente iluminada por uma luz vermelha, como o brilho de uma lanterna que aos poucos ia se apagando, sem pilhas. Era imensa, um pouco difícil de compreender; assim como a Tardis de *Doctor Who*, era maior por dentro.

E não estava sozinha lá.

As paredes distantes do monstro às vezes se iluminavam, mais brilhantes, como se sincronizadas com o ritmo de um batimento cardíaco sonolento, revelando um intrincado complexo de veias grossas como estradas. Quando viu o primeiro corpo, quase se engasgou de surpresa. Então viu vários outros e levou a mão à boca, horrorizada. Flutuavam ao seu lado, e nenhum deles parecia consciente. Adelle tentou mover os braços e descobriu que quase podia nadar pela atmosfera dentro do estômago, evitando esbarrar nos corpos flácidos e silenciosos que passavam à deriva, como astronautas cochilando em uma estação espacial viva.

Avistou a sra. Beevers não muito longe e grunhiu, empurrando o nada, nadando para mais perto até que pudesse puxar a mulher mais velha com toda delicadeza, para encará-la. Não sabia se ela estava viva ou morta; os humanos ali pareciam estar em algum tipo de estase, congelados no tempo. Preservados.

Como estou respirando? Talvez não estivesse. Talvez estivesse morta e tudo aquilo fosse uma ilusão. Nesse caso, certamente fora para o Lugar Ruim.

A câmara se iluminou outra vez, coincidindo com um *tum-tum, tum-tum* amniótico, quase relaxante, segundo as batidas do coração do monstro. Adelle se afastou da sra. Beevers para trás, nadando em estilo cachorrinho em direção a uma das paredes enquanto evitava ao máximo esbarrar nas outras pessoas. Assim que se aproximou, desejou não ter ido até lá. Ali, podia sentir aquela presença, sentia que a coisa voltara a atenção para ela.

Não é aqui que eu queria você.

A voz a rodeava, a sacudia, existia dentro dela. Adelle quase sufocou com a força que abalou seu corpo. Ficou parada, olhando para o emaranhado de veias na carne vermelha e polpuda da câmara, viu que a parede do monstro brilhava com uma luz branca própria, iluminando não apenas seu interior, mas algo além. Algo fora do corpo.

"Onde..." Adelle tinha dificuldade de formar palavras. Não sabia se estava falando ou apenas pensando. "Onde você me queria?"

Não aqui. Você não me serve de nada aqui dentro, viajante. Ou devo dizer, Arauta. Não importa, você vai servir.

"Então ainda estou viva? Estar dentro dessa coisa não me matou...?"

Não, Arauta. Você não está morta. Não aqui. Agora vejo que você deve viver. Deve prosseguir e prosperar.

Adelle não podia acreditar que estava falando com *aquela coisa*. Fosse lá o que fosse.

"Então por que continuo ouvindo sua voz?", perguntou. "Por que você estava me chamando para mais perto se não era para... me engolir? Me matar?"

Uma pausa. Podia sentir a coisa organizando os pensamentos, contemplando a pergunta. O estômago ficou escuro de novo, e Adelle percebeu que era pior assim. Não gostava de não saber onde estavam os outros corpos, ou onde ela própria estava. Então o coração bateu de novo, um aviso como um tambor distante, e a luz atravessou as paredes, atravessou seus olhos.

Adelle viu o que havia além e ficou paralisada, então sentiu o desespero como uma mão gelada que segurasse seu coração antes de arrancá-lo.

"Não... não... O que é aquilo? O que é isso?"

Além das paredes da câmara, havia uma cidade, um labirinto antigo de torres altas e pináculos sem fim, escadas que não levavam a lugar algum, sacadas que davam para o infinito, oceanos que cruzavam a terra e se uniam ao espaço. Viu apenas a silhueta da cidade, mas era o bastante. Então aquilo — *aquela coisa* — se moveu entre as torres; Adelle o confundira com uma das fortalezas deformadas. Lembrava um homem de ombros curvados, o corpo envolto em uma mortalha de névoa escura, a cabeça parecendo uma lula, tentáculos pingando. Um par de asas enormes se abria em suas costas, e Adelle sentiu a mente se revirar quando a criatura se virou para ela, procurando-a com olhos vermelhos de um inferno que humanos não poderiam inventar ou imaginar.

Sabia que aquele lugar não ficava em Boston, talvez nem mesmo na Terra; mas, onde quer que estivesse, era perto demais. Mesmo que ficasse no final do universo, era perto demais.

O caminho está decidido. Você vai e vai voltar. Sim, Arauta, você vai voltar. A porta se abrirá.

Adelle balançou a cabeça, mas sabia que era inútil. Aqueles olhos de um vermelho intenso brilhavam um pouco a cada palavra, e ela gemeu, a mente se enfraquecendo, incapaz de suportar aquele olhar. Adelle chorou e se encolheu, desejando poder escapar para longe, como os outros naquela câmara.

Quando respirou outra vez, sentiu algo frio, macio e insípido deslizar pela garganta. Uma luz se acendeu dentro dela, mas sem trazer nenhum calor.

Você vai. Você vai passar pela porta, Arauta. A Cidade dos Sonhadores se prepara.

24

As mulheres têm muitos traços em comum com as crianças: têm um senso moral limitado, são vingativas, ciumentas, inclinadas a vinganças de uma crueldade refinada. Em casos comuns, tais defeitos são neutralizados pela piedade, maternidade, falta de paixão, frieza sexual, fraqueza e inteligência subdesenvolvida.

— Cesare Lombroso, *1835–1909*

Connie ficou parada na névoa, esperando. Esperaria pelo tempo que fosse necessário. Adelle tinha cruzado os limites da própria realidade e agora tinha partido.

"Também perdi pessoas assim", contou Mississippi. Os outros também esperavam, sentados solenemente no meio do cais. O monstro, que agora sabia ser chamado de Chaga, não podia alcançá-los ali. "Muita gente. Meu pai, meus amigos, alguns jovens da Congregação..."

Orla Beevers e Kincaid Vaughn tinham sido brevemente apresentados a ela. Kincaid tirara o casaco e o envolvera nos ombros trêmulos de Orla. Não estava tão frio, mas todos estavam arrepiados.

"Eu sei", respondeu Connie, com aspereza. "Mas agora é diferente. Simples assim."

Missi colocou a mão em seu ombro, e Connie ficou surpresa por não ter afastado a menina. Nunca soubera lidar com dor ou perda. Quando tinha nove anos e encontrou sua primeira gata morta na rua, passara dois dias sem comer, enfurnada em seu quarto, rezando, as contas do rosário encravadas na palma da mão, prometendo entregar a Deus o que ele quisesse, contanto que Bella voltasse.

Geo e Farai vigiavam atrás delas, em silêncio. Não havia qualquer sinal de Jack nem do condutor da carruagem, com quem Orla se preocupava entre soluços, repetindo a palavra *mamãe*.

"Sei que parece diferente porque era sua amiga, mas todos nós temos como ajudar", disse Missi. Então soltou um som estrangulado e enterrou as unhas no ombro de Connie. "A não ser que..."

As duas se entreolharam. Missi indicou a água escura com a cabeça.

"A não ser que ela fosse como você", sussurrou.

Connie engoliu em seco, não via motivo para guardar segredos. Tudo estava um caos. Tinha falhado. O fracasso, assim como a morte, não era algo que soubesse administrar. "Sim", respondeu, entre dentes. "Ela era. E era minha melhor amiga. E agora..."

"Que Deus nos ajude", murmurou Missi, fechando os olhos e abaixando a cabeça.

Geo se aproximou, mordendo a bochecha. "Lamentamos por você, mas não podemos ficar aqui. Esta é a central dos Claqueadores. Este é o deus deles. Este é o território deles. Sinto muito, mas temos que ir."

"Podem ir", respondeu Connie, entorpecida. "Eu vou ficar."

"Quer morrer também?" Geo suspirou. "O que isso trará de bom? Quer vingança? Então nos ajude a lutar contra essa coisa."

Connie deu de ombros.

"É assim que eu luto. Não vou embora."

"Não vá brigar com ela agora, Geo", rosnou Missi. "Se fosse Farai lá dentro, ninguém ficaria brigando para você ir embora!"

"E a Congregação?"

"Ora... vê se... vê se enfia a Congregação em um saco e deixa rolar ladeira abaixo, está bem? Ela está *sofrendo*. Deixe a garota em paz, Geo."

"Você está com o juízo avariado, então vou ignorar o que acabou de dizer." Geo voltou para perto de Farai. As duas começaram a conversar em sussurros, mas Connie não se importava com o que diziam a seu respeito. Ficaria ali até anoitecer, talvez até a manhã seguinte, então seguiria o mapa até a casa da velha bruxa, pegaria o incenso e iria embora. Pelo menos poderia dar uma explicação aos pais de Adelle. Pelo menos isso poderia fazer.

Kincaid tinha acabado de ajudar Orla a se levantar, a garota tremia sob o casaco marrom, quando o cais balançou de novo, dessa vez com força o bastante para abrir uma rachadura.

"De novo não!", gritou Mississippi, agarrando Connie. Seguraram uma à outra de pé enquanto o tremor redobrava; Orla gritou, caindo de joelhos. As ondas, que antes batiam suavemente contra o cais, ficaram temperamentais, atingindo a pedra com força o bastante para lançar um jato de água.

Connie estreitou os olhos, espiando a cascata de água negra, o mar se agitando com o tremor, as ondas formando arcos sobre o píer, quebrando uma após a outra e deixando para trás um tapete de espuma. Depois de uma série de ondas particularmente violentas, Connie notou uma protuberância no final do cais. Tinha se mexido. Estremecido. Era um corpo.

O terremoto passou, e a água baixou, voltando ao marulho plácido de antes. Connie disparou pelo cais, agitando os braços enquanto corria até o corpo, que mais parecia um embrulho, e se abaixava logo ao lado.

Cabelo loiro. Mais curto do que deveria estar, mas ainda loiro. Vestido preto e botas góticas vitorianas, tudo encharcado. Rolou a pessoa, desajeitada, tomada de choque e descrença. Mas era ela. Aquilo era real. Adelle estava de volta, viva, esparramada no chão, a respiração rasa e superficial.

"Você está machucada?" Connie secou as gotas de água escura do rosto da amiga. "Adelle? Consegue me ouvir? Por favor, esteja bem..."

Os outros se juntaram a elas depressa.

"Nossa Senhora", sussurrou Geo, fazendo o sinal da cruz. "É um milagre. Ninguém nunca voltou. Ninguém."

Adelle tossiu, um espasmo dominando seu corpo enquanto ela se contorcia como se estivesse fazendo um abdominal, as pernas se debatendo. Connie apoiou a cabeça da amiga, puxando a parte superior do tronco para o seu colo e enfiando um dedo na goela de Adelle para ajudar a sair a água e a espuma.

"Estou... Consigo respirar", Adelle ofegou, tossindo outra vez. "E sua mão tem um gosto horrível."

"Meu Deus! Meu Deus! Você está aqui! Você está aqui!" Connie puxou a amiga para um abraço sufocante, então lembrou que ela havia sido agarrada por um tentáculo gigante, alvejada e jogada em um buraco e afrouxou o aperto.

"Por favor", murmurou Adelle, estremecendo outra vez. "Vamos para longe dessa coisa."

Connie se agachou, sustentando quase todo o peso de Adelle enquanto a ajudava a se levantar, tomando muito cuidado. Antes que pudesse dizer alguma coisa, Kincaid Vaughn estava lá, limpando a água preta dos óculos e estendendo as mãos.

"Deixe-me ajudar", falou, baixinho. Connie olhou para ele, para o sorriso fraco, então para a camisa. O rapaz entregara seu casaco a Orla logo que percebeu que ela estava com frio. Mas Adelle era um pacote precioso demais para ser entregue a qualquer um. Agora que tinha a amiga de volta, não estava disposta a renunciar a ela.

"Pode confiar nele", disse Orla.

"Está tudo bem", murmurou Adelle, encostando a testa na bochecha de Connie. "Ele já me carregou."

Quando Adelle estava segura nos braços do garoto e o grupo já tinha atravessado metade do píer, Connie soltou uma risada aliviada, encarando a amiga com os olhos vidrados de lágrimas.

"Ele já carregou você? Essa é uma história que eu preciso ouvir."

"Como você fez isso?" Orla reduziu o passo até parar, segurando o casaco por cima dos ombros. "Eu... eu acho que devo ficar. E se minha mãe também voltar?"

"Pare, Caid", pediu Adelle. Depois que os dois se viraram, Connie percebeu que a amiga estava sofrendo com alguma coisa. Seu rosto parecia abatido, mesmo para alguém que quase se afogara. "Não acredito que ela vá voltar, Orla. Quando eu estava lá dentro, eu estava acordada. Vi tudo, todas as pessoas que entraram na Chaga."

Os olhos de Orla se arregalaram de esperança.

"Mas acho que estavam todos dormindo... ou estavam sem vida. Não consegui acordar ninguém. Vi sua mãe, mas... também não consegui acordá-la. Sinto muito. Sinto muito mesmo, Orla. Queria ter trazido sua mãe de volta comigo. Não sei por que essa coisa me deixou ir, mas deixou. Só me deixou ir."

O lábio inferior de Orla tremeu, e ela resmungou, antes de dizer:

"Então por que não a salvou?"

Orla então girou e correu de volta pelo cais, mas só conseguiu dar alguns passos antes de cair, soluçando.

"Deixem que eu cuido dela." Mississippi tirou o chapéu da cabeça, franzindo a testa. "Levem sua amiga para um lugar quente."

"Minha oficina não fica longe daqui", sugeriu Kincaid. "Uma curta caminhada para noroeste, perto da Old North Church."

Connie conhecia o lugar; era a igreja mais antiga de Boston, difícil de passar despercebida. Não era uma caminhada longa e com certeza ficava mais perto do que o esconderijo da Congregação. Olhou para Geo e Farai, que não ofereceram nenhuma outra solução.

Como sempre, Mississippi tomou a decisão final:

"Ótimo. Leve as duas para lá, encontre alguma coisa nutritiva para elas comerem. Tudo bem se vocês forem com o Vaughn?"

Connie assentiu.

"Só preciso ficar perto da Adelle."

"Muito bom. Isso é muito bom." Missi soltou um suspiro sibilante. "Que. Dia. Depois que eu tiver resolvido tudo com Orla, posso mandá-la para lá. Duvido que ela queira voltar para a casa vazia. Muitas lembranças terríveis."

"Orla com certeza será bem-vinda", respondeu Kincaid, curiosamente formal.

Connie não podia acreditar que aquele era o mesmo Kincaid Vaughn, o nerd pomposo do romance. Desde a primeira página, ele parecia construído para ser a escolha obviamente chata em comparação a Severin, mas ali via apenas um garoto de fala mansa, com óculos tortos e charmosos e um talento especial para o cavalheirismo. Não lembrava que ele fosse negro pela descrição do livro, mas a verdade era que Kincaid quase não aparecia. O padrasto de Adelle sempre criticara *Moira* por ser um livro anacrônico, mas nada no mundo do livro era o que Connie esperava. Talvez fosse um universo mais amplo e inclusivo do que a autora pretendia. Talvez tivesse ganhado vida própria.

"Vocês duas, voltem para a Congregação; vejam se conseguem encontrar Jack pelo caminho. Vagar por aí não é do feitio dele."

Geo e Farai pareciam bastante aliviadas com a dispensa e saíram correndo do cais. Connie não as julgava: mal podia esperar para ir para longe, para qualquer outro lugar. Mississippi foi andando em direção a Orla, partindo sem sequer se despedir.

Connie decidiu não pensar por que aquilo lhe dera um aperto no peito.

A caminhada até a oficina de Kincaid Vaughn levou pouco mais de vinte minutos. Com as ruas vazias e nenhum sinal de monstros ou Claqueadores, Connie chegou ao armazém de tijolos amarelos e quatro andares sabendo que caminhara menos de um quilômetro e meio, mas sentindo como se tivesse corrido trinta.

"Posso andar a partir daqui", assegurou Adelle, ao chegarem à porta.

"Tem certeza, srta. Casey?"

Kincaid tirou uma chave antiquada do bolso para destrancar a porta, mas já estava aberta. Aquilo não pareceu alarmá-lo, então Connie ignorou o fato.

"Sim, preciso esticar um pouco as pernas", respondeu Adelle. "Meu pescoço está dolorido, mas aquela coisa não me matou. Não sei por quê, mas não me matou."

Adelle foi depositada delicadamente no chão e se apoiou no braço de Kincaid antes de dar alguns passos para dentro da área bem ventilada na frente do armazém. Era fresca e bem iluminada, com várias janelas e uma claraboia no alto. Seguiram pelo primeiro corredor à direita, e Kincaid as conduziu até uma porta fechada no final. Para essa porta, ele precisou de uma chave.

"Bem-vindas", disse ele, dando um passo para trás e segurando a porta aberta. "Não é nenhum luxo e esplendor, mas acho bastante confortável."

Adelle entrou, mancando, e Connie imediatamente foi para o lado dela, segurando seu braço para ampará-la. As duas pararam lá dentro, imersas em um silêncio estupefato diante da complexidade de cientista louco de tudo aquilo. Era como entrar na mente de Kincaid Vaughn: todos os seus gostos, interesse, paixões claramente expostos.

O teto elevado proporcionava espaço para as muitas janelas enfileiradas ao longo da parede do outro lado da porta. À esquerda, uma escada estreita, que parecia dobrável, levava a uma sacada com vista para a área de trabalho. Logo à frente, dois sofás de couro remendados e arranhados estavam posicionados um de frente para o outro por cima de um tapete estampado. Um baú de viagem fora improvisado como mesa de centro. À direita, Kincaid construíra um jardim interno, quase uma estufa em miniatura, com fileiras de plantas agrupadas em três mesas compridas. Atrás dos sofás, Connie viu um telescópio, uma mesa de desenho coberta de gráficos e mapas e, sob as janelas, uma extensa biblioteca, embora o rapaz claramente tivesse planos de ampliá-la ainda mais. As pobres estantes estavam lotadas, e os livros que já não cabiam nas prateleiras estavam dispostos em pilhas organizadas. Ao lado, havia outra mesa, abastecida com ferramentas de corte, retalhos de tecido e couro e pilhas de papel intacto.

Havia mais coisas, é claro, cada canto parecia ter algo amontoado, porém o espaço não era sujo, só excentricamente bagunçado. Connie viu um relógio com as entranhas puxadas para fora, seu conserto inacabado, viu cadernos de rascunho e, debaixo da sacada, ao lado de uma bacia e um fogão a lenha, viu gaiolas maravilhosas empoeiradas.

Os dedos de Connie coçavam para explorar, como se tivesse acabado de encontrar a maior feira de antiguidades da história. Mas Adelle vinha primeiro. Aliviada por estar seca e aquecida, ajudou a amiga a se acomodar em um dos sofás de couro. Enquanto isso, Kincaid subiu a escada e desapareceu lá em cima, voltando com um cobertor grosso de retalhos, o que sugeria que, fosse lá o que houvesse na sacada, devia ser algum lugar para dormir.

"Este lugar é incrível", murmurou Adelle, olhando ao redor enquanto Kincaid entregava o cobertor a Connie, que o enrolou nas pernas da amiga.

"Não, srta. Casey, *você* é incrível", respondeu Kincaid. Estava de pé ao lado da mesa-baú, as mãos largadas nos bolsos. "Como *conseguiu* voltar?"

Um olhar cansado passou pelo rosto de Adelle, mas ela se recompôs, cutucando as unhas de leve enquanto olhava para tudo, menos para o rosto dele.

"Não faço ideia."

Estava mentindo. Adelle era péssima nisso. Connie olhou para Kincaid, mas ele apenas mudou de posição.

"Perdoe minha grosseria, mas você disse à srta. Beevers que tinha visto o interior da Chaga. Como era?"

O mesmo cansaço voltou ao rosto de Adelle, que abriu e fechou a boca algumas vezes. Kincaid esfregou a testa e caminhou em direção ao fogão a lenha sob a sacada.

"Ah, que belo anfitrião! Interrogando você sem nem oferecer um chá..."

Connie se acomodou no mesmo sofá, sentando-se na beira das almofadas, virada para os joelhos dobrados de Adelle.

"Não precisa dizer a ele nada que você não queira."

"Não vou", sussurrou a amiga, em resposta, atenta ao retorno de Kincaid. Ele não podia ouvi-las, mas por pouco. "Ele não pode saber de tudo. Quando estivermos sozinhas, vou... Ah, Connie! Nem sei como descrever!"

Connie notou o aperto na mandíbula da amiga, era o estrondo antes do relâmpago. Tentando não chorar, pegou a mão de Adelle.

"Estamos juntas agora", falou. "E, quando você estiver em condições, podemos dar o fora daqui. Tenho um plano. Podemos encontrar todos os componentes que Straven usou para a magia que nos trouxe até aqui e recriar o ritual para voltar para casa."

Connie pegou a bolsa, de onde tirou o mapa amassado e manchado que ganhara, mostrando-o a Adelle.

"Essa mulher tem tudo quanto é coisa de bruxa. As amigas de Missi acreditam que deve ter incenso. Peguei um copo e uma vela, e podemos achar uma pedra em qualquer lugar."

Adelle sorriu e, sem forças, secou as bochechas sardentas molhadas.

"Você conseguiu tudo isso, e só o que fiz foi cair em um buraco e ter o cabelo cortado por uma maluca."

Meu Deus, como era bom ter Adelle de volta! Uma pessoa familiar e sensata em meio a todas as coisas estranhas e perigosas às quais tinham sobrevivido. Connie não se permitira sequer imaginar como seria tentar voltar para casa sozinha. Atrás delas, a chaleira apitou.

Connie dobrou e guardou o mapa.

"Qual é a história por trás disso? Ficou, hã..."

"Tudo bem", gemeu Adelle. "Pode dizer."

"Não é o melhor corte para você...", Connie deu risada e ficou feliz quando a amiga também caiu na gargalhada. "Lembra um pouco o Príncipe Valente."

"A sra. Beevers fez o que pôde para consertar. Moira me atacou com uma tesoura enquanto eu dormia porque ousei sussurrar o nome de Severin. Eu estava sonhando! Não era minha intenção..."

Connie tentou acompanhar. Ambas tinham tido aventuras loucas enquanto estavam separadas, mas agora era hora de ir embora, vivas e bem, e deixar para relembrar o infortúnio vitoriano enquanto relaxavam no Burger Buddies ou trocavam bilhetes durante a aula. Ainda precisariam combinar uma história oficial para as famílias e a polícia, mas, por enquanto, só o que importava era voltar para casa.

"A sra. Beevers..." O rosto de Adelle se entristeceu. "Eu a vi lá dentro. Minha nossa, Connie. Foi horrível! As coisas que eu vi... Não sei por que pude voltar. Por que eu? Por que não qualquer outra pessoa?"

Ela não conseguiu terminar. Bem devagar, Connie apoiou o queixo no joelho dela.

"Sem pressa. Você pode descansar primeiro. Daqui a pouco, tudo isso vai acabar, e nós poderemos voltar para casa."

"Hum." Adelle desviou o olhar para a direção do fogão a lenha.

Kincaid tinha voltado, trazendo uma bandeja de prata com três xícaras de porcelana delicadas e um bule fumegante.

"Earl Grey." Adelle fechou os olhos, como se estivesse sonhando. "Meu preferido."

"Meu também", respondeu Kincaid, colocando cestinhas de metal nas xícaras e despejando a água quente por cima. "Eu ofereceria creme ou açúcar, mas..."

"É uma sorte que ainda tenha chá", interrompeu Adelle. Ela levou a xícara ao peito e deixou o vapor subir por um tempo, inalando-o. "Como consegue água?"

Kincaid se acomodou em frente às duas, tão grande que fazia o sofá parecer comicamente pequeno. Ainda assim, segurava a bela xícara com naturalidade, um homem nascido em uma vida de elegância e padrões sociais.

"Eu coleto água da chuva. Também não serve para beber, mas descobri um jeito de purificá-la usando uma versão modificada do engenhoso sistema de Charles Wilson. Sabiam que a invenção dele forneceu

água potável para uma cidade mineradora inteira no Chile? Brilhante..."
Ele se calou, parecendo se esconder atrás da xícara de chá. "Aqui estou, tagarelando sobre Wilson, enquanto a srta. Casey viu o interior da Chaga e sobreviveu para contar. Sou praticamente o John Franklin do seu Joseph Bellot!"

Adelle forçou uma risada educada, mas não boa o bastante para enganar Kincaid ou fazê-lo acreditar que tivesse entendido a referência. Connie estava totalmente no escuro, mas o óbvio entusiasmo dele em caçoar desse John Franklin a fez desejar poder sacar o telefone e pesquisá-lo no Google.

"Vejam bem, Franklin era um explorador terrível, a níveis chocantes, e... A questão é que a srta. Casey deveria ter a palavra."

Connie nunca vira alguém tropeçar nas palavras com tantos floreios. Não podia deixar de pensar que Kincaid estava flertando com Adelle, ainda mais pelo modo como a olhava sempre que achava que ela não notaria.

Ou talvez fosse só nervosismo, considerando que Adelle se tornara o milagre e a celebridade local. Talvez o nome do romance virasse *Adelle*. Ah, o romance! Seu coração afundou. Teria que mostrar à amiga o que estava acontecendo com seu exemplar de *Moira*. Depois daquele dia, não conseguia nem imaginar o que mudaria e se rearranjaria.

"Estava... No começo estava muito escuro."

Connie podia ouvir a amiga escolhendo as palavras com cuidado, mas Kincaid se inclinou para a frente, fascinado, o vapor do chá embaçando seus óculos. Claro que também estava ansiosa para saber o que Adelle tinha visto. Nem parecia real. A amiga entrara na Chaga e desaparecera por pelo menos dez minutos. Qualquer pessoa normal teria se afogado.

"Então comecei a ver os corpos ao meu redor, flutuando", prosseguiu Adelle, apoiando a xícara na barriga. Seus olhos se fixaram em um ponto acima do ombro de Connie, vidrados, ou talvez desfocados, um azul e outro verde, nublados com a memória. "Era uma câmara gigantesca. Achei que estava dentro de um estômago ou algo assim. E, não sei como, eu conseguia pensar, respirar e nadar. Mas não conseguia acordar as outras pessoas. Era como se estivessem... congeladas."

"Mas não mortas?", sussurrou Kincaid. Connie ouviu a nota de esperança em sua voz, lembrando-se da primeira passagem rearranjada do romance — nessa versão insana, Kincaid Vaughn perdera toda a família para a Chaga.

"Não sei, sinceramente." Adelle se virou para encará-lo. "Tentei acordar a sra. Beevers, mas ela não respondeu."

"A senhorita disse que era um estômago", comentou ele, pensativo, coçando o queixo. Connie percebeu o momento em que Kincaid entrara no modo analítico e científico. "Querendo dizer que os corpos seriam comida." Ele teve dificuldades com a palavra, e por um bom motivo. "Mas estavam intactos? Nenhum sinal de degradação?"

Adelle balançou a cabeça.

"Estavam bem. Não era como se tivessem sido... digeridos, devorados ou algo assim. Estavam até vestidos."

"Fascinante", murmurou Caid, esquecendo-se do chá. "Desconcertante."

"Eu... não me lembro de nada depois disso", declarou Adelle. Connie conhecia a amiga o bastante para sentir que havia mais, muito mais. Ela estava deixando algo de fora. Seria para protegê-los, ou para proteger a si mesma? Connie esfregou o joelho dela, tranquilizando-a; qualquer que fosse a verdade, a amiga passara por uma provação terrível. "Quando dei por mim, estava no cais, e vocês todos estavam lá, me sacudindo."

Kincaid assentiu, comprando a história que Connie percebia estar cheia de falhas.

"E como se sentiu, srta. Casey? Com medo? Confusa?"

"No começo, fiquei triste", respondeu ela, fungando alto. No mesmo instante, Kincaid sacou um lenço e o ofereceu à Adelle, que sorriu e o aceitou, então secou o nariz. "Achei que ia morrer e entrei em pânico. Então me acalmei, já que não estava sentindo dor, e minha mãe ajuda as pessoas a lidarem com a morte. Ela é..."

Os olhos de Adelle reluziram bem de leve, alarmados, e Connie reprimiu um sorriso. Os vitorianos eram mórbidos, disso ela se lembrava das aulas de história, mas até eles talvez relutassem em aceitar o conceito de doula da morte.

"Ela é agente funerária", falou Adelle, olhando para Connie.

Quase isso, devolveu a amiga, só movendo os lábios.

"Sem dúvida uma função incomum para uma mulher", respondeu Kincaid. "Mas são tempos estranhos, e isso exige que ultrapassemos os limites daquilo que a sociedade considera civilizado e adequado. Continue."

Connie precisava admitir: o cara era tão nerd que se mostrava páreo duro para elas duas.

"Então tentei manter a calma", prosseguiu Adelle. "Disse a mim mesma: se isso é a morte, pelo menos não dói. E Constance viu tudo, então não vai ficar tentando entender o que aconteceu. E assim será mais fácil..." Ela mordeu o lábio inferior, inspirando com dificuldade. "Seguir em frente."

Esfregar o joelho não bastaria. Connie pegou a mão de Adelle e a apertou com força, esperando transmitir todo o alívio, o medo e a confusão que a consumiam por dentro. Tinham evitado a catástrofe por pouco, e disse a si mesma que não voltasse aos dez minutos em que acreditara que Adelle realmente havia partido para sempre. Pensara em tantas coisas ao mesmo tempo. Como contaria aos pais de Adelle? Como aquilo podia ser justo? Como conseguira errar o tiro? Como, como, como?

"Connie é como uma irmã para mim", explicou Adelle.

"De fato, o vínculo entre as duas é palpável, mesmo para um observador casual. É uma sorte terem encontrado uma amizade assim."

Connie sorriu. Kincaid a conquistava um pouco mais a cada minuto. *Onde estava aquele garoto antiquado, íntegro e puro demais para este mundo que ela conhecera no livro?* Talvez ele sempre esteve lá, só ficava escondido ou esquecido. Já não podia ter certeza de nada, e agora nem mesmo o romance que o criara era confiável.

"Quando cheguei ao estômago, fiquei com medo de novo, depois fiquei confusa, é claro. Não sabia por que não estava dormindo, como os outros. Honestamente? Pensei que talvez tivesse mesmo morrido e que aquela era a vida após a morte, que simplesmente estaria sozinha para sempre, cercada de pessoas, mas sem ninguém para conversar." Adelle terminou seu relato, tomando chá e limpando o rosto com o lenço.

"Você me deu muito assunto em que pensar." Kincaid se levantou, apoiando a xícara de volta no pires e olhando para a mesa de desenho perto das janelas. "Preciso de... tempo. Tempo para considerar tudo que você contou. As duas precisam descansar, srta. Casey, srta. Rollins. Haverá tempo para investigar esses mistérios quando estiverem revigoradas."

Adelle assentiu, falhando em esconder um grande bocejo. Ela terminou o chá e se inclinou para colocar a xícara de volta na bandeja.

"Deixa que eu cuido disso." Connie a interrompeu, pegou a xícara de Adelle e a colocou de volta na mesa de centro, junto com a sua própria xícara, então se virou para afofar o cobertor e garantir que Adelle estivesse confortável enquanto deslizava para baixo das cobertas.

"Obrigada", disse a amiga. "Você vai ficar aqui comigo?"

Kincaid voltara para junto do fogão e da bacia. Connie o ouviu vasculhar alguma coisa, então o viu parado em sua biblioteca aconchegante antes de retornar com uma pilha de livros: *As Viagens de Gulliver*, *A Feira das Vaidades*, *Middlemarch* e *A Senhora de Wildfell Hall*, entre outros. Connie escolheu o único que ainda não lera: *A Feira das Vaidades*.

"Para a sua vigília, sentinela", explicou ele, fazendo uma reverência.

Connie quase não queria tocar nos livros, de tão lindamente encadernados e impressos. Aqueles tesouros valeriam uma fortuna no mundo real.

"São incríveis!"

"Salvei todos que consegui encontrar nas igrejas e universidades locais. Quando o caos começou, havia saqueadores por toda parte. Esses livros podem não ser meus, mas gosto de pensar que estão felizes em seu novo lar." Kincaid abriu um frasquinho que trazia no bolso e o entregou a Adelle. "Antes que durma", disse, gentilmente. "É uma tintura de cravo e noz de galha; impede os sonhos."

Adelle pegou o frasco com as mãos trêmulas e se retesou ao sentir o cheiro.

"Cravo?", perguntou Connie. "Parece o chá que os Penny-Farthings me fizeram beber."

Kincaid pegou o frasco de volta, depois de Adelle tomar o remédio depressa.

"Eu diria que os dois remédios empregam um princípio semelhante: fazem uma infusão com ingredientes, para que sejam eficazes; já eu, prefiro destilar. Tendo a preferir este método, que é mais rápido, já que o sabor é bastante desagradável."

"Depois de tudo que vi", disse Adelle, sonolenta, "prefiro não sonhar."

Depois de verificar discreta e atentamente se os pés de Adelle estavam cobertos, Kincaid enfiou as mãos nos bolsos e marchou com entusiasmo febril até a mesa de desenho. Para os padrões dele, aquilo devia ser um deslize de compostura, mas Connie achou fofo.

Quando o rapaz chegou ao seu destino, Adelle já tinha dificuldade de manter os olhos abertos. Connie estava sentada no tapete, com as costas apoiadas no sofá onde a amiga estava deitada e *A Feira das Vaidades* aberto com reverência sobre os joelhos, evitando deixar qualquer marca de dedo ou dobra no livro inestimável.

Adelle se inclinou e roubou um abraço de um braço só.

"A propósito, ele está a fim de você", murmurou Connie.

"Não sei, não. Devo ser só um experimento científico para ele."

"Que nada. Ele está a fim de você e é uma delícia. A *biblioteca* dele é uma delícia."

Ouviu a amiga rir e rolar de costas, o couro rangendo sob seu peso.

"Então por que não está interessada?"

Connie ficou um tempinho de boca aberta. Como responder? Adelle não sabia de sua atração por outras garotas, e aquele não parecia ser o momento para uma conversa franca e honesta, não quando podia ouvi-la bocejando quase o tempo todo. Também não parecia ser a hora de examinar a pontada de ciúme que a atingira, crepitante e inegável, quando Missi se ofereceu para ficar para trás com sua "antiga paixão".

Não conseguia imaginar Mississippi McClaren com Orla Beevers, tão acanhada, mas não se sentia em condições de julgar. E, afinal, não era da sua conta. E *afinal*, nenhuma daquelas pessoas era real, eram apenas personagens.

Isso não mudava o fato de que tivera alguns sentimentos bem específicos quando Missi não viera junto. Ou quando notou que a atiradora obviamente passara maquiagem para impressioná-la, quando foi lhe mostrar o balão de ar quente... Também não mudava o fato de que sentia falta daquela ruiva maluca, com o temperamento intempestivo, os impropérios e as franjas ridículas. Foi quando se deu conta de que Orla e Missi talvez não fossem para a oficina de Caid e que, se ela e Adelle conseguissem encontrar o incenso, nunca mais veria Mississippi. Isso doeu. Doeu muito mais do que esperava.

Connie massageou a nuca, sentindo o princípio de uma dor de cabeça.

"Eu... acho que talvez esteja interessada em outra pessoa", disse, por fim. "Não sei. É complicado. Minha cabeça está tão confusa... Você com certeza sabe o que é..." Ela se virou para a amiga, que tinha caído no sono. Voltando ao livro, Connie deu de ombros.

"Outra hora", murmurou. Ou, se Missi não voltasse, talvez nunca.

25

Não existem, na vida de todos, pequenos capítulos que parecem não ser nada, mas que afetam todo o resto da história?

— A Feira das Vaidades, *William Makepeace Thackeray*

"Onde ela está? Onde está a srta. Casey? Eu exijo saber!"

Adelle acordou de repente; de adormecida e encolhida foi instantaneamente para outro estado: de pé, arrancada do sono sem sonhos como um boneco de um trem fantasma sendo catapultado para fora de um caixão, e com o mesmo efeito. Severin girou os braços feito um moinho quando a viu surgindo de debaixo do cobertor; ele estava com o cabelo e as roupas amarrotados, manchas de tinta distraídas decorando suas mãos e bochechas.

"Anuncie-se antes de quase matar nossa paciente de susto, rapaz." Kincaid apareceu atrás dela. Das fileiras de plantas perto da porta, Connie emergiu com o rifle em punho.

"Não queria assustá-la, srta. Casey; minha preocupação levou a melhor sobre meu bom senso." Severin fechou a porta, tentando endireitar o plastrão, e fez uma reverência. *"Je suis désolé."*

Connie correu para os sofás, colocando-se entre ele e a amiga. Adelle observou enquanto ela assimilava quem ela estava intimidando com o olhar, imaginando se ela notara o que estava fazendo. Connie nunca fora muito fã de Severin, embora nunca tivesse explicado exatamente o porquê. Mesmo sendo uma espécie de reencontro, a interação entre os dois na cozinha da casa de Moira tinha sido breve e tensa.

"Como soube da nossa paciente?", interrogou Connie.

"Também gostaria de saber", acrescentou Caid, que continuava parado atrás dela, protetoramente.

Severin olhou por cima do ombro de Connie, o que a fez deslizar alguns centímetros para a direita, bloqueando sua visão outra vez.

"Toda a cidade está falando a respeito", afirmou ele. "A garota que voltou da Chaga! É verdade? Você realmente entrou e voltou?"

"É verdade." Connie não se mexeu. "E ela está se recuperando desde então."

"Quanto tempo eu dormi?", perguntou Adelle. Empurrou o cobertor para longe das pernas e tentou se levantar; percebeu que já se sentia muito melhor.

"Quase três horas", informou Caid.

"Não somos amigos? Não posso vê-la?", perguntou Severin.

Em resposta, Caid contornou Adelle, passou por Connie e encarou Severin com os óculos escorregando pelo nariz, o maxilar cerrado. Parecia querer vomitar, possivelmente em cima do recém-chegado.

"Nós compartilhamos este edifício, Severin, com o entendimento de respeitarmos a privacidade e a solidão um do outro."

Connie juntou-se a Adelle no sofá, cruzando o braço no dela como se a ancorasse ali, longe de Severin. Tudo aquilo parecia ridículo; estava bem, estava se recuperando, pelo menos fisicamente. Não sabia se ou quando sua mente se recuperaria do que vira.

"Veja bem, srta. Casey, sou vizinho dele. Um vizinho *cordial*. Só vim saber de sua saúde. Houve muita comoção, daí ouvi suas vozes! Uma surpresa bem-vinda, sem dúvida, mas que me distraiu! Eu não conseguia me concentrar na minha arte sabendo que a senhorita tinha passado por tamanha provação."

"Nunca sonharíamos em mantê-lo longe de sua arte", respondeu Caid.

Adelle não deixou de notar a ligeira ênfase sarcástica que Caid colocara em *arte*, e muito menos a animosidade em seu tom.

"Melhor irmos enquanto eles se atracam", sussurrou Connie. "Você está bem para andar?"

"A que distância fica a loja dessa mulher?", perguntou Adelle. Francamente, o refúgio de Caid era tão acolhedor, tão exatamente o seu tipo de lugar, que não queria sair de lá. Sabia que, no segundo em que partisse, sentiria falta dali.

"Não muito longe", respondeu Connie. "Logo a norte daqui, perto da loja de artigos militares e do campo de beisebol, bem perto da água."

"Tudo bem. Pode ir na frente."

Os garotos continuaram discutindo enquanto Connie escoltava Adelle até a porta. Severin e Kincaid ficaram em silêncio quando notaram a movimentação das duas, que ignoraram os dois enquanto abriam a porta e saíam para o corredor.

"A srta. Casey precisa de um pouco de ar", informou Connie, com alguma delicadeza. "Não vamos muito longe."

"Deixe-me acompanhá-las, eu insisto." Severin fez outra mesura, desgrenhando os cachos negros. "Mesmo este bairro pode ser perigoso."

"Eu sei me virar", afirmou Connie, dando um tapinha no rifle pendurado no ombro.

"Mas, senhoritas..."

"Eu disse que sei me virar." Ela deu um sorriso mais educado a Caid antes de dizer: "Obrigada pela hospitalidade. Estará aqui quando voltarmos?".

Caid encostou-se à porta, a testa franzida de preocupação, porém sem contestar a decisão de Connie de proteger Adelle sozinha.

"É claro. Deixarei a porta do armazém aberta para vocês. Srta. Casey, se não estiver muito cansada, talvez possa responder mais perguntas mais tarde."

"Posso, sim", respondeu Adelle, sem saber para quem olhar. Os dois rapazes a encaravam intensamente.

"Ah! Então responderá às perguntas dele, mas não às minhas!" Severin fez beicinho, cruzando os braços sobre a camisa manchada de tinta. "Que injusto... Você partiu meu coração!"

Adelle podia sentir Connie revirando os olhos mesmo sem olhar para a amiga.

"Terei prazer em contar tudo que aconteceu quando voltarmos." Ao ouvir isso, Severin se iluminou, pegou a mão livre dela e a beijou.

"Mademoiselle Mystère, terá minha eterna gratidão. O nome é ainda mais adequado agora, não concorda?"

Aquilo claramente já era o bastante para Connie, que puxou Adelle pelo corredor, para longe dos dois rapazes. Apressando-se para acompanhar a amiga, Adelle notou que a perna, enfim, estava perfeitamente boa, ainda sensível se tocada diretamente no hematoma, mas não dolorida a ponto de fazê-la mancar. A cintura era outra história, ainda latejando pela força com que o tentáculo da Chaga a esmagara. Se levantasse o vestido, sabia que se veria coberta de manchas roxas.

"Não precisa ser tão grossa com ele."

Lá fora, uma chuva fina começara a cair. As duas andaram sob a garoa, o céu da tarde escuro como se já estivesse anoitecendo.

"Ele é irritante", murmurou Connie, marchando rápido. "E me deu um soco. Um soco fraco, mas mesmo assim... Não se atreva a se apaixonar *de verdade* por ele."

Adelle se soltou do braço do de Connie, querendo andar sozinha.

"O que você está insinuando?"

"Você sabe muito bem. Sei que ele é seu namorado literário número um, Adelle; vi como estava olhando para ele na cozinha. E não estou condenando isso! Tenho certeza de que, se eu tivesse esbarrado em Moira no segundo em que cheguei aqui, teria me apaixonado ou coisa do tipo." Ela puxou o mapa da mochila, mantendo uma mão no papel, a outra firmemente no rifle. Seus olhos varreram o caminho à frente e atrás quando viraram à esquerda, já fora do armazém.

"Não teria, não!", gritou Adelle. "Ela é horrível. Simplesmente... a pior garota que já conheci, você a odiaria! Ela é vaidosa, egoísta e cruel. Veja o que fez com meu cabelo! Você mesma disse, estou parecendo o irmãozinho feio do Príncipe Valente."

Connie resmungou e balançou a cabeça.

"Espere um pouco. Por que você se apaixonaria pela Moira?"

"Foi só um exemplo", grunhiu Connie.

"Certo, bem, então, para dar outro exemplo, não estou apaixonada por ninguém!" Adelle não sabia se era verdade, mas, caso se apaixonasse, o sentimento não seria forte o bastante para impedi-la de saber o que era importante, não mais. Não depois de... "Como eu poderia? Tudo que eu queria era arrancar meu cérebro e arranjar um novo. Você não sabe o que eu vi, Connie!" Ela diminuiu a velocidade, quase caindo de joelhos nas pedras úmidas com a lembrança da criatura, as asas abertas... "Meu Deus, o que eu vi..."

"Céus, me desculpe. Eu sou uma idiota." Connie puxou a amiga para um abraço, impedindo-a de cair.

"Não, a idiota sou eu!" Adelle a abraçou também volta, feliz por encerrar a discussão. "E sinto muito. Quando nos vimos, na despensa, devia ter largado tudo e ido com você, mas sua amiga estava armada, e eu não soube o que fazer. Tudo está muito distorcido; nada faz sentido. Não é nem o livro certo! Isso não é um romance, é um pesadelo."

Connie se afastou, puxando Adelle pela manga até o abrigo de um prédio qualquer, longe da chuva. Ela pegou a bolsa outra vez, tirou o exemplar de *Moira*, que abriu na primeira página antes de entrega-lo à amiga, dizendo:

"Olha isso. Leia."

Adelle examinou as linhas, os lábios se abrindo em uma arfada por não as reconhecer. A capa, a fonte, todo o visual do livro permanecia o mesmo, mas o texto estava completamente diferente.

"Está tudo assim?" Ela folheou o livro depressa.

"Não, só até onde chegamos na história", disse Connie. "A metade final ainda é a mesma. Suponho que esteja esperando a gente determinar como será escrita."

"Como pode uma coisa dessas? Como isso tudo pode estar acontecendo?"

"Não sei." Connie se recostou na porta fechada do prédio que usavam de abrigo, fazendo voar uma nuvem de pó de carvão. "O que você viu, Adelle? O que realmente aconteceu dentro daquela coisa? Algo que dê sentido a isso tudo?"

Adelle afastou o cabelo molhado da testa.

"Quase tudo que contei para você e para o Caid era verdade", respondeu Adelle, afastando o cabelo molhado da testa.

"Então ele agora é 'o Caid'?"

"Cale a boca." Adelle cutucou a amiga, mas Connie sorriu e a cutucou de volta. "Caí por algum tubo gosmento; era nojento, mas depois ficou muito pior. Fui empurrada para uma câmara enorme, tão grande que poderia conter todas as pessoas desaparecidas da cidade."

"Céus, que sombrio!"

"Estavam todos lá... flutuando. Não estavam mortos, mas também não estavam vivos." Adelle se encolheu com a lembrança, cada detalhe marcado em seu cérebro. "Por algum motivo, eu não estava como eles, talvez por não ter entrado na Chaga como a mãe de Orla, sonâmbula. Eu estava acordada."

"Claro, quem faria isso voluntariamente?", perguntou Connie.

"Tentei acordar a sra. Beevers, mas nada aconteceu..." Adelle se preparou, já tremendo antes de dizer as palavras. Não queria pensar naquela coisa falando com ela, a voz tão alta que parecia poder sacudir seus ossos. "Então nadei até a parede. Era como estar dentro de um coração enorme; podia ouvir e sentir a pulsação, que iluminava a câmara inteira. Tentei falar com a coisa, que me respondeu. Eu vi... algo por trás da parede, uma cidade em algum lugar e um monstro gigantesco caminhando pelas ruas."

Connie encarava a amiga fixamente, os olhos arregalados, sem piscar, e Adelle prosseguiu:

"Ele não me queria na câmara. Acho que me quer morta, por isso me deixou ir. Esse monstro... tem um plano. Quer alguma coisa." Adelle não conseguia mais distinguir a verdade do engano. Até tentar falar sobre o que vivenciara dentro da Chaga causava ânsias de vômito. As palavras eram pegajosas, a verdade, mais ainda. "Seja lá o que aquela criatura deseja, seja qual for o plano, Connie, acho que somos parte dele."

Tinham chegado ao grande X no mapa, descartando o que Geo, muito prestativa, rotulara como MIERDA DE CLAQUEADORES — CUIDADO, mas Connie não via nenhuma loja ou casa, só um campo coberto de mato cujo terreno aos poucos ficava arenoso e rochoso, transformando-se de grama em mar. Uma barreira de névoa tão impenetrável e aparentemente sólida quanto uma parede cercava o centro da cidade a norte. Não era de se admirar que os navios naufragassem imediatamente: ninguém conseguiria navegar naquelas águas.

"Não entendo." Connie verificou o mapa outra vez. "Ela mentiu?"

"Veja", murmurou Adelle, apontando para a frente, para o final do campo, onde a terra encontrava a barreira de neblina. "Tem alguma coisa na água."

"Posso dar uma olhada primeiro. Você já passou por loucura demais no mar."

"Não, tudo bem." Adelle deu alguns passos para a frente, entrando na grama alta que roçava sua saia de leve. "Parece um barco."

Connie estreitou os olhos e descobriu que a amiga tinha razão: um velho barco a vapor estava encalhado na praia, a ponta projetando-se acima das rochas, vagamente visível na névoa. Começaram a atravessar o campo juntas, apertando o passo para evitar a grama úmida e espinhosa.

"Ai!" Adelle tropeçou e segurou o pé. Ela se abaixou e pegou algo desbotado e metálico, que lembrava vagamente um coelho. Um coelho de bronze. "Mas que... O que é isso? Um peso de papel?"

"Essas coisas estão por toda parte." O campo estava coberto daqueles bichos, espalhados como se fossem minas. Connie pegou outro maior, em forma de leão. Notou outras coisas estranhas escondidas na grama: pontas de caneta-tinteiro, algumas centenas, espalhadas entre as ervas daninhas como sementes de ouro e prata.

"Pise com cuidado", alertou Connie. "E mantenha os olhos abertos. As garotas Penny-Farthing são duronas, e até elas têm medo dessa mulher."

"Ela definitivamente tem um gosto eclético para enfeites de jardim."

"Acho que ainda não inventaram os flamingos", bufou Connie.

Adelle carregou o coelho de bronze enquanto avançavam pelo campo coberto de lixo, soltando ais e uis quando não topavam em algum peso de papel que não tinham visto.

"Imagine só", disse Connie, enquanto o navio a vapor se delineava à frente delas, com uma porta improvisada cortada no casco. "Se ela tiver incenso, talvez a gente consiga chegar em casa, nas nossas camas, antes que anoiteça."

Adelle franziu a testa. "Como vamos comprar? Não temos dinheiro."

"Podemos trocar. Ela pode ficar com meu celular, não me importo."

"Não tenho muito a oferecer", acrescentou Adelle.

Ela parecia desamparada, hesitante. Connie continuou olhando para a amiga, preocupada. Não devia ser surpresa que Adelle não estivesse fervilhante como de costume. Estava diferente depois de ter caído na Chaga. Muito. Ainda assim, Connie não pôde deixar de pensar que a amiga não estava muito concentrada no plano. Devia parecer mais animada com a possibilidade de ir para casa.

"Você está se sentindo bem? Quer dizer, apesar de tudo? Você está bem?"

Adelle estufou as bochechas, olhando para a frente enquanto levantava a saia para deixar os passos mais livres. A chuva diminuíra, deixando as duas no frio que restara.

"Sabe o final de *O Senhor dos Anéis*, quando Frodo não fica no Condado? Ele vai para os Portos Cinzentos?"

"Sim." Claro que Connie sabia; tinha lido e relido os livros e assistido aos filmes inúmeras vezes. Justamente por saber, sua preocupação aumentou.

"Nunca entendi aquilo", murmurou Adelle, as gotas da chuva que restavam em seu rosto brilhando nas bochechas rosadas. "Tipo, por que ele não quis ficar com os amigos? Ele passou por tanta coisa... Não iria querer simplesmente relaxar em casa, fumando seu cachimbo?"

Connie não respondeu.

"Mas agora entendo. Eu me sinto estranha. Errada, de alguma forma. Como se tivesse visto algo que não devia ter visto. Como se eu fosse alguém que não devia ser. Como se tivesse espiado por trás da cortina, sabe? Se existisse algo como os Portos Cinzentos, gostaria de ir para lá."

"Você não quer isso de verdade", retrucou Connie. "Só está abalada."

"É, sim." Adelle estendeu a mão e tocou o ombro da amiga para tranquilizá-la. "Não se preocupe, está bem? Eu ainda vou para casa com você. Isso não mudou. Na verdade, quero voltar agora mais do que nunca. Não sei como isso é possível, como se chama algo que você deseja mais do que desesperadamente? Tem palavras para isso?"

"Ótimo, pois vou arrastar você daqui se for preciso. Ei."

Adelle deu risada, então parou, encarando a amiga enquanto a proa do navio as lançava na sombra.

"Sinto muito por tudo isso", murmurou. "A culpa é minha."
"Eu concordei em participar", disse Connie. "Nenhuma de nós teria dito a Straven para seguir em frente se realmente acreditássemos que iria acontecer."
Adelle empalideceu.
"É verdade, você tem razão."
"Você mente muito mal, Delly."
"Desculpa, eu só... Eu não pensei que seria assim. Mesmo que a mágica funcionasse, eu não esperava isso aqui."
"Ninguém esperaria", Connie suspirou. "Eu perdoo você, mesmo tendo tido vontade de te esganar."
"É justo", respondeu Adelle. "Vamos entrar, essas nuvens parecem prontas para chover outra vez."
O buraco aberto no casco não mostrava nada além, nenhuma pista do que as esperava lá dentro. Latas e sinos tinham sido pendurados na porta, alertando a mulher a respeito de qualquer pessoa que tentasse entrar. Connie não evitou fazer barulho, preferindo que anunciassem sua presença do que se esgueirassem como ladras.
"Olá?", chamou Connie, as latas e sinos tilintando ao seu redor. "Tem alguém aí?"
Fora a aparência externa, nada as faria pensar que tinham entrado em um navio a vapor. O interior sombrio fora preenchido do chão ao teto com bugigangas e objetos resgatados. A mulher parecia obcecada por espelhos: havia vários encostados no interior curvo de madeira, de todas as formas e tamanhos. Algumas janelas deixavam a luz entrar apenas o bastante para que se pudesse enxergar, para tornar visível a poeira intensa pairando no ar.
A vidente pendurara cortinas esfarrapadas por toda parte, criando um labirinto de tecido drapeado. Um lustre louco e impressionante feito de colheres, pedaços de vidro e cacos de espelho girava lentamente sobre uma mesa inclinada e toda posta, com a louça de porcelana lascada; bolotas de lama e argila salpicadas de grama faziam o papel do que parecia ser a comida disforme nos pratos. As duas se arrastaram adiante, agarradas. Connie estava ansiosa para pegar o rifle, mas sabia que isso não as faria parecer tão amigáveis.
"Olá?", chamou outra vez. "Não estamos tentando assustar. Tem alguém em casa?"
"Connie", sussurrou Adelle. "O chão."

Estava coberto de palavras escritas à mão, em uma caligrafia desleixada e quase toda ilegível. Examinando as paredes com atenção, viu que também estavam escritas. Em alguns lugares, a caneta tinha sido pressionada com tanta força que danificara a madeira. Como Adelle enxergava melhor, se abaixou para tentar desvendar algumas das frases que Connie não tinha a menor chance de entender.

"'Pareceu-me que as nuvens se a-abririam'", Adelle leu com dificuldade. "'E mostrariam riquezas prontas para sair...' não, 'para *cair* sobre mim, que quando acordei...'"

A voz dela morreu. Connie também sentiu. Não estavam sozinhas. Uma mulher de vestido preto saiu das sombras.

"Chorei para sonhar de novo", disse a mulher, com voz áspera, completando a frase de Adelle. "*Isso* é Shakespeare, mas vocês duas não são poetas, então, por favor, digam quem são."

26

Ela usava um vestido preto mal ajustado e deselegante, de grandeza teatral, mas rasgado e bastante sujo. O traje quase fazia com que parecesse a própria rainha Vitória, ainda mais com o véu preto que caía da tiara rachada presa em seu cabelo grisalho, escondendo o rosto. Cada um de seus dedos reluzia com anéis imundos.

"Olá, isto aqui é seu?" Adelle ergueu o peso de papel em forma de coelho. "Encontramos centenas deles lá fora."

"E deviam ter deixado lá." A velha se aproximou das duas; era mais rápida do que parecia. Arrancou o peso de papel da mão de Adelle e recuou, embalando-o junto ao peito. "Suas tolas. Vocês não sabem de nada. Não sabem *nada* sobre este lugar."

Adelle detectou um leve sotaque francês, desgastado por anos e anos de inglês, mas ainda presente.

"Não queríamos incomodar a senhora. Meu nome é Adelle; esta é Connie."

A mulher as estudou atentamente, então bateu no peso de papel, pensativa, com um dedo nodoso. "Adelle... Adelle e *Connie*. É um nome incomum."

"Abreviação de Constance", Connie se apressou em explicar. "Você vende coisas?"

"Tão ansiosa. Tão apressada..." A mulher se virou e se afundou nas entranhas do navio. Adelle olhou para Connie, que deu de ombros e foi atrás. Uma poça dourada de luz se espalhava pelo chão, revelando mais da escrita à mão sob seus pés. Tinham contornado toda a ponta do navio a vapor e, do outro lado, a mulher de preto colocara uma mesa e quatro cadeiras, e um lampião fornecia a luz bruxuleante.

"Sentem-se comigo, meninas; visitantes são um grande deleite..." Ela se virou para encará-las de novo, apontando para as cadeiras vazias e desiguais. "Anseio tanto por visitas! A mesa está posta!"

"Ela não parece tão assustadora", comentou Adelle, aos sussurros.

"Aguarde", respondeu Connie. "Sinto uma tremenda vibe de 'João e Maria'."

Adelle riu baixinho, passando à frente de Connie e ocupando a cadeira mais próxima da parede. Depois de se sentar, Connie colocou o rifle no chão, perto dos pés, então tirou a bolsa do ombro e a segurou no colo.

A velha girou em um círculo dramático, a cauda da saia se arrastando atrás de si, antes de se sentar do outro lado do lampião, o véu opaco à luz da vela. Com ela imóvel, o tecido parecia liso e sólido como mármore negro. Adelle estremeceu, lembrando-se do garoto aterrorizante na festa de Moira.

A mulher colocou as mãos enluvadas e cheias de joias sobre a mesa.

"Nós nos apresentamos", observou Adelle. "Como devemos chamá-la?"

"Raramente digo um nome", respondeu a mulher. Aquele sotaque estava começando a irritar Adelle, despontando aos tropeços em tudo que ela falava. "Às vezes, sou chamada de Vidente; algumas pessoas me chamam de Passageira, por causa do barco. Mas vocês podem me chamar de Chordalia."

E ela achou que Connie era um nome estranho...

"O que as traz ao meu humilde antro de excentricidades e honestidade? Devo ler suas mãos? Ou suas cartas? Ou dizer aonde as linhas da vida as levarão?" Chordalia passou o próprio dedo indicador pela palma da mão.

Aquilo levaria uma eternidade. Se o barco não estivesse tão escuro, Adelle teria cogitado mais uma rebelião: simplesmente pegaria o incenso e sairia correndo.

"Precisamos de incenso", disse Connie, sem rodeios. "Podemos fazer uma troca."

"E o que vocês teriam que eu possa querer?"

"Mais excentricidades", arriscou Adelle. "Para a sua coleção."

Chordalia inclinou a cabeça para o lado, o véu ondulando.

"Interessante. Porém, mais do que qualquer coisa que possam ter, vocês mesmas são fascinantes. De fato, possuo o que desejam e estou disposta a fazer uma simples troca."

"Que tipo de troca?" A voz de Connie parecia tão hesitante quanto Adelle se sentia.

A mulher exibiu as palmas das mãos outra vez.

"Vou proferir um conjunto de verdades sobre vocês e, em troca, dirão se acertei. Quando acabarmos, terão o incenso."

Adelle achou o acordo mais do que justo, talvez até um pouco emocionante, mas notou que Connie parecia indecisa, se remexendo na cadeira, nervosa.

"Certo", concordou Connie, de repente. "Quem será a primeira?"

"Bem, *A* vem antes de *C*", disse Chordalia, quase zombando dela. "Então começarei com Adelle. Dê-me as mãos, menina, para que eu sinta seu passado, seu presente e seu percurso daqui para a frente."

Adelle tentou impedir que as mãos tremessem ao estendê-las, mas não pôde deixar de se sentir estranha. Agora que tinha certeza da existência de alguns tipos de magia, sua velha impressão de que misticismo e adivinhação eram coisas inofensivas precisava ser atualizada. O silêncio e o véu inexpressivo a fizeram se encolher.

Acabe logo com isso. Ela é só uma velha solitária morando em um barco encalhado.

Assim que suas mãos se tocaram, Adelle teve certeza de que um choque se passara entre elas. Fechou os olhos, de repente com medo. Da última vez que deixara alguém ler sua sorte, ouvira que desapareceria na escuridão. O que quase tinha acontecido.

"Não desvie seu olhar de mim", murmurou Chordalia, a voz diferente agora, mais lírica, subindo e descendo enquanto dava início à adivinhação. "Esses olhos... são incomuns. Sim. Você é uma jovem incomum, não é? Especial, ou pelo menos gostaria de ser. Você nunca se viu entre almas semelhantes. Um pássaro entre os peixes, uma criatura que não voa e anseia pelas alturas. Você sempre esteve à parte, então se cobre de preto, mas não como luto, e sim como uma máscara. Uma palavra riscada. Uma atriz enredada nas cortinas, sem nunca chegar ao palco. Não olhe para mim, você diz, embora tenha o coração despedaçado, desesperado para *ser visto*."

Adelle puxou as mãos de volta, encolhendo-se na cadeira. Era tudo verdade. Como aquela mulher podia saber tanta coisa se só a conhecia havia menos de cinco minutos? Ela estremeceu e olhou para Connie, que estava rígida de medo.

"Eu não tinha terminado, menina, mas suponho que a parte sobre sua paixão por contos de fadas e magia não seja tão interessante. Agora é sua vez." O véu ondulou de novo, voltando-se para Connie. Ainda mais relutante que Adelle, a garota pôs as mãos sobre a mesa.

Adelle observou, paralisada, imaginando se a mulher pintaria uma imagem tão clara de Connie quanto pintara dela.

"Mãos fortes", murmurou Chordalia. "Sim, mãos firmes. Seu caminho é de pedra, já traçado. Você é a líder, ela é a seguidora. Uma contradição: você se expressa com o corpo, com suas façanhas físicas, mas sua alma também é romântica. E contradições são cheias de segredos, assim como você. Você não é daqui, menina. Está longe, muito longe de casa. Não é nenhum oceano que a separa do lugar onde nasceu, é o tempo..." Sua voz era quase melancólica, suave. *Triste*. "E um véu. Um véu que separa um plano do outro. Você cruzou uma barreira que não devia ter cruzado e agora vaga por um mundo que não é o seu."

Connie fez careta, puxando as mãos para trás e fechando-as.

"Como sabia disso?", perguntou, a voz firme. "Tudo que disse..."

"Connie", disse Adelle, baixinho, colocando a mão sobre o ombro da amiga, na esperança de que dizer seu nome expressasse tudo que queria dizer: precisavam tomar cuidado, aquela mulher talvez fosse sua única chance de voltar para casa. Precisavam do incenso.

"Como?", insistiu Connie. "Como sabia de tudo isso?"

Chordalia estendeu as mãos e começou a remover os grampos que prendiam o véu, um por um, explicando enquanto suas mãos trabalhavam. "Suas palavras. Seu cabelo." Ela apontou para Adelle, então seu rosto se voltou para Connie. "E *seus* maneirismos. Seu sotaque. Sua... bolsa do Boston Red Sox."

Adelle congelou. Connie cruzou os braços sobre a bolsa esportiva de náilon. Tinha apenas um B vermelho estilizado do time de beisebol, que sequer existia em 1885. Como a mulher podia saber do que se tratava? A não ser que... *A não ser que*. Assim que o véu caiu, Adelle reconheceu aquele rosto. Era como ver uma amiga perdida havia muito tempo, ou uma parente de quem só ouvira falar e nunca encontrara.

"É você", murmurou Adelle.

"Quem?", perguntou Connie, virando-se para ela.

Era verdade que a imagem diante delas não era exatamente a mesma do livro. Mas Adelle podia ver a semelhança. A mulher tinha engordado e deixado o cabelo crescer, mas ainda era ela, sem sombra de dúvida. Adelle enfiou a mão na bolsa de Connie e pegou o livro, que empurrou lentamente, como uma sentença de morte, sobre a mesa.

"Robin Amery", respondeu, abrindo a página no final do exemplar, com a biografia e a foto do rosto da autora. "A criadora de *Moira*."

27

Para Connie, foi como se pudesse ver a poeira baixando entre elas. Mesmo se alguém espetasse seu braço, ela não conseguiria se mexer. Robin Amery. Como era possível?

"Nunca pensei que veria outra pessoa do nosso mundo aqui." Os olhos de Robin se encheram de lágrimas. "Eu... não sei o que dizer. Vocês são reais? Vocês são... Não. Não. Vocês não são reais. Nada disso é real; eu tinha me esquecido. Nunca se deve esquecer. Nunca."

Ela se levantou e se afastou da mesa, apoiando a cabeça entre as mãos enquanto caminhava no pesado vestido preto.

"Somos reais", insistiu Adelle, se levantando. Estava lidando com tudo aquilo melhor do que Connie. Talvez ter entrado na Chaga tivesse afrouxado alguns de seus parafusos. Mas talvez a amiga estivesse certa. Se elas duas podiam cair no romance, por que não a autora? Afinal, era ela quem tinha a relação mais próxima com o livro, o laço mais íntimo.

"Somos reais", repetiu Adelle. "Eu juro. Mostre seu celular a ela, Connie. Esvazie sua bolsa."

Connie parecia se mover em câmera lenta, desajeitada com o choque. Ela se levantou, derrubando a cadeira, o que prontamente ignorou, e despejou o conteúdo da bolsa dos Red Sox na mesa. Aquilo só poderia ser real, estava mesmo acontecendo; de que outra maneira uma mulher vitoriana conheceria um time de beisebol moderno de Boston?

"Aqui, veja isto. E isto. Veja tudo." Ela voltou a si, entregando o celular sem bateria para Robin, junto com sua carteira de estudante.

A princípio, a mulher se recusou a tocar nos objetos, recuando. Lágrimas grossas e brilhantes rolaram por seu rosto, escurecendo o detalhe rendado no peito do vestido.

"Há quanto tempo?", murmurou Adelle, a voz gentil. "Há quanto tempo está presa aqui?"

Connie não tinha pensado nisso. No pouco tempo em que estavam ali, sentira-se prestes a correr em círculos, de tão enlouquecida. Se Robin tivera tempo de adaptar um navio a vapor naufragado e enchê-lo de lixo, angariar a reputação de vidente e cobrir o casco inteiro com escrita, devia ter chegado muito, muito antes.

"Não faço ideia." Ela caminhou até um dos espelhos de pé, alisando o corpete do vestido com as mãos. "Quando cheguei, o romance estava começando. Moira e Severin tinham acabado de se conhecer no parque." Sua voz tremeu ao pronunciar os nomes das personagens que criara. "Onde estamos agora?"

Adelle passou o polegar nos lábios, um gesto nervoso que Connie já vira mil vezes antes. "Pelo menos na metade", respondeu. "Mas... mas o livro não está seguindo..."

"Os eventos certos, sim, isso está claro", interveio Robin. Ela fechou os olhos com força e quase se engasgou. "Logo depois que cheguei... as coisas começaram a dar errado. Ninguém se comportava como deveria. Um monstro horrível apareceu na água. Foi um caos. Achei que seria maravilhoso ver tudo, conhecer o mundo que criei, mas receio que minha presença aqui tenha feito tudo desmoronar." Ela suspirou e esfregou os olhos. "Depois que terminei *Moira*, nunca mais escrevi nada parecido. A magia tinha sumido. Totalmente. Eu me dediquei muito a esse livro, talvez demais. Não conseguia capturá-lo de volta. Meu livro, minha própria obra-prima. Mas agora eu destruí o que criei, e vocês também. Rasgos no céu. Agora apareceram outros, e foram por causa de vocês duas."

As duas amigas tiveram a ideia ao mesmo tempo, mas Connie falou primeiro:

"A Chaga... apareceu depois que você veio? E os monstros? Os rasgos? Todas as pessoas que entraram no mar? Acha que nossa chegada causou tudo isso?"

Robin fez que sim com a cabeça, desesperada, o cabelo grisalho e grosso balançando em volta das orelhas, caindo em cachos soltos.

"Sim, sim, tudo isso. Os personagens que eu achava que conhecia, todos saíram do roteiro. Criei um mundo lindo, um mundo rico e suntuoso. Este não é o meu mundo."

"Mas como você veio parar aqui?", perguntou Adelle, aproximando-se dela com cuidado.

"Não... não, é um truque." Robin agarrou a cabeça, um soluço escapando como um grito espantado. "Está na minha cabeça de novo. A voz. A voz enviou vocês. E... está falando através de vocês! A voz de novo, não! A loucura de novo, não!"

"A voz também fala com a gente", garantiu Adelle. "E eu vi o que é. Estive dentro da Chaga."

Robin ficou quieta, curvada, tapando as mãos com os ouvidos enquanto se virava lentamente para encarar Adelle.

"O quê? Isso... isso não é possível."

Connie aproximou-se da melhor amiga, oferecendo seu apoio silencioso.

"É verdade. E a voz falou comigo lá dentro. É... Parece algo de outra dimensão. A coisa sabe que não somos daqui, mas, se o que você está dizendo for verdade, se você notou as personagens saindo do roteiro e os monstros aparecendo depois da sua chegada, então talvez... talvez..."

"Talvez tenha sido assim que essa coisa entrou aqui", sugeriu Connie. "A vinda de Robin para cá deve ter aberto algum túnel entre os mundos. A magia distorceu a realidade."

"Você tem razão", sussurrou Adelle. "A coisa me falou de uma Cidade dos Sonhadores estar sendo preparada e de uma porta. Vir para cá, para este mundo, dimensão ou o que quer que seja, perturbou algum equilíbrio. Deve ter sido isso que abriu a porta para que ele viesse."

Tão perto. A formiga vê a bota se aproximando do alto e acha que é só uma nuvem inofensiva.

Connie se engasgou, dando alguns passos cambaleantes para trás. Adelle se aproximou no mesmo instante, segurando-a pelos ombros.

"O que está acontecendo? Qual é o problema?"

"Eu ouvi", gemeu Connie. "Parece estar abrindo meu crânio em dois, martelando de dentro para fora."

"A loucura, a voz..." Robin juntou as mãos e começou a andar de um lado a outro, desesperada. "Mas isso... isso é bom senso. Não é loucura. Pela primeira vez, não é loucura. Está ficando cada vez pior, sim. Primeiro comigo, agora com vocês. Um mundo dividido, um mundo envenenado pelo que vem de fora. Nós envenenamos meu lindo mundo."

"Como você veio parar aqui?" Adelle repetiu a pergunta.

"O homem. A loja. Eu só queria fugir... *Moira* era a única coisa boa que já tinha feito." Lágrimas brilharam em seus olhos. "Eu adorava aquela lojinha, ia lá para escrever, e, quando não conseguia mais escrever, dei ao dono meu exemplar de *Moira*. Ele viu minha dor. Viu minha tristeza. 'Posso ajudar', ele disse. 'Posso enviar você para aquele mundo. Mas você precisa voltar, precisa voltar e me contar o que viu.'"

"Straven?", indagou Connie, de repente. "O homem se chamava Straven? O Empório Olho de Bruxa?"

"Esse nome! Esse nome, não... NÃO!", gritou Robin, batendo nos olhos com as mãos fechadas, então saiu correndo, contornou o caminho do navio e desapareceu em uma sala escondida nos fundos.

"Será que vamos atrás dela?", perguntou Adelle.

"Precisamos dela", respondeu Connie. "Precisamos do incenso."

Antes que pudessem ir atrás da mulher, Robin voltou com uma xícara de chá quente, que entregou a Connie.

"Tinha colocado a chaleira no fogo antes de vocês chegarem", explicou a mulher, parecendo um pouco encabulada diante da expressão de surpresa de ambas. De repente, estava bem calma. "É hortelã. Eu mesma cultivo lá em cima; não confio em nenhum alimento daqui. Precisam me perdoar... Não sei mais como fazer isso. Como ser humana."

Connie levou o chá até o nariz e ficou de olho em Robin. Não conseguia decidir se sentia pena ou tristeza, talvez ambos. Aquele era, de longe, o encontro mais estranho que já tivera com uma celebridade. Em casa, tinham tentado encontrar Robin diversas vezes, promover um encontro em alguma loja ou biblioteca, mas ninguém nunca conseguira localizá-la. Agora sabiam o motivo.

"Vocês mencionaram uma coisa, ainda há pouco", prosseguiu a mulher. "A Cidade dos Sonhadores?"

"Eu vi esse lugar", respondeu Adelle. "Mas acho que não fica aqui. É grande demais para isso. Mas a criatura... quer trazer essa cidade para cá. Agora tenho certeza."

"Cidade dos Sonhadores, Cidade dos Sonhadores..." Robin remoeu o nome, pensando em voz alta. "Quando estava tentando escrever as histórias de *A Aventura de Moberly*, usei um livro para fazer algumas pesquisas. Acho que era Rudolph... Sim. Andrew Rudolph, *As Terras Intermediárias*. Aquele homem, Str... Str..." Ela tentou várias vezes pronunciar o nome de Straven, mas não conseguiu. "O homem da loja, foi ele quem me deu o livro. Não teríamos como encontrar um exemplar agora, mesmo tendo sido escrito bem antes de 1885."

"Robin, eu preciso saber. Há quanto tempo?", insistiu Connie, voltando ao que de fato queria saber. "Há quanto tempo está aqui?"

"Anos, eu acho, mas às vezes parece menos tempo, às vezes parece mais", respondeu ela. "E vocês?"

As garotas trocaram um olhar. Anos. Não parecia possível, mas batia com o período de ausência de Robin do mundo real. Connie decidiu desconversar, aquilo com certeza abalaria a pobre mulher.

"Não tem muito tempo", disse, evasiva.

"O tempo aqui deve passar diferente", concluiu Robin, a cabeça grisalha balançando outra vez. "Isso explicaria meu estado, explicaria por que de repente eu me sinto tão velha. Meu cérebro, minha capacidade mental... não são como antes." Ela gesticulou para o chão, as paredes e o teto. "O que vocês estão vendo aqui é minha tentativa de lembrar, de escrever tudo que sei. Tudo que sabia. Eu queria estar em um mundo lindo, mas este aqui é feio. Tudo é feio. Fui eu quem o fez assim? Não sei dizer. Não sei."

Connie sentia outro dos ataques de Robin a caminho.

"O incenso", lembrou, ainda mais motivada a voltar para casa. Seus pais... Não se permitiu pensar na mãe. Não queria terminar daquele jeito, como Robin. "Precisamos disso para voltar. É a resposta, não é? Se você acredita que todos esses monstros e problemas tenham sido causados pela nossa presença aqui, então a solução é voltar. Se todas formos embora, as coisas vão melhorar. Certo?"

Ninguém respondeu.

"Você tem incenso ou não?", perguntou Connie, impaciente. "Cumprimos nossa parte do acordo."

"Isso foi antes de eu ter certeza de que vocês eram viajantes como eu", respondeu Robin, a voz firme. "Mas vou jogar justo, Connie. Vou entregar o incenso. Encontrei em uma igreja, no baú de um padre. Mas preciso saber mais... saber mais sobre o que Adelle viu. Sobre a Cidade dos Sonhadores. Essa é a chave."

Robin bateu com a ponta do indicador direito na boca e voltou para a área escondida atrás da mesa e das cadeiras. Ouviram a mulher vasculhar alguma coisa, e Connie deixou o chá sobre uma prateleira qualquer, optando por não beber.

"Podíamos sair correndo", sussurrou.

"Não, precisamos tentar ajudar", retrucou Adelle. "Se nós somos o problema, então ela também faz parte da solução, como você disse. Eu só..."

Fora de vista, a autora resmungou ao deixar alguma coisa cair.

"Você só o quê?" Connie examinou o rosto da amiga, mas Adelle apertou os lábios, evitando seu olhar.

"Você conseguiria ir embora? Conseguiria deixar o mundo deles assim? Aquelas garotas no cais pareciam ser suas amigas. Não acha que devemos tentar ajudar? Mesmo se formos embora, você acha mesmo que tudo isso vai desaparecer? Os familiares e amigos de todos que conhecemos ainda estarão dentro da Chaga; os rasgos e monstros continuarão aqui, e tudo por nossa culpa." Adelle baixou o rosto entre as mãos.

"Sim", suspirou Connie. "Isso também tem me abalado, ando com um nó no estômago. Prometi a Mississippi que a levaria junto, que a ajudaria a escapar de tudo isso. Cara, que idiotice fazer amigos aqui."

"Eu fico repetindo para mim mesma que eles não são reais", comentou a amiga, inclinando-se para ela. "Mas não é o que parece."

Missi estivera pronta para mergulhar na água negra como tinta para resgatar Adelle, se ela tivesse caído no mar. A vaqueira era estranha e engraçada e provavelmente tinha mais a ver com o século XXI do que com o XIX. Só de pensar em deixá-la para trás, largada à própria sorte...

"Aqui está! Achei! Ah, por um momento, achei que tinha perdido." Robin voltou às pressas, as saias farfalhando enquanto ela segurava três pequenos cones verdes de incenso. "Animem-se, vocês duas. Talvez possamos estar em casa em breve. Não há razão para ficarem tão tristes, meninas. Quem morreu?"

O navio balançou, metal e madeira gemendo em uníssono, um agudo, o outro grave. A impressão era de que inúmeros parafusos tentavam saltar do lugar de uma só vez. A base oca do porão vibrou como um tambor, algo grande batendo contra o navio.

"O que foi *isso*?" Adelle correu em direção à porta, mas foi interrompida por Robin, que soltou uma gargalhada estranha e histérica.

"Não se preocupem, meninas. O navio, às vezes, se acomoda..."

O estrondo veio outra vez, mais alto, visivelmente empurrando o navio. E elas. Adelle deslizou para trás, o chão de repente se inclinando, e colidiu com Connie, lançando-as contra uma das prateleiras de artigos curiosos. A coisa toda se esparramou: bolas de gude, cartas de baralho e gatinhos de porcelana se espalhando pelo chão. Os espelhos caíram, estilhaçando-se, cobrindo as tábuas com cacos brilhantes.

"Não parece muito acomodado para mim!", gritou Connie. Ela enfiou o incenso na bolsa de náilon e ajudou Adelle a se levantar, então correu até a janela que dava para a costa.

Seu coração disparou com a visão. Era a coisa que vira lá fora, na neblina, o monstro enorme que se esquivava de uma rua para a outra, capturado apenas por um quadro em sua memória, como um pé-grande se arrastando pela floresta. Só que aquele era maior, muito, muito maior.

"Temos que sair deste navio", sussurrou. "Tem outra saída? Essa coisa está muito perto da porta."

"As escadas para o convés ficam por aqui." Robin girou a mão, guiando-as de volta em direção à mesa. As duas dispararam pelo corredor atrás dela e mergulharam na sala de estar sombria que a autora montara atrás de uma fileira de cortinas improvisadas. Tinha uma cama e uma pilha de travesseiros e cobertores, e nada mais que fizesse o lugar parecer um lar. Um timão imenso apareceu à esquerda e, logo ao lado, uma escada aberta que levava aos níveis superiores. Sapatos e botas ecoaram nos degraus de metal enquanto elas subiam correndo um pavimento, então outro, que dava vista para a terra, uma amurada com pintura branca lascada e assentos de passageiros para viagens ao ar livre.

Connie não fazia muita questão de ver a criatura que se debatia às cegas contra o navio, mas precisavam encontrar uma saída, e aquela coisa estava entre elas e o campo. Pararam na proa do navio; o outro convés de madeira, mais largo e também aberto, ficava logo abaixo e, mais embaixo, estava o casco, com o buraco por onde tinham entrado.

"Meu Deus!", Ouviu Adelle ofegar ao ver o monstro. "Não consigo olhar."

Não era um pé-grande; era um emaranhado de pessoas e rostos, espremidos e cobertos por um espesso lodo negro. Mais ou menos dez humanos amontoados e liquefeitos dando forma a um pesadelo digno de Frankenstein. Mas não estavam costurados, e sim fundidos; o ponto onde começava um corpo e terminava outro indistinguível. Parecia produzir o próprio suprimento interminável de gosma preta e oleosa, deixando um rastro, um caminho evidente pelo campo pisoteado.

Pior do que a aparência era o som. A coisa toda gemia, ofegava e gritava, e vez ou outra uma voz se elevava acima do clamor geral, do lamento desconexo de corações partidos e agonizantes.

"O Poluidor."

Robin quem dissera isso, com os nós dos dedos brancos de terror segurando a amurada.

"Essa coisa tem *nome*?", gritou Connie.

"Uma garota me procurou outro dia; queria bani-lo. Foi assim que o chamou: o Poluidor. Não acreditei nela, pobrezinha." Robin virou-se de costas, como Adelle fizera. "A garota disse que esse bicho tinha levado seu irmão. Que estava caçando nas ruas, procurando pessoas para incorporar a si."

O Poluidor ergueu a pilha bulbosa de carne que formava seu braço direito e a acertou bem na ponta do navio. Ossos foram triturados. O grito das vozes se elevou. A boca de Connie estava seca como lixa, os lábios formando xingamentos sem palavras e sem sentido. Um rosto bem no topo da cabeça da coisa abriu a boca, e ela o reconheceu imediatamente.

O garoto Jacky.

"Temos que dar um jeito de dar a volta nele." Adelle esfregou o rosto com as duas mãos, ainda se recusando a olhar. "Se você morrer, a criatura na Chaga terá vencido."

Mas Connie não tinha uma solução para aquilo. E olha que sempre tinha uma solução. Sempre. Precisava ter. *Pense, pense, pense.* O rifle. Ficara lá embaixo. Sem pensar duas vezes, correu em direção à escada.

"Aonde você vai?", gritou Adelle.

"O rifle! Talvez eu possa assustá-lo", gritou Connie, em resposta.

Mas Adelle veio em seu encalço, agarrando-a pelo cotovelo, determinada.

"Olha, não temos tempo para isso. Não temos..."

As vigas, as tábuas e o arcabouço do navio guincharam de novo, o baque carnudo do Poluidor esmagando-se contra o casco e desalojando-o de vez. Pedras e cascalho deslizaram suavemente perto da proa, e Connie sentiu a súbita leveza de um navio começando a flutuar.

Junto à amurada, Robin já passara um pé para o outro lado, começando a descida até o convés abaixo.

"Precisamos pular, meninas. O barco não aguentará por muito tempo, e aí estaremos perdidas na névoa."

"Você está doida?", Connie gritou de volta, cedendo e correndo junto com Adelle até a proa. "Você não vai conseguir nadar rápido o bastante! Com esse vestido, vai acabar afundando!"

Mas Robin não lhe deu ouvidos, e, antes que Connie pudesse agarrá-la, deslizou por cima da amurada, enroscou-se em um poste de apoio e desceu.

"Precisamos parar essa mulher!" Adelle levou a mão aos olhos, frustrada. "Ah, eu odeio altura..."

"Eu vou primeiro", anunciou Connie, passando a perna depressa por cima da amurada e começando a descida. "Não é tão ruim. E, se você cair, não é tão alto. Estarei lá embaixo, posso ajudar, posso segurar, caso você se desequilibre."

Ficou feliz por Missi ter arranjado aquela calça para usar por baixo da saia azul-marinho. O tecido áspero também ajudou, proporcionando mais firmeza enquanto passava as mãos da parte inferior da amurada para as tábuas próximas aos pés de Adelle, envolvia as pernas em torno do mesmo poste que Robin usara como apoio e descia feito um bombeiro.

O Poluidor parecia ter entrado na água atrás delas. O casco estremeceu de novo, todo o peso da criatura arremessado contra o navio, empurrando-as ainda mais para dentro do mar.

"Venha logo! Não tenha medo!"

Desajeitada, Adelle subiu na amurada e, com a mesma deselegância, reequilibrou o peso, afundando os joelhos no chão do convés superior e deslizando para baixo muito depressa, sacudindo as pernas ao não conseguir encontrar o poste. Pelo menos conseguiu estender as mãos e agarrá-lo no último segundo, e Connie avançou para a frente, seu ombro amortecendo a queda da amiga que desabava no nível delas no navio.

"Rápido, meninas! Para a costa!"

"Robin!" O grito de Adelle atravessou o convés, pairando sobre a cabeça de Robin Amery enquanto a autora de *Moira* desaparecia sobre a amurada e mergulhava no mar.

28

Exatamente como Connie alertara, as muitas camadas do vestido de Robin inflaram ao redor dela por um instante, florescendo como uma mancha de tinta aquarela, então se encharcaram da água do mar e desapareceram sob as ondas espumosas, arrastando-a para baixo com o peso de uma âncora.

"Robin!", gritou Adelle, outra vez, vendo a cabeça da mulher afundar. A escritora resistia, nadando com dificuldade, aproximando-se lentamente da costa. Mas estava pesada demais, e tinha sido vista pelo Poluidor, atraído pelo alvoroço de sua queda na água. O corpanzil abominável e pegajoso disparou na direção dela; até o pequeno movimento de virar o corpo desencadeou um coro de uivos agonizantes dos humanos mortos, quase mortos ou mortos-vivos que o compunham.

"Ela não vai conseguir", avisou Adelle, debruçando-se na amurada, observando com horror impotente o Poluidor diminuir a distância até a autora. "O que vamos fazer, Connie? O que acontece se ela morrer? Ela morre de verdade? Neste mundo *e* no nosso?"

"Não quero descobrir."

Connie se afastou da amurada e correu até as cabines no meio do convés. As janelas estavam quebradas, e ela conseguiu escalar com agilidade, então voltou com um rolo de corda suja e puída, que arremessou na água, a ponta caindo nas ondas, do lado esquerdo de Robin.

"A corda!", berrou Connie. "Robin! Pegue a corda! Você não vai conseguir!"

Robin foi puxada outra vez para baixo pelo peso do vestido. Desorientada, mal se movendo, ela enfim notou a corda flutuando ao seu lado e a enrolou em volta do peito, debaixo das axilas. Connie apoiou os pés na amurada e puxou. Adelle fez o que pôde para ajudar; não era tão forte, mas agarrou a ponta da corda atrás de Connie e tentou puxar para trás.

Só que o Poluidor, caminhando com a água até os joelhos, alcançou Robin, que se debatia e tentava respirar, cuspindo água escura, enquanto Connie e Adelle lutavam para içá-la de volta à segurança.

A corda foi arrancada das mãos das duas, queimando as palmas de Adelle, que ficaram em carne viva, quando o Poluidor desceu a mão sobre a cabeça de Robin, fazendo-a afundar, rompendo a corda.

"Não! Droga!" Connie disparou, tentando pegar a ponta que se afastava, mas não conseguiu e a corda afundou.

O barco estava parado, mas, à deriva, logo seria empurrado para o nevoeiro pela força da maré ou do Poluidor, o que viesse primeiro. Então o buraco no casco se encheria pouco a pouco, arrastando-as para baixo com a mesma força com que o vestido puxara Robin.

"Não olhe", disse Connie, pegando Adelle pela dobra do braço.

O vento mudou de direção, trazendo o mau cheiro do Poluidor: um cheiro úmido de matadouro. Adelle não precisava olhar; tinha ouvidos.

E soube quando tinha acabado: um novo rasgo se abriu no céu, acima do campo repleto de pesos de papel. Pedaços de céu e de nuvens pendiam soltos, um vazio sem fim visível dentro do corte.

"Então é isso que acontece", murmurou Adelle.

Ela atribuiu o clamor que veio a seguir primeiro ao rasgo, depois ao Poluidor, que se arrastava para fora do mar. Mas não era nenhum dos dois. Cavalos. Vários. Vários cavalos correndo pelo campo em direção a elas, corcéis negros elegantes galopando com o estrondo de um trovão, os cavaleiros gritando e rugindo, disparando pistolas e rifles enquanto avançavam para a costa.

"Vieram nos ajudar." Connie correu para a amurada do convés inferior. "Todos vieram nos ajudar."

A linha era formada por Mississippi, Caid, Severin e as duas garotas Penny-Farthing que Adelle vira no cais. Cavalgavam depressa, os tiros atraindo o Poluidor para longe da água, os braços longos e desproporcionais se arrastando pela areia, deixando um rastro espesso e preto como piche.

"Tire o vestido."

"O quê?" Adelle girou o corpo, inclinando-se para longe da amurada, tão esperançosa e desesperada quanto Connie.

"Temos que pular na água e nadar enquanto ele está distraído. Quer ser tão lenta quanto Robin? É a diferença entre se afogar e conseguir escapar. Deixe para se preocupar com as sensibilidades vitorianas mais tarde!" Connie já tinha tirado a mochila e começara a despir as roupas grossas de linho e algodão. Só manteve a bandana, a bermuda de ginástica azul-marinho e o top esportivo.

"Que ódio", sibilou Adelle. "Que ódio de tudo isso." Ela ergueu os olhos para o céu, embora não soubesse para o que rezar. "Que ódio, que ódio, que ódio..."

Adelle tirou o vestido rendado por cima da cabeça e o largou ali no chão, tremendo, só com a calcinha de algodão branco, o sutiã e as botas de salto.

Os cavaleiros estavam prestes a alcançar o Poluidor e começaram a fazer uma curva para longe dele, ainda atirando, diminuindo o ritmo, provocando, enfurecendo a criatura o bastante para que fosse em seu encalço.

"Espere", alertou Connie. "Não saia ainda, primeiro ele precisa se afastar. Precisamos ter certeza de que aquela coisa caiu na armadilha."

Adelle pulava de um pé para o outro, já mortificada.

O Poluidor mordeu a isca, gemendo e gritando enquanto era atingido pelas balas, e arrastou-se em direção aos cavaleiros, a gosma repugnante deixando um rastro como se fosse sangue na grama alta, enquanto ele se afastava do barco.

"Agora!", gritou Connie, agarrando a bolsa e passando as pernas por cima da grade alta de metal. "Pule!"

29

Chegou um momento, depois que Adelle, encharcada e só de sutiã e calcinha, pediu, aos soluços, para que ninguém olhasse para ela, mais preocupada com o pudor do que com o monstro-cadáver lamacento que os caçava, em que Connie sentiu que a histeria já estava demais.

Era tudo muito estranho. Muito ridículo. Tinham rastejado para fora da arrebentação, congelando e tremendo, e Mississippi, Geo e Farai as receberam na areia. Os rapazes, ao que parecia, tinham deixado que as mulheres cuidassem das nadadoras seminuas enquanto atraíam o Poluidor para longe. Assim que viu Connie, Mississippi tirara o casaco branco com franjas e o jogara sobre os ombros dela. Seja por causa do frio ou da histeria crescente, Connie imediatamente pensara que era como pegar emprestada a jaqueta do uniforme de alguém.

Farai fez a gentileza de emprestar seu xale estampado a Adelle, que aproveitou cada centímetro, conseguindo esconder até a parte superior da coxa depois de ser puxada para a sela da Penny-Farthing de cabelos prateados.

Mississippi devia ter pensado que Connie perdera o juízo de vez, pela forma como ria sem parar, montada no cavalo com a vaqueira, gargalhando a ponto de lançar a cabeça para trás enquanto se juntavam outra vez aos meninos, mais adiante no campo. Eles agora não eram perseguidos apenas pelo Poluidor, mas também por uma torrente de gritadores que caíam do rasgo acima.

Tinham perdido Robin Amery, e aquele era o resultado: o mundo que ela criara com tanto amor estava se desfazendo. A verdade era que Connie esperara algo muito pior, mas não queria agourar a situação. Ainda havia tempo para que horrores maiores aparecessem.

Enquanto cavalgavam de volta para o armazém, Connie se encolheu no casaco de Missi, concentrando-se em tentar não sucumbir à hipotermia. Depois todos se abrigaram na oficina de Caid, onde as meninas tentaram encontrar algo para Connie e Adelle vestirem. Gritadores circulavam o prédio e volta e meia mergulhavam, olhando pelas janelas, lembrando-os de que sair dali seria suicídio.

Orla os recebeu na porta, abraçando Adelle com alívio. Foi ela quem, por fim, conseguiu vesti-las com duas camisas de pijama velhas de Kincaid, que prendeu com um cinto, criando uma espécie de vestido que não estaria fora de moda no século XXI.

"Como nos encontraram?", perguntou Adelle, acomodada no sofá debaixo de uma quantidade astronômica de cobertores, o efeito combinado da preocupação de Kincaid e de Orla.

Severin preparou chá, mais Earl Grey, e todos se reuniram na sala de estar, os meninos em um sofá, e Missi, Adelle, Orla, Connie e Geo no outro, enquanto Farai permanecia de pé perto das janelas, observando os gritadores se reunirem.

"Orla e eu não ficamos muito contentes quando soubemos que vocês duas tinham fugido de novo tão rápido", explicou Missi, com a irritação de uma galinha chocadeira. A vaqueira claramente estava falando de Connie, em quem mantinha a atenção, como se ela pudesse desaparecer de novo a qualquer segundo. "Mas eu tinha uma ideia do possível destino de vocês, e isso me levou ao rastro que aquele monstro deixou pela cidade toda. Chamei os outros quando vi para onde ia."

"Teríamos morrido sem a sua ajuda", admitiu Connie, a histeria minguando para uma tristeza vazia. Lá estavam, planejando deixar aquele mundo, enquanto seus habitantes arriscavam as vidas para salvá-las. Mesmo que partir talvez melhorasse as coisas, ainda não tinha certeza de que era o certo a se fazer. Parecia simples demais, ou talvez fosse só seu cérebro inventando desculpas para ficar.

"E não se esqueça disso", retrucou Mississippi, fingindo um tom sério, arrematando a brincadeira com uma piscadela.

Desculpas como essa, pensou Connie.

"E a vidente?", perguntou Geo. Suas tranças estavam arrepiadas por causa da chuva e da cavalgada rápida de ida e volta até a costa.

"Ela tentou nadar, mas foi pega pelo Poluidor, que foi como chamou essa criatura. Acho que se afogou", explicou Adelle. Ela ficou encarando o chá, pensando, inevitavelmente, o mesmo que Connie: que a perda de Robin Amery significava algo que não poderiam explicar para as criações daquela mulher. Aqueles personagens tinham perdido uma mãe que nem sabiam que tinham.

"Parece que a coisa veio atrás especificamente de vocês três", comentou Missi.

Sim, as três pessoas que não eram dali, juntas, prontas para serem mortas. Era um milagre que só uma delas não tivesse conseguido escapar.

"Quando eu estava dentro da Chaga", contou Adelle, "a coisa não disse nada sobre me matar, mas talvez seja isso o que ela quer. Não sei..." A garota estremeceu e deixou a cabeça pesar nas mãos.

"Aquela coisa poderia simplesmente ter mantido você lá", ressaltou Kincaid, tentando racionalizar a situação. "A menos que estar lá dentro não seja um estado de morte. Talvez ainda possamos ajudar as pessoas que estão presas."

"E como seria isso? Assim, claro que sou a favor, mas é uma tarefa difícil", retrucou Missi.

"Ah, mas pense em como seria extraordinário!" Os olhos de Orla se arregalaram com possibilidade e esperança, o que sempre era perigoso. "Sem dúvida, se houver uma chance, temos que tentar. Certo, srta. Casey?"

Pelo jeito que ela falou aquilo, Connie só pôde supor que era parte de uma conversa interna entre as duas.

Adelle pousou o chá na montanha de cobertores em seu colo e passou um bom tempo olhando para Connie. As amigas estavam pensando a mesma coisa. Se fossem mesmo ficar e ajudar, todos precisariam bolar um plano, que inevitavelmente incluiria a partida de Adelle e Connie daquele mundo, ou os rasgos e a Chaga nunca cicatrizariam.

E isso significava contar a verdade.

"Vocês poderiam nos dar licença um minuto?", perguntou Connie, levantando-se e enrolando um cobertor na cintura.

"*Bien sûr*, srta. Rollins", disse Severin. "Mas, por favor: não fujam de novo. Por mais emocionante que tenha sido esse resgate, todos nós já tivemos nossa cota de aventura por hoje."

Connie assentiu e indicou o jardim improvisado à direita, então Adelle saiu de sua fortaleza de cobertores, chá na mão, e a seguiu até o lugar que cheirava a tomilho e alecrim e tudo que é verde.

"Temos que contar a eles", sussurrou Adelle, olhando para trás da amiga, para as pessoas perplexas acomodadas nos sofás.

"Eu sei." Connie deu uma tossidela na mão fechada e soprou seu chá. "Mississippi... Ela talvez já saiba." Não valia a pena mentir, não com tanta coisa em jogo. "Tudo bem. Ela sabe. Ela sabe porque eu contei que vim do futuro."

Adelle ficou de queixo caído.

"Ah. Mas por quê? Como ela reagiu?"

"Melhor do que eu esperava, para ser franca." Connie deu uma risada seca. "Ela ficou muito chateada depois daquele desastre na cozinha e estava começando a desconfiar. Estraguei toda a operação enquanto tentávamos roubar Moira só porque ouvi sua risada do outro lado da porta."

Adelle sorriu e franziu o nariz.

"Ela percebeu que eu não estava sendo sincera. Foi arriscado, mas imaginei que, contando, pelo menos conseguiria convencê-la a me ajudar um pouco." Connie deu de ombros. "Mostrei meu celular, e ela me interrogou por um tempo, mas cedeu. Só tinha um zilhão de perguntas."

"Eu também teria", murmurou Adelle. "Todos eles terão."

"Então vamos contar?", perguntou Connie.

Adelle assentiu.

"Vamos explicar sobre o livro?"

"Acho que não", respondeu Connie. "A realidade aqui já está confusa o bastante."

"Par ou ímpar?"

Connie balançou a cabeça.

"Deixa comigo. Você já tem problemas demais, dona Portos Cinzentos."

Adelle fechou os olhos com força.

"Eu não devia ter contado isso; agora você vai ficar preocupada comigo."

"Eu sou sua amiga, Delly. Sempre me preocupo com você."

As duas deram as mãos e voltaram para junto do grupo; a conversa morrendo quando se aproximaram. De costas para a porta, olhando para todos, Connie respirou fundo, preparando-se para o discurso mais difícil de sua vida.

"Precisamos contar uma coisa para todos vocês", começou, olhando para Missi. A atiradora assentiu, devagar, em aprovação e, por algum motivo, ficou muito mais fácil continuar. "Sentem-se e se preparem para ouvir."

30

Adelle sentiu uma pontada de arrependimento enquanto esperava que Connie soltasse a bomba. Ficara amiga de Orla, Caid e Severin e sabia que eles nunca mais a olhariam da mesma forma. Em um impulso egoísta, ela se perguntou se aquilo os faria odiá-la. Afinal, tinha mentido. Várias vezes. Com vontade.

Por favor, entendam, implorou em silêncio. *Por favor, não nos odeiem.*

"Adelle e eu não somos quem vocês pensam", começou Connie, sem muitos preâmbulos. Adelle viu seus rostos, pouco a pouco, um a um, se contorcerem em confusão. Somente Missi permaneceu como estava, olhando para Connie com a intensidade de uma mãe instruindo mentalmente a dança da filha no palco.

"Não somos daqui. Bem, somos, sim. É complicado." Com um suspiro, Connie pousou seu chá na mesa-baú e esfregou a testa. "Adelle e eu somos de Boston, mas de uma Boston daqui a pouco mais de cem anos. Viemos parar aqui depois de mexer com magia. O nome da vidente era Robin Amery, ela também era do nosso tempo. Quando essa vidente veio, as coisas começaram a ficar ruins aqui para vocês. Surgiu a Chaga, o sonambulismo, tudo o mais."

Adelle talvez teria contado a história com um pouco mais de tato, mas era tudo verdade. As reações variaram. Orla ofegou e cobriu a boca com as mãos, encolhendo-se debaixo de um cobertor, como se pudesse refletir a verdade de volta para elas e esquecer tudo. Caid coçou o queixo e franziu a testa, pensativo. Geo e Farai pareciam não acreditar, mantinham sorrisos idênticos.

E Severin... Ele só deu um leve sorriso, como se tudo estivesse em seu devido lugar. Adelle pensou que talvez fosse um alívio saber que havia uma razão por trás da loucura e do caos: algo que parecia inexplicável agora fazia sentido, como saber de onde vinham os relâmpagos ou o que causava um eclipse. Não era um ato de Deus, era algo atribuível a eventos tangíveis.

Afinal, também se sentia um pouco assim, depois de terem conhecido Robin e ouvido parte de sua história. Ela era o epicentro do terremoto; Adelle e Connie eram só tremores secundários. Agora só precisavam juntar os pedaços e remendá-los.

Só não sabiam como.

"Vocês todos com certeza têm muitas perguntas. Muitas. Mas o importante agora não é saber se no futuro temos sapatos voadores ou coisa do tipo; é pensarmos juntos e descobrirmos como consertar isso", finalizou Connie. O que se seguiu foi um silêncio denso.

"Vocês encontraram maneiras notáveis de sobreviver", acrescentou Adelle, tentando adoçar as coisas. "São inteligentes e engenhosos, podemos trabalhar juntos para acabar com isso."

"Não vejo razão para acreditar nisso", declarou Geo, ficando de pé. "Vocês visitaram aquela mulher maluca hoje. Ela é perigosa, poderosa. Quem vai saber que tipo de feitiçaria ela usou? Ela poderia fazer vocês acreditarem em qualquer coisa, até nessa bobagem."

"Isso não é hipnotismo, Geo", retrucou Missi, também se levantando. "Sei disso porque Connie já tinha me contado tudo. Mostre o seu... seu... telefone modular."

"Telefone celular", corrigiu a garota, pegando a mochila ao lado do sofá. "Esta bolsa aqui não é feita de um tecido que vocês conhecem; é feita de náilon. Fibra sintética."

"Fascinante", murmurou Caid, estreitando os olhos por trás dos óculos.

"Quanto a isto aqui, este *B* é de Boston Red Sox, nosso time de beisebol", acrescentou.

"O que aconteceu com o Boston Beaneaters?", perguntou Missi.

"Não sei, mas agora somos os Red Sox, e somos bons. Ganhamos a World Series várias vezes", respondeu Connie.

Adelle a cutucou. Estavam desviando do assunto.

"World Series?", perguntou Farai. "O que é isso?"

"Meus amigos, meus amigos..." Severin balançou as mãos no ar, dirigindo-se a todos com a austeridade de um político subindo no palanque. Ele também se levantou, puxando a ponta da camisa. "Estamos nos desviando da questão. Como a srta. Rollins tão elegantemente afirmou, nossa tarefa é clara."

"Severin tem razão", afirmou Caid, embora aquela admissão fosse claramente dolorosa para ele. O rapaz limpou os óculos e apoiou o queixo na mão fechada. A julgar pela oficina, teria uma ideia genial quando terminassem o chá. "Acredito que nossa pergunta mais urgente deva ser: como exatamente vocês vieram parar aqui, entre nós, e como o processo pode ser revertido?"

"Obrigada." Connie apontou para ele. "Este é o espírito de que precisamos. E, respondendo à sua pergunta, usamos materiais de feitiço: uma vela, uma tigela, uma pedra e incenso."

"Dispostos em um padrão específico", continuou Adelle, mas logo se atrapalhou na resposta. Obviamente, não podiam mencionar o livro. "E então... pedimos para viajar."

"E escolheram visitar para o nosso tempo?", perguntou Severin. "Por quê?"

"Nós... nós duas amamos história." Adelle se atrapalhou de novo, as verdadeiras razões muito mais difíceis de explicar. "E os livros desta época. E a moda. Vocês não gostariam de viajar no tempo?"

"Eu com certeza gostaria", admitiu Caid.

"Parece desconcertante", argumentou Orla.

"E agora temos todos os componentes para tentar voltar", explicou Connie, retomando o assunto. "Só não temos certeza de que, se formos embora, tudo voltará a ser como antes. Então, se alguém tiver um grande plano para se livrar da Chaga para sempre, este é o momento de falar."

Silêncio. Adelle podia ver o choque passando por todos na sala, já ficando impacientes. Ainda restava um caminho que poderiam explorar, pensou, antes de desistirem e voltarem para casa.

"Enquanto estávamos no barco", começou, baixinho, "Robin mencionou um livro que poderia ser útil. Caid? Você disse que alguns dos livros da sua biblioteca foram retirados da universidade, certo? Talvez eu possa dar uma olhada e ver se tem o que precisamos."

"Claro", disse ele. "Deixe-me buscar o catálogo."

"Enquanto isso, podem nos dizer se existem sapatos voadores?" Severin sorriu, recebendo um olhar reprovador de Orla. "O que foi? Agora fiquei curioso."

"Não", respondeu Connie. "Nossos sapatos não nos fazem voar."

Missi passou na frente de Connie e Adelle, os braços bem abertos. "Ei. Silêncio. Fiquem quietos. Voar. Talvez esta seja a resposta. *Voo*."

"Estou perdida", respondeu Connie.

Adelle deu de ombros, admitindo sua confusão. Mas, pelo menos, alguém tinha uma ideia. Ela e Connie podiam ter vindo do futuro, mas não conheciam o terreno como as personagens que viviam naquela Boston caótica havia meses sem fim.

"No começo, a marinha tentou bombardear a Chaga, mas aqueles braços malditos recebiam o golpe sem se ferir. O tiro de Connie a assustou, mas não a fez sangrar. E se sobrevoássemos aquela coisa? E jogássemos… sei lá… dinamite, ou tochas lá dentro. De cima."

"Infelizmente, os sapatos delas não voam", retrucou Orla, melancólica. Connie, ao lado dela, se animou.

"O balão."

"O balão", murmurou Farai.

"O balão", repetiu Geo, puxando as pontas das tranças.

"Oi?" Adelle soltou uma risada seca. "Que balão?"

"Meu balão", explicou Missi. "Do tipo que voa. Ainda não está pronto, mas podemos colocar todas as crianças para trabalhar nele e fazer uma viagem inaugural inesquecível."

Caid voltou da biblioteca perto das janelas trazendo livros encadernados em couro, intimidadores e eruditos, debaixo do braço. Apertando a borda dos óculos com os dedos, ele pigarreou para chamar a atenção.

"Minhas próprias observações do fenômeno da Chaga e a experiência da srta. Casey lá dentro me levaram à conclusão de que as armas mortais que poderiam nos ferir não têm qualquer efeito sobre ela. Como já foi dito, canhões e rifles se mostraram inúteis."

"Maldição", murmurou Severin, sentando-se no sofá com tudo. "A ideia de voar para a vitória em um *montgolfière* era tão corajosa…"

"Ainda podemos dar esse passeio", comentou Geo, hesitante, uma ideia se formando visivelmente em sua cabeça enquanto ela arregalava os olhos e agarrava algo invisível no ar, empolgada. "Como essa coisa nos pega? Através dos sonhos, não é?"

"Através dos sonhos", sussurrou Farai, acompanhando o raciocínio.

"O chá que fazemos acaba com os sonhos", continuou Geo. Adelle olhou para Caid, o barômetro óbvio da lógica, e até ele parecia fascinado, atento a cada palavra. "Cravo e noz de galha, mergulhados em água quente da chuva. São ingredientes preciosos, mas, se pudéssemos fazer um grande caldeirão de chá…"

"Poderíamos despejar tudo por cima da Chaga. Isso talvez acorde os sonhadores lá dentro e, se aquela coisa se comunica *através* dos sonhos, isso também a impediria de fazer isso", concluiu Connie. "É uma ideia genial, Geo."

"Pois é." A garota deu de ombros, mas sorriu, satisfeita consigo mesma.

Caid juntou-se de novo ao grupo nos sofás, deixando os livros com o catálogo de lado e tomando parte na discussão.

"A srta. Casey descreveu o interior da Chaga como uma espécie de estômago. Talvez as pessoas que entraram lá sejam algum tipo de comida."

"Só que estavam todos intactos", interveio Adelle, de repente, feliz por enfim poder ser útil. "Até as roupas estavam intocadas. E não pareciam digeridos."

"Talvez não sejam comida", sugeriu Caid. "Talvez os membros de nossa comunidade estejam sendo mantidos para algum outro tipo de abastecimento. Se estão ilesos, talvez o monstro se alimente de seus sonhos? Qualquer que seja seu propósito lá dentro, eles precisam ser libertados."

"Parece que temos um plano, *mes amis*." Severin se colocou entre Caid e Missi, batendo no ombro de ambos ao mesmo tempo. Missi rosnou e se encolheu. *Amis* eles não eram. "Permitam-me fazer minha contribuição: noz de galha e cravo são utilizados na produção de muitas tintas, eu mesmo faço uso deles em minha arte. Peguem o que tenho, senhoritas; usem para fazer sua poção."

Farai assentiu, embora ainda mantivesse distância. Nenhuma das garotas Penny-Farthings parecia feliz por estar perto dele.

"Precisamos voltar para a Congregação. O balão precisa ser terminado, e Geo e eu podemos começar a preparar o caldeirão", falou, indo para a porta. Severin a seguiu a uma distância educada, talvez ciente da tensão, apesar da fanfarronice.

"Connie?" Mississippi vestiu seu casaco com franjas, que estava no sofá. "Você vem com a gente?"

Connie olhou para Adelle, a testa franzida de preocupação. Então balançou a cabeça, aproximando-se da amiga.

"Preciso ficar com ela. Prometi que não nos separaríamos de novo."

"Isso foi antes do plano", respondeu Adelle. Pelas pernas inquietas, estava óbvio que Connie queria ir com as garotas. "Precisamos de toda a ajuda possível com o balão. Estarei segura aqui e posso procurar o livro no catálogo de Caid."

"Tem certeza?", perguntou Connie, segurando-a de leve pelo cotovelo.

"Vá", insistiu Adelle. Havia alguma outra coisa no rosto de Connie, algo na maneira como Missi observava a conversa delas, ansiosa, um pouquinho perto demais da amiga... Estava rolando alguma coisa entre as duas? Adelle achava impossível, mas, agora que as observava, era difícil não imaginar. Talvez não tivesse sido só um exemplo, quando Connie falara em ter uma queda por Moira. *Ah*, pensou. *Como eu sou burra!*

"Vou ficar bem", acrescentou. "Mas se cuida. Não sabemos onde o Poluidor está, e ainda tem gritadores lá fora."

"Talvez seja mais sábio manter as duas separadas", comentou Geo, a caminho da porta. "Se a Chaga quer vocês para algum propósito nefasto, será mais fácil para ela se estiverem juntas."

"Que comentário animador..." Adelle deu risada, puxando Connie para um abraço apertado. "Mas volte, ok?"

Antes de pendurar a bolsa no ombro, Connie enfiou a mão lá dentro e pegou o incenso, que entregou a Adelle.

"Cada uma fica com uma parte dos componentes mágicos", disse. "Ou vamos para casa juntas ou não vamos."

Adelle quase recusou, mas era um pensamento reconfortante, então fechou os dedos em torno dos pequenos cones verdes e assentiu.

"Como vamos saber quando tudo estiver pronto?"

"Procurem um sinal de fogo a sul", respondeu Missi. "Posso enviar um mensageiro ao posto avançado secundário para iluminar a torre do sino da igreja. Quando virem o sinal, estaremos prontos. Se Deus quiser, prontos para voar."

31

Foi com grande alarde e alívio que a srta. Orla Beevers foi devolvida ao distinto grupo de vizinhos e amigos da Joy Street. A mãe e o pai, que eram amáveis, mas bastante rígidos e cristãos fervorosos, choraram abertamente ao abraçá-la à porta de casa, uma indelicadeza que foi desculpada pela imensidade de sua dor e a gravidade da situação.

Moira observava o reencontro com entusiasmo velado, e não só porque a companheira e amiga havia sido trazida de volta para casa em segurança, mas porque Severin fora o arquiteto improvável da vitória. Sua situação humilde, sua familiaridade com os aspectos menos saborosos da sociedade de Boston é que tinham levado ao resgate de Orla.

E, embora parecesse ilesa, Orla descreveu uma provação deveras desagradável, angariando as atenções durante um jantar com apresentações de piano oferecido pela família Beevers. Os irmãos pareciam ter inveja dela, que sobrevivera ao equivalente a um ataque de bandidos, algo que só conheciam das leituras de romances vulgares.

"Eram todos muito, muito horríveis. Ladrões e pedintes, todos grosseiros e sujos, mais incrustados de imundície do que uma meretriz que revira o lixo! A líder era a pior: uma garota, se puderem acreditar! Uma artista de circo sem qualquer renome, xingando e cuspindo...

> *até um marinheiro teria corado!", exclamou Orla, enquanto bebia clarete de primeira linha. Não havia nenhum hematoma em seu corpo, mas talvez a ferida fosse profunda, na alma.*
> *"Os demônios! Machucaram você? Ah, minha querida, encostaram um dedo que seja em você? Vou cuidar para que todos sejam enforcados", disse o sr. Beevers, a voz severa, quase derrubando o vinho de tanta raiva.*
> *"Não me fizeram mal algum", respondeu Orla, um pouco encabulada. Não podia florear a história com violência, mas ergueu a cabeça, como se tudo fosse muito angustiante. "Mas tenho certeza de que, com tempo suficiente, sua natureza maligna teria prevalecido. Se o sr. Sylvain não tivesse negociado o resgate com tanta habilidade, eu talvez agora estivesse no céu, visitando os anjos, e não aqui, viva e grata, junto de todos vocês."*
> – Moira, *capítulo 10*

"Acha mesmo que vai funcionar?"

Connie observou dezenas de mãos ágeis costurando os retalhos de seda, amontoados sob o brilho dos lampiões que as crianças mais velhas da Congregação seguravam. Horas e horas tinham se passado, velas reduzindo-se a tocos. Carroças e barracas tinham sido afastadas, abrindo espaço para que o balão enorme fosse colocado no centro das catacumbas, uma colcha arredondada com uma profusão de cores, o tecido coletado de saias, plastrões, vestidos, lenços, tudo que pudessem encontrar que não faria falta.

"Sempre soube que, um dia, eu tentaria colocar essa coisa no ar. E agora é um bom momento", respondeu Mississippi. Estavam perto das várias fileiras de crianças ocupadas, distribuindo linha e agulhas e direcionando-as para os buracos ou costuras mais fracas. "É da minha natureza. Não entendo isso, claro, mas acho que está no meu sangue. Se voar ou cair, viajarei neste balão. Aconteça o que acontecer, estou feliz por você estar aqui para ver."

Geo e Farai estavam debruçadas sobre um enorme caldeirão de ferro ali ao lado, preparando uma grande quantidade de chá. O cheiro era horrível, o fedor amargo enchendo a caverna do esconderijo. As duas tinham forrado o caldeirão com uma bexiga de couro, mais leve que o metal, já que o balão precisava voar. Com a bexiga cheia de chá, o voo ainda seria possível, e o conteúdo atravessaria a cidade com uns poucos respingos e um derramamento mínimo. Ainda não tinham decidido quem acompanharia Missi para pilotar a coisa.

"Missi..." No trajeto de volta da oficina à capela, Connie permanecera em silêncio, preocupada, odiando o fato de que logo teria que contar a Missi que ela não poderia ir junto. Já tinham dado fim a muitas mentiras; não parecia certo esconder isso dela.

"Eu sei, Connie. Eu sei." A vaqueira suspirou e esfregou a ponta da bota no nada. "Se a presença de vocês aqui está destruindo nosso mundo, o mesmo aconteceria se eu fosse junto."

Isso facilitava as coisas. Um pouco. Connie franziu a testa, trocando uma agulha irremediavelmente torta por uma reta quando uma garota de rabo de cavalo loiro e rosto sujo trotou até ela.

"Tem mais uma coisa", arriscou.

"É?"

"Na torre do sino, quando eu disse que levaria você junto, eu estava mentindo. Só queria sua ajuda. Mas agora... agora é diferente. Se eu pudesse levar você, acho que tentaria."

Mississippi caiu na gargalhada, quase deixando cair os carretéis de linha.

"E por que isso agora, Rollins? Está a fim de mim?"

"Algo assim." Connie bufou, virando-se um pouco. "Este lugar, esta época, não te merecem. Você nasceu muito, muito à frente do seu tempo."

"Pode ser", argumentou Missi, os olhos fixos na silhueta do rosto de Connie. "Ou pode ser que não. Talvez as pessoas como eu sejam necessárias para agitar as coisas, não? Por que me visto assim? Por que xingo tão alto e não perco uma chance de brigar?"

"Porque você é doida?"

Missi riu de novo, desta vez mais alto.

"Isso, isso. E porque, lá no fundo, eu sempre soube o que eu sou: alguém que não se enquadra. Mas isso não era nenhum problema. Eu sabia que gostava de garotas, só garotas. Além do mais, sabia que as pessoas queriam que eu escondesse isso dentro de mim, para que se tornasse algo pequeno e insignificante. O que também me tornaria pequena e insignificante. E... Rollins? Isso eu não conseguiria suportar."

Connie fixou os olhos no chão. Suas bochechas ardiam. Pensou nos pôsteres na parede do seu quarto, na mudança de ideia na frente da porta de Julio, na mãe bem-intencionada, mas ignorante, empilhando revistas de moda junto à porta do seu quarto. Não se sentia pequena nem insignificante, mas ponderava se dizer sua verdade em voz alta e aceitá-la a tornaria ainda maior e mais importante.

A verdade "em voz alta" não precisava ser para todo mundo, estava começando a pensar que devia dizer aquilo para si mesma. Já tivera tanto medo disso... Tinha se recusado a ouvir o que era, antes de sentir que aquela verdade lhe pertencia. Mas queria que Missi fosse dela. Queria que tudo, que toda a verdade de seu amor, de sua identidade, fosse dela própria, para compartilhar com todos — com todos, mas principalmente com aquela vaqueira.

Missi, estranha, barulhenta e flamejante, era alguém para ela.

"Quase valeria a pena", murmurou Connie, ainda incapaz de olhar a ruiva nos olhos. "Levar você comigo. Mesmo que fizesse nosso mundo desmoronar. Seria estúpido e egoísta, mas seria algo meu, e eu ficaria feliz."

"Olha só, garota do futuro, você ainda não foi embora, e, por acaso, eu estou bem aqui."

Connie assentiu, reunindo coragem para olhar na direção dela. Sentiu a mesma pressão elétrica no peito de quando se conheceram, quando Missi a irritara, quando pensara nela como apenas uma rival falastrona a ser derrotada.

"O tempo é o que você faz dele", acrescentou Missi. "Meu pai me disse isso. Meu pai estava errado sobre muitas coisas, mas não sobre isso."

O tempo é o que você faz dele.

Connie se inclinou, sem saber se alguém estava olhando ou se tinham reparado; de repente, não se importava. Missi lhe dera uma chance; tinha acreditado nela quando ela precisava, ouvido, lutado, vindo em seu socorro. Se essa não era a primeira namorada perfeita, mesmo que fosse um relacionamento breve, então não sabia quem mais poderia ser.

O beijo foi rápido e puro, só um leve toque, mas ainda suficiente para acender uma chama consumidora.

Connie sempre imaginara que os lábios de outra garota seriam macios, mas mesmo assim se surpreendeu. Pontos vermelhos pulsantes irromperam das bochechas já quentes, e ela deu um passo para trás, soltando um suspiro fraco.

"Foi o seu primeiro, imagino?", perguntou Missi, baixinho.

"Sem dúvida."

"Bem, eu me sinto honrada. Que não seja o último, garota do futuro. Mesmo que não seja comigo, esse beijo é doce demais para guardar só para você."

Todos, exceto os que estavam muito doentes, tinham sido convocados para trabalhar no balão, então foi uma surpresa ouvir vários passos pesados nas pedras atrás delas. Connie despertou como se saísse de um sonho lindo e realista que terminara rápido demais.

"Joe, é a primeira vez que vejo você correr." Mississippi girou quando Joe Insone, o barman barbudo, correu até elas, seguido de perto por dois jovens vigias.

Joe ofegou em busca de ar, sacudindo a cabeça.

"Claqueadores. Parece que todos. Nos encontraram. Estão se reunindo do lado de fora da capela."

"Devem ter visto que entramos e saímos." Missi deixou cair a linha e passou depressa por Joe, já a caminho do bar para buscar as pistolas. "A menos que..." Ela parou, o pé direito no ar. "Acha que alguém nos delatou, Rollins?"

"Kincaid não parece o tipo", respondeu Connie. "E ele está escondido com Adelle, pesquisando."

"Orla já sabia onde estamos", acrescentou Missi. "Ela fugiu conosco, até que a sujeira se tornou demais para suas sensibilidades. Orla teve várias chances de contar e nunca disse uma palavra. Não, foi aquele traidor com cara de fuinha!"

Severin. Infelizmente, não era difícil para Connie acreditar.

"Ele ajudou contra o Poluidor!" Missi saiu depressa, correndo para suas armas. "Ajudou a resgatar vocês! Achei que pudéssemos confiar nele."

"Precisamos proteger o balão", disse Connie. "E as crianças. E... droga, se ele está tentando sabotar o plano, então irá atrás de Adelle!"

Joe Insone correu para trás do bar, agachando-se e pegando duas facas de açougueiro enormes. Farai e Geo notaram o tumulto e apareceram depressa, franzindo o cenho. Os cachorros, que antes descansavam entre os inválidos, acordaram e começaram a galopar de um lado a outro, abanando o rabo, prontos para a ação.

"Os Claqueadores nos encontraram", avisou Missi. "Vamos detê-los; vocês duas podem continuar preparando o chá."

"Precisamos deixar em infusão por um tempo, podemos lutar", retrucou Farai, rolando as contas da pulseira, Connie não sabia se de nervoso ou se era para dar sorte.

"E você..." Missi quase trombou com Connie, fazendo-a recuar alguns passos para o meio do esconderijo. A vaqueira baixou a voz, falando para que apenas Connie ouvisse, enfiando um rifle em suas mãos. "Estão atrás de você, querida. De nós também, mas principalmente de você. Se tirar vocês duas daqui em segurança vai resolver as coisas, aí essa religião maluca vai acabar. Eles não terão mais poder. Pegue a arma e vá pelo túnel dos fundos, atrás do fosso do banheiro. O caminho levará direto à igreja com a torre do sino. Encontre sua amiga e a proteja."

"Quero ficar", retrucou Connie, agarrando sua mão. "Vocês já fizeram tanto por mim... Se eles estão aqui atrás de mim, então eu preciso lutar."

"Não é assim que funciona." Missi a girou pelos ombros e a empurrou para o lado oposto da Congregação. "Nossa sobrevivência depende da sua. Fique viva. Feche a Chaga. Talvez não tenhamos muito tempo, Rollins, então é melhor você aproveitar cada minuto."

32

"Você fez esse catálogo inteiro?", perguntou Adelle, admirada. O livro encadernado em couro devia pesar pelo menos dois quilos e meio, cada página alta coberta de cima a baixo com colunas com título, autor e uma breve descrição de cada livro, assim como o local onde Caid escolhera guardá-lo na biblioteca "delícia", como Connie, tão atenta, definira.

Adelle precisava admitir, era *mesmo* uma delícia.

"Como você pode ver, hoje em dia tenho pouco a fazer além de me ocupar com experimentos e trabalho. Eu me empenho em me dedicar a algo útil, mesmo sendo o único a ver alguma utilidade nisso", respondeu Caid. Estavam sentados juntos no sofá da esquerda; Orla estava no outro, um montinho debaixo dos cobertores. Adelle foi lembrada outra vez do cheiro dele: pergaminho e ervas, um cheiro masculino que não dominava, mas que sempre fazia seus pensamentos vagarem.

Caid tinha mãos fortes e expressivas. Moira achava que Severin tinha "mãos de pintor", e talvez fossem mesmo, mas as de Caid pareciam ser capazes de consertar um relógio, escrever por horas ou manter a pressão certa durante uma dança.

"Pensei que estivesse noivo de Moira", comentou Adelle, mas trazer o assunto à tona a fez sentir-se tola. Tinham coisas mais importantes com que se preocupar, mas ela não conseguiu deixar de pensar que estava ali, sentada, tendo devaneios com o namorado de outra pessoa.

Caid franziu a testa, inclinando-se para trás e para longe dela, apoiando as palmas das mãos nos joelhos.

"Foi a última coisa que meus pais me pediram antes de partir. Sinto-me obrigado a cumprir os desejos deles, mas a verdade é que Moira e eu somos muito, muito diferentes. No entanto, o casamento requer compatibilidade de finanças e família, não de interesses e paixões."

"Não!" Adelle não se conteve. Sabia que era só a maneira como Caid fora criado e as pressões da época, mas, mesmo assim, doía ouvir aquilo. O rapaz sorriu, uma covinha despontando enquanto olhava para ela, surpreso.
"Não?"
"Não! Não, isso é horrível. Estúpido e horrível. Casamento, amor, seja lá o que for, deve se basear em interesses e paixões", argumentou, parecendo tão ofendida quanto de fato se sentia.
"Posso supor que as mulheres do seu tempo são emancipadas?"
"São. Podemos votar e ser donas das nossas casas. Lideramos negócios e, quase sempre, vestimos o que queremos. Somos políticas e médicas, cientistas e astronautas... Você não sabe o que é essa última, mas, acredite, é legal..." Adelle parou, percebendo que seu tom exaltado acordaria Orla. Virou a página do catálogo e voltou a procurar, determinada. Tinham um trabalho a fazer, afinal.
"Ah." Caid abriu um sorriso misterioso. "Isso explica muita coisa."
"Porque sou barulhenta", respondeu Adelle. "E tenho opiniões."
"Bem, sim. Mas meu ideal sempre foi uma mulher de moral forte e opiniões mais fortes ainda, embora receio que isso não esteja na moda."
"Devia estar", murmurou Adelle. "E a moda se transforma."
"De fato, srta. Casey, de fato."
"Aqui!" Ela ofegou. "É este! *As Terras Intermediárias*, de Andrew Rudolph. Não posso acreditar que você tenha esse livro!"
Caid se levantou e foi andando depressa para a biblioteca.
"Eu posso. Rudolph é um metafísico bastante popular. Lecionou em Harvard dois invernos atrás; eu queria vê-lo, mas fui impedido por uma nevasca."
"Já leu o livro dele?" Adelle seguiu o rapaz até as prateleiras abarrotadas. Lá fora, o entardecer pouco a pouco se transformava em uma escuridão mais intensa. Quase todos os gritadores tinham se dispersado, provavelmente atraídos pela partida de Connie e das Penny-Farthings rumo à capela. Mas alguns ainda circulavam por ali, mergulhando de repente com velocidade alarmante e fazendo-a pular sempre que batiam no vidro.
"Ainda não, mas agora, com certeza, lerei. Aqui está." Caid pegou um tomo surpreendentemente fino na estante. Era um livro gasto, com capa violeta e o título gravado em ouro desbotado. "Imagino o que Rudolph pode nos dizer sobre nosso problema atual."
"Robin Amery tinha certeza de que sua chegada dera início aos rasgos e à Chaga", explicou Adelle, ambos voltando para o conforto e o calor dos sofás enquanto ela abria o livro, ouvindo o estalo suave e agradável

da lombada. "Quando ela morreu, aquele rasgo gigante se abriu sobre o campo. Acho que foi um efeito direto da morte dela. Mas Robin jurou que tudo estava normal quando chegou."

Então todos vocês começaram a agir de um jeito bizarro, sair do roteiro e ser muito mais atraentes do que eram no romance.

Concentre-se, Adelle.

"O que mais você sabe sobre Rudolph?", perguntou, a voz tão fina que evidenciava sua tensão.

Caid se acomodou no sofá outra vez, as pernas longas esticadas à frente do corpo, mal tocando a mesa-baú. Ele coçou preguiçosamente o vazio tentador logo acima da gola aberta da camisa. Ao contrário de Severin, não usava um plastrão espalhafatoso.

"É um homem excêntrico, não necessariamente respeitado, mas suas ideias são inovadoras, e isso lhe rendeu algum interesse de colegas acadêmicos e pesquisadores", explicou. "Mas quais são suas teorias, isso não sei dizer."

"Caramba! Alguns dos títulos dos capítulos... Parece que esse Rudolph tem um parafuso a menos. Ah! Mas este aqui parece promissor", comentou Adelle, deslizando o dedo pelo índice da primeira página. "'Sobre Nglui, o Portão Adormecido.'"

"Com certeza parece alguma coisa", respondeu Caid, hesitante.

"Caid..." Ela e Connie estavam sendo francas sobre quase tudo e, se ele iria ajudá-la a resolver o mistério da Chaga, precisava de todas as informações relevantes. "Quando eu estava lá dentro, aquela coisa falou comigo. Vi de onde aquilo vem: uma cidade em algum outro lugar, um lugar terrível, regido por um homem assombroso. A coisa a chamou de Cidade dos Sonhadores."

Caid ficou em silêncio, a mão no peito tremendo.

"Isso... muda as coisas. O Portão Adormecido. A Cidade dos Sonhadores. Parece que podem estar relacionados. Mas por que não me contou isso antes?"

"Eu... não queria assustar vocês", murmurou Adelle. Sentia-se péssima, quase enjoada, os hematomas na barriga pulsando como se bastasse pensar no incidente para trazer a dor de volta. "E não sabia se contaríamos de onde viemos. A Chaga, essa criatura, sabe que não somos daqui. Eu só queria saber o que ela quer."

Esperava que Caid se afastasse ou que talvez passasse a agir com mais frieza, mas ele apenas balançou a cabeça uma vez. "O que você vivenciou lá dentro parece mesmo angustiante."

"Foi, sim", concordou Adelle. "É por isso que quero dar um fim nisso. Quero ajudar vocês a endireitar as coisas antes de irmos."

"Muitos teriam simplesmente partido da forma que chegaram", observou Caid.

"Nós, não", respondeu Adelle. "Não Connie e eu. Nós nos importamos com este lugar."

Mais do que você imagina.

Um rápido lampejo de um sorriso veio e se foi, e Caid então gesticulou para o livro aberto no colo dela.

"O capítulo, srta. Casey?"

Adelle abriu na página correta e colocou o livro entre os dois, e seus ombros se tocaram quando ambos se inclinaram para ler a impressão um tanto desbotada. Era um milagre que ainda houvesse condições de leitura, embora não tivesse passado ileso pelo trajeto até a oficina. Adelle nunca segurara um livro tão antigo e quase se sentia culpada por tocá-lo. Qualquer oleosidade dos dedos poderia acelerar a degradação das páginas, mas tinham problemas maiores com que se preocupar do que a conservação daquele livro até a era moderna, para que colecionadores modernos o encontrassem.

"Esse homem realmente gosta de introduções longas", resmungou Adelle, impaciente.

"Aqui, no topo da página seguinte, ele enfim chega ao cerne da questão", avisou Caid, inclinando-se para mais perto, a mão roçando a dela enquanto apontava para a linha relevante. Os lábios de Adelle se moveram silenciosamente sobre as palavras, cada uma fazendo seu coração bater um pouco mais rápido.

> *A jornada para Machu Picchu transcorreu relativamente sem incidentes. No último dia, um viajante errante juntou-se a nós, todo vestido de preto e usando um chapéu preto de abas largas. Não cheguei a ver bem seu rosto, mas seu comportamento era bastante amigável. Ele afirmou também estar estudando os alinhamentos astrológicos das ruínas e nos acompanhou até Ayacucho. Antes de nos separarmos, ele nos agradeceu pela companhia e perguntou se eu gostaria de "ver algo especial".*
>
> *Conto isso apenas porque a lembrança permaneceu comigo muito tempo depois de os detalhes do homem terem desaparecido da memória, e ainda me lembro de ter*

achado seu modo de falar bastante estranho. Não consigo lembrar qual foi a coisa especial que me mostrou, então não devia ser tão notável.

No entanto, foi depois de ter voltado da caminhada ao longo do rio Urubamba que as vozes começaram. Ah, caro leitor, você me acusará de ter inventado os eventos seguintes, mas garanto que tudo que escrevi aqui é verdadeiro e preciso.

Meu médico sugeriu que os estranhos acontecimentos que tiveram início com meu retorno aos Estados Unidos eram apenas resultado de desidratação ou de alguma doença da selva que ataca o cérebro. Nenhuma dessas sugestões me satisfaz. De fato, escrevi ao meu guia, Ernesto, que me ajudou a navegar pelos rios, e ele nunca tinha ouvido falar de nenhuma doença do tipo. Confio que o homem conheça a região de onde vem e, embora não culpe meu médico, duvido de sua compreensão da medicina peruana.

No primeiro mês depois de voltar para casa, não dormi mais do que dez noites. Quando, por acaso, conseguia adormecer, não sonhava. Comecei a escrever um registro detalhado dos sintomas, e você pode encontrá-lo neste livro, para estudar, interrogar e, provavelmente, descartar.

Eu mal sabia o que era dormir, não sabia o que era sonhar e, no entanto, minhas horas de vigília tinham a violência desorientadora exata de um pesadelo. No dia 20 de julho de 1868, fiquei desacordado durante boa parte da tarde. Acordei com chuva, meu escritório completamente reorganizado: a cadeira estava debaixo da janela, todos os meus documentos e livros estavam espalhados, o tapete torto. No chão, eu escrevera, de próprio punho e involuntariamente, o seguinte:

A CIDADE DOS SONHOS ESPERA
NGLUI O PORTÃO ADORMECIDO —
APAGUE AS CHAMAS
UM MUNDO ACABA PARA OUTRO COMEÇAR
NGLUI O PORTÃO

ENCONTRE A PORTA, ABRA PASSAGEM
E OS SONHADORES VIRÃO

Como é de se esperar, depois que o choque inicial passou, comecei imediatamente a pesquisar esses lugares bizarros. Minha busca pelo entendimento me levaria de volta ao rio Urubamba, onde pouco encontrei: só uma caverna com pinturas que até lembravam um pouco uma cidade rudimentar, com um ser em forma de náutilo coroado feito um rei.

Um colega em Londres fez a gentileza de me enviar cópias de uma transcrição recuperada da malfadada viagem do Dunwich, *que navegou de Liverpool até a baía de Hudson. Antes de seu desaparecimento, o capitão registrou em seu diário que a tripulação avistara gelo turvo nas águas das ilhas do norte e, em seguida, encontrara um navio baleeiro em perigo. Restava apenas um marinheiro: um homem todo de preto, usando um chapéu preto.*

O sujeito se ofereceu para se juntar ao barco e trabalhar pela vaga, além de negociar o que resgatara do navio. Pouco depois, o capitão notou que muitos de seus tripulantes estavam doentes, citando "febres que alegavam ser frias em vez de quentes, olhares selvagens, murmúrios incoerentes e mal-estar generalizado". Muitos acordaram no meio da noite, abandonaram suas redes e se jogaram nas águas árticas, onde desapareceram. Dois oficiais relataram uma doença mental perturbadora: ouviam vozes quando estavam sozinhos e se tornavam violentos, alegando que as explosões eram para "introduzir o Ancião" e "oferecer seu banquete sem fim". Que atacavam em seu nome e que o serviam.

O Dunwich *foi localizado preso no gelo, e nenhum membro da tripulação foi encontrado. Só restavam seus registros e os pertences de todos.*

Durante a pior fase dos meus sintomas, também ouvi vozes intrusivas. Em momentos de silêncio, às vezes ouvia um chamado vindo de fora da mente, uma voz sombria e autoritária que dizia que ele estava perto, e só me restava ponderar e pesquisar antes de perder os últimos vestígios de razão.

> *Um mês após o primeiro incidente, acordei de outro cochilo não planejado, desta vez com a descoberta de que havia desfigurado meu próprio corpo, gravando na barriga uma imagem que reproduzirei abaixo.*

O próprio Andrew Rudolph ilustrara a imagem que encontrara gravada em seu corpo: um círculo espesso e irregular ao redor de um olho, com três X logo abaixo.

"'Eu tinha gravado Nglui e três chamas apagadas na minha própria barriga'", Adelle leu em voz alta, terminando o capítulo. "Eu tinha e continuo tendo certeza disso. Uma voz me compelia a abrir esse portão, mas, embora eu tenha procurado pistas de como fazê-lo em toda parte, embora tenha procurado pelas chamas, falhei na tarefa. Falhei, ao que parece, com esse senhor misterioso. Por fim, as vozes e as estranhas ocorrências cessaram, e pude voltar a dormir normalmente. Ou poderia, se não continuasse assombrado por tudo que aconteceu, tudo que vi. Nos últimos anos, encontrei outras alusões a essa Cidade dos Sonhadores e a Nglui, todas espalhadas pelo mundo, como fragmentos de um quebra-cabeça que anseio e temo resolver.'"

Adelle se recostou, sem fôlego. O Ancião. Uma semelhança notável com o Velho que Straven citara no feitiço que as enviara para o livro. Devia haver uma ligação.

"'Espalhadas pelo mundo'", repetiu. "Então é algo maior que Boston. Algo que a criatura tentou fazer muitas vezes, mas talvez esta tenha sido a única a chegar tão longe. Esse homem, Straven, o que nos ajudou a vir para cá... Ele sempre estava de preto e tinha um chapéu preto pendurado na loja. Ele enviou Robin Amery e nada aconteceu, então nos enviou também. Só pode ter sido de propósito; ele só pode ter feito isso para abrir esse portão. O feitiço que usou invocava "o Velho", que talvez seja o mesmo que esse tal Ancião."

Caid assentiu, ainda grudado no livro.

"E as chamas..."

"Nós três que não somos daqui", sussurrou Adelle. "E se for assim que esse portão se abre? Somos as três anomalias aqui; talvez nossa presença ou nossas mortes abram um caminho entre este lugar e a cidade que vi dentro da Chaga."

"'Introduzir o Ancião'", releu Caid. "Acredito, srta. Casey, que sua teoria seja sólida. Sólida e preocupante. Não podemos deixar que nada aconteça a você ou à srta. Rollins."

"É claro, mas também precisamos fechar a Chaga." Ela apontou para o diagrama de Rudolph outra vez. "E se isso for a Chaga? E se a Chaga for Nglui, o portão em si, só que ainda não foi aberto? Não podemos deixar essa coisa lá. E se... E, não sei como, se mais pessoas vierem para cá, mais pessoas que não são daqui? Vai começar tudo de novo."

"Então não podemos falhar", retrucou Caid. "É uma pena que o tempo seja curto e que parte de nosso sucesso dependa da partida de vocês. Há tantas coisas que eu gostaria de perguntar a uma mulher do futuro."

Adelle sorriu, mesmo se sentindo exausta. Parecia que ainda tinham muita coisa a fazer, um caminho bem longo a percorrer. Gostaria de poder se aconchegar no sofá e conversar sobre todas as maravilhas que os aguardavam na virada do século e além.

"Faça uma lista", disse a ele, virando o rosto em direção à porta ao ouvir uma batida suave. "Vou responder a todas que puder antes de partirmos."

Caid se levantou e entregou a ela o livro de Rudolph, então foi até a porta e olhou por uma abertura.

"Talvez isso a desagrade."

"Por quê? Quem é?"

"Sr. Vaughn? Está aí?"

Moira.

Adelle se levantou, enrolou o corpo em um cobertor e jogou o livro em cima da mesa. Só podia imaginar o que a cruel e vaidosa Moira acharia de sua roupa ridícula.

"Posso mandá-la embora", sugeriu Caid, baixinho. "Depois do que Moira fez com o seu cabelo..."

"Está tudo bem", retrucou Adelle, dando de ombros. Orla ainda cochilava tranquilamente no sofá oposto. "Caí dentro do estômago de um monstro e vi uma cidade que talvez esteja em outra dimensão. Cabelo parece bobagem diante disso."

Caid destrancou a porta e a empurrou para a frente, e Moira passou por ele usando um vestido escarlate impecável com mangas compridas e justas, um casaco austero estampado abotoado até o queixo e um chapéu esvoaçante cinza preso ao cabelo. No instante em que entrou, seus olhos pousaram em Adelle, mas ela apenas franziu a testa e tirou as luvas de pelica.

"A senhorita vai se demorar? Receio que estejamos bastante ocupados", disse Caid, que não parecia ter certeza de onde ficar. Por fim, escolheu o ponto a meio caminho entre as duas.

"O que tenho a dizer é o seguinte." Moira estufou o peito, inspirando o ar para um discurso. "Eu a tratei de maneira abominável, srta. Casey, e, quando soube o que teve que enfrentar hoje, senti-me ainda mais degradada pelo meu comportamento. Uma dama não age dessa forma, espero que aceite minhas desculpas."

Adelle a encarou. Moira parecia bastante sincera, embora também parecesse estar se levando muito a sério.

"Desculpas aceitas", respondeu. As coisas horríveis de que a garota a chamara não importavam. Seu cabelo não importava. Moira podia raspar tudo, contanto que ela e Connie fechassem a Chaga e voltassem para casa em segurança. "Tudo já foi esquecido."

"Que alívio!" Moira correu para ela, enfiando as luvas debaixo do braço e pegando as mãos dela. A garota cheirava a lilás e hortelã. Adelle não podia imaginar que estivesse cheirando melhor do que água estagnada. "Nunca me considerei uma pessoa ciumenta. É um defeito que a senhorita trouxe à tona em mim, e vou me esforçar para corrigi-lo. Severin me mandou buscá-la; ele está praticamente obcecado com a ideia de nos reconciliarmos e não ficará satisfeito até que tenha prova de nossa harmonia." Moira então olhou para Caid. "Quanto ao nosso... *acordo*..."

O rapaz sorriu.

"Que acordo?"

O rosto de Moira se iluminou no mesmo instante.

"Está dizendo que... Está me liberando do noivado?"

"Sim", respondeu Caid. Adelle percebeu que ele se esforçava para evitar um tom sarcástico. "Meu coração pediu para fazê-lo. Estou convencido de que a senhorita será muito mais feliz com o sr. Sylvain."

"Ah, obrigada!" Moira enxugou uma lágrima invisível. "Sempre soube que o senhor era um perfeito cavalheiro."

É mentira, pensou Adelle. No romance, Moira nunca tinha coisas boas a dizer sobre Caid. Olhou para ele, mas o rapaz não parecia aborrecido. Moira esperou, andando de um lado para o outro, enxugou outra lágrima falsa e então girou, voltando-se para a porta, sua agitação varrendo o chão como cerdas silenciosas.

"Pensei em fazer as pazes com Orla também e levá-la, mas ela parece muito bem aqui; talvez, quando ela acordar, o senhor possa lhe dizer que desejo conversar", pediu Moira. "Virá comigo, srta. Casey? Severin nos espera."

"Eu..." Adelle olhou para Caid, impotente, mas o rapaz parecia tão perplexo quanto ela. "Acho que posso. Pode me dar um momento?"

"É claro, mas, por favor, não demore!" Moira deslizou para fora da sala, fechando a porta delicadamente.

"Acha que ela estava sendo sincera?", perguntou Adelle, quando a garota saiu.

"Acho Moira diabolicamente difícil de decifrar, mas penso que estava, sim..." Caid prolongou a última palavra, coçando o vazio no pescoço outra vez. "Mas a senhorita precisa mesmo ir?"

"Há algo errado?", perguntou Adelle, examinando o rosto dele. "Ou só quer me poupar de alguma arte terrível?"

"Aí reside minha hesitação", respondeu Caid. "Nunca vi as obras de Severin, e ninguém poderia acusá-lo de modéstia. Há muito tempo me pergunto por que ele mantém seus quadros em segredo."

"Talvez seja inseguro." Adelle não sabia por que sentira uma vontade repentina de defender Severin. Sua opinião de que ele era perfeito já mudara. O rapaz era lindo e cativante, mas a realidade não correspondia à fantasia. Ela se apaixonara por ele na Mansão Byrne, mas isso parecia ter acontecido cem anos atrás.

Agora a lembrança da festa e da primeira vez que vira Severin quase lhe dava calafrios. Talvez, pensou, fosse porque ali, no refúgio empoeirado e aconchegante de Caid, cheio de livros e plantas e *dele*, não sentisse nada além de calor.

"O senhor não gosta dele", comentou Adelle, hesitante.

"Severin?" Caid bufou e balançou a cabeça, quase rosnando. "Ele é uma bússola sem agulha e, francamente, para mim não passa de um lunático desagradável."

"Um artista, então", provocou Adelle.

Com isso, o rapaz relaxou um pouco e a pegou pelo braço, acompanhando-a até a porta. "Ah, com que rapidez eu me esqueço de que a senhorita é uma mulher do futuro. Não devo duvidar de seu julgamento nessas questões."

"De onde venho, chamamos isso de 'ficar ligada'", explicou Adelle. "Prometo que vou ficar ligada. Além do mais..." Ela passou pela porta aberta que Caid indicou, lançando um último olhar por cima do ombro. "Quando eu voltar, poderei contar tudo sobre as pinturas estúpidas dele. Não vou demorar. Fique de olho no sinal de fogo; conhecendo Connie, já, já ele aparece."

33

No alto da igreja, Connie parou para recuperar o fôlego, encostada em uma das janelas quebradas, ofegante, olhando para o caminho que fizera até a King's Chapel. Tiros ecoavam nas ruas vazias, a fumaça espessa subindo e envolvendo a capela, mas nada disso indicava quem tinha vencido.

Não tinha tempo para descobrir. Virou-se para a água, vasculhando a costa até encontrar a Chaga enorme e brilhosa no cais. Então traçou a rota até a oficina, registrando, no escuro, o máximo de pontos de referência que pôde antes de descer correndo para dentro da igreja. Nenhum Penny-Farthing deixara uma bicicleta pelo caminho, então teria que ir a pé.

Ela correu para o norte, com a água à direita, a mochila e o rifle batendo com força no ombro. Antes do ataque, os Penny-Farthings tinham feito a gentileza de lhe emprestar mais roupas usadas, e sentia-se agradecida, achando fácil correr com as calças e o casaco largos.

Precisava encontrar Adelle. Precisava avisá-la sobre Severin, o único que podia tê-los traído. A raiva alimentou sua velocidade. Aquele imbecil. Finalmente tinham arranjado um plano, e ele precisava arruinar tudo? Connie sequer se permitiria pensar na batalha na Congregação.

Não era justo.

Deus, está me ouvindo? Não é justo. Não posso dar meu primeiro beijo e perdê-la logo depois!

Lágrimas rolaram por suas bochechas, escaldantes e galvanizantes. Mesmo que Missi sobrevivesse à emboscada, Connie em breve voltaria para seu próprio tempo. Fosse lá o que acontecesse, aquele provavelmente seria o único beijo das duas. Ela balançava os braços para se equilibrar, a lama pegajosa que cobria as ruas da cidade dificultando cada passo do caminho.

Passou pelos armazéns vazios ao longo da orla, depois virou duas vezes à esquerda, tentando se afastar dos quarteirões mais entulhados, as calçadas e ruas cheias de lixo, sujeira e estrume. Gatos se espalhavam ao ouvir as poças espirrarem sob seus sapatos, sibilando antes de se juntarem às baratas nas sombras. Deslizando na lama, Connie se apoiou no canto de um prédio baixo de tijolos amarelos e espiou pela esquina em direção às vozes que ouvira vindo de lá.

Claqueadores.

Ela se encostou na parede, contando as vozes. Pareciam nervosos. Com medo.

"Nunca vamos tirar os ratos daquele lugar", disse um deles. "Estão muito entrincheirados."

"Recuar foi um erro, estávamos em maior número."

"Não estávamos lá para eliminar ninguém, e sim para encontrar as meninas", respondeu o primeiro.

Só dois? Talvez Missi e os outros tivessem lutado para valer. Mas não, uma terceira voz entrou na conversa. Estavam marchando para o cruzamento, as tochas queimando em um círculo ao redor deles. Connie recuou um pouco mais, se escondendo na depressão de uma janela.

"Só uma", interveio a voz, uma mulher. "A loira não é mais uma ameaça."

Connie estremeceu. Severin já fizera alguma coisa com Adelle?

No sofá de Caid, enquanto a amiga dormia, Connie devorara *A Feira das Vaidades*. Ainda lembrava o choque estranho e doentio no estômago quando um dos personagens morreu no meio da história, sem a menor cerimônia. Estava lá, então se foi, sem alarde, de vivo a morto em uma única frase fria bem no final do capítulo: *A escuridão desceu sobre o campo e a cidade, e Amelia orava por George, que jazia de bruços, morto, com uma bala no coração.*

Seria assim com Adelle? Interrompida dessa maneira?

Esperou até que a poça de luz das tochas se movesse para mais adiante, longe do cruzamento. Ainda era arriscado correr com o grupo tão perto, mas, se estavam indo para a oficina, precisava chegar primeiro. Talvez Severin estivesse esperando ajuda. Caid, Orla e Adelle com certeza lutariam, e ele talvez não tivesse coragem de enfrentá-los sozinho. Seu físico não era muito intimidador. Connie disse a si mesma que era isso, que ainda havia tempo para chegar até Adelle e salvá-la. Seria ainda mais frio, ainda mais triste saber que a amiga poderia ser morta por um garoto por quem fora apaixonada durante tanto tempo.

Quando pusesse as mãos naquele chorão arrogante...

Connie estava no meio do quarteirão quando ouviu: o baque baixo e constante de passos pesados pela rua. Recuou, jogando-se na esquina e se ajoelhando, tentando se enfiar na parede, se esconder entre dois tijolos se fosse preciso. As ondas suspiravam, deslizando contra a costa três quarteirões a leste. Se suas estimativas estivessem corretas, a oficina de Caid ficava a apenas mais cinco quarteirões a norte.

Os Claqueadores pareciam estar indo em direção à Chaga, mas, se virassem à esquerda, poderiam chegar à oficina.

E agora ela precisava se preocupar com o Poluidor. Esperava que o ritmo mais ou menos regular das passadas significasse que a criatura não a vira. Não tinha ideia de como nem *se* aquela coisa conseguia enxergar ou se usava algum sentido sobrenatural para o qual ainda não existia nome. O gemido ficou mais alto, vozes gritando na escuridão, súplicas agonizantes perfurando o silêncio a cada poucos passos.

"Por favor", gemeu uma das vozes. "Acabe com isso... acabe com isso..."

Connie junto os joelhos contra o peito, encolhida junto à parede, os tijolos afiados perfurando seus ombros, a poça no chão encharcando os fundilhos da calça. O Poluidor cambaleou para o cruzamento, tão perto que alguns dos rostos estavam no mesmo nível do dela. Connie fechou os olhos, então os abriu apenas o bastante para ver... e se arrependeu imediatamente.

Não respire. Não se mexa. Nem pense.

"Me soltaaaaa", zumbiu uma voz masculina. "Onde estão minhas pernas, onde..."

A criatura parou, tão perto. Ao alcance da mão. Um crânio pingando lodo preto como tinta fixou os olhos nela, sem piscar. Será que a vira? Poderia alertar a criatura de sua presença? Connie estremeceu. Seu coração parou; até seus batimentos pareciam muito altos e perceptíveis. Levou a mão à boca e a manteve ali até que o Poluidor e seu cheiro insuportável avançassem, voltando para as sombras, seguindo os Claqueadores até a beira da água... ou até a oficina.

Connie se levantou devagar, inspecionando a área ao redor do prédio mais uma vez antes de atravessar a rua depressa, evitando pisar no lodo negro e espesso do rastro do Poluidor.

Mais cinco quarteirões. Ia conseguir. Só precisaria correr como nunca. Era o jogo mais importante de sua vida. Poucos segundos no cronômetro. Só mais cinco quarteirões.

"Aguente firme, Adelle", sussurrou, as palavras se dissolvendo no escuro. "Estou indo salvar você."

34

Adelle soube que havia algo errado no instante em que pisou no estúdio. Para começar, o lugar estava incrivelmente escuro: só um pequeno candelabro ardia no centro da sala, por cima de uma cadeira dobrável.

Além disso, por mais que gritasse, ninguém respondia. Não havia muitos lugares onde se esconder ali; telas tinham sido dispostas por toda parte, isso podia ver, também havia algumas mesas para misturar tintas e um colchão estranhamente aleatório enfiado em um canto.

Nada de Severin nem de Moira, mas várias pinturas. Ela foi verificar a mais próxima. Pelo menos vinte cavaletes estavam espalhados pela sala, o que lhe pareceu exagerado, mas Severin era um garoto estranho. E exagerado. Foi até a cadeira e pegou o castiçal, erguendo-o para examinar a obra. A luz brilhou sobre a tela, as velas saltando com um ardor quase acusatório.

Adelle encarava para um par de olhos. Os seus, na verdade.

Não havia dúvidas: a pintura era apenas um par de olhos, de uma mulher, feito com riscos grosseiros, como se Severin os tivesse pintado a dedo. Um era desalinhadamente azul, o outro, verde. Adelle deu um passo para trás, um arrepio eriçando os pelos dos braços. Foi na ponta dos pés até o cavalete seguinte, onde encontrou quase a mesma coisa: seus olhos, estranhamente mal desenhados. As marcas enormes ao redor os faziam parecer quase insones, como hematomas evidenciando sua exaustão. O mesmo aconteceu com o cavalete seguinte, e o outro depois. Não entendia por que continuava olhando; sabia o que iria encontrar.

Sua respiração se converteu em soluços histéricos. Queria se atirar no chão e enfiar a cabeça entre os joelhos; sentiu um aperto cada vez maior no peito, uma dor palpitante no coração dizendo que havia um ataque de pânico a caminho e que nada poderia detê-lo. Ainda assim, tentou, virando as costas para as pinturas hediondas, que agora pareciam delírios de uma pessoa obviamente doente.

Assim que girou em direção à porta, o truque ficou claro.

"Moira."

"Feia *e* ingênua", falou a garota, com a voz arrastada, dando passos longos e lentos em sua direção. "Você e Orla foram mesmo feitas uma para a outra."

"O que você quer?", perguntou Adelle. Tentou colocar um cavalete entre elas, mas Moira bloqueava a porta e não havia onde se esconder. "Eu... eu não tenho nenhum interesse em Severin", gaguejou. "Se é disso que se trata. Eu nem queria dizer o nome dele em voz alta enquanto dormia; foi só um sonho. Um sonho ruim."

"Claro que foi, doçura", gorjeou Moira, revirando os olhos. "Não existem mais sonhos bons por aqui."

Em um só movimento, ela pegou a tesoura na bolsa de veludo que carregava, segurando-a para que Adelle a visse.

"Não tem muito mais o que cortar", avisou Adelle, esquivando-se em torno de outro cavalete. Tinha que haver uma saída. Tinha que haver um jeito...

"Ah, é? Pois decidi fazer uma modificação um pouco mais permanente."

Moira se jogou para a frente, tentando atingir Adelle com a tesoura. Os cavaletes caíam enquanto a ruiva a perseguia pelo labirinto de bancadas, que Adelle empurrava contra ela, tentando fazê-la tropeçar enquanto também tentava alcançar a porta.

"*Por que* você está fazendo isso?", gritou Adelle. "Eu não o quero! Pode ficar, ele é todinho seu!"

"Não posso, não enquanto você estiver aqui. Encontrei sua bolsinha, doçura, a que os Cantadores levaram?" Moira estalou a língua e balançou a cabeça, tentando conter Adelle junto à parede dos fundos. "Ele não ama você pela beleza nem pela inteligência, mas sim porque é estranha. Você é uma aberração; não é como nós. Os artistas sempre amam o que não conseguem entender!"

"Pare, Moira! Eu juro... Eu não o amo. Não vou tirar Severin de você!" Adelle tentou recorrer às lembranças do romance. "Vocês dois foram feitos um para o outro, todo mundo sabe. Eu sei!"

"Mentiras! Seria mesmo típico da minha sorte ridícula, ter feito tudo que fiz e perder meu único amor para uma... uma... seja lá o que você for!"

Moira gritou, golpeando sem parar, às cegas. Tinha raiva, mas não tinha precisão. Adelle tentou usar isso a seu favor empurrando mais cavaletes contra ela, mas logo ficaria sem obstáculos.

"Posso explicar tudo", assegurou. "Por favor, Moira, você não precisa fazer isso. Posso explicar a mochila, o telefone, a identidade..."

"Eu. Não. Sei. O. Que. Nada. Disso. Quer. Dizer." Ela pontuou cada palavra com um golpe da tesoura, rasgando as pinturas jogadas em sua direção. Com um grito impaciente, a garota investiu, olhos arregalados e cheios de lágrimas, como se lamentasse a própria fúria, mas fosse incapaz de dominá-la.

"Eu abri mão de tudo! Não vou perdê-lo!" Moira se jogou contra Adelle.

O cavalete entre as duas era a única barreira. Adelle o chutou com força na direção de Moira, e a ponta de madeira acertou a mão esquerda da ruiva, deixando-a atordoada. Resmungando, a garota agitou a mão, testando a dor. Mas Adelle não permitiu que ela se recuperasse: obstruiu a passagem com o cavalete, que usou como escudo para derrubá-la de costas. As duas caíram, ambas gritando de surpresa, e aterrissaram com um baque, um estalo e um *splash* no chão coberto de tinta.

Adelle ergueu o corpo, um pouco aturdida, pronta para correr para a porta. Mas Moira estava imóvel... até que soltou um pequeno suspiro. Adelle então se levantou e puxou o cavalete devagar, com cuidado, e encontrou sua heroína espalmada no chão, a tesoura cravada na própria carne com o impacto, bem no meio do peito. Moira quase parecia uma pintura: graciosamente torta, as palmas das mãos para cima, na altura dos ombros, o cabelo ruivo escuro espalhado ao redor do corpo, o sangue ensopando o vestido, quase da mesma cor do veludo.

Adelle caiu ao lado de Moira, assustada, as mãos no ar, impotentes, enquanto sua mente girava. Gritaria por socorro? Puxaria a tesoura?

"Moira..." Não pretendia matá-la, só queria se proteger. Uma sombra escureceu a porta e, com o que restava de sua vida, os olhos da ruiva rolaram na direção da pessoa que se aproximava, os lábios se abrindo em um riso estrangulado.

"Severin? Querido... é você?", murmurou ela, fechando as pálpebras. Sua mão caiu sobre o peito, segurando a base da tesoura, mas sem conseguir arrancá-la. "Severin..."

Era mesmo ele. Velas viradas estavam espalhadas ao redor delas, a cera derramada envolvendo as garotas como um círculo de sal. Severin compreendeu tudo e se aproximou com passos contidos.

"É grave", avisou Adelle, enquanto ele se ajoelhava perto da cabeça de Moira. Com toda a delicadeza, ele afastou o cabelo da testa da ruiva, que curvou os lábios em uma expressão sonhadora. "Severin... o que faremos?"

"Nada, Adelle."

"O-o quê?" Ela sacudiu a cabeça. "Não... Temos que tentar ajudá-la. Foi um acidente! Ela investiu contra mim com a tesoura; eu só estava me defendendo."

Severin segurou os dedos de Moira, que envolviam a tesoura. Ele franziu a testa, mas não estava olhando para sua amada à beira da morte. Estava olhando para Adelle. Seus lábios se contraíram, como se ele tivesse acabado de lembrar algo engraçado.

"Vou contar uma história", anunciou o rapaz, baixinho.

"Uma história? Severin, você ouviu o que eu falei? Olhe só para ela! Precisamos buscar ajuda!"

"Não é necessário, ela já está morta", respondeu Severin, despreocupado. Adelle engoliu em seco, sufocando. Aquilo não estava certo. Por que ele estava tão calmo? "Agora ouça com muita atenção, pois percebo que a senhorita tem uma alma sensível e quero que entenda por que fiz tudo isso."

Tudo o quê? Fora ela quem, acidentalmente, cravara a tesoura...

"Meu pai queria que eu fosse pescador. O tempo todo, nunca parava de falar nisso. Chato." Severin bufou com a lembrança, como se não estivesse com a mão no peito de uma garota morta, que se esvaia em sangue. "A pesca era a paixão dele, mas não a minha. Eu sabia que meu pai nunca me deixaria ser outra coisa, nem artista, nem pintor, mas eu não poderia levar aquela vida."

"Moira era a sua saída", disse Adelle, tentando apressá-lo sem demonstrar que estava ciente de cada detalhe inútil da vida dele. "Ela o ajudou a deixar os negócios da família."

"Poderia ter sido, mas duvido. Não, encontrei outra maneira."

Adelle olhou para a porta, pronta para fugir, mas Severin ergueu a mão para impedi-la. Pingava sangue.

"*Un moment*, por favor", murmurou, os olhos fixos, intensos, nela. "Quero que entenda, porque nós dois temos coração mole e sinto que sua alma é semelhante à minha. Faria qualquer coisa por amor, srta. Casey?"

"Eu... acho que sim. Não sei. Sim?" Sua mente girava. Adelle começou a se perguntar se devia só dizer o que ele queria ouvir, mantê-lo falando até encontrar um jeito de ir embora.

Severin sorriu.

"Sim, sim, eu sabia. E por sua paixão? Faria qualquer coisa?"

Adelle tinha ido parar em outra realidade por causa de suas paixões, então essa resposta era óbvia. Moira ficara imóvel entre os dois, e ela queria ir para longe daquele corpo. Seus olhos se moveram para a porta outra vez. Caid com certeza viria procurá-la...

"Eu... Sim", respondeu, querendo apaziguá-lo. "Sim."

"Eu também, e foi o que fiz", explicou Severin. "Certa manhã, estava caminhando pela praia em busca de inspiração quando vi um homem pescando. Estava todo vestido de preto, e não consigo lembrar seu rosto, o que é bastante estranho, pois conhecê-lo mudou tudo. Ele perguntou se eu gostaria de ver algo especial, e eu aceitei."

Sim, pensou Adelle, *é claro*. Mas a história parecia familiar. O homem todo de preto. Ter perguntado se ele queria ver algo especial... As palavras, a descrição, não podia ser coincidência.

Meu Deus, não...

"Ele me mostrou um peixe que pescara", continuou Severin, alheio ao pânico dela. O rapaz segurou a tesoura outra vez, com ainda mais força, sangue escorrendo da palma. "Tinha só um olho, vermelho, brilhante e duro, parecia uma joia. O homem me disse para pegar o olho e engolir, e então eu receberia uma carta. Se o fizesse, qualquer coisa que eu quisesse, tudo que eu desejasse, aconteceria. Riqueza, amor, poder. Tudo isso seria meu."

"E você engoliu", disse Adelle, em voz baixa. *Seu idiota*. "Você engoliu."

"*Bien sûr*", Severin deu de ombros, casual. "O rasgo perto dos armazéns já estava aberto; sua Robin Amery já devia estar aqui. O homem e suas promessas pareciam mais um presságio. Senti os ventos mudando e decidi movimentá-los a meu favor."

Adelle se inclinou para a direita, preparando-se para se levantar e correr, mas Severin não tirava os olhos dela. Claro que não. Adelle tinha visto as pinturas. Ele sabia. Sabia, mesmo quando se conheceram, que ela não era dali. Aquilo não era arte nem obsessão, era loucura.

Em algum lugar, em outra realidade, havia uma faixa pendurada sobre sua cama.

UM POUCO DE LOUCURA É FUNDAMENTAL PARA PODERMOS VER NOVAS CORES.

Quis gritar. Então era assim que os Cantadores escolhiam a quem proteger e a quem perseguir: Severin ajudara a provocar a queda da cidade, então, eles com certeza ouviam tudo que o rapaz dizia, ferindo a quem ele quisesse machucar, eliminando qualquer pessoa que ele pensasse que poderia interferir em seus desejos. E a vida que ele deixara para trás, a vida pobre com seu pai, também precisava desaparecer. Qualquer coisa que não se encaixasse em sua visão era uma casca a ser descartada.

"A Cidade dos Sonhadores", disse ele, em voz baixa. "Não gosta da sonoridade? Eu gosto. Talvez, lá, todos os artistas e amantes sejam livres.

Toda a feiura e monotonia deste mundo afundado em merda é lavada, e nada banal é deixado para florescer. Não há dor. Não há trabalho duro. Não há solidão. Apenas sonhos."

"Severin..." Adelle sentiu o corpo inteiro se enrijecer em alerta. "Você não quer isso, você nem sabe o que é! Nenhum de nós sabe. Por favor, acredite em mim. Seja lá o que essa coisa tenha dito, seja lá o que ela prometeu, você não deve ouvir." A confusão em sua mente se desfez, levando-a por um caminho ofegante e sinuoso de volta ao romance. "No final, v-você conseguiu tudo que queria."

"O quê?" Ele inclinou a cabeça para o lado, balançando os cachos pretos e rebeldes.

"Você conseguiu Moira, dinheiro e a vida que queria. Uma vida de arte, beleza e paixão... E não foi assim que conseguiu, porque você não precisava. Você a amou com tudo que tinha, e as coisas se encaixaram. Usou sua inteligência para trazer Orla de volta, quando ela foi sequestrada pelos Penny-Farthings. E encantou a família de Moira. Tudo foi possível sem isso, Severin. Toda essa dor e esse sofrimento foram em vão."

Em silêncio, ele não parecia mais tão intenso e assustador, e seus ombros caíram enquanto a ouvia.

"Eu amava você, Severin", prosseguiu Adelle, depressa. Precisava dar um jeito de acalmá-lo; tinha que fazê-lo ver o quanto estava fora de si. "Amava, sim. Mas amava você naquela realidade, o garoto que conquistou o que seu coração desejava sem ferir ninguém. Aquele Severin era um artista bonito e corajoso que viu uma garota no parque e decidiu que a amaria para sempre, e a amou, e foi perfeito."

"Você fala com o coração... Isso é bem evidente, Adelle."

Severin parecia considerar o que ela dissera, estendendo a mão limpa para acariciar o queixo, depois os lábios dela. Adelle estremeceu e recuou, e a boca de Severin se endureceu, transformando-se em uma linha odiosa.

"Aquele Severin perdeu o amor e não sente mais nada quando pinta. Mas ele vai voltar. Vai, sim, quando toda a feiura for exterminada. Este mundo agora pertence aos sonhadores, Adelle, e eu realmente acredito que você seja uma de nós, é por isso que me dói tanto ter que fazer isso."

Uma única vela perto do pé dela escapara do caos. O fogo se apagou de repente, lançando o rosto dele na sombra... e Adelle ergueu as mãos um pouco tarde demais para impedir que Severin Sylvain cravasse a tesoura em seu peito.

35

Sem fôlego, Connie o encontrou junto a dois corpos quase sem vida, com velas derrubadas a seus pés, cera branca encharcada de sangue, de costas para ela. Adelle, ainda com a camisa de pijama de Caid, estava imóvel e bela, como uma santa empalada.

"Doce Adelle...", Connie o ouviu rir. "Está surpresa por não ter conseguido me convencer? Talvez eu também esteja, um pouco. Ah, você devia ter visto a expressão em seu rosto!"

Connie levou o rifle ao ombro, mais segura do que em qualquer tiro que dera em toda a sua vida.

"Não", falou. Severin ficou paralisado, então se virou e, quando ficaram cara a cara, Connie atirou. "Você é que devia ter visto a sua."

A bala o atingiu no joelho, exatamente como Connie pretendia. Não havia necessidade de matá-lo, só queria evitar que ele escapasse ou causasse mais problemas. Severin grunhiu e caiu de cara no chão, fazendo força com as mãos e tentando rastejar para longe, mas os ladrilhos estavam cobertos de tanto sangue que ele escorregou e rolou para o lado. Respirando com dificuldade, cuspiu na direção dela, os olhos arregalados, os dentes à mostra.

Connie passou depressa por ele, ajoelhou-se ao lado da amiga e a puxou para o colo, afastando-a dos outros dois.

"Tarde demais", disse o rapaz. "A Cidade dos Sonhadores virá, e eu vou conhecê-la. Vou vê-la."

Mas Adelle ainda respirava. Ela agarrou o antebraço de Connie, tentando se sentar. Por sorte, o garoto errara a mira: a tesoura estava alojada no espaço entre a clavícula e o ombro.

"Temos que levar você lá para baixo", disse Connie, tentando manter a calma, tentando não olhar para quanto sangue vazara pela camisa de Caid. "Consegue ficar de pé?"

"Acho que sim", murmurou Adelle. Parecia atordoada, como se ainda não estivesse convencida de que havia uma tesoura cravada em seu peito. Juntas, colocaram a garota ferida de pé, cambaleante, Connie sustentando seu peso, uma das mãos em volta de sua cintura, a outra no rifle.

"Connie... Onde estão os outros? Por que você voltou?"

"Mortos!" Severin deitou-se de costas e abriu os braços. "Mandei os Cantadores atrás deles. O plano de vocês nunca funcionará."

"Cale a boca." Connie o chutou no queixo quando passaram perto.

O tiro deve ter ecoado pelo armazém. Caid e Orla apareceram na porta, então correram para ajudar a sustentar Adelle. Ambos viram a bagunça no chão, e Orla se afastou, vislumbrando o quadro macabro formado pelos dois amantes, um ferido, a outra emoldurada em uma poça do próprio sangue.

"Como...", ofegou ela. "Não há nada que possamos fazer por ela?"

"Moira se foi", murmurou Adelle. "Orla... eu sinto muito. Só estava tentando me defender. Ela me atacou com a tesoura."

"Eu sabia que Severin era perigoso, mas ela também?", perguntou Connie.

Adelle suspirou e estremeceu, então caminhou com o corpo rígido, tentando não movimentar a tesoura.

"Moira achou que fosse perdê-lo. Acho que já tinha perdido, mas não como imaginava."

"Ouça só", começou Connie, sem se importar com que os outros ouvissem, enquanto saíam do estúdio e entravam no corredor, os sapatos de Adelle deixando um rastro de sangue. "Temos que sair daqui. Agora. Você precisa de um médico, Adelle, e ninguém aqui pode ajudar com isso."

"A srta. Rollins tem razão", acrescentou Caid, amparando o lado ferido de Adelle com cuidado, só dando algum apoio quando ela estendeu o braço. "O que importa agora é que a senhorita receba o tratamento de que precisa. Encontraremos um jeito de fechar a Chaga."

"Os Claqueadores nos emboscaram na Congregação. Não tenho ideia de quantos sobreviveram, se ainda vão conseguir colocar o balão no ar", explicou Connie. "Vi o que restou deles no caminho para cá, mas não sei se estavam vindo atrás de nós ou indo para a água."

"Severin está por trás de tudo isso", murmurou Adelle, a voz fraca. "Não se importava com nada. Só queria que isso tudo acontecesse. Ele quer abrir o portão e trazer a Cidade dos Sonhadores. Está fora de si. Acha que pode abrir um portão para essa cidade, e temo que esteja certo."

Orla enfim se juntou a eles no corredor, fechando a porta ao passar.

"Então não podemos nos demorar aqui", respondeu Caid. "Severin com certeza disse aos Cantadores onde vocês estavam."

"Não se apresse com os degraus, Delly", disse Connie. Uma escada estreita e íngreme descia em ziguezague do terceiro andar até o térreo. Adelle tinha dificuldades, sibilando a cada passo hesitante no começo da descida.

O prédio tremeu. Por mais que fosse sólido e maciço, o que quer que tivesse acabado de atingi-lo deslocara uma fina névoa de poeira do teto para cima deles.

"Estão com o Poluidor", murmurou Connie. "Mudança de planos, Delly: é melhor se apressar."

"Tem uma porta secundária", explicou Caid, depressa. "No final do corredor, primeiro andar, mas temos que chegar lá antes que nos vejam. Eu estava trancando a entrada quando ouvi o tiro... Depois da chegada da srta. Byrne, achei que seria melhor recusar novos visitantes. Se as portas resistirem, podemos chegar à entrada de serviço. Não muito longe daqui, tem um memorial que deve nos permitir alguma privacidade." Ele fez uma pausa, então falou, um tanto impaciente: "Ora, vamos, deixe-me carregá-la".

Caid abriu os braços para elas, suor nervoso brilhando na testa.

"Tudo bem, Connie", disse Adelle, com uma risada áspera. "Ele já é praticamente profissional nisso."

Adelle exibia uma palidez preocupante quando Caid a ergueu nos braços com extremo cuidado, atento à tesoura cravada em seu corpo, que causava dor, mas que também impedia que mais sangue escapasse do ferimento.

"Esses monstros implacáveis." Orla parou no patamar, esperando por eles, mordiscando os nós dos dedos. "Queria que isso tudo acabasse. Queria que isso tudo fosse um sonho muito ruim."

"Srta. Rollins, por favor, vá na frente com a srta. Beevers para vigiar os Cantadores. Vocês têm tudo de que precisam para voltar ao seu tempo?" Caid descia os degraus devagar, um de cada vez, enquanto Connie agarrava Orla pelo braço e a puxava pelo patamar.

"Tenho o livro, a vela e o copo na bolsa; podemos encontrar uma pedra lá fora. Delly?"

"Eu... Meu Deus!" Ela ofegou, tossindo. "Eu... eu perdi! Devo ter deixado na oficina..."

"Não tema, srta. Casey. Eu não permitiria que a senhorita deixasse algo para trás." Caid inclinou-a contra o peito e, com cuidado, tirou o incenso do bolso do casaco e o colocou no colo dela — onde não permaneceu por muito tempo: Connie o pegou no mesmo instante e o enfiou na bolsa de náilon.

"Você é incrível", sussurrou Adelle. "Agora só precisamos encontrar um lugar para fazer o feitiço e torcer para que isso não dê início a outro apocalipse."

Era tudo que Connie precisava ouvir. Puxou Orla escada abaixo enquanto o prédio balançava. A garota vitoriana suspendeu as saias para correr mais rápido, bufando e arfando para acompanhá-la. No térreo, Connie viu as portas da frente estremecerem, atingidas por mais um golpe intenso do Poluidor. Estavam trancadas, mas não sabia por quanto tempo aguentariam. Chamas crepitaram na madeira quando tochas incendiaram as portas.

"Fogo!" gritou Connie . "Não estão aqui dentro, mas temos fogo!"

O Poluidor se lançou contra a porta, e Orla gritou quando a madeira empenou, uma chuva de faíscas cascateando pelo corredor.

"Ah, srta. Rollins!" Orla escondeu o rosto no ombro de Connie. "Nunca tive tanto medo em toda a minha vida. Temo que entrarei em combustão."

"Eu também", respondeu Connie, vendo o fogo se espalhar. "Eu também."

36

"Precisamos mesmo parar de nos encontrar dessa maneira." Adelle se agarrou ao pescoço de Caid, sem se preocupar em não parecer desesperada. Suas mãos estavam ficando frias e uma estranha vibração nos dedos dos pés a fez ponderar se tinha perdido sangue demais. Começava a ficar tonta, mas mantinha os olhos nele. Não conseguia olhar para o caminho por onde tinham vindo, sabendo que, a qualquer segundo, poderia ver o Poluidor escurecer o corredor.

Caid riu, piscando para afastar o suor dos olhos enquanto seguia o mais rápido que podia para o final do corredor, onde Orla e Connie esperavam, encolhidas, uma de cada lado da porta salvadora. Adelle tirou os óculos dele com a mão direita, enxugou seus olhos cuidadosamente com a manga e os colocou de volta.

"Obrigado, srta. Casey, mas devo implorar que evite movimentos desnecessários", murmurou o rapaz, sem fôlego.

Connie destrancou a porta e a abriu com todo o cuidado possível, provavelmente paranoica com algum rangido ou estalo alarmante.

"É melhor ver para onde está indo", argumentou Adelle. "Prefiro não ser largada."

"Jamais", retrucou ele, sério, e aquilo soou como um juramento. "Eu jamais a largaria, srta. Casey."

"Adelle", corrigiu ela, a voz trêmula de medo. Tinha cada vez mais a impressão de que poderia morrer. A única coisa que a mantinha era a força dos braços de Caid e sua confiança absoluta de que Connie daria um jeito de encontrar uma saída.

"Não é muito informal?"

"Estou sangrando até a morte, e, depois desta noite, talvez nunca mais nos vejamos. Então acho que é uma boa ocasião para sermos informais", retrucou ela.

"Concordo, de fato", respondeu Caid, abaixando-se e saindo para o ar fresco e revigorante. "Adelle."

Não sabia se por dor ou por medo, mas se entregou ainda mais aos braços dele, e não imaginava a maneira como Caid a abraçou mais forte contra o peito. No papel era tragicamente romântico, mas, agora que vivia aquilo, descobriu que não era nada além de doloroso. Tudo que queria dizer parecia dramático e estúpido, mórbido ou ridículo.

"Fiz minha lista, sabe", comentou Caid, seguindo Orla e Connie e se mantendo na beira da rua enquanto se afastavam da oficina. "Dadas as circunstâncias, agora percebo que fui muito otimista com o tamanho. Se estiver disposta e bem o bastante, talvez possa responder às minhas perguntas mais urgentes."

"Sim", concordou Adelle. "Isso vai me distrair... de tudo."

"A ciência já provou ou refutou a existência de Deus?"

Adelle sorriu, surpresa.

"Não."

"Já saímos da Terra rumo às estrelas?"

"Já pousamos na lua, tomos satélites orbitando a Terra e fotografamos o Sistema Solar, enviamos sondas... É difícil de explicar, e não sou nenhuma especialista em ciências." Adelle riu, o ar escapando pelo nariz.

"Fascinante. Sim. Claro. Continuando..."

"Meu Deus, olhem! É o sinal de fogo, olhem!" Orla parara na calçada, apontando por cima dos telhados, para sudeste. Como Missi prometera, uma chama ardia no topo da torre do sino da igreja.

"O balão..." Adelle viu Connie correr de volta para eles com uma estranha mistura de expressões no rosto. Felicidade, então medo, então raiva, então confusão... Adelle não tinha percebido que a amiga estava tão dividida quanto ao plano. Estremeceu, o peito queimando como se tivessem enfiado pimenta em seu esôfago. A chama ardeu mais forte, um brilho tão poderoso e cheio de esperança de que Adelle não conseguia desviar o olhar. Caid também estava paralisado.

"Os faróis estão acesos", ouviu Connie murmurar.

"Gondor pede ajuda." Adelle fechou os olhos, encontrando um poço minúsculo, quase vazio, de força dentro de si. "Quero vê-lo."

"O balão?", perguntou Caid.

"Sim, quero vê-lo. Quero ver a Chaga fechada. Preciso saber que deu certo antes de partirmos."

"Delly..." Connie estava com aquela expressão de *nem pensar* no rosto. "Não podemos arriscar. Você precisa ir para casa. Agora."

"Vou aguentar", prometeu Adelle. "Por favor, preciso saber que isso acabou. Essa coisa é maior do que nós, Connie. Encontramos o livro de Andrew Rudolph... Essa criatura, a Cidade dos Sonhadores, essas coisas já tentaram vir. Acho que nunca estiveram tão perto; acho que nunca tinham distorcido a realidade dessa forma. Fazemos parte disso. Não podemos desistir, não agora que estamos tão perto."

Connie resmungou e jogou as mãos para o alto, então girou, em um círculo rápido, e passou o polegar na boca. "Tudo bem. Mas, no segundo em que você se sentir muito fraca, ou se o balão cair..."

"Claro", murmurou Adelle. "Combinado."

Connie disse a si mesma para não ter esperanças, mas uma parte teimosa dela insistia que a única pessoa capaz de botar aquele balão no ar era Mississippi McClaren.

Caminharam devagar em direção à água, enquanto ela listava mentalmente quase um milhão de razões que faziam daquilo uma péssima ideia. Não tinham noção de quantos Claqueadores restavam, talvez houvesse uma centena esperando para surpreendê-los em Long Wharf. Não sabiam sequer se havia outros Poluidores. E, claro, precisavam considerar os gritadores, para não mencionar a própria Chaga. Mas aquela mesma parte teimosa dela que acreditava em Missi também acreditava no que Adelle queria.

Seus treinadores sempre, sempre diziam com firmeza para o time deixar o campo melhor do que o havia encontrado, para recolher o lixo e até mesmo remover o que outros, por descuido, tinham deixado para trás. Ela e Adelle tinham contribuído para a destruição daquele mundo, e era justo deixá-lo melhor do que o haviam encontrado, ou, pelo menos, fazerem o melhor que pudessem.

Robin Amery estava morta. Moira estava morta. Severin podia morrer em decorrência do sangramento da ferida ou de uma infecção grave. Não sabia se essas coisas podiam ser desfeitas, mas mantinha uma centelha viva pelas pessoas presas dentro da Chaga — Adelle dissera que pareciam estar apenas descansando ou em estase, intocadas. Se pudessem trazê-las de volta, devolvê-las às famílias e amigos, talvez a culpa por tudo aquilo se tornasse suportável.

A mente apressou-se em lembrá-la que aquele lugar era falso, só uma construção teórica, mas Connie ignorou o impulso. Não importava. As personagens tinham se tornado reais para ela, principalmente Missi.

Missi.

Seu primeiro beijo. Olhou para o céu, procurando, desesperada, um vislumbre do balão. Como tinham conseguido fazê-lo voar? Missi com certeza pensara nisso, planejara isso. Se tivessem mais tempo... Considerando a inteligência de Kincaid e a determinação de Missi, os dois seriam uma dupla imbatível e provavelmente equipariam o balão com armas a laser, chuveiros com aquecimento automático e um salão de chá.

Uma silhueta irregular e suave movia-se contra a névoa que se agitava no céu nublado da noite. Connie cutucou Orla, ao seu lado, e se virou para Adelle e Kincaid. O rapaz estava abrindo caminho entre o lixo e os buracos, com sua amiga encolhida nos braços, pálida, mas animada, os dois conversando em voz baixa a cada passo.

"Acho que são eles", avisou Connie em um sussurro alto. "O balão! Está mesmo funcionando!"

E estava se movendo rápido, ultrapassando a velocidade tempestuosa das nuvens. Um sopro de luz o iluminou por um momento, e Connie engasgou. Uma fogueira. Tinham acendido uma fogueira no cesto, para manter o balão flutuando, e o brilho iluminava a colcha vertiginosa de retalhos costurados às pressas, com desespero. O balão se aproximava depressa, desaparecendo de vez em quando atrás de um campanário, sempre emergindo, irradiando uma claridade suave como a de um lampião.

"Aquela coisa é rápida!", gritou Adelle. "Temos que correr ou chegarão à costa antes de nós!"

Embora Connie ouvisse o barulho constante das ondas, ainda não viam a água; iam seguindo pela via sinuosa por onde tinham vindo do cais, quando Adelle retornara da Chaga. Atrás, ao longe, mas inconfundível, o chão tremeu.

"Acredito que o Poluidor tenha descoberto nossa ausência", comentou Kincaid, caminhando mais rápido e se juntando a Orla e Connie, que trotavam pela calçada. "Parece melhor nos adiantarmos um pouco."

Connie ouvia todos respirando com dificuldade. Não estava cansada, mas a ansiedade da antecipação fazia seus pulmões doerem. Sobrecarregada por saias e botas de salto, Orla começou a ficar para trás, mas Connie a segurou pelo braço, encorajando-a a seguir em frente. O balão estava sobrevoando a cidade, mais perto agora, quase nivelado com eles enquanto corriam em direção ao cais.

Um coro de gritos quebrou o silêncio: dez ou mais figuras negras e lustrosas dispararam em direção ao balão.

"Gritadores", sussurrou Connie. Então gritou, cada vez mais alto, agitando os braços, tentando chamar a atenção dos condutores do balão. "GRITADORES!"

Recarregou o rifle às pressas enquanto corriam, destruindo o pacotinho de pólvora no bolso da calça. Ainda assim, conseguiu enfiar a bala no lugar e atirou às cegas na direção dos gritadores, sabendo que não conseguiria acertar nenhum deles, mas torcendo para alertar as pessoas a bordo do balão.

"Essas coisas vão rasgar o tecido", murmurou. "Aí o balão não vai conseguir chegar à Chaga."

Mas foi surpreendida por um contra-ataque: tiros de pistola explodindo no cesto do balão, seguidos por um grito familiar, e as vozes de Geo e Farai resmungando contra as criaturas. Os gritadores passaram e conseguiram atingir o cesto, empurrando-o um pouco para o sul, mas o tiroteio claramente os perturbara, e eles se afastaram, voando em círculos, preparando-se para mais uma investida.

O caminho fez uma curva acentuada, despejando-os em uma avenida mais reta que corria paralela à orla. Silhuetas sombrias de armazéns, agora familiares para Connie, assomavam-se à frente.

"Aguentem firme!" gritou. "Estamos quase lá!"

Os gritadores encheram a cidade com sua canção hedionda, aproximando-se outra vez, avançando em direção ao balão. Foram recebidos com tiros, mas pareciam mais ousados, voando diretamente contra o cesto.

Connie corria na frente, quase metro a metro com o balão, até que os caminhos se cruzaram. Não conseguia ver as garotas lá dentro, mas podia ouvi-las gritando desesperadas para recarregar, recarregar!

"Não!" Então ouviu Geo, a voz estridente e em pânico. "O laço! Olha, estamos caindo!"

O cesto tombou perigosamente. Uma das quatro cordas que o prendiam ao balão tinha sido cortada por um gritador durante a passagem.

"Não, não, não", sussurrou Connie. "Não agora que estamos tão perto!"

Mas continuou correndo, passando entre dois armazéns em direção ao cais, o velho depósito de tijolos à frente, escuro e agourento contra o brilho da Chaga mais adiante.

"O Poluidor!", ouviu Adelle gritar e parou, esperando que os outros a alcançassem. "Connie, seremos encurralados no cais!"

"Temos que fechar a Chaga, não temos?", perguntou Orla, o rosto vermelho, suando no vestido pesado. "Essa é nossa única prioridade. Precisamos de coragem, mesmo se formos pegos pelo Poluidor. Nenhuma outra pessoa tentou isso, nenhuma outra pessoa foi capaz de fechar a Chaga!"

"Bem observado, srta. Beevers", disse Kincaid, assentindo. "A prudência é a melhor parte da bravura, mas, neste momento, a bravura deve ser a melhor parte da bravura. Esta é nossa última aposta. O que restará de Boston se não nos dedicarmos por inteiro?"

Connie não pôde deixar de sorrir, impressionada com o discurso que deixaria qualquer treinador orgulhoso. Tinham perdido o medo, e isso talvez fosse exatamente o que a noite exigia.

"Então avante", falou, conduzindo o grupo entre os armazéns. O balão passou por eles, ainda no ar, e, conforme prosseguia, deslumbrante, ainda que torto e artesanal, a fogueira se elevou, mais alta e faminta após o ataque dos gritadores, e a coisa toda ardeu em chamas.

37

Ficaram parados no final do cais, vendo suas esperanças virarem fumaça.

Adelle, ainda no colo de Caid, estendeu a mão e tocou o ombro de Connie, tentando consolar a amiga.

"Talvez ainda dê certo", falou. "Quem sabe."

As chamas tinham diminuído um pouco, o balão bem alto, acima da Chaga, jogado para cima com o jato súbito de ar quente. Sons como o bater de asas pesadas vinham do cesto; sem dúvida eram as garotas usando os casacos e tudo que tinham para combater as labaredas. A borda do tecido em si ainda não se incendiara, mas logo perderiam o balão de vista, se subisse mais.

"Isso... talvez não seja de todo ruim", comentou Caid, hesitante, pensando alto. "O chá que elas pretendem derramar sobre a Chaga com certeza constitui a maior parte do lastro. Depois de jogá-lo, elas não teriam nada que as ajudasse a fazer o balão descer. Se sobreviverem ao fogo, isso pode ajudar a trazê-las de volta ao chão."

"*Se!*" Connie trovejou. "*Se!* Diga, *você* sobreviveria a um incêndio naquele cestinho?"

"A alternativa é que sejam levadas para o mar, srta. Rollins." Caid manteve a voz calma. "E que nunca mais sejam vistas."

"Elas têm seus problemas", murmurou Orla, trêmula. "Nós temos os nossos."

A garota puxou furiosamente a manga de Connie, que se virou junto dos outros para descobrir que os Cantadores tinham chegado, embora estivessem em número muito menor que o imaginado. Só restavam oito, as túnicas brancas irremediavelmente manchadas, enlameadas e cobertas de pólvora, algumas chamuscadas, uma ou duas completamente ensanguentadas. As alturas variadas sugeriam que eram de diferentes gêneros e idades, embora todos usassem as mesmas máscaras de couro grotescas e disformes.

Os dois nas pontas carregavam tochas, o resto empunhava pistolas e rifles. O grupo os alcançaria em breve.

"Fiquem atrás de mim", ordenou Connie, em um sussurro perigoso.

Isso significava que precisariam se aproximar da Chaga, mas ainda estavam longe o bastante da tempestade de tentáculos contorcidos. O balão parecia perdido para sempre depois de sumir em algum lugar entre as nuvens, deixando-os em menor número, desarmados e sozinhos.

"Nós tentamos", disse Orla, agarrando-se a Caid. Com os olhos cheios de lágrimas, olhou para Adelle nos braços dele, que tentou abraçá-la o melhor que podia, embora seu braço esquerdo não estivesse funcionando tão bem. Connie e Adelle precisavam se apressar, e parecia que teriam que lançar o feitiço sem ter derrotado a Chaga, deixando os pobres amigos abandonados à própria sorte.

Não era justo, não era certo, mas o que podiam fazer?

Os gritadores voavam acima, procurando o balão. O cais maciço tremeu, o estrondo lento dos passos do Poluidor se aproximando conforme ele passava pelos armazéns. Caid e Orla recuaram com passos pequenos, Connie também, mas ia à frente de todos, o rifle erguido após uma recarga rápida. Passaram pelo Muro dos Cem Rostos, que os encararam, um mosaico retorcido de bocas suplicantes e olhos esbugalhados. Adelle não olhara com muita atenção da outra vez, mas agora via os rostos atormentados se projetando das pedras, pedindo ajuda em um clamor sem palavras.

Viu Caid procurar os rostos de seus entes queridos e sentiu lágrimas semelhantes às de Orla inundarem seus olhos.

"O que faremos?", perguntou a ele, com delicadeza.

Caid soltou um suspiro trêmulo, o primeiro sinal de medo que demonstrava. A força do gesto a fez se sentir ainda mais apavorada e impotente.

"Vamos mandar as duas para casa", respondeu ele, com a mesma delicadeza, lutando contra o que Adelle sabia ser puro terror. Quando ela e Connie tivessem partido, Caid e os outros estariam à mercê dos monstros e dos Cantadores, que pareciam não ter pressa. Adelle quase desejou que se apressassem, disparassem os rifles... pelo menos estaria lá quando seus amigos montassem uma defesa. Por que hesitar? "Então estarão bem e seguras, e nós aqui teremos que lidar com o que vier."

"Eu levaria você junto. Sabe disso, não é? Se eu pudesse. Em um piscar de olhos."

"Se isso não fosse destruir seu mundo, Adelle, eu aceitaria de bom grado."

Ela não podia contar sobre o romance, sobre como o conhecera, mas percebeu que não precisava. Caid não era mais aquele personagem. Ou, se fosse, Robin Amery nunca o compreendera. Ela construíra um mundo lindo, mas o que havia de bom ali estava nos detalhes que ela negligenciara, nos personagens que se tornaram maravilhosos por conta própria. Severin Sylvain não era um herói romântico, mas aquele jovem ali era.

"Conhecer você não foi nada do que eu esperava", falou. "Lamento não termos tempo para mais. Lamento não termos conseguido consertar tudo isso."

Caid fechou os olhos com força e jogou a cabeça para trás. Seus óculos estavam sujos de novo.

"Agora me ocorre que eu gostaria de beijá-la. A senhorita me permitiria?"

"Por favor", sussurrou Adelle, os lábios já se fechando sobre os dele. "Sim."

Foi um beijo leve, doce e simples, e ela o adorou mais do que qualquer bagunça desleixada atrás das arquibancadas do mundo. O primeiro e último beijo dos dois. Esperava que as lágrimas transferidas de seu rosto para o dele não o incomodassem. Quando Caid esticou o pescoço para trás, para encará-la, Adelle tentou sorrir. O que foi fácil, ainda que seu queixo estivesse tremendo.

"O que eles estão esperando?", murmurou Connie, de canto, o rifle apoiado no ombro. Lá no alto, os gritadores berravam um para o outro como se estivessem comemorando. Tinham encontrado a presa.

"O Poluidor." Orla cobriu a boca, encolhendo-se com a visão. "Estavam esperando por ele, mas ele chegou."

38

"Talvez eu devesse atirar", sugeriu Connie, inquieta. "Prefiro ser morta pelos Claqueadores do que por essa monstruosidade."

"A senhorita não vai morrer, srta. Rollins", lembrou Kincaid, com firmeza. "Por favor, me dê o rifle, e você e Adelle lançarão seu feitiço. É hora de admitir a derrota e salvar o que pudermos."

Orla soluçou.

"Coragem, Orla", disse ele, colocando Adelle no chão com todo o cuidado. Ela não aguentava mais ficar de pé e teve que se ajoelhar no mesmo instante, segurando a tesoura ainda espetada em seu corpo. A mancha de sangue se espalhara até a barriga. "Coragem e bravura."

"Uma dama não aprende essas coisas", lamentou Orla, enxugando o rosto com propósito.

Assentindo, Connie pressionou o rifle nas mãos dele, que se virou para Orla e a puxou para perto.

"Uma dama não precisa aprender essas qualidades", disse Caid. "Pois qualquer dama as possui naturalmente."

Connie abaixou-se ao lado de Adelle, enfiando a mochila entre as duas e abrindo a aba de náilon.

"Eu disse, Delly, ele é um achado."

"Achado e perdido", suspirou a amiga, as lágrimas secando nas bochechas. "Que sorte a minha."

"Minha também", respondeu Connie, pescando a vela e o copo; catara uma pedra no caminho. Colocou o livro com todo o cuidado ao lado dos componentes.

"Do que está falando?"

"Missi...", bufou Connie, tímida, o cais tremendo sob as duas conforme o Poluidor avançava. "Nós... nós nos beijamos. Temos muito para conversar quando chegarmos em casa."

"Parece que sim."

"Sabe...", começou Connie, pensativa. "Que loucura, mas acabei não a conhecendo."

"Quem?" Adelle colocou o incenso na pilha.

Connie sorriu.

"Moira. Não cheguei a vê-la viva. Ela sempre foi minha paixão no livro, e eu não a conheci."

Adelle franziu a testa e olhou para a tesoura que se projetava de seu ombro.

"Ah, então não era só um exemplo. Bem, pode acreditar: foi melhor assim."

"De qualquer forma, não importa", retrucou Connie, olhando para os gritadores. "Conheci quem eu precisava... conhecer." As palavras foram interrompidas quando seu olhar se ergueu. "Ei, pessoal? O balão voltou."

Kincaid lançou um único olhar na direção dela enquanto Orla se virou e inclinou a cabeça, boquiaberta para o balão que, seguido por um bando de gritadores, avançava depressa na direção deles, as chamas crepitando nas bordas do tecido, devorando-o. Além disso, tinha um buraco no meio, mais ou menos do tamanho e do formato de um gritador.

"Cuidado aí embaixo!" O alerta de Mississippi ecoou por cima do crepitar das chamas, dos gritos dos gritadores e dos passos ensurdecedores do Poluidor que se aproximava pelo cais com o corpanzil fedorento.

"Despejem!" Veio a ordem de Missi em seguida. "AGORA!"

Até o Poluidor parou ao ver o cesto do balão de repente se transformar em jarra. O peso do chá sendo derramado para dentro da Chaga fez com que o balão se inclinasse perigosamente enquanto disparava em direção às ondas.

"Elas conseguiram!" Adelle riu, incrédula.

Os braços da Chaga se agitaram, e tudo silenciou com o rugido que veio de lá; era sobrenatural, ensurdecedor. O estrondo quase achatou Adelle contra o chão; Connie, Orla e Kincaid tiveram dificuldade para se manter de pé. O cais tremeu, rachaduras em forma de aranha dividindo-o ao meio. Ondas se agitavam e quebravam, derramando água como bile negra sobre a borda.

Connie voltou a si e correu para proteger os componentes do feitiço. Com dificuldade, enfiou tudo o que precisavam na bolsa de náilon, vendo a água começar a subir, a Chaga se debatendo, se afogando em litros do chá inibidor de sonhos.

O Poluidor gritou pelo mestre, as vozes entrelaçadas urrando em agonia indignada enquanto a criatura se lançava contra o grupo no cais. Connie via os braços de Kincaid tremendo ao apontar o rifle e atirar. A bala acertou o alvo. Tinha sido um ótimo tiro, na verdade, mas foi simplesmente absorvido pelo casco gelatinoso.

O tiro atingira o centro da criatura, bem na testa de um novo rosto que saía da massa contorcida de corpos prensados.

Severin.

"Meu Deus do céu!" Orla cobriu o rosto e desviou o olhar. "Ele o pegou."

"Eles não acham que vamos conseguir", murmurou Adelle, olhando para Severin por cima do ombro, com ferocidade de aço. "Foi por isso que os Cantadores não atiraram. Não querem só que a gente morra, querem uma morte terrível. Mas não vamos passar por isso. Eu *não posso*."

Connie pôde ler aquela expressão com precisão absoluta de melhor amiga.

"Delly! Se você arrancar essa tesoura e tentar esfaquear esse cara, eu juro pela minha vida que vou..."

"Connie!" Adelle acenou para o céu. "Connie, cuidado!"

O Poluidor tinha chegado, e Kincaid estava ocupado recarregando a arma quando o corpo mutilado de Severin se projetou para fora, quase um apêndice gotejante com vida própria. Não importava a rapidez com que Kincaid tentasse terminar ou o quanto Connie o ajudasse com a pólvora, nunca conseguiriam a tempo.

Mas o balão, agora livre do lastro, envolto em chamas e despedaçado, tinha outros planos — seus próprios planos loucos. Adelle viu Mississippi aparecer na borda, pendurada no cesto, as pernas se debatendo enquanto ela puxava uma corda, virando o balão bruscamente. Ele estava descendo, e rápido, em direção a eles.

Por puro instinto, Connie empurrou Kincaid para baixo, e juntos derrubaram Orla em uma pilha que caiu ao lado de Adelle enquanto o chão tremia, a Chaga trovejava e a água espirrava sobre todos em torrentes congelantes.

Severin agora poderia sanar seu desejo de ver o grande *montgolfière*, que caiu sobre o Poluidor e incendiou a criatura. O coro de gritos abafou até os protestos da Chaga, o lodo preto e escorregadio que o cobria pegando fogo como combustível. Três figuras pularam do balão, aterrissando com força e dando cambalhotas para longe, enquanto o cesto quase achatava o monstro com a velocidade de sua descida.

As chamas se alastraram, e os Cantadores gritavam uns para os outros, confusos, enquanto sua arma e seu deus morriam.

"Isso foi incrível!" Connie se levantou. Um momento depois, estava nos braços de Missi. A vaqueira estremeceu, mas a abraçou de volta. Connie se afastou um pouco, notando a tipoia frouxa e rasgada em volta do ombro dela e as escoriações em seu bíceps.

"Você está ferida." Ela examinou a ruiva em busca de outros curativos.

"Não se preocupe com isso agora", repreendeu Missi. "Deu certo? Sumiu?"

Todos se viraram para a Chaga em silêncio e viram seus tentáculos baterem cada vez mais devagar, se contorcendo antes de caírem, inúteis, na água, em algum lugar abaixo da linha do cais. As ondas continuavam furiosas, morrendo junto às pedras, mas subiam cada vez mais acima da Chaga, quebrando-se sobre ela, respingos e espuma encobrindo-a totalmente.

"O Muro...", sussurrou Orla, piscando rápido. "Os rostos desapareceram."

Uma a uma, as pessoas foram emergindo do véu de água do mar; avançavam a passos hesitantes, os braços erguidos, mas estavam ali. Nada se movia dentro do Poluidor. Ao que parecia, aquelas vítimas tinham mesmo partido, esmagadas pelo cesto do balão.

"Agora", Kincaid lembrou às garotas, estendendo o braço para elas, abrindo e fechando a mão. "Cadê a vela?"

"Façam seu feitiço logo, enquanto a Chaga está morta, antes que vocês, idiotas, causem mais confusão!", gritou Mississippi. Ela suavizou suas palavras com um apertão afetuoso na nuca de Connie. "Quem enfiou essa tesoura maldita aí, garota?" Ela apontou para o peito de Adelle, perplexa.

"Caid pode contar a história toda", sussurrou Adelle. "Não acho que o culpado será um problema."

A amiga ficava mais pálida a cada minuto. Connie mordeu o lábio, espalhando os componentes, desesperada, abrindo o livro depressa antes que alguém notasse o título. Olhou para o céu, determinando o norte e o sul, então arrancou o incenso da bolsa de náilon. Não faltava água do mar para o copo.

Respingos pesados e úmidos as fizeram pular quando gritadores mortos caíram do céu, alguns se amontoando em pilhas espalhadas pelo cais, outros desaparecendo no mar.

Orla se aninhou a Kincaid quando ele voltou com a vela, acesa no fogo que ainda reduzia o Poluidor a cinzas gordurosas.

"Vá se despedir das duas, depois vá receber as pessoas", instruiu Kincaid, abrindo um sorriso para a amiga. "Todos devem estar confusos e precisarão ser reconfortados."

Connie pegou a vela de Kincaid e derramou um pouco de cera no cais, então fixou-a ali. Todos se reuniram em um círculo, protegendo a chama fraca e bruxuleante, mas corajosa.

"Pegaram Joe, Rollins e muitas das crianças", comentou Missi, balançando a cabeça. Farai e Geo estavam cobertas de fuligem, chamuscadas e machucadas, mas vivas. "Não sacrificamos tudo isso e destruímos meu lindo balão para vocês falharem agora. Lancem seu feitiço, querida, e vão para casa."

A vaqueira se inclinou e beijou o topo da cabeça de Connie, que soube que era para dar sorte. Ela pegou as mãos de Adelle, e ambas assentiram, tão prontas e despreparadas quanto podiam estar. Connie queria ficar e olhar em volta, ver seus amigos se reencontrarem com as pessoas que surgiram pelo cais, mas não havia tempo e, se esperassem demais, sua presença poderia acabar gerando um novo caos terrível para afligi-los.

"Vou sentir sua falta", murmurou Adelle, mantendo o olhar em Caid enquanto acrescentava: "Vou sentir muito a falta de todos vocês".

"Não se esqueça de nós", respondeu ele, o linho branco sobre seu coração manchado do sangue de Adelle. "Mas fique viva. Viva, e viva bem, e nós faremos o mesmo."

Orla soluçou e se separou do grupo para lançar os braços em volta do pescoço de Adelle uma última vez. Então se afastou e respirou fundo, alto o bastante para que todos ouvissem. "Meu coração não aguenta mais!"

"Preparada?" Connie pegou as mãos de Adelle de novo.

"Não. E você?"

"Não."

"Ela vai ficar bem", prometeu Adelle. "Vai, sim."

"Eu sei", respondeu Connie, ainda preocupada. "Ela é Mississippi McClaren. Ela consegue qualquer coisa."

Adelle fechou os olhos, Connie também, e, rodeadas por rostos tristes e esperançosos, ambas colocaram as mãos sobre o livro, na última página, e pronunciaram as palavras:

"Rache esse mundo emaranhado, a cortina se rasgou, o Velho nasceu."

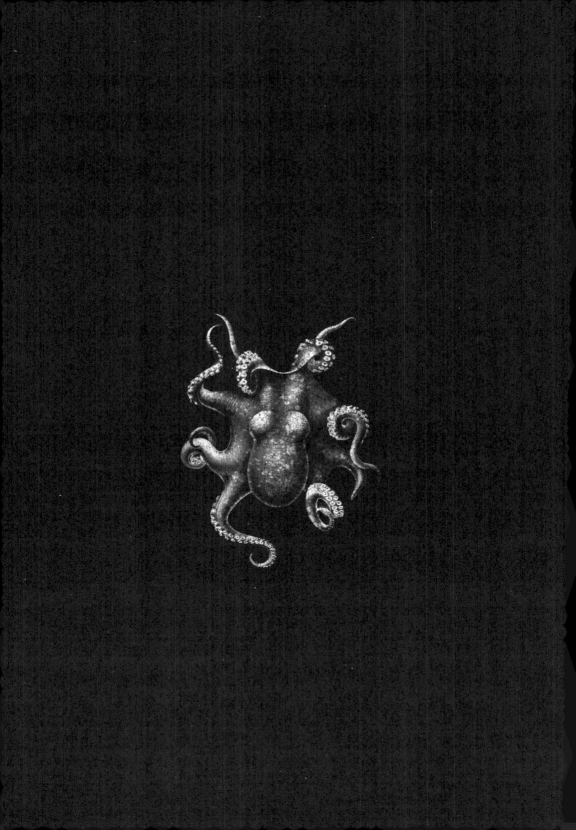

Epílogo

Adelle olhou para o público. Só uns vinte amigos e parentes tinham vindo, mas para ela parecia uma multidão lotando uma livraria de dois andares na Times Square. Viu Connie na primeira fila, de mãos dadas com a nova namorada, Gigi. A garota havia sido transferida no meio do semestre e entrara no clube de biatlo, e Connie reunira coragem para convidá-la para sair pouco antes das férias de verão.

Connie piscou e fez sinal de positivo para ela.

Tudo mudara desde que tinham voltado para casa.

No dia seguinte, seu retorno completaria um ano. Adelle começara a perder a consciência no caminho para o hospital, mas, por sorte, o Long Wharf estava lotado de turistas quando voltaram à realidade, e ela foi salva por um casal italiano com um telefone celular que funcionava e algum conhecimento de inglês.

Claro que houve perguntas. Na ambulância, as duas tentaram sustentar a história, mas acabaram decidindo que não tentariam explicar nada daquilo. Os rumores começaram. Histórias foram contadas. A maioria supunha que tinham feito um pacto de suicídio que dera errado ou que tinham sido drogadas e sequestradas por um psicopata. As garotas mantiveram a boca fechada, deixando que seus colegas, amigos e familiares especulassem a respeito de seu paradeiro naqueles dias misteriosos. No mundo delas, só tinham se passado pouco mais de 72 horas.

"Não me lembro", dizia Adelle, sempre que a mãe criava coragem para perguntar. Brigitte Casey ainda era muito requisitada, mas estava ficando mais em casa. Adelle sabia que aquilo duraria pouco; a mãe era apaixonada demais pelo trabalho para reduzir o ritmo por muito tempo, e não havia problema algum nisso.

Não se importava mais em ficar sozinha em casa com Greg. Encontrara seu caminho e mostraria a todos, às vinte pessoas naquela plateia, o que isso significava.

Sim, agora tinha um caminho. Sabia o que estava destinada a fazer.

Abriu o livro autopublicado de capa mole, ignorou as tossidas e o rangido das cadeiras, inspirou o ar com cheiro de café e leu em voz alta a primeira frase de sua primeira obra.

"Não temos como saber o significado de um beijo até que se torne uma lembrança."

A leitura correu tão bem quanto possível. Chegou ao final do primeiro capítulo, então todos se levantaram e aplaudiram. Adelle viu a mãe radiante na plateia. Até Greg parecia emocionado. Imaginou Caid ali, ao lado deles, com um blazer e calça cáqui, os óculos mais modernos, talvez de tartaruga, mas o sorriso largo com covinhas brilhando enquanto a aplaudia.

Às vezes, tinha certeza de que ele estava por perto. Connie dizia o mesmo: de vez em quando, avistava uma ruiva linda no shopping ou em um jogo dos Sox e pensava: *Era ela. Eu sei que era ela.*

Nunca doía menos, mas Adelle ainda desejava esses vislumbres.

A livraria onde Rosie, a mãe de Connie, trabalhava, fizera a gentileza de organizar uma noite de autógrafos para Adelle. Não poderiam vender o livro sem um ISBN legítimo, e Rosie Rollins a alertara sobre isso, mas ela não se importava. Era um projeto que desenvolvera por paixão, e estava grata por terem permitido que fizesse a leitura e autografasse todos os exemplares que tinham chegado em uma caixa bem embalada.

Em êxtase, sacou sua caneta cara para Connie e a namorada. Estrelas de glitter decoravam as bochechas de Gigi, contrastando com sua pele marrom impecável. Ela usava o cabelo em um corte pixie lindo, mas gostava de colocar perucas cor-de-rosa elaboradas quando saíam. Seus looks já estavam bombando na internet, e Gigi tinha um dom para maquiagens divertidas e para fofocas, reunindo mais fãs do que o livro de Adelle jamais teria. Gigi a adorava; Connie seguia o fluxo. As duas formavam um casal e tanto, Connie com suas calças esportivas largas e o moletom enorme, Gigi com seus laços cor-de-rosa, shorts curtos neon e tênis de plataforma altíssimos.

"Veja só", gritou Connie. "Você está famosa!"

"Você é a primeira celebridade que encontro", brincou Gigi. "Autografa minha mão? Nunca mais vou lavar."

"Engraçadinha." Adelle revirou os olhos. "A celebridade aqui é você, Gigi! Você está com uns quinhentos seguidores. Mas, falando sério, foi bom? Minha voz desafinava o tempo todo. Eu parecia uma galinha de borracha."

"Mas uma galinha de borracha linda." Connie a observou autografar seu livro. "Você sabe que eu estou brincando. Foi ótimo, Delly. Você devia investir nisso."

"Pelo menos minha mãe resolveu me deixar estudar em algum lugar com cursos que tenham a ver com escrita", comentou. Tudo que pensava em escrever parecia banal, então apenas assinou seu nome. Podia personalizar mais tarde, quando tivessem mais tempo. "Ela ainda não desistiu desse negócio de faculdade."

Connie estava trabalhando em sua candidatura para Yale, é claro. O ensaio de admissão ficaria um arraso.

"Ela com certeza adorou o livro", garantiu a amiga. "Vocês duas podem ser escritoras de sucesso. Seria o sonho dela."

"Sim, mas acho que o que ela escreve tem mais admiradores, e é sobre funerais. Obrigada por terem vindo." Adelle sorriu para o casal, tomada pela adrenalina e emoção. Ainda havia, pelo menos, mais onze livros a autografar. Adelle dava grande valor a cada um deles. "Burger Buddies depois?"

"Que o Greg não nos veja", riu Connie. "Mas sim, claro. Ficaremos ali no canto lendo este futuro best-seller fantástico."

O público diminuiu. Sua mãe e Greg iam e voltavam, um pouco preocupados por ela querer continuar ali. O horário para estar em casa estava mais rígido, o que Adelle entendia e respeitava. Às nove, sempre, sem exceções. Só Connie e Gigi continuavam na loja quando os funcionários começaram a fechar o lugar. Adelle estava colocando a tampa de volta no marcador quando uma sombra surgiu sobre a mesa, e um exemplar de seu livro caiu com a capa para cima, assustando-a.

"*Amor no Abismo*", comentou uma voz masculina, baixa e arrastada. "Título forte."

"Obrigada." Adelle preparou o marcador de novo, então ergueu os olhos para ver quem tinha ido pegar seu autógrafo.

O sujeito tinha barba branca, bochechas com marcas de varíola e estava todo de preto, inclusive o chapéu, que combinava com os olhos pequenos e intensos. Aqueles olhos estavam fixos nela, maldosos e frios, e um leve sorriso se abria em seu rosto. *Predatório*, pensou Adelle, e completou: *Erro dele*.

Straven.

"Você voltou", murmurou o homem, inclinando-se para ela. Seu hálito fedia, mas Adelle não recuou. Estava esperando por ele. Esperara um ano inteiro. "Robin nunca voltou, mas você, sim. Então o portão não se abriu. Vocês três foram enviadas, as três chamas, mas não funcionou, não é?"

Adelle o encarou.

O sr. Straven sibilou entre dentes:

"Menina estúpida, nem sabe do que estou falando, não é? Estava só brincando de se fantasiar? Perdi todo esse tempo à toa?"

Foi a vez dela de sorrir, um sorriso calmo e firme.

"Sei do que está falando, Straven. *Servo*. As chamas foram acesas, três forasteiras chegaram, o portão foi aberto, e eu..." Sabia que, de onde estavam, com Straven encobrindo sua visão, os outros não podiam vê-la. Seus olhos escureceram, seu propósito era claro. Ela carregara aquela coisa consigo, e Ele logo nasceria.

"E eu? Eu entrei." Não havia nada mais dentro dela além daquilo que trouxera consigo. Estava bem ali, esperando para se desenrolar.

Straven cambaleou para longe da mesa, abalado, as mãos se enroscando em garras fracas enquanto ele tentava, em vão, gritar.

AGRADECIMENTOS

Como sempre, quero agradecer a Kate McKean por ser a melhor agente que uma escritora poderia desejar: sua orientação, seu entusiasmo e sua confiança nunca vacilaram, e aqui estamos, quatorze livros depois. Quero agradecer a Andrew Eliopulos, não apenas pelo trabalho de edição deste livro, mas por todos os nossos projetos juntos. Que aventura incrível, e tive a sorte de receber sua sabedoria, seu trabalho árduo e sua criatividade. Seus pensamentos e seu apoio estão em todo o romance, ajudando a transformar algo extremamente bizarro em algo coerentemente bizarro. Obrigada, Andrew, pelos anos criando juntos; foi um privilégio absoluto trabalhar com você.

Também quero agradecer a Alyssa Miele por pegar o bastão e correr comigo. Obrigada pelas observações duras e pelas divertidas; suas ideias fizeram a história crescer tremendamente.

Gostaria de agradecer a Chelsea Stinson e Anna Hildenbrand, que reconhecerão suas contribuições ao lerem isto. Essa coisa toda poderia muito bem ainda estar entocada naquele diário velho de Harry Potter.

É fundamental reconhecer o apoio de família e dos amigos, que me acompanham na jornada de escrita de cada romance. Um agradecimento especial a Trevor, pelas discussões de ideias, pelo apoio emocional e pelos passeios com os meninos quando estou sobrecarregada demais para me afastar da mesa.

Por fim, agradeço aos meus leitores que me seguem desde os dias de Asylum e aos que estão me descobrindo agora: seu apoio, contato e amor tornam tudo isso possível.

MADELEINE ROUX é autora da aclamada série Asylum, que já vendeu mais de um milhão de cópias pelo mundo. Ela também é autora da série Casa das Fúrias e de diversos títulos voltados ao público adulto, como *Salvaged* e *Reclaimed*. Além disso, contribuiu para franquias famosas como Star Wars, World of Warcraft e Dungeons & Dragons. Ela atualmente mora em Seattle, Washington, com seus cachorrinhos e seu amor.

DARKLOVE.

DARKSIDEBOOKS.COM